LES TISSEURS D'OR

ROSALIND LAKER

LES TISSEURS D'OR

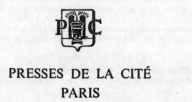

PRESSES DE LA CITÉ

PARIS

Titre original :
TREE OF GOLD

Traduit de l'anglais par Isabelle Saint-Martin

© 1986 by Barbara Ovstedal
Édition originale Doubleday & Company, New York
© Presses de la Cité, 1988, pour la traduction française
ISBN 2-258-02131-6

A Susan et Iain

Mes remerciements pour leur aide et leurs conseils à Karen de Lewandowicz et Brian Kilcoyne du Macclesfield Heritage Centre et du Silk Museum, et à Robert Goodden et Colin Mayes de Worldwide Butterflies Ltd et de Lullingstone Silk Farm, Sherborne, Dorset.

Nul n'aurait pu prévoir le danger. Gabrielle Roche moins que personne. En ce premier jour du printemps 1804, elle se rendait à son mariage par les ruelles médiévales de la Croix-Rousse, le quartier des soyeux de Lyon. Dans la fraîcheur de ce clair matin, seuls quelques innocents nuages parsemaient le ciel bleu. Le soleil dardait ses rayons obliques sur les façades des maisons, laissant dans l'ombre les porches profonds qui débouchaient sur des cours intérieures.

Les hautes fenêtres des ateliers s'ouvraient largement à la lumière dont les reflets irisés inondaient la rue où passait le carrosse nuptial.

Dans son sillage flottait le parfum léger des guirlandes de fleurs enrubannées de satin qui l'ornaient.

Gabrielle offrait l'image traditionnelle d'une jeune mariée réservée, éthérée, vaporeuse. Délicatement, elle déposa son bouquet enveloppé de tulle blanc à côté d'elle sur la banquette.

— Nous allons bientôt voir nos tisseurs, observa-t-elle à l'adresse de son frère aîné qui l'escortait pour la cérémonie. Je veux leur faire signe.

Henri Roche se tenait en face d'elle. Âgé de trente-six ans, il était son aîné de quinze ans et ne lui ressemblait guère avec sa silhouette massive et dure, sa physionomie rougeaude. Pour toute réponse, il serra les dents d'un air agacé. Les ouvriers ne l'intéressaient qu'au travail. Pour le moment, une seule préoccupation l'habitait : mener sa sœur à l'église dans les plus brefs délais ; et il s'impatientait du pas lent qu'elle imposait aux chevaux dans le but de dire un dernier adieu à ceux qui avaient accompagné jusqu'ici sa vie. Selon lui, elle n'aurait jamais dû passer son enfance à fréquenter de telles gens, encore moins apprendre à tisser comme une vulgaire apprentie. Cependant, leur mère étant morte en la mettant au monde, elle avait grandi un peu comme une sauvageonne, sans personne pour vraiment la guider. Le sens de la discipline était intervenu beaucoup trop tard.

— J'espère que ce ne sera pas long, commenta-t-il sans se compromettre.

— Ne t'inquiète pas. Le temps a trop d'importance pour ces artisans qui travaillent dur. Tu devrais le savoir après toutes ces années passées dans le commerce de la soie.

Déjà, les enfants du quartier, postés en éclaireurs à intervalles réguliers, annonçaient son arrivée en agitant des pièces de tissu coloré. Quand elle les aperçut, Gabrielle se pencha à la portière pour les interpeller chacun par son nom. Puis la chanson monotone des métiers cessa un instant afin de permettre aux employés de la fabrique Roche de sortir dans la rue pour la saluer. Comme eux, elle avait la soie dans le sang et ils ne l'en respectaient que davantage.

— Oh, merci, merci !

Elle attrapait au vol les petits bouquets de fleurs des champs qu'ils lui envoyaient, et dont les pétales vinrent bientôt joncher le sol de la voiture. Henri prit dans son gousset une montre d'or qu'il consulta impatiemment :

— Nous allons arriver en retard.

Insouciante, Gabrielle continuait à saluer les familles une à une. Des grands-parents aux petits-enfants, celles-ci s'adonnaient à la même activité depuis des générations, leur entière destinée vouée à l'art de la soie, et la jeune femme appréciait à leur juste valeur ces démonstrations de sympathie à son égard. Les canuts de Lyon formaient, en effet, une corporation indépendante et fière. La plupart possédaient leur métier, ou le louaient à des voisins. Ils vivaient selon leurs propres règles, protégeant jalousement leurs traditions. Aussi Gabrielle considérait-elle comme une faveur d'avoir été acceptée dans leur communauté.

Leur envoyant un dernier baiser, elle reprit sa place dans un bruissement de soie tandis que la voiture tournait au coin de la dernière ruelle. Sa coiffe en dentelle de Chantilly reflétait la lumière comme un voile de nacre. Derrière son sourire, la jeune femme cachait le regret de quitter ses amis.

— Nous pouvons accélérer, maintenant.

Henri s'éclaircit la gorge :

— Espérons que plus rien ne nous retardera.

Du pommeau d'or de sa canne, il gratta le plafond pour rappeler au cocher les instructions qu'il lui avait données : ne plus perdre une minute, le moment venu. L'ordre fut promptement exécuté et l'attelage s'enleva si brusquement que Gabrielle dut s'agripper à l'appui-bras.

Bien qu'Henri ne considérât pas sa sœur autrement que comme un obstacle qu'il lui fallait écarter au plus vite de sa route, il reconnaissait qu'elle était aujourd'hui particulièrement jolie. Par sa beauté, elle aurait pu prétendre à un mariage autrement intéressant. Il avait bien essayé de l'en persuader, mais non. Elle avait arrêté son choix sur cet intellectuel solennel, propriétaire d'un élevage de vers à soie, à la conversation des plus réduites, aux goûts fort éloignés de la vie brillante qu'elle avait connue. Somme toute, concluait Henri, elle n'avait que ce qu'elle méritait, après tous les ennuis qu'elle leur avait créés, à lui et à son épouse. Il jeta un autre coup d'œil sur sa montre, et gratta de nouveau le plafond avec sa canne, comme s'il éperonnait sa monture.

— Attention, citoyen !

Ni lui ni Gabrielle n'entendirent l'avertissement lancé au cocher par un passant au moment où l'attelage lancé à pleine vitesse s'engageait sous une arcade Renaissance.

Trop tard. En une fraction de seconde, la jeune femme fut précipitée hors de son siège tandis que les roues de la voiture s'encastraient sous celles d'un autre véhicule venant en sens inverse. Sous l'impact, Henri se trouva projeté dans un coin, le souffle court, les yeux clos. Une deuxième secousse le poussa sur sa sœur qu'il faillit écraser de tout son poids. S'efforçant de recouvrer son équilibre, il parvint enfin à se rasseoir.

— Es-tu blessée ? demanda-t-il d'une voix anxieuse.

Pour un peu, elle eût pouffé de rire. En effet, depuis le départ, Henri semblait appréhender qu'elle ne tentât une dernière manœuvre désespérée pour se soustraire au mariage de convenance qui l'attendait. Il n'avait nul souci à se faire.

Elle n'avait pas l'intention de revenir au dernier moment sur une décision prise en toute connaissance de cause.

— Je me sens très bien, répondit-elle d'une voix essoufflée tout en vérifiant la tenue de sa coiffure. Assure-toi plutôt que personne d'autre n'a été blessé.

— Ce sont surtout les chevaux qui m'inquiètent.

La scène qu'elle vit au-dehors lui donna froid dans le dos. Le carrosse nuptial venait de heurter un corbillard dont les chevaux noirs, immobilisés, tentaient en vain de se dégager, les naseaux dilatés, les yeux blancs d'affolement. Le cortège qui l'accompagnait s'était dispersé avec des cris d'effroi pour éviter la collision. Voyant Henri se pencher, prêt à laisser exploser sa fureur, elle lui posa une main gantée sur le bras :

— Attends, présente-leur plutôt des excuses, c'est sûrement la faute de notre cocher qui allait trop vite.

A son grand étonnement, il se retourna d'un bond, l'air féroce.

— Et puis quoi, encore ? Sais-tu à qui nous devons ce contretemps ? J'ai entendu dire que Louis Devaux avait été ramené de Paris par son fils unique, pour se faire enterrer aujourd'hui.

La jeune femme frissonna. Plus qu'aucun autre, ce mauvais présage ne pouvait qu'assombrir son mariage. Comme s'il n'avait pas suffi que l'ombre de la mort traversât leur route, venait s'y ajouter le fait qu'il s'agissait précisément de celle du pire ennemi de sa famille. Elle avait beau n'être pas superstitieuse, un tel signe lui glaçait les sangs. Dans une ville aussi grande que Lyon, avec ses centaines de marchands de soie et ses milliers de tisseurs, deux clans comme les Roche et les Devaux avaient tout loisir d'entretenir leur commerce sans se gêner l'un l'autre. Pourtant, ils rivalisaient de haine depuis des générations et voilà que, le jour de son mariage, la jeune femme heurtait ce macabre convoi.

Nicolas Devaux tentait de calmer les bêtes dont l'une, légèrement blessée, se cabrait en hennissant de terreur. Autour de lui, une foule l'assaillait de conseils contradictoires tandis que mille curieux affluaient des rues adjacentes pour ne rien perdre du spectacle.

— Là ! disait-il d'une voix rassurante en flattant l'encolure de l'animal. Du calme !

Avec la main gauche, il le retenait de toutes ses forces par la bride. Bien qu'il eût depuis longtemps perdu son chapeau dans la confusion, il donnait encore l'impression d'être en deuil de la tête aux pieds car ses cheveux étaient aussi noirs que ses vêtements.

— Allons, allons ! reprenait-il. C'est fini.

Enfin, le cheval s'apaisa, tremblant, bavant, suant. Seulement alors, Nicolas se détourna pour apercevoir les occupants du carrosse. Le souffle coupé, il contempla un instant sans réagir la divine créature penchée à la portière, aux immenses prunelles violettes encore agrandies par la frayeur, à la bouche ouverte au milieu du plus pur des ovales, aux cheveux bruns couronnés de la coiffe des jeunes mariées. Aussi brusque qu'inattendue, une onde de désir s'empara de lui, occultant jusqu'à la raison pour laquelle il se trouvait là.

Gabrielle baissa les paupières sous l'intensité de ce regard gris qui l'emplissait à la fois d'inquiétude et d'une inexplicable exaltation. Elle connaissait cet homme pour l'avoir déjà vu passer sous ses fenêtres, coiffé du bonnet phrygien rouge à cocarde des Révolutionnaires, hurlant sa haine de la famille Roche et des privilèges qu'elle représentait. C'était en 1793, quand la ville avait été à demi détruite sous la Terreur. A cette époque, les Devaux avaient fermé leur manufacture pour se joindre aux enragés.

Onze ans plus tard, Gabrielle reconnaissait sans peine le large visage aux joues creuses, le nez droit, la grande bouche fermement dessinée et la puissante mâchoire d'un jeune homme à la mâle beauté. Les années n'avaient fait qu'accuser encore la virilité de ces traits inoubliables.

Son cœur se mit à battre car il semblait vouloir venir dans sa direction. Henri qui, de son côté, était sorti examiner ses propres chevaux, le saisit par la manche pour lui crier en face sa façon de penser.

— Vous, les Devaux, ne savez que causer du désordre dans cette ville ! Je suis un Roche et, en tant que tel, habilité à vous en chasser ! Mort ou vif, quiconque porte votre détestable nom est ici indésirable ! Et voilà maintenant que vous vous en prenez à une malheureuse noce !

L'injustice de l'accusation, la virulence de l'insulte emplirent la jeune femme d'embarras. Nicolas Devaux, lui, réagit autrement, se dégageant furieusement de l'emprise de son ennemi, les sourcils froncés de rage.

— A ce qu'il paraît, les Roche n'ont appris ni tolérance ni bonnes manières depuis que j'ai quitté Lyon. Vous savez toujours aussi bien incriminer à tort vos adversaires.

— Monsieur ! Oseriez-vous en outre salir le nom de ma famille ?

Les poings serrés, l'aîné des Roche paraissait prêt à frapper.

— Allez au diable ! éructa-t-il encore, courez donc rejoindre votre père qui s'y trouve aussi sûrement que je vous méprise !

Pivotant sur ses talons, Henri regagna sa voiture.

La foule qui les entourait se tendit dans l'espoir d'une suite à cette altercation. Gabrielle tremblait de honte et de colère devant l'attitude de son frère, et c'est avec dégoût qu'elle le regarda se hisser à bord du carrosse, faisant ployer la suspension sous son poids, puis se jeter sur son siège en épongeant sa face rougeaude.

— Ce Devaux a trouvé à qui parler, marmonna-t-il avec satisfaction. Il aura quitté la ville dès la fin de l'enterrement, plus vite encore que ses parents n'ont déguerpi la dernière fois.

Changeant brusquement de ton, il se mit à crier :

— Pourquoi cet âne de cocher n'a-t-il toujours pas fermé notre portière ? Je lui ai pourtant dit que nous repartions.

Gabrielle vit, la première, ce qui se passait : Nicolas Devaux, qui avait retrouvé son chapeau, venait de faire signe à l'homme de ne pas bouger et se dirigeait vers leur carrosse, un gant à la main, comme s'il entendait provoquer son adversaire en duel.

— Oh non ! souffla-t-elle, effrayée.

Son frère n'avait rien d'un athlète et se défendait aussi mal à l'épée qu'au pistolet.

— Qu'y a-t-il encore ? demanda celui-ci, l'air exaspéré.

Elle n'eut pas besoin de répondre. Déjà l'ombre de Nicolas se découpait sur le marchepied. Impulsivement, elle lui arracha le gant de la main et le jeta à ses pieds pour le couvrir de son soulier de velours blanc. Voyant cela, le jeune homme lui lança un regard étonné, mais il n'eut que le temps de se protéger la tête du bras car Henri avait levé sa canne et le frappait avec violence.

— Descendez immédiatement ! Allez-vous-en !

16

Nicolas lui arracha la canne des mains et la brisa en deux d'un coup sec. Puis il se jeta sur son agresseur et, le prenant à la gorge, se mit à le secouer comme un pantin.

— Nul n'insultera impunément mon père comme vous venez de le faire !

Le calme avec lequel il s'exprimait n'en parut que plus menaçant à Gabrielle.

— Vous m'en donnerez raison, poursuivit-il, et pas avec une piètre canne !

— Je vous en prie ! intervint-elle. Nous sommes seuls responsables de cette collision, je le reconnais. Nous allions trop vite. Ne prenez pas garde à ce qu'a pu vous dire monsieur dans sa hâte !

Tout en retenant d'une main de fer sa victime qui se débattait en émettant d'incompréhensibles grognements, Nicolas répondit sans un regard en direction de son interlocutrice :

— Vous seriez fort avisée de quitter cette voiture tant qu'il vous reste une chance d'échapper à un tel mariage, mademoiselle ! Vous ne trouverez pas votre bonheur en vous unissant à ce butor.

— Ce n'est pas mon fiancé ! rectifia-t-elle vivement, mais mon frère. Je suis Gabrielle Roche et je réitère mes excuses pour sa déplorable conduite.

Le voyant faiblir, elle ajouta, implorante :

— Monsieur, qu'en ce jour particulier, si triste pour vous, si gai pour moi, il soit permis aux Roche de faire amende honorable !

A son grand soulagement, il finit par repousser dans un coin du carrosse un Henri toussant et râlant, à la recherche de son souffle. Un pied dans le véhicule, l'autre sur le marchepied, Nicolas considéra la jeune femme d'un œil pénétrant, éveillant cet étrange sentiment de crainte et d'attirance mêlées qu'il avait déjà suscité en elle. Hochant la tête, il précisa :

— J'accepte vos excuses, mademoiselle. Laissez-moi néanmoins réitérer le conseil que je vous ai donné tout à l'heure à propos du mariage. Fuyez quand il en est encore temps. De telles erreurs sont toujours trop vite commises.

Elle ne pensait qu'à éloigner au plus vite Henri de cet endroit.

— Je sais que vos intentions sont bonnes. J'agirai au mieux. Mais nous vous avons assez retardé. Je suis heureuse que cet incident ait pu se régler à l'amiable.

Récupérant son gant, Nicolas Devaux descendit et recula sans la quitter des yeux, comme s'il ne parvenait plus à s'en détacher.

— Vraiment ? interrogea-t-il en haussant un sourcil. J'espère que l'avenir vous donnera raison. N'oubliez pas ce que je viens de vous dire.

— Au revoir, monsieur.

Après un profond salut, il se détourna. La portière fut refermée et la voiture démarra au moment précis où, retrouvant son souffle, Henri explosait de rage :

— Quelle infernale impudence ! Comment Devaux a-t-il osé me traiter de la sorte ? Tous des fripouilles ! J'espère que tu as remarqué comme il reculait quand je conservais un silence digne et méprisant ! Ton bavardage est venu fort mal à propos. Je les connais, ces gens. Pas de tripes. Lui et son père ont fui Lyon comme des lièvres à l'époque du siège.

Sans rien écouter de ce discours, elle suivait des yeux Nicolas qui regagnait sa place dans le cortège funèbre. Il leva la tête et leurs regards se croisèrent à nouveau, jusqu'à ce que le carrosse, lancé à grande vitesse, finît par les détacher l'un de l'autre.

Gabrielle s'adossa au siège, prise entre le rire et les larmes, tandis que son frère finissait d'épousseter son habit d'un geste agacé.

— Comme te voilà pâle ! observa-t-il en appuyant les mains sur ses larges cuisses engoncées dans une culotte de daim bordeaux. Allons, mieux vaut oublier au plus vite ce contretemps qui ne doit pas gâcher ton mariage. Songe plutôt qu'Emile t'attend.

Hochant silencieusement la tête, elle regardait, sans les voir, passer les échoppes et les cafés, les hauts immeubles, les escaliers qui menaient d'une rue pavée à l'autre, dans l'incessant cliquetis des métiers qui rythmaient la vie de tout le quartier. Son esprit voguait ailleurs, s'interrogeant sur la querelle qui opposait depuis si longtemps les Roche et les Devaux.

Cependant, bien qu'Henri l'eût gravement offensée, elle n'avait lu aucune haine dans le regard de Nicolas. Ni, d'ailleurs, le respect dû à une jeune mariée. Plutôt une sorte de prière douce-amère. Maintenant, elle devait effectivement oublier ces moments, les effacer de sa mémoire comme s'ils ne s'étaient jamais produits. Il lui restait mille autres choses beaucoup plus importantes sur lesquelles se concentrer.

Depuis ses seize ans, nombre d'hommes avaient manifesté le désir de la demander en mariage mais elle ne s'en était jamais inquiétée, sachant que, le moment venu, la décision finale lui appartiendrait. La lutte avait parfois été âpre pour préserver son indépendance, Henri et son épouse, la superficielle Yvonne, s'étant ligués contre elle avec son père ; il ne lui restait pour alliés que son autre frère, Julien, et sa douce femme, Hélène. Malheureusement, ce dernier faisant carrière dans l'armée, elle ne le voyait que rarement. Quant à Hélène, bien qu'elle comptât parmi les rares personnes qui osaient tenir tête à l'atrabilaire Dominique Roche, elle n'exerçait aucune influence sur son beau-père dès qu'il s'agissait de l'éducation de sa fille.

Depuis toujours, Gabrielle souhaitait participer à la marche de la manufacture familiale ; dans ce but, elle en avait appris chacune des fonctions. Son goût de l'indépendance et de la liberté avaient trouvé écho dans les idées de la Révolution, bien que les excès de la Convention lui eussent fait horreur, en particulier l'agonie de sa propre ville, assiégée et affamée deux mois durant après une courte révolte soutenue par les Royalistes.

Finalement, le drapeau blanc avait été hissé en signe de reddition mais, au lieu de la clémence espérée, la répression s'était avérée impitoyable. Lyon, au passé millénaire, fut condamnée à être rasée et son nom lui-même fut transformé en celui de *Commune affranchie*. Gabrielle se souvenait encore d'avoir lu, avec ses frères, le décret du Comité de salut public affiché sur tous les murs : LYON FIT LA GUERRE A LA LIBERTÉ, LYON N'EST PLUS.

Chaque jour, des explosions suivies d'incendies endeuillèrent la malheureuse cité qui eut à déplorer des centaines de morts, guillotinés ou fusillés durant la Terreur. De par sa situation au confluent du Rhône et de la Saône, au pied des collines de Fourvière et de la Croix-Rousse, elle offrait pourtant une position stratégique des plus enviables. C'est sans doute pourquoi l'ordre terrible ne fut pas complètement exécuté. La ville n'était qu'en partie détruite lorsque la tête de Robespierre lui-même tomba sous le couperet.

A cette époque, pas un Devaux ne restait dans la région, Dominique Roche ayant, durant le siège, profité de l'aubaine pour dénoncer son vieil ennemi, Louis Devaux, comme extrémiste allié aux Révolutionnaires qui affamaient la ville. La famille entière dut fuir et, les Lyonnais n'ayant pas la mémoire courte, aucun de ses membres n'avait osé s'y remontrer ; tout au moins jusqu'à ce matin où Nicolas reparaissait pour accomplir ses derniers devoirs envers son père. Après son altercation avec Henri, nul doute qu'il n'en haïssait que plus leurs ennemis héréditaires. Gabrielle espérait sincèrement qu'il allait de nouveau quitter la ville dès les funérailles achevées. Mieux valait pour elle ne jamais le revoir. Il risquait d'apporter trop de trouble dans son existence paisible.

— Nous arrivons ! déclara Henri pour la tirer de ses pensées.

Elle se raidit en constatant qu'ils s'arrêtaient devant les marches de l'église, qui avait servi de lieu de réunions publiques pendant la Révolution et venait, depuis deux ans, de reprendre son caractère d'édifice religieux.

Posant sa main gantée sur le bras de son frère, Gabrielle pénétra dans la nef où se levait la triomphante tempête des grandes orgues, sous une centaine de paires d'yeux qui suivirent avec admiration la progression de la gracieuse mariée vêtue de satin et de dentelle. Elle capta le sourire affectueux de son frère Julien, aux cheveux blonds et aux taches de rousseur, l'air toujours aussi enfantin malgré son magnifique uniforme de hussard. A côté de lui, Hélène souriait également de toutes ses fossettes, heureuse que cette occasion lui permît de retrouver un peu son mari. Sensible et généreuse, elle s'était faite la providence des malheureux et ne ménageait jamais sa peine pour aider quiconque faisait appel à sa grandeur d'âme. Aujourd'hui, ses cheveux noirs ceints d'un turban de gaze tilleul reflétant la couleur de ses yeux, elle donnait l'image d'une femme paisible, sereine, épanouie.

Gabrielle se sentit rassérénée par la chaude expression de

leurs deux visages. Ce couple-là représentait sans doute les êtres auxquels elle tenait le plus au monde. Sans s'attarder sur les autres invités, elle tourna son regard vers l'autel où l'attendait Emile Valmont. Sa chevelure châtain foncé, striée d'argent aux tempes, brillait sous un rayon de soleil dispensé par un vitrail miraculeusement rescapé des tirs de destruction.

Lui-même la regardait avancer avec cet air sérieux et ces yeux gris qui plaisaient tant à la jeune femme. Elle appréciait tout autant son fin visage émacié, sa voix profonde, sa réserve paisible. Seul un homme tranquille et intelligent comme lui saurait lui faire oublier la tendre relation qu'elle avait connue, à dix-sept ans, avec Philippe, un fils de tisseur. Cédant aux menaces de M. Roche qui promettait de réduire sa famille à la famine s'il n'y mettait immédiatement un terme, le père de Philippe avait envoyé le jeune homme loin de Lyon. Gabrielle se serait enfuie avec lui si son père n'avait pris la précaution de l'enfermer à double tour dans sa chambre. Il lui fallut de longs mois pour se remettre de son chagrin. Certaine de ne jamais revoir Philippe, elle entendait cependant son nom résonner encore comme une douce musique à ses oreilles.

Désormais, elle comptait fermement sur l'appui d'Emile pour l'aider à oublier le passé. Elle avait besoin de trouver en lui autant un ami qu'un amoureux et se promettait de tout faire pour que leur ménage fût le plus heureux possible. L'amour, tel qu'elle l'avait une fois connu, manquait sans doute pour cimenter cette union, mais il en était ainsi pour bien des couples dont la vie familiale devenait pourtant vite un modèle de réussite.

— Ma chère Gabrielle ! murmura Emile en lui tendant la main.

La cérémonie se déroulait harmonieusement, quand arriva le moment d'échanger les alliances. Instinctivement, la jeune femme retira sa main quand elle vit briller l'anneau d'or qui allait faire d'elle une épousée. Consternée par cette réaction involontaire, elle frissonna de tous ses membres. Une ombre de surprise passa dans le regard d'Emile, qui demeura néanmoins impassible, se contentant de retenir ses doigts. Nul ne s'en aperçut, à part le prêtre.

A la sacristie, les premiers à la féliciter furent son frère et sa belle-sœur Hélène qui l'embrassa chaleureusement :

— Soyez heureuse, ma chérie ! lui glissa-t-elle.

— Je me joins aux vœux de ma femme, petite sœur, renchérit Julien en se penchant pour l'embrasser à son tour.

De quatre ans son aîné, il était pour elle un confident. Leur seul différend provenait de la soie. Il ne s'y était jamais intéressé alors que Gabrielle aurait donné cher pour bénéficier des responsabilités qui lui incombaient en tant que fils.

— Quel dommage que tu ne sois pas arrivé plus tôt ! murmura-t-elle. J'aurais tant aimé pouvoir bavarder un peu avec toi.

— J'amènerai Hélène visiter l'élevage des Valmont, promit-il. J'espère que tu me feras ainsi les honneurs de ta nouvelle demeure.

Cette perspective l'enchanta et c'est le cœur léger qu'elle accueillit ensuite le défilé de sa famille et de ses amis. Yvonne, l'épouse d'Henri, vint à son tour serrer dans ses bras les jeunes mariés, exposant dans un large sourire les petites dents nacrées dont elle était si fière. Comme d'habitude, elle était vêtue à la dernière mode dans sa robe de soie à rayures jaunes, un énorme diamant en broche sur sa généreuse poitrine, son chapeau orné de longues plumes qui dansaient à chacun de ses mouvements. Sa silhouette voluptueuse exhalait un lourd parfum poudré ; elle avait dû mettre des heures à s'apprêter, car rien ne l'intéressait plus que sa propre personne, si ce n'était l'apparence qu'elle offrait aux regards d'autrui.

Pour sacrifier à la tradition, les mariés prirent le chemin le plus long pour gagner la demeure des Roche. Chaque invité aurait ainsi tout le loisir d'arriver avant eux, et ils feraient une entrée solennelle à la réception donnée en leur honneur.

En roulant par les ruelles ensoleillées, Gabrielle regardait le profil de son mari qui semblait totalement absorbé par la contemplation du paysage. Elle brûlait d'envie de lui parler mais n'osait pas, pensant qu'il préférait mettre à profit ce laps de temps pour se reposer un peu l'esprit. Mille occasions se représenteraient vite d'entamer avec lui toutes sortes de conversations, à commencer par la lettre qu'il leur faudrait adresser au consul à vie et à Mme Joséphine afin de les remercier du nouvel essor qu'ils donnaient à l'industrie soyeuse de Lyon en y passant commande pour les palais nationaux. Emile n'éprouvait qu'un enthousiasme modéré à l'égard de Napoléon Bonaparte mais il prêtait toujours attention aux opinions de Gabrielle, quoi qu'elle eût à dire. En ce sens, il ressemblait à Julien, en ce sens seulement car il restait invariablement sérieux quand son frère respirait la joie de vivre.

Furtivement, elle se reprit à l'examiner, se demandant, une fois de plus, comment il pouvait s'intéresser à elle. Il l'intimidait. Jamais il n'avait prononcé en sa présence le mot « amour » bien qu'elle crût fermement à son attachement. Si seulement il lui prenait la main... Pour l'y encourager, elle lui effleura la paume de ses doigts gantés. Il ne parut seulement pas s'en apercevoir.

Bientôt, ils arrivèrent rue Clémont, non loin de la place des Terreaux, dans la grande résidence paternelle qui servait autant de salle d'exposition que d'habitation, dans la mesure où les plus grands négociants y étaient reçus pour le choix des coupons. Deux bureaux appartenant à Henri et à son père occupaient l'arrière du rez-de-chaussée, ainsi qu'un cabinet de dessin. A l'avant, plusieurs salons entièrement tendus de soie servaient de pièces de démonstration quand ils ne déployaient pas tous leurs fastes à l'occasion de réceptions.

Pendant la destruction de Lyon, après la résistance opposée à la Convention, la famille Roche avait dû se cacher dans le quartier médiéval des traboules qui recelait mille caves secrètes et un réseau enchevêtré de passages permettant de communiquer d'une rue à l'autre. Par bonheur, ils avaient retrouvé leur maison intacte si ce n'étaient quelques fenêtres brisées qui furent vite réparées. Peu après leur retour, Henri épousait Yvonne et l'amenait vivre avec eux. Ensuite, ce fut le tour d'Hélène, qui s'installa elle aussi chez son beau-père puisque Julien s'absentait la majeure partie du temps.

Dans le grand salon, M. Roche recevait ses invités en attendant l'arrivée des jeunes mariés. Les murs tapissés de brocart or brillaient particulièrement en ce jour ensoleillé et chaque meuble reprenait les mêmes motifs en losange de la somptueuse étoffe.

Le maître de maison rayonnait de fierté au milieu de cette salle, réputée l'une des plus belles de toute la ville. Il y accueillait d'illustres hôtes venus admirer l'art des tisseurs de

Lyon, les velours, les satins, les lampas, les damas, les brocatelles et les brochés dont les plus magnifiques étaient tissés d'or et d'argent, apportant la preuve éclatante que leur talent contribuait à la supériorité de la France sur tous les autres pays dans la manufacture de ces merveilleuses étoffes.

Trônant dans le grand fauteuil spécialement construit pour son énorme masse, M. Roche ne marchait pour ainsi dire plus depuis qu'une chute, trois ans auparavant, l'avait à moitié paralysé, ajoutant cette infirmité à l'embonpoint provoqué par son insatiable appétit. A sa façon, il soignait ses douleurs par les vins les plus exquis, un verre en permanence à portée de la main. Néanmoins, son esprit demeurait plus vif que jamais, sans doute encore acéré par les souffrances qui ne le laissaient pratiquement plus en paix. Confiné à sa place, il s'arrangeait toutefois pour que ne lui échappe pas un mouvement dans sa maison ou dans son négoce. Là où, autrefois, il avait eu lui-même l'œil à tout, il employait désormais des espions qui le tenaient fidèlement au courant de ce qui se passait, ne se fiant pas à Henri pour l'informer autant qu'il l'eût souhaité. Son handicap lui pesait d'autant plus qu'il sentait son fils aîné prêt à le délester de son pouvoir à la première occasion. D'où lui venait cette humeur constamment inquiète et prompte à l'emportement.

Hélène se pencha vers lui en souriant.

— Emile et Gabrielle sont là ! lui annonça-t-elle à l'oreille.

— Brave petite, va.

Hochant la tête, il posa les mains d'un geste paternel sur celles de sa belle-fille. S'il y avait une personne sur qui il pouvait compter pour le tenir au courant des petits événements de la vie quotidienne, c'était bien elle. En tant qu'épouse de son fils préféré, elle n'en gagnait que davantage son estime, dans la mesure où il était capable de témoigner quelque affection à ce qui n'était pas sa chair et son sang. Son autre belle-fille parlait de favoritisme, et il prenait un malin plaisir à aviver sa jalousie en la tarabustant pour un oui pour un non. Yvonne ne l'en eût que plus haï, elle n'en eût que plus mal dormi dans le lit conjugal, si elle s'était doutée que ses espions le tenaient également informé de ses amours adultères.

Du coin de l'œil, il observa son fils aîné qui avait hérité son embonpoint, ses traits épais, ses sourcils fournis, sa large mâchoire et ses joues rebondies. Dans son habit au jabot de batiste, impeccablement taillé selon la dernière mode, Henri exsudait la respectabilité au côté de sa femme, le regard tourné vers la double porte où devaient apparaître les nouveaux mariés.

Le vieux M. Roche sourit intérieurement. Pour ne se contenter que d'interminables heures de travail, Henri n'avait jamais bien su profiter de la vie : aux yeux de son père, c'était là un piètre substitut au plaisir charnel et aux joies de la chasse. Il laissait trop souvent sa voluptueuse femme livrée à elle-même ; de temps en temps, il prenait bien une maîtresse, mais ses besoins en la matière semblaient des plus modérés. Autant il pouvait être un bon homme d'affaires, autant il devait se montrer un exécrable partenaire en amour. De plus, il faisait preuve d'une prodigalité excessive envers Yvonne, la laissant dépenser encore plus que lui-même, bien qu'elle ne lui eût toujours pas donné les fils qu'il désirait. En dix ans de mariage, elle avait fait plusieurs fausses couches. Si d'aventure, elle parvenait à mener une grossesse à son terme, son beau-père était résolu à dénoncer ses incartades afin de s'assurer qu'elle ne donnerait pas de bâtard à la famille.

Il y avait eu quatre autres naissances entre celle d'Henri et celle de Julien, sans qu'aucun de ces enfants ne survécût. Etait-ce la raison pour laquelle il portait une telle préférence à son cadet ? De sa mère, celui-ci possédait le tempérament charmeur et désinvolte, bien qu'il cachât la volonté de fer des Roche sous ces dehors affables ; par exemple, nul n'avait réussi à le détourner de sa vocation militaire. Son père en avait bien éprouvé quelque déception mais, incapable de le faire changer d'avis ni par la menace ni par des promesses, il avait fini par accepter sa décision. Secrètement, toutefois, il continuait d'espérer qu'à la fin de son engagement, il le convaincrait de prendre le chemin de l'entreprise familiale.

— M. et Mme Valmont.

Les jeunes mariés venaient de se faire annoncer. Effectuant leur entrée par la porte du salon bleu, ils furent accueillis par un tonnerre d'applaudissements.

Comme ils s'avançaient vers lui, le vieil homme se fit l'effet d'un lion empêtré dans son piège et s'efforça de se composer une physionomie bienveillante. Une fois de plus, montait en lui la haine qu'il éprouvait à l'égard de sa fille qui l'avait privé, en naissant, de sa bien-aimée Marguerite. Ce jour-là, il n'avait pas plus tôt jeté un coup d'œil sur le berceau que la petite était aussitôt emmenée par un couple de paysans qui la firent baptiser et choisirent son prénom. Quand elle eut deux ans, son village entier fut emporté par une épidémie de peste, à commencer par ses parents nourriciers.

Malgré le risque, il était allé lui-même la chercher puisque aussi bien elle était la chair de sa chair. Cependant, au premier regard, sa détermination de lui pardonner l'abandonna. Le destin en avait décidé autrement qui donnait à la petite les traits de sa mère, comme pour accentuer encore le chagrin qu'il éprouvait de sa perte. Malgré le nombre incalculable de compagnes qui avaient partagé son lit, jamais aucune n'était parvenue à lui faire oublier sa chère Marguerite.

Aujourd'hui encore, sa fille remuait le couteau dans la plaie, comme si, à travers l'éclatante beauté de Gabrielle, il voyait s'avancer l'unique femme qu'il eût jamais aimée, avec son casque de boucles brunes et sa grâce fragile de biche aux abois. Quand elle se pencha vers lui, il dut se retenir pour ne pas la repousser et se contenta de se tourner vers Emile en ignorant carrément la jeune mariée.

— Ainsi, vous voilà devenu mon gendre ! déclara-t-il jovialement. Je vous souhaite beaucoup de bonheur à tous deux.

Le nouveau venu le salua profondément :

— Merci pour votre bonté, monsieur.

D'un geste agacé, le vieil homme fit signe qu'il désirait se lever ; cependant, il ne permit à nul autre que Julien de l'emmener vers la salle voisine où était dressée la table des noces ; sous les lustres allumés scintillaient les ors et les cristaux d'un couvert d'apparat. Le front trempé de sueur, le maître de maison progressait à grand-peine, s'appuyant lourdement au bras de son fils.

Gabrielle suivait avec Emile, et tous les invités leur emboîtèrent le pas. Sans s'attendre à un changement radical dans l'attitude de son père, la jeune femme ressentait comme une profonde blessure sa froideur délibérée. Jusqu'ici, leurs affrontements s'étaient résumés à de violentes prises de bec qu'elle assumait avec toute la force de sa volonté. Il se comportait en véritable tyran avec tous sauf avec Julien et elle se félicitait de ce que le cadet de ses frères n'eût pas à souffrir de ses persécutions.

En ce qui la concernait, elle se demandait si sa passion pour la soie ne provenait pas des tentatives désespérées de son enfance pour plaire à son père, pour lui montrer qu'elle pouvait s'intéresser à ce qu'il aimait tant. En tout cas, elle n'avait pas eu besoin de se forcer longtemps car, depuis des lustres, elle considérait ce monde comme l'un des piliers de sa vie. Sa robe accrocha la lumière tandis qu'elle prenait place auprès d'Emile à la longue table du banquet. Elle en avait tissé elle-même l'étoffe, travaillant pour la dernière fois sur l'un des métiers des Roche. Au moins ce mariage lui donnerait-il la possibilité de côtoyer ces artisans, bien que d'une façon différente, puisque sa vie allait désormais se dérouler dans la propriété des Valmont, située un peu à l'écart de Lyon. Gagné par la gaieté alentour, Emile leva son verre en honneur de sa jeune femme qui lui parut délicieusement émue, un peu pâle, peut-être.

Le banquet, avec ses discours et ses toasts, dura plusieurs heures. Le crépuscule tombait quand Gabrielle put enfin monter, en compagnie d'Hélène qui l'aida à se changer et passer son joli costume de voyage lilas. Le trajet jusqu'à sa nouvelle maison ne devrait pas durer plus d'une heure.

— Voici vos gants, dit sa belle-sœur.

En les prenant, Gabrielle lui serra le bras :

— Combien je vais vous regretter ! Nous étions devenues de si bonnes amies !

— Allons ! Nous nous verrons bientôt. Je dirai à Julien de vite m'amener pour vous rendre visite.

Ces paroles apaisantes ne parurent pas rassurer la jeune mariée :

— Je pense à plus tard, quand il sera reparti. Il faudra que vous veniez souvent. Je me sentirai si seule loin de vous !

— N'oubliez pas qu'Emile sera là.

Un frémissement la parcourut tandis qu'elle enfilait nerveusement ses gants :

— Je ne l'oublie pas.

— Il est gentil.

— Assurément, soupira-t-elle en jetant un coup d'œil

anxieux dans son miroir. Sans cela, je ne l'aurais point épousé.

Hélène comprit alors que sa jeune compagne appréhendait plus que tout les heures qui allaient suivre, alors qu'elle s'était montrée si sûre d'elle, le matin même, en s'habillant pour la cérémonie. Non qu'elle fût ignorante du devoir conjugal. Combien de fois n'en avait-elle entendu parler dans les ateliers de tissage ! Hélène, quant à elle, était arrivée totalement innocente à sa nuit de noces, mais elle aimait tant Julien qu'elle le suivit avec bonheur dans tout ce qu'il lui fit découvrir. Elle souhaitait de tout son cœur, tant pour Emile que pour Gabrielle, qu'ils s'entendent aussi bien qu'elle et son mari, afin que sa jeune belle-sœur en oubliât vite son premier amour si cruellement brisé.

Pourtant, n'importe quel observateur attentif aurait pu deviner de quel côté penchait la balance de l'attachement dans ce couple étrange. Emile paraissait tellement amoureux ! Sans doute éprouverait-il d'abord quelque peine à toucher sa femme, lui tellement sensible et raffiné. Hélène ne pouvait que le comprendre car, sur ce point, il lui ressemblait comme un frère. Et puis, il semblait qu'un incident se fût produit entre le moment où sa belle-sœur s'était rendue à l'église et celui où elle l'avait vue se rendre à l'autel au bras d'Henri. Peut-être restait-elle bouleversée de la collision dont celui-ci avait tant parlé au cours du repas.

— Etes-vous prête ? demanda-t-elle doucement à la jeune femme. Vous ne devez pas vous mettre en retard.

Gabrielle reposa son miroir à main, embrassa sans mot dire sa compagne, comme si une trop grande émotion l'étreignait pour lui laisser le loisir d'articuler une parole. Un sourire figé sur les lèvres, elle sortit et descendit l'escalier au pied duquel l'attendait Emile. Toute l'assistance s'était réunie dans l'entrée pour les accompagner de leurs vœux, même M. Roche, appuyé sur une canne, soutenu par Julien. Il autorisa sa fille à l'embrasser sur la joue pour lui faire ses adieux, mais celle-ci songea que c'était sans doute pour manifester son contentement de la voir s'installer dans une autre maison que la sienne. Au bras de son époux, elle s'en alla, sous les acclamations joyeuses qui accompagnaient toujours le départ de jeunes mariés. Hélène fut la dernière à rentrer après que la calèche se fut évanouie dans le crépuscule

Nicolas Devaux revenait pour la première fois à cet endroit que sa famille avait dû fuir, au cœur de ce quartier de la Croix-Rousse où l'attelage des Roche avait heurté le convoi funéraire de son père, dernière insulte à sa mémoire, encore aggravée par les accusations d'Henri.

Par un escalier étroit, il atteignit une ruelle qui serpentait autour de la colline. Des fenêtres des hautes maisons, impeccablement alignées de chaque côté, s'échappaient des effluves d'ail et de potées, tandis que les dîneurs s'installaient sous le lustre en bois surmontant la table familiale.

C'était là qu'il avait passé son enfance, qu'il avait eu sa première aventure, une adolescente de son âge vite troussée sous un porche, qu'il avait fait le dur apprentissage du métier de la soie chaque fois que son temps n'était pas accaparé par l'étude. Contrairement aux Roche, que la prospérité des dernières générations avait fait déménager vers un quartier plus élégant, les Devaux restaient au cœur de la cité industrielle, dont les façades noirâtres renfermaient de purs trésors de soie.

Bientôt, il aperçut son ancienne maison, avec son perron à même le trottoir et sa porte au heurtoir de fer en forme de main, éclairée par un réverbère. Nicolas sortit de sa poche la clef qui allait lui donner accès à son passé. Après un bref coup d'œil sur les trois étages aux persiennes fermées, il entreprit de libérer la serrure. Qu'allait-il découvrir à l'intérieur ? Il savait que le bâtiment avait été fouillé après leur fuite. Sans doute ne restait-il que poussière et gravats. Prêt au pire, il poussa le panneau qui s'ouvrit en grinçant.

A la lueur du réverbère, il distingua le sol de marbre de l'entrée et la cage d'escalier. Il entra et ferma derrière lui. Une triste odeur de moisi lui monta au nez tandis qu'il allumait un candélabre couvert de toiles d'araignée. Les tableaux étaient toujours pendus aux murs, les meubles debout. Tout paraissait en ordre. Appuyant sur la poignée des doubles battants du grand salon, il entra.

Les dégâts se révélaient pires que tout ce qu'il avait pu imaginer. La soie des tentures murales pendait lamentablement, comme cisaillée avec une fureur peu commune, les chaises disloquées gisaient au sol, l'une d'elles ayant dû aller se fracasser contre le miroir qui surplombait autrefois la cheminée de marbre et dont il ne restait que des dizaines d'éclats jonchant le sol poussiéreux. Nicolas demeurait sans voix devant tant de barbarie. C'était dans cette salle que son père recevait les meilleurs clients pour leur montrer des échantillons des plus belles réalisations de son atelier.

Enjambant les débris épars, il se dirigea vers les doubles portes ouvrant sur une longue pièce surnommée la Galerie pour son décor fait de portraits de femmes tissés dans la soie. Il put immédiatement constater qu'aucun n'avait échappé au massacre, certains encore pendus de travers aux murs dévastés. On aurait dit que quelqu'un en avait systématiquement parcouru la surface armé d'une fourche.

Nicolas ramassa l'un des tableaux tombés à terre, le débarrassa de son cadre brisé. Ce gracieux dégradé de verts et de blancs crémeux qui représentait les Trois Grâces attendant le jugement de Pâris, était irrémédiablement endommagé, ses précieux fils sauvagement coupés en tous sens. Il datait du début du siècle précédent, à l'époque où les Devaux s'étaient spécialisés dans les tableaux de soie. Par la suite, pensionnés par Louis XVI, ils avaient exécuté en remerciement un portrait de lui criant de vérité, entouré de guirlandes de myosotis, qui avait suscité l'admiration de tous les visiteurs de Versailles dont bon nombre désirèrent à leur tour se voir peints de cette façon. Jusqu'à la Révolution, l'art des Devaux avait connu une vogue intense, témoins les tableaux demeurés à l'état d'ébauches depuis le siège.

La Galerie donnait sur le bureau de son père qui avait été épargné, ainsi que le cabinet contigu où se préparaient les canevas, avec ses pinceaux, ses toiles et ses couleurs encore soigneusement alignés sur les étagères, ses cartons encore datés de 1793, époque à laquelle toute vie dans la maison s'était figée. Les étages supérieurs non plus n'avaient pas été visités.

Redescendant, il se rendit par la cour intérieure jusqu'à la filature, sa lampe à la main pour éclairer les quelque soixante métiers. Ici plus qu'ailleurs, les vandales s'étaient acharnés à tout saccager avec une hargne effrayante, à coups de hache dont les entailles semblaient encore marquer le bois comme des plaies ouvertes. De ces ateliers étaient autrefois sortis des chefs-d'œuvre destinés au monde entier.

Nicolas se rappelait les terribles heures passées dans son enfance à tenter de ne pas casser le fil brillant qui lui glissait traîtreusement entre les doigts, au long de journées exténuantes consacrées d'abord à l'étude puis à l'apprentissage, comme des milliers d'autres garçons de son âge. Leurs mains se figeaient de fatigue, et souvent ils en pleuraient mais n'en continuaient pas moins, de peur de voir leur paie se ressentir du moindre ralentissement.

Lentement, il progressait parmi les pelotes et les navettes répandues à dessein, piétinées, écrasées pour ne jamais plus servir. Seule restait une bobine vert émeraude, miraculeusement oubliée sur un métier, dont les fils brillèrent sous la poussière quand il la caressa du doigt. Des fillettes avaient eu pour charge de les enrouler et il s'était toujours plu à admirer leurs frêles silhouettes, leurs bonnets et leurs tabliers, particulièrement en été, quand les rayons du soleil se glissaient jusqu'aux fleurs de leurs robes en coton.

Nicolas finit par rentrer dans le bureau de son père. A peine s'était-il assis dans le vieux fauteuil après l'avoir dépoussiéré de la paume, qu'il crut entendre frapper à la porte d'entrée. Surpris, il alla ouvrir en se demandant qui venait troubler le triste calme de la bâtisse.

Sur le perron se tenait un vieil homme aux cheveux grisonnants, en tunique et culotte de tisserand. Eclatant d'un rire joyeux, il s'empara de la main de Nicolas, qu'il serra vigoureusement :

— Monsieur Devaux ! C'est donc vous ! Que j'ai du plaisir à vous voir revenu, même s'il a fallu un malheur pour vous ramener à Lyon ! Ma femme et moi compatissons pour votre père. Quand un voisin m'a rapporté qu'un inconnu pénétrait dans la maison des Devaux, j'ai tout de suite pensé qu'il s'agissait de vous.

— Jean-Baptiste Rouband ! s'exclama Nicolas. Il y a si longtemps ! Entrez donc ! Si vous ne nous aviez alertés à temps, autrefois, je ne serais plus de ce monde aujourd'hui !

Attirant son visiteur à l'intérieur, il referma la porte derrière lui.

— Commençons par fêter ces retrouvailles ! S'il ne reste pas de vin à la cave, nous sortirons en chercher ailleurs.

— Vous n'avez pas encore vérifié ? demanda Jean-Baptiste, plein d'espoir.

— Je n'en ai pas eu le temps. J'avais l'esprit ailleurs, soupira Nicolas en désignant le grand salon. Regardez les dégâts commis au nom de la loi et de l'ordre ! Quant à la filature, je préfère ne pas en parler.

Le vieil homme entra d'un pas alerte dans la salle, l'inspecta d'un air philosophe.

— Des dégâts, il y en a, mais rien d'irréparable, commenta-t-il. En tout cas, il ne faut pas en incriminer les forces publiques.

— Alors qui ?

— Les hommes de M. Roche, annonça le vieux d'un ton de conspirateur. Ils ont tout cassé quand ils ont appris que vous aviez pu vous échapper. Et ils en auraient cassé bien davantage si certains de vos ouvriers n'étaient intervenus pour les chasser à coups de massue.

Livide, les dents serrées, Nicolas sentait, pour la deuxième fois dans la même journée, remonter en lui un flot de rage contre les Roche.

— J'aurais dû m'en douter ! Il ne leur a pas suffi de gâcher notre vie, il leur fallait encore détruire ce que nous possédions.

— Comment votre mère a-t-elle résisté à ces bouleversements ?

— Mal, hélas ! Ses forces l'ont abandonnée ; elle était déjà d'une constitution fragile et n'a pu supporter d'abandonner sa maison, ses meubles, ses souvenirs. De tels événements n'ont fait que précipiter sa mort.

Arpentant la salle d'un pas nerveux, Nicolas poursuivit :

— J'en tenais déjà les Roche pour responsables. Ce que j'ai découvert aujourd'hui n'a fait qu'accroître mon ressentiment.

Son interlocuteur le regarda du coin de l'œil, avec curiosité. Les canuts avaient défendu la propriété des Devaux surtout parce qu'elle représentait leur source de travail. Ils comptaient bien que leur patron rentrerait un jour.

— Sans vouloir vous offenser, hasarda-t-il, j'aimerais savoir si les Roche avaient vraiment matière à vous traîner devant les tribunaux après la Terreur. Possédaient-ils, ainsi qu'ils l'affirmaient, des preuves de votre collaboration avec les Révolutionnaires ?

— Autant qu'ils en voulaient ! répondit Nicolas sans se démonter. Par ces temps troublés, je n'avais pas le loisir de m'occuper de ma défense et mes manifestations sous leurs fenêtres n'ont rien arrangé ; il leur aurait été facile d'acheter un juge comme tant d'autres l'ont fait pour se débarrasser de leurs ennemis.

S'immobilisant, il conclut soudain :

— Mais assez évoqué de tristes souvenirs. J'ai plutôt envie de trinquer à nos retrouvailles.

Précédant son vieil employé, il descendit à la cave où il découvrit avec plaisir que les hommes de Roche n'avaient pas eu le temps de poursuivre leurs déprédations. Il choisit deux bouteilles de vieux bourgogne puis s'arma de verres poussiéreux mais intacts.

Les deux hommes s'installèrent dans le petit salon mais le vin n'améliora en rien l'état d'esprit de Nicolas qui devenait plus pensif au fur et à mesure qu'il buvait, au contraire de son compagnon qui s'échauffait et s'animait de lampée en lampée.

— Quand comptez-vous rouvrir la filature ? demanda-t-il à brûle-pourpoint.

— Qui vous dit que j'ai l'intention de me réinstaller ici ? répliqua Nicolas en contemplant son verre. Après avoir servi plusieurs années dans l'armée, j'ai démissionné pour suivre mon père à Paris où nous sommes devenus négociants en soie ; j'y possède désormais plusieurs métiers et ma vie là-bas me convient telle quelle.

— A Paris ? maugréa Jean-Baptiste. La vraie soie ne se fabrique qu'à Lyon ; nulle part ailleurs vous ne retrouverez cette eau ni cette atmosphère.

Tout en se reservant, il ajouta :

— Il ne vous faut pas craindre les représailles. Les temps ont changé. Votre nom n'est plus traîné dans la boue.

— Si je décidais de revenir, ce serait pour y être rétabli dans tous mes droits. Et ne méprisez pas trop les tisseurs de Paris : je viens de recevoir une importante commande pour les Tuileries.

Le vieil homme s'impatienta :

— Le travail serait beaucoup mieux fait ici. La plupart des

palais et châteaux se fournissent encore à Lyon où la concurrence devient sévère. Tenez ! Je suis prêt à parier que la maison Roche n'est pas la dernière sur les rangs.

Nicolas haussa un sourcil.

— Ils sont donc toujours en lice ? Après tout, le moment est peut-être venu pour nous de relancer la maison Devaux.

— Voilà qui est parlé ! s'exclama Jean-Baptiste en se frappant la cuisse avec exubérance. Je n'ai point entendu meilleure nouvelle depuis des lustres !

Attrapant la bouteille par le goulot, il y but joyeusement à grands traits, laissant le vin lui couler dans le cou. Si bien qu'il en oublia le reste et ne sut dire, le lendemain, comment Nicolas l'avait ramené chez lui.

Ce dernier avait regagné l'auberge où il avait pris une chambre, en se demandant si son vieil ouvrier saurait l'aider à relancer la fabrique des Devaux à Lyon. En fait, il y songeait depuis son retour des funérailles. L'industrie de la soie se relevait enfin des désastres de la Révolution et il ne désirait rien tant que se retrouver au cœur de sa ville d'origine, là où son père et son grand-père avaient produit les plus belles soieries de la cité.

Otant sa veste noire, il la pendit au dossier d'une chaise, puis sortit sa montre de gousset qu'il déposa sur une commode. Minuit. Ses pensées allaient à la mariée rencontrée le matin. Il l'avait désirée dès l'instant même où il l'avait aperçue, tout en se maudissant d'une telle propension au beau milieu des funérailles de son père. De sa vie il n'avait été à ce point obnubilé par une femme. Et il savait que la réciproque était vraie. Il l'avait perçue, qui émanait d'elle comme une réponse, claire et sensuelle, tissant entre eux un lien aussi fort qu'impalpable.

Sans s'abandonner à l'illusion qu'elle eût pu sur-le-champ rompre ses noces, il décida de glaner davantage de renseignements auprès de ceux qui pouvaient la connaître. Car il formait le vœu de la revoir dès que l'occasion s'en présenterait, en même temps qu'il s'étonnait de la violence de son attirance envers la propre fille de celui qui avait voulu les envoyer, lui et son père, à la guillotine. Son image l'obsédait. Il n'était pas près de l'oublier, particulièrement cette nuit-là.

A la lumière du chandelier, Gabrielle se préparait pour la nuit. Le dîner en compagnie d'Emile avait été agréable, la conversation banale mais enjouée, après quoi il l'avait accompagnée au pied de l'escalier. Maintenant, elle se déshabillait avec l'aide de la femme de chambre qu'il avait engagée pour elle. Jamais elle n'avait eu de domestique pour son seul service, son père s'étant toujours montré des plus parcimonieux en ce qui concernait les frais de la maison, aussi s'étonnait-elle de voir quelqu'un se charger de plier ses vêtements ou de coiffer ses cheveux. Il semblait qu'Emile cherchât en tous points à la contenter, jusqu'à emplir la bibliothèque des ouvrages de ses auteurs préférés.

Elle n'avait visité la maison qu'une fois avant son mariage et l'avait tout de suite aimée. Avec sa façade patinée par les ans, ses pièces aux proportions harmonieuses, la bâtisse dégageait une paisible atmosphère de bien-être.

Ce jour-là, Henri avait accompagné sa sœur, en lieu et place de leur père, pour vérifier si la demeure promise à Gabrielle correspondait aux critères stipulés dans le contrat de mariage. Elle n'avait pu voir la chambre à coucher — décence oblige — et s'en était tenue au rez-de-chaussée. C'était une propriété familiale acquise autrefois par le grand-père d'Emile et encore meublée à la mode de l'Ancien Régime.

Maintenant que la jeune femme se trouvait au premier étage, elle prenait conscience des frais engagés par son mari pour redécorer les lieux à son intention, car le revêtement blanc des plafonds sentait encore le frais, ainsi que la tapisserie à motifs de mimosa, fleur qu'elle avait une fois présentée comme sa préférée. Placé contre un mur, le grand lit bateau à la mode du Directoire était neuf et surmonté d'un baldaquin circulaire dont les tentures de soierie retombaient sur les deux dossiers incurvés de la tête et du pied.

Gabrielle adorait sa nouvelle maison. Elle s'y sentait bien, mieux que nulle part ailleurs, pour tout dire en sécurité, bien qu'elle n'eût, jusque-là, pas soupçonné l'importance de ce concept. Jamais elle n'avait songé à s'abriter de quoi que ce fût, au contraire. Peut-être cherchait-elle encore à se rassurer après l'incident de la Croix-Rousse ; comme si sa vie devait en être marquée pour toujours, comme si son destin devait tourner autour de ce moment crucial où elle avait croisé le regard de Nicolas Devaux.

— Madame a-t-elle encore besoin de moi ? demanda la femme de chambre.

Gabrielle secoua la tête, tant pour chasser ces idées troublantes que pour indiquer à la bonne que son service s'achevait là.

— Non, Marie. Vous pouvez disposer.

Demeurée seule, elle se dirigea vers la fenêtre. La lune brillait sur le jardin fleuri, éclairant le bosquet d'arbres qui cachait la magnanerie. Un sentier y menait depuis la maison et elle avait déjà vu, lors de sa première visite, les claies où les vers faisaient leurs cocons.

Enfant, elle avait toujours adoré l'histoire qui racontait les origines de la soie : comment, en 2640 av. J.-C., l'impératrice chinoise Hsi Ling Shi, buvant le thé dans son jardin, découvrit un cocon tombé dans sa tasse ; elle vit alors le fil délicat qui s'y formait, tira doucement dessus sans le rompre et l'enroula autour d'une brindille. A sa surprise, il se dévida ainsi sur une longueur de près de deux kilomètres. Comprenant le parti qu'elle pourrait en tirer, l'impératrice pratiqua la sériciculture à grande échelle et, durant des siècles, la Chine conserva le secret de fabrication de ses prestigieuses étoffes.

Gabrielle ne pouvait que comprendre l'attrait de l'impératrice pour la soie, surtout quand elle se trouvait devant un métier, balançant la navette d'une main à l'autre, regardant se former le motif éclatant de couleurs sur la plus fine des étoffes.

En tirant le rideau, elle apercevait, à l'ouest, la plantation de mûriers qui s'étendait sur des acres de terrain accidenté ; les buissons demeuraient à hauteur d'homme pour faciliter la récolte.

Sur le palier, Emile passa devant la chambre pour se rendre directement dans son cabinet de toilette. Il savait exactement comment allait se dérouler sa nuit de noces. Sa jeune femme ne l'aimait pas, il s'en rendait compte. Pas une fois, durant leurs fiançailles, elle ne lui avait fait la moindre déclaration sur ses sentiments et lui, réservé de nature, avait fait mine de ne pas en éprouver davantage ; l'ultime preuve de son désintérêt lui avait été donnée au cours de la cérémonie de mariage, quand elle avait retiré sa main à l'instant d'y recevoir l'alliance. Par bonheur, il avait su rester maître de la situation mais en souffrait encore comme d'une blessure ouverte.

Peu à peu, il gagnerait son amour. Mieux valait ne pas la brusquer ; il l'aimait trop pour se contenter d'une soumission résignée qui, en outre, n'aurait pour effet que de lui faire perdre tous ses moyens et de le frapper de la plus intolérable des humiliations.

Gabrielle était couchée lorsqu'il entra dans la pièce, et ses cheveux brillaient d'un éclat cuivré à la lumière du candélabre. Avant d'ôter sa robe de chambre, il moucha les bougies avec l'éteignoir pour ne plus distinguer que des ombres douces à la lueur du clair de lune, et se glissa dans le lit à côté de sa femme. Tremblant de désir réprimé, il se pencha sur elle pour lui embrasser tendrement le visage.

— Bonne nuit, mon amie, articula-t-il d'une voix cassée. Vous devez vous sentir fatiguée après cette longue journée. Dormez bien.

Alors qu'il s'apprêtait à se replier sur lui-même, le plus loin possible de son côté du lit, elle l'entoura de ses bras, pressant son jeune corps tiède contre le sien.

— Que se passe-t-il ? s'écria-t-elle, désolée. Moi qui me réjouissais de devenir votre épouse !

Il laissa échapper un soupir de joie et s'empara passionnément de cette bouche qui s'offrait à lui. Alors Gabrielle ne douta plus de leur entente, tandis que son mari pensait avoir éveillé en elle un penchant qui ne pouvait que bien augurer de leur future vie de couple.

Jamais il ne sut qu'elle passa des heures les yeux grands ouverts après qu'il se fut endormi.

2

Dix jours s'écoulèrent avant qu'Hélène et Julien n'effectuent la visite promise. Gabrielle, qui les guettait depuis sa fenêtre, dévala l'escalier à leur rencontre, les bras grands ouverts, sa robe de mousseline voletant derrière elle.

— Vous voilà enfin ! Je vous attends depuis ce matin !

L'attrapant par la taille, son frère la fit tournoyer en riant, malgré ses cris de protestation, comme dans leur tendre enfance.

A son tour, Emile parut, s'avançant d'un pas plus mesuré, surpris et contrarié par ces manifestations d'allégresse qui le réjouissaient d'autant moins qu'elles laissaient prévoir un départ trop tardif à son goût. Il n'éprouvait pas encore l'envie de partager avec quiconque la présence de son exquise jeune femme, et surtout pas avec son frère préféré qui saurait la lui soustraire des heures durant. Cependant, la courtoisie lui interdisant de manifester de telles arrière-pensées, il s'approcha pour leur souhaiter la bienvenue.

— Gabrielle et moi sommes honorés de vous recevoir dans notre demeure.

— Ils peuvent rester trois jours au lieu des deux prévus ! annonça celle-ci avec enthousiasme.

Tandis que les domestiques emportaient leurs bagages, le maître de maison emmena son beau-frère vers le salon pour lui offrir un vin frais qui le désaltérerait après la route poussiéreuse. Pendant ce temps, les deux femmes montaient directement à la chambre préparée pour les invités.

— Quel endroit ravissant ! s'exclama Hélène en ôtant ses gants.

D'un regard circulaire, elle parcourut les murs tapissés d'un papier à rayures bleu clair et blanc, le lit à colonnes orné d'or.

— Nous serons comme des rois ici !

Gabrielle lui prit son manteau et son chapeau.

— Comment se porte Père ?

Deux fossettes creusèrent les joues de sa belle-sœur :

— Nous ne sommes pas sage ! répondit-elle comme si elle parlait d'un enfant turbulent. Nous ne pouvons nous passer de Julien qui a eu bien du mal à s'échapper.

— Je suis contente qu'il y soit parvenu. Père veut régenter tout le monde.

Hélène, qui admirait par la fenêtre le jardin fleuri et les collines verdoyantes à l'horizon, se retourna, l'air indulgent :

— J'ai en effet entendu certains lui reprocher son caractère exigeant, mais son grand âge et les souffrances qu'il endure sans cesse méritent bien un peu de patience.

— Allons donc ! Père restera toujours vert, observa cyniquement Gabrielle. Vous avez de la chance qu'il vous considère comme sa propre fille. Sinon, il vous aurait lutinée, selon sa vilaine habitude. Vous n'ignorez pas combien il est difficile de garder longtemps une servante sous son toit. A propos, comment s'en tire la nouvelle gouvernante qui devait prendre ma place ?

— Elle n'est jamais venue. Votre père ne voulait pas laisser une inconnue diriger sa maison.

— Je vois, soupira Gabrielle. Ainsi donc, c'est à vous que ces fonctions incombent désormais ?

— Elles ne me pèsent pas.

— Sans doute, mais il s'appuie déjà tant sur vous ! Il vous considère comme sa dame de compagnie, son infirmière, son esclave... Vous verrez qu'il ne vous lâchera plus. Sans compter que vous seule savez le calmer quand il lui prend de se disputer avec Henri ou de passer sa colère sur les autres.

Embarrassée, Hélène se frottait machinalement les mains.

— Je suis heureuse que vous abordiez ce sujet, avoua-t-elle. Je m'inquiète beaucoup du tour qu'ont pris les événements hier. Je ne sais par quel malheureux hasard, Père a découvert les factures insensées envoyées à Yvonne pour ses toilettes. Hors de lui, il a prié Henri de divorcer sur-le-champ, prétendant que tant de dépenses le mèneraient à la ruine.

— Comment mon frère a-t-il réagi ?

— Assez mal. Si Père n'avait été impotent, ils en seraient sans doute venus aux poings. Mon Dieu ! J'aurais donné cher pour me trouver ailleurs à ce moment-là ! Je sais qu'Yvonne peut se montrer parfois bien insouciante, mais au fond elle est gentille, incapable de faire sciemment du mal à quiconque, très vulnérable et prête à fondre en larmes au moindre reproche.

Gabrielle se retint d'observer que leur belle-sœur s'y entendait à merveille pour verser plutôt des larmes de crocodile, fort commodes pour la tirer des situations les plus fâcheuses.

— Allons ! conclut-elle. Assez parlé des frictions familiales. Vous êtes justement ici pour les oublier. Descendons rejoindre ces messieurs avant qu'ils ne se demandent ce qui nous est arrivé.

La première visite des nouveaux venus fut réservée à la magnanerie, car aucun d'eux n'en avaient jamais vu auparavant. Aux bras d'Hélène et de Julien, Gabrielle précédait en riant et bavardant un Emile plutôt sombre.

Ces trois jours s'écoulèrent trop rapidement à son goût mais elle prit garde de ne jamais séparer le couple que formaient son frère et sa belle-sœur tant elle les savait attachés l'un à l'autre. Aussi l'occasion qu'elle guettait depuis le début ne se présenta-t-elle que la veille de leur départ, lorsque Emile invita Hélène à voir sa collection de bombyx des Indes et d'Extrême-Orient, qu'il n'élevait que pour leur seule beauté, sans aucun but commercial. A la fin de leur brève existence, ces papillons étaient délicatement épinglés sous des cadres de verre qui ornaient son bureau.

Gabrielle en profita donc pour emmener Julien dans la serre où se dressaient de hautes plantes tropicales dont certaines en pleine floraison. C'était là qu'Emile gardait ses spécimens de papillons exotiques. Un fin voile de tulle appliqué contre les ouvertures les empêchait de s'échapper.

— Enfin, nous allons pouvoir parler seul à seul ! dit aussitôt Julien.

— Je désespérais de jamais y arriver. Je sais que tu n'as

40

plus voulu imposer à Hélène la dure vie de garnison depuis cette maladie qu'elle a contractée au cours de la campagne d'Italie. Pourtant, il vaudrait mieux que tu l'emmènes, cette fois, ou que tu t'installes dans une maison qui n'appartienne qu'à vous. Elle mérite mieux que de passer sa vie au service de Père. Voilà qu'il lui prend de la charger de mes anciennes fonctions !

— C'est ce dont je voulais t'entretenir.

La prenant par le coude, il la mena vers des sièges où tous deux prirent place.

— Hélène et moi en avons déjà discuté, poursuivit-il. Elle refuse de déménager car elle prétend que toutes ces occupations l'empêchent de se tourmenter à mon sujet. En outre, elle est convaincue que Père a besoin d'elle ; en ce qui me concerne, il me plaît de la savoir à ses côtés pour le réconforter.

Saisissant la lueur contrariée qui passait dans les yeux de sa sœur, il ajouta avec un geste d'excuse :

— Je ne voulais pas te blesser. Je suis sans doute le seul, avec Hélène, qui sache combien tu te fais du souci pour Père. Dieu sait pourtant que tu aurais toutes les raisons du monde de vouloir l'oublier.

Fataliste, elle haussa les épaules.

— La piété filiale est un sentiment qui ne se rompt pas aisément. Père est un homme extraordinaire, qui mourra sans doute en criant après nous tous. J'admire le pouvoir qu'il exerce, l'autorité qu'il a. J'aimerais en hériter, même si j'en faisais un usage différent.

— C'est Henri qui en héritera, puisqu'il est son bras droit depuis des années.

Se penchant en avant, il ajouta d'un ton grave :

— Ce qui nous amène au sujet dont je voulais t'entretenir : Père a changé. Sa santé ne s'est pas améliorée depuis la dernière fois que je l'ai vu. Nous devons considérer l'éventualité que sa vie ne durera pas aussi longtemps que nous le souhaiterions. Si un tel incident survenait, il ne faudrait pas qu'Hélène reste dans cette maison, elle est trop bonne et se laisserait vite dominer par Yvonne. Je ne veux pas que ma femme finisse ses jours à son service.

— Pourquoi cela ? Ces guerres s'achèveront bien, à la longue, et tu rentreras...

Elle s'interrompit, comprenant à son regard trop sérieux qu'il envisageait l'avenir sous un angle moins optimiste :

— Personne ne peut affirmer que je serai toujours du nombre des survivants.

— Ne dis pas cela ! implora-t-elle.

— Il nous faut pourtant l'envisager, ne serait-ce que pour Hélène. Notre désir le plus cher est d'avoir un enfant, et nous espérons que cette fois sera la bonne. Si ce vœu se réalisait, elle deviendrait plus vulnérable que jamais face à ceux qui ne se priveront pas d'exploiter une veuve laissée seule avec un enfant.

Il prit la main de sa sœur dans la sienne et la serra fort.

— Promets-moi, si je ne suis plus là pour la protéger, de l'éloigner de la maison à la mort de Père.

— Je te le promets ! lança ardemment Gabrielle. J'espère seulement n'avoir jamais à me charger d'un si cruel devoir.

Rasséréné, Julien lui fit un grand sourire :

— Je ferai mon possible pour qu'il n'en soit rien, mais tu viens de me libérer d'un grand poids.

Ce même poids pesait désormais sur les épaules de la jeune femme et c'est l'esprit tourmenté qu'elle dit adieu le lendemain à ses visiteurs, les regardant s'éloigner du perron où elle se tenait en compagnie de son mari. Julien s'en allait l'air confiant, gai comme il l'avait toujours paru, prenant bien soin de cacher à tous, à commencer par sa femme, qu'il doutait chaque jour davantage de rentrer sain et sauf de ces interminables guerres.

Lorsque l'attelage eut disparu à l'horizon, Gabrielle rentra dans la maison, le cœur gros ; Emile l'y avait précédée. Au cours des journées qui suivirent, il se montra froid et distant envers sa jeune épouse et celle-ci en conclut, non sans déplaisir, qu'il avait fort mal supporté de devoir la partager avec d'autres êtres qu'elle aimait, au point de s'en croire quelque peu rejeté. Jamais, auparavant, elle ne l'eût suspecté de jalousie et c'était comme si, peu à peu, sa véritable personnalité perçait sous le vernis de la nouveauté, comme si son caractère ombrageux et complexe l'emportait sur l'homme affable qu'elle croyait connaître. Aussi, à la fin de la semaine, fut-elle bien aise de le voir recouvrer la belle humeur qu'il avait affichée jusqu'à cet épisode. Malheureusement, elle n'avait pas osé, entre-temps, lui livrer ses tourments, et elle voyait s'échapper ses espérances de faire de lui un confident autant que le tendre compagnon de sa vie.

Le printemps cédait le pas à l'été 1804 et la vie allait paisiblement son cours quand survint un incident aussi pénible qu'inattendu. On était alors en pleine période d'éclosion des œufs, et une activité inhabituelle régnait à la magnanerie, autour des mûriers où, du matin au soir, s'effectuait la cueillette des feuilles.

Emile pénétra dans l'une des petites resserres où Gabrielle était en train de nettoyer les claies dans lesquelles se nourrissaient les voraces vers à soie.

— Vous passez trop de temps ici et pas assez à vos tâches domestiques, observa-t-il sèchement. Je prétends que ma maison soit correctement tenue et non point abandonnée au bon plaisir des domestiques.

— Quoi, monsieur ? s'écria-t-elle, indignée. Vous m'accusez injustement !

— Pas le moins du monde.

Abandonnant son panier, elle fit face à son mari :

— Je ne vous comprends pas, mon ami. Moi qui pensais vous complaire en m'intéressant à notre source de revenus !

— Vous aviez raison en ce sens, mais pas en y travaillant comme une simple ouvrière.

— Voyons ! Chacun ici sait que je viens pour mon seul plaisir.

Peu convaincu, il croisa les bras.

— J'ai même eu vent de ce que vous aviez participé, ce matin, à la cueillette des feuilles.

C'était donc cela ! Des voisins, passant par là, avaient pu l'entrevoir et se mettre à jaser sur la façon dont la traitait son mari.

— L'orage avait retardé les magnanarelles, soupira-t-elle. J'ai simplement voulu leur donner un coup de main.

Si le soleil ne s'était remis à briller aussitôt après la pluie, il eût fallu sécher chaque feuille une à une. Mais les chauds rayons s'en étaient chargés, emplissant l'air de fraîches senteurs vertes, et elle avait apprécié ce moment de travail simple et gai, la tête protégée par son chapeau de paille. Jamais les employés ne se montraient familiers avec elle, la jeune femme sachant, comme autrefois dans les ateliers, tenir ses distances avec ce qu'il fallait d'autorité.

Cependant, Emile secouait dubitativement la tête :

— C'en est assez, maintenant.

Levant une main autoritaire pour l'empêcher de répliquer, il ajouta :

— Je préférerais que vous surveilliez les resserres. Les larves ne tarderont pas à tisser leurs cocons.

— Je le sais, rétorqua-t-elle avec colère. J'ai lu assez d'ouvrages sur ce sujet-là pour bien le connaître.

La physionomie de son mari se crispa. Il avait bien remarqué qu'elle n'ouvrait pas les livres commandés à son intention, s'intéressant plutôt à ses traités de sériciculture, étudiant les maladies et traitements des chenilles ou des mûriers mal entretenus. Il l'avait également surprise à prendre des notes sur tous les rapports de production de la propriété datant des années précédentes. Il en était même venu à lui demander de parler d'autre chose au cours des repas, tant elle montrait d'enthousiasme envers tout ce qui se rapportait à l'élevage des vers à soie.

Elle finit par ne plus discuter avec lui de ses lectures, d'où il conclut qu'elle avait dû s'en lasser. Pourtant, il devint vite évident qu'elle n'avait pas l'intention d'observer passivement le travail de la magnanerie. Il avait eu beau se montrer patient, refusant d'en faire un sujet de heurts entre eux, elle paraissait ne tenir aucun compte de ses suggestions, et ce matin avait été la goutte d'eau qui fait déborder le vase.

— Dans ce cas, acheva-t-il, vous en avez assez vu. Il ne se passera plus rien qui requière votre présence ici.

Virant à l'écarlate, elle comprit qu'il lui interdisait l'accès à l'élevage et ses yeux brillèrent d'une rage mal contenue :

— Prétendriez-vous me condamner à mourir d'ennui ?

Emile perdait rarement patience ; lorsque cela lui arrivait, il explosait littéralement et s'en ressentait ensuite pendant plusieurs jours. Il s'était attendu à rencontrer quelques difficultés après son mariage avec cette jeune femme vive et intelligente, trop indépendante aux yeux de la plupart des hommes. Malgré le profond amour qui l'animait, il devait donc lui administrer une leçon, pour leur bien à tous deux.

— Vous trouverez mille choses pour vous divertir. Par exemple, il est grand temps pour nous de rendre toutes les invitations que nous avons acceptées ces dernières semaines.

Nous n'avons plus donné aucun dîner depuis le séjour d'Hélène et Julien.

Brusquement, revenait à l'esprit de la jeune femme l'accès de jalousie dont il avait alors fait preuve. Il n'en avait plus manifesté depuis, ni au cours des diverses réceptions auxquelles ils avaient assisté, ni quand il lui présentait des amis ou des voisins ; sans doute parce que tous ces gens n'étaient que de parfaits inconnus pour elle. Néanmoins, elle s'était efforcée d'éviter toute forme de coquetterie envers les hommes.

— Je suis en mesure d'organiser un banquet à n'importe quel moment, rétorqua-t-elle fraîchement. Nous pourrions même faire venir un orchestre pour permettre à nos invités de danser sur la pelouse.

— Voilà une excellente idée ! acquiesça-t-il avec un enthousiasme exagéré.

Comme s'il ne se rendait pas compte de son irritation, il la prit par les épaules pour ajouter à son oreille :

— Ne croyez pas que j'ignore pourquoi vous feignez de tant vous intéresser aux vers à soie. Je sais combien vous manque votre vie citadine et votre chère ville de Lyon. C'est pourquoi je n'ai rien dit jusqu'ici. Toutefois, il est temps, désormais, de songer à remplir votre rôle de maîtresse de maison.

Sous le coup de la déception, elle blêmit. Il n'avait donc rien compris à tout ce qu'elle venait de lui dire ! Faisant volte-face, elle se dégagea de son étreinte :

— Pourquoi faut-il toujours que les hommes cherchent à contrarier ma passion pour la soie ? Tout ce que j'en sais, j'ai dû l'apprendre de moi-même ; enfant, déjà, je soutirais leur savoir aux canuts, en les payant avec le peu que je possédais, châles, fichus, souliers, bijoux de mon baptême ou de mes anniversaires, quand ce n'étaient pas les portions de mes repas. Plus tard, je leur tissais de mes mains des pièces d'étoffe et ma récompense se trouvait dans la qualité du travail que je parvenais à fournir, dans les compliments qu'ils m'en faisaient. Mon unique ambition était que mon père m'accepterait un jour à ses côtés, au même titre qu'Henri.

— Un rêve impossible, ma mie.

— Pourquoi donc ? Ce n'est pas trop demander, que je sache. Ma propre grand-mère réceptionnait et inventoriait les pièces sorties des ateliers. C'était aussi elle qui payait les canuts. J'aurais aimé accomplir à mon tour ce travail, mais mon père a refusé pour le confier à Henri qui se charge de tout, assisté d'un secrétaire.

— Vous seriez-vous contentée de cette fonction subalterne?

— Certes, non. Elle m'aurait permis d'entreprendre davantage par la suite. Je sais d'instinct choisir les plus jolis motifs; ce don m'a été confirmé par mon maître de dessin lorsque Père a décidé de parfaire mon éducation.

— Poursuivez, ceci est fort intéressant.

Constatant qu'il lui prêtait une oreille attentive, comme toujours, elle retrouva son calme et s'exécuta avec empressement:

— Selon mes vœux, il m'a ensuite été enseigné le droit du commerce et la comptabilité, bien qu'en tant que femme il me soit impossible d'aller discuter finances avec un banquier ou de passer des commandes. Je me serais donc contentée d'une fonction de conseillère, si seulement mon père ne s'était à ce point opposé à mes suggestions; il aurait alors compris que je possédais au moins autant de capacités que mon frère et que je pouvais apporter un sang nouveau à l'industrie familiale.

— Est-ce là votre objectif en ce qui concerne l'élevage Valmont?

Abasourdie, elle écarquilla ses yeux d'un bleu presque transparent.

— Ne me dites pas que vous l'ignoriez! Vous n'avez jamais fait mystère de votre ouverture d'esprit aux aspirations nouvelles des femmes depuis la Révolution.

— Est-ce la raison pour laquelle vous m'avez épousé?

La réponse jaillit, ardente de sincérité:

— Non, mille fois non! J'envisageais entre nous une authentique collaboration. Je me voyais autant bonne épouse qu'associée efficace.

Sans le quitter du regard, elle lui posa doucement les mains sur la poitrine:

— Mais, avant tout, je vous respectais et vous admirais. Je ne voudrais pour rien au monde qu'un quelconque malentendu vînt à nous séparer.

Il la croyait, ce qui ne faisait qu'accentuer son ennui de

devoir la contredire. Quand il lui passa la main autour de la taille, elle appuya la tête sur son épaule.

Il la trouvait trop émancipée pour son goût ; en un sens, la Révolution avait libéré les femmes de bien des contraintes, à commencer par les corsets et autres robes à paniers, pour laisser leurs corps s'épanouir en toute liberté dans de fluides tuniques de mousseline ; elles pouvaient s'exprimer, dire leurs opinions et leurs idées tant en privé qu'en public, sans pour autant passer pour des harangueuses. Toutefois, un mari restait encore maître en sa maison et son épouse lui devait obéissance ; de même, il gardait faculté d'arranger le mariage de ses filles sans les consulter. En outre, aucune femme ne pouvait recourir à la procédure de divorce immédiat instituée par le Directoire et confirmée par le Consulat, sans le consentement de son mari.

Prenant le menton de Gabrielle dans sa main, il leva son fin visage vers lui :

— Ayez la bonté de m'obéir, ma chère, et tout sera pour le mieux. Parce que je vous aime, je n'accepterai jamais de vous partager avec quelqu'un ni quelque chose susceptible de vous détourner de votre devoir d'épouse, car vous êtes mienne avant tout, autant que je suis vôtre.

Décontenancée, elle se détourna. Pour elle, le mariage signifiait amitié et complicité avec son conjoint. Elle ne s'attendait pas à ce qu'il exigeât en outre son amour. Elle le lui eût volontiers offert si cela avait été possible, car il se montrait bon envers elle, mais tout ce qu'elle pouvait lui donner était sa tendresse et sa loyauté et elle n'en demandait pas davantage de sa part. Pensivement, elle reprit son chapeau de paille accroché au mur, ses gants de coton et sortit en annonçant d'une voix neutre :

— Je m'en vais dresser la liste des invités.

Parvenue dans sa maison, elle monta au premier étage pour remettre sa coiffure en ordre. Une fois dans sa chambre, elle referma la porte et s'y adossa, tremblant soudain de tous ses membres. Il lui avait fallu faire appel à toute sa volonté pour ne pas s'emporter devant Emile. Il l'avait épousée sans arrière-pensée. Qu'y pouvait-il si elle ne parvenait pas à se couler dans le rôle qu'il comptait lui voir tenir ? Brusquement, elle se faisait l'impression d'un de ces papillons exotiques qu'il élevait pour son seul plaisir. Ils avaient des ailes et l'illusion de la liberté mais restaient tenus à l'écart du monde par une infranchissable barrière de tulle.

Les jours suivants, elle poursuivit les préparatifs de la fête, tâchant d'oublier son désarroi, de ne plus penser qu'aux plaisirs qui l'attendaient. Elle aimait recevoir et danser. Les invitations furent envoyées et le refus d'Hélène la contraria, même si elle pouvait comprendre que son état de future mère lui interdît de trop se montrer en société. Elle se formalisa moins qu'Henri et Yvonne se désistent, déjà pris ailleurs. Quant à son père, il ne sortait pour ainsi dire plus de chez lui. Le nombre des convives dépassa cependant la centaine quand Gabrielle se mit en tête de recevoir aussi d'anciens amis de Lyon, tandis qu'Emile ajoutait en dernière main les noms de quelques relations d'affaires.

Son mari ne manifestant plus de mauvaise humeur, la jeune femme reprit un jour le chemin de la magnanerie, pour constater que les vers à soie avaient cessé de s'alimenter et s'apprêtaient à faire leurs cocons.

Le tissage proprement dit commença trois jours plus tard, la veille de la fête, alors que des charpentiers s'activaient à dresser un dais pour l'orchestre sur la terrasse, que le jardinier sélectionnait les plantes en pot et que les cuisines fourmillaient d'activité. Gabrielle parvint cependant à s'échapper quelques minutes par-ci par-là pour aller surveiller le délicat travail des chenilles qui s'enroulaient peu à peu dans un réseau régulier de soie. Le soir de la réception, la plupart d'entre elles avaient disparu dans leurs petits cocons dorés légers comme des bulles.

— Je me souviens de ma surprise, il y a des années, en apprenant que c'est la séricine qui donne aux cocons toutes ces teintes allant du blanc à l'orange en passant par le jaune, dit-elle à Emile qui l'avait accompagnée juste avant l'arrivée des premiers invités.

— Comme vous le savez, cela dépend de l'espèce élevée. Plongés dans l'eau bouillante avant le dévidage, les cocons perdent un peu de leur séricine, mais la couleur ne disparaît qu'au lessivage du fil, la dernière étape avant le tissage.

Elle regardait la légère boule qu'il venait de déposer dans sa paume et qui évoquait plutôt une pierre précieuse à l'état brut. Le matin même, il lui avait montré une de ses chrysalides exotiques s'extirpant de sa gangue grège ; ces papillons étaient plus précoces que les chenilles de bombyx et arboraient de merveilleuses couleurs à peine leurs ailes déployées. Néanmoins, Gabrielle préférait l'humble bombyx du mûrier, blanc et massif. Incapable de survivre à l'état sauvage, totalement dépendant de l'homme, il ne vivait que pour transmettre ces merveilleux fils de soie, la plus délicate des matières.

Gabrielle se rendit compte que le cocon était très dur, léger comme une plume, tiède, et sa découverte fit sourire son mari.

— A l'intérieur, la nymphe est déjà en train de se former, annonça-t-il. La saison sera bonne cette année et, bientôt, vous porterez une robe de soie Valmont.

Elle lui décocha un regard ravi.

— Je la tisserai moi-même sur le métier que j'ai apporté, dit-elle avant de lui voler un baiser qui le fit fondre de tendresse.

Le soir tombait, doux et embaumé sous un ciel étoilé. Des lanternes de papier pendaient aux arbres, qu'elles illuminaient de leur éclat multicolore. Les invités arrivaient dans des landaus découverts, les femmes dans leurs robes de mousseline diaphane aux teintes pastel, leurs bijoux scintillant dans la lumière. Certaines s'étaient mises à la dernière mode, arborant des tenues arachnéennes sans aucun sous-vêtement. Les turbans, très en vogue, s'ornaient de longues plumes et de pierres précieuses, à moins que les chignons à boucles un peu lâches ne fussent retenus par des épingles d'or et de perles. La tunique de Gabrielle était coupée dans un voile crème qui tombait en plis fluides sur une longue jupe de soie pêche, et son haut chignon était retenu par un filet d'or. Emile lui avait cueilli une rose thé qu'elle avait piquée dans sa broche de diamants.

Tous deux se tenaient côte à côte dans l'entrée pour recevoir leurs convives. Lorsque le bal s'ouvrit, plusieurs couples se mirent à évoluer sur la grande terrasse, tandis que d'autres préféraient la pelouse éclairée par les lanternes agitées par l'air tiède du soir. Après un premier quadrille ensemble, les maîtres de maison se séparèrent afin de danser avec leurs invités, une véritable corvée pour Emile qui détestait ces mondanités mais s'y soumettait par pur sens de ses devoirs envers sa jeune épouse. Peu avant le dîner, il vint la rejoindre au milieu de son groupe d'amis de Lyon, une bande de jeunes gens qui parlaient avec animation.

— Gabrielle, ma chère, je voudrais vous présenter un invité de dernière heure, M. Devaux.

Interdite, elle se figea sur place, avant de se retourner d'un bond, les yeux écarquillés. C'était bien Nicolas, en chair et en os, près de son mari. Un frisson délicieux l'étreignit. Nicolas paraissait légèrement troublé lui aussi. Il était plus grand encore que dans son souvenir.

— Le hasard nous a déjà donné l'occasion de nous rencontrer, murmura-t-elle d'une voix cassée par l'émotion.

Du coin de l'œil, elle capta l'étonnement d'Emile :

— Vous vous connaissez donc ?

— Un petit peu.

Le sourire avec lequel leur hôte se courbait pour lui baiser la main ne fit qu'ajouter à son ravissement.

— Ce fut la plus courte des entrevues, expliqua-t-il, survenue dans des circonstances pour le moins étranges.

Elle se rappela quelle solennelle gravité avait marqué ces instants qui avaient donné à sa vie un tour nouveau. Ce soir, Nicolas Devaux avait une physionomie bien différente, qui ne faisait qu'ajouter au pressentiment de danger qu'elle éprouvait en face de lui ; il apparaissait soudain drôle, charmant, sincère et attentionné, toutes qualités qu'elle ne lui eût certes pas soupçonnées auparavant et qui ne l'en rendaient que plus redoutable. Sur ses gardes, elle adopta un ton neutre, se réfugiant totalement dans son rôle de maîtresse de maison chargée d'accueillir un ami de son mari :

— Je sais que je me fais l'écho d'Emile en vous souhaitant une agréable soirée chez nous, monsieur.

— Madame, je vous en remercie infiniment.

Ces paroles conventionnelles lui semblèrent du plus haut ridicule bien qu'elle n'eût pas le cœur à rire. Par bonheur, son mari prenait leur hôte par le bras pour le présenter aux autres invités.

Saisissant le premier prétexte venu, elle s'esquiva dans sa chambre, pour se laisser tomber sur une chaise longue et tâcher de mesurer la pleine portée de ces événements. Que ne s'était-elle penchée de plus près sur la liste des relations d'affaires d'Emile ! Sans pouvoir y rien changer, du moins se serait-elle préparée à cette rencontre. Mais pouvait-elle se douter que la vue de Nicolas provoquerait chez elle un tel émoi ? Elle prenait maintenant conscience d'avoir refoulé au plus profond d'elle-même le choc de leur première entrevue, sans s'imaginer qu'à la première occasion il rejaillirait en elle avec la force d'un volcan.

Que lui arrivait-il donc ? Si elle n'avait pas eu les pieds sur terre, elle se serait crue follement amoureuse. A cette pensée des plus troublantes qui menaçait l'ordre de sa nouvelle existence, elle porta une main à ses yeux, comme si elle refusait d'en voir la réalité. Mais ce qu'elle éprouvait en son cœur ne lui parut que trop familier. Elle l'avait déjà connu à dix-sept ans. Et voilà que cela lui revenait, avec une puissance décuplée, propre à lui faire oublier le souvenir de son amour de jeunesse. Cette fois, il ne s'agissait plus d'émois d'adolescente mais d'une irrésistible attraction d'adulte vers une voie semée d'embûches.

— Vous voilà bien abattue, madame.

Laissant retomber sa main, elle leva les yeux vers sa servante qui venait d'entrer et s'efforça de lui sourire d'un air convaincant.

— Non, ce n'est rien. Ces préparatifs m'ont seulement un peu fatiguée. Je vais redescendre bien vite auprès de mes invités, avant qu'ils ne s'aperçoivent de mon absence.

Tout en rassemblant son courage, elle se demandait pour quelle raison Emile avait bien pu inviter cet homme. Il devait pourtant être au courant de la querelle qui opposait leurs deux familles. Nul ne l'ignorait à Lyon. Peut-être l'avait-il oubliée ou sous-estimait-il l'importance qu'elle revêtait aux yeux de sa jeune épouse.

Sur la terrasse, elle vit Emile qui venait à sa rencontre :

— Je vous cherchais, ma mie. Que se passe-t-il ?

— Rien d'important, assura-t-elle, l'air désinvolte. Nous en parlerons plus tard si vous le voulez bien. Il est temps d'annoncer le dîner.

La salle à manger s'ouvrit sur les murmures de satisfaction de la foule affamée. Tandis que tous s'avançaient vers le buffet, Gabrielle chercha anxieusement Nicolas du regard. Avec sa haute taille, elle n'eut pas de peine à le repérer, parmi le groupe de ses amis lyonnais avec lesquels il semblait avoir lié connaissance. Au moins ne s'ennuierait-il pas au milieu de ces compagnons brillants et de ces jolies femmes.

Néanmoins, l'attention quelque peu forcée qu'il semblait leur porter ne la rassura qu'un court laps de temps. Préférant lui tourner le dos, elle sentit son regard peser sur ses épaules à travers la salle bruyante.

Gracieuse et souriante, elle papillonnait parmi ses invités, jouant à merveille son rôle de maîtresse de maison, veillant à ce que les plateaux et les verres fussent régulièrement remplis. Délibérément, elle évita le coin où se tenait Nicolas, certaine qu'il ne la quittait pas des yeux, et finit par trouver Emile qui s'empressa de garnir une assiette à son intention, en sélectionnant les mets qu'elle préférait. Comprenant qu'elle n'était venue que pour se réfugier dans l'ombre protectrice de son mari, elle reposa l'assiette, incapable de manger le moindre morceau.

Quand les convives furent rassasiés, elle emmena certains d'entre eux visiter la serre où évoluaient les papillons exotiques. Leurs splendides ailes multicolores ajoutaient à la magie de ce lien orné de plantes vertes et tendu de tulle.

— Fabriquent-ils aussi de la soie ? demanda quelqu'un.

— Leurs cocons sont trop fragiles ou irréguliers pour être commercialisables. Emile dit que leur beauté se suffit à elle-même, et je suis de son avis.

Quand ils rejoignirent la réception, le bal avait repris malgré le temps qui tournait à l'orage. Un vent tiède et de plus en plus violent soufflait sur la propriété, faisant danser les lanternes sur leurs branches. L'assistance n'en parut que plus déterminée à continuer de s'amuser, à rire des robes et des châles qui s'envolaient et incitaient les hommes à serrer plus étroitement les tailles de leurs cavalières. L'orchestre entonnait des airs toujours plus entraînants et Gabrielle finit par se mêler à la ronde qui venait de se former et l'entraînait dans une folle sarabande à travers la pelouse. Un coup de tonnerre tira des exclamations de joie aux plus hardis et les mains se délièrent pour former des couples improvisés, certains en profitant pour se lancer dans un flirt impromptu. L'atmosphère chargée d'électricité enflammait les danseurs.

Dans un second roulement de tonnerre, Gabrielle se trouva brusquement face à face avec Nicolas comme nouveau partenaire. Le visage éclairé par la lanterne sous laquelle ils se tenaient, son regard brillait d'un éclat étrange et elle faillit pousser un cri au contact de ses mains, comme si un éclair magnétique venait de les traverser. Il partit dans un éclat de rire triomphant.

— Dois-je avouer que j'attends cet instant depuis le début de la soirée ?

Elle joignit son rire au sien, enivrée de constater qu'elle n'avait vécu elle aussi que pour ce moment. Une onde de bonheur la parcourut quand il l'entraîna dans une valse. L'orage menaçait maintenant si fort que nombre de danseurs s'immobilisaient pour scruter le ciel d'un air hésitant. Insouciants, tous deux n'en continuaient pas moins de tournoyer.

— Il me faut reconnaître, monsieur, que je ne m'attendais pas à vous voir ici ce soir.

— Dois-je en conclure que mon arrivée vous a donné un choc ? fit-il, amusé.

— Disons que ce fut une surprise agréable.

Cela, il l'avait depuis longtemps deviné, à la seule expression de ses yeux.

— D'une façon ou d'une autre, vous auriez dû vous douter que nous étions destinés à nous revoir, madame.

Elle détourna son regard, sentant venir le danger. Dans l'excitation générale du moment, elle se serait volontiers abandonnée à la griserie qui lui tournait la tête.

— A Lyon, passe encore, bien que ce soit une grande ville, mais certes pas chez moi.

— Aurais-je mieux fait de ne pas venir ?

— Mon Dieu, si ! Pourquoi cela ?

Penchant la tête en arrière, elle le défia de ses prunelles mauves, sa jupe de soie plaquée contre ses jambes.

— Mais avez-vous pensé un seul instant que vous pouviez tomber sur mon frère Henri ?

— Cette idée ne m'aurait pas arrêté. Cependant, il n'est pas venu, me semble-t-il ?

— Dieu merci, non !

— Je savais que cette soirée serait réussie.

Elle devinait ce qu'il allait dire. Parce qu'il n'y aurait personne, cette fois, pour s'interposer entre eux.

Elle avait vu juste. Lisait-il aussi bien dans ses pensées qu'elle dans les siennes ?

Le rythme de la danse avait ralenti et son partenaire l'entraînait doucement vers un rideau d'arbres dont les feuillages étouffaient la musique. Alors ils s'arrêtèrent, s'adossèrent à un tronc, toujours enlacés. Le tonnerre retentit de nouveau, plus proche.

— Etes-vous resté à Lyon depuis notre rencontre ?

— Non, dès le lendemain, je repartais à Paris, où se trouvent mes métiers à tisser. Je suis de passage ici pour quelques jours, le temps de lancer la restauration de notre maison de la Croix-Rousse.

Le vent faisait voleter ses cheveux et dénouait sa cravate blanche.

— Je crains, ajouta-t-il, que plusieurs mois de travaux ne soient à prévoir.

— Pourquoi, grands dieux ? Vous et vos parents n'êtes pas partis depuis si longtemps !

Il put constater qu'elle ne mettait aucune malice dans sa question. Visiblement, elle n'avait pas la moindre idée des déprédations commises à l'instigation de son père.

— L'humidité et la poussière gâtent vite la soie, expliqua-t-il. Les murs et les meubles ont grand besoin d'être retapissés... et quelques dégâts réparés.

Elle ne releva pas ce dernier point. Seule la soie l'intéressait.

— Les étoffes en seront-elles tissées à Paris ?

— Oui, madame.

Autour d'eux, les couples quittaient la pelouse pour s'éparpiller dans les buissons ; l'heure était à la douceur moite de baisers furtifs dans la pesanteur de l'orage imminent.

Gabrielle ressentit soudain le besoin de rompre le silence qui les entourait.

— Comptez-vous revenir souvent à Lyon lorsque votre maison sera rendue habitable ?

— Oui, telle est mon intention. Pour tout vous dire, je forme le projet de m'installer définitivement ici.

La nouvelle la réjouit autant qu'elle la fit frémir.

— Ne vous considérez-vous donc pas encore comme un Parisien ?

— Il me semble que toute personne née à Lyon ne peut vraiment se sentir chez soi ailleurs.

— Je partage totalement votre opinion. Savez-vous quel est mon coin préféré dans cette ville ?

Il ne parvenait pas à la quitter du regard. Une lanterne

vacillante sous les assauts du vent les éclairait cependant encore assez pour dévoiler l'intensité de son expression, la pâleur de sa gorge et de ses épaules.

— Voyons donc, la pressa-t-il.

— La colline de Fourvière. J'aimerais tant y bâtir une maison. Elle serait à l'écart, loin des rues et des filatures, mais, par la vue qu'elle offrirait sur la ville, en constituerait le cœur même.

— Avez-vous déjà choisi l'emplacement exact ?

— Oui, il y a très longtemps. Mon frère Julien et moi étions encore enfants quand nous y sommes un jour partis en pique-nique. Nous y avons découvert des fragments d'anciennes poteries romaines qui m'ont servi à marquer le terrain. Aujourd'hui, les morceaux doivent avoir disparu sous l'herbe mais je suis certaine que je saurais retrouver l'endroit.

— J'aimerais voir cet endroit, commenta-t-il gravement.

Leur conversation avait pris un tour sérieux, intime et sincère. La jeune femme s'en rendit compte trop tard mais tenta néanmoins de l'orienter vers un sujet plus badin :

— Alors, il faudra vous débrouiller tout seul. Car c'est un secret, que je ne partage avec personne.

La taquinerie n'opéra pas.

— Ainsi, vous vous sentez coupée de Lyon, ici, dans cette campagne ?

— Cela m'arrive.

Pour un peu, elle eût admis la morosité de son existence depuis qu'elle ne pouvait plus s'activer autant qu'elle le voulait à la magnanerie, mais parvint à s'interrompre à temps.

— Pourtant, c'est un pays magnifique, crut-elle bon d'ajouter. Admirable.

Le voyant qui haussait un sourcil, elle finit par se rendre :

— D'accord ! J'avoue tout ! Je regrette terriblement de ne plus être au cœur de la capitale de la soie, pour en voir grandir l'industrie.

Toute politesse envolée, il lui retourna un sourire de compréhension car leurs yeux se parlaient aussi bien que leurs bouches.

— Peu de femmes, en vérité, m'auraient donné une telle raison à leur ennui. Elles se seraient plutôt plaintes de ne plus participer à la vie mondaine, aux parties de cartes, aux bavardages, de ne plus recevoir les coiffeurs et les couturières autant qu'elles le voudraient. Que vous êtes donc différente de toutes celles que je connais, belle Gabrielle !

A l'entendre pour la première fois prononcer son prénom, elle s'écarta légèrement de lui, tournant ses regards vers la maison, derrière son épaule. Des silhouettes de danseurs évoluaient encore sur la pelouse. Les lanternes s'éteignaient l'une après l'autre, à commencer par la leur, qui les laissa plongés dans une obscurité à peu près complète. Des boucles noires échappées de sa résille d'or voletaient sur son front et ses joues, comme douées d'une vie propre.

— Vraiment, monsieur ?

— S'il m'était donné de remonter le temps jusqu'à l'instant de notre première rencontre, je ne vous laisserais assurément pas m'échapper.

Elle ne protesta pas pour lui interdire de prononcer de telles paroles, parce qu'elle avait la coquetterie en horreur et qu'il venait de s'exprimer sincèrement.

— Cela n'aurait rien changé. J'avais accepté d'épouser Emile. Aucun de vos mots, aucun de vos actes n'auraient pu me faire revenir sur ma promesse.

— Alors, je regrette de ne pas être arrivé quelques semaines avant ce jour fatal, quand il me restait encore une chance.

Lentement, elle se retourna vers lui. Quoi qu'elle eût la faiblesse d'éprouver pour lui, il n'existait ni passé ni avenir possible entre eux. Le merveilleux bien-être ressenti en sa présence n'appartenait qu'au moment présent, après quoi il devrait être à jamais banni de sa vie.

— Je suis heureuse de vous avoir rencontré ce soir, monsieur, même s'il faut nous en tenir là. Je ferai en sorte que nos routes ne se croisent plus, désormais.

Plongeant ses regards dans les siens, il se rapprocha :

— Ce qui nous arrive vous fait donc si peur ?

— Rien ne nous arrive qui puisse m'effrayer. Je sais seulement que nos destinées ne sauraient se rejoindre en aucune façon.

— Je ne suis venu ce soir que dans l'espoir de vous voir. Vous ne pouvez l'ignorer.

— Mieux vaut nous contenter de ce qui est, sans chercher à savoir ce qui aurait pu être.

Un éclair aveuglant zébra le ciel noir, révélant l'espace d'un instant leurs deux visages en proie à la plus violente émotion, balayant leurs derniers doutes sur l'irrésistible attrait qui les unissait l'un à l'autre. Dans le terrifiant coup de tonnerre qui suivit, il leur sembla que la terre se mettait à trembler sous leurs pieds et Nicolas ne put s'empêcher de prendre la jeune femme dans ses bras pour lui donner le plus ardent, le plus fou des baisers qu'elle accueillit avec la plus brûlante des passions, comme s'ils avaient soudain le pouvoir de se dévorer mutuellement. A ce moment, elle comprit qu'elle avait été mise au monde pour cet homme, et lui seul.

Torrentielle, la pluie s'abattit sur les arbres, giflant les feuilles, fouettant les troncs, noyant les dernières lanternes allumées. Pourtant, ils restaient à leur place, défiant la tempête, unis dans les ténèbres comme s'ils ne faisaient déjà plus qu'un, oubliés de ceux qui couraient se mettre à l'abri. Ce fut seulement quand une silhouette les bouscula qu'ils se détachèrent enfin l'un de l'autre, le souffle court. Un moment de plus, pensa Gabrielle, et ils auraient roulé dans la boue. A cette heure, elle eût tout accepté de lui, submergée d'un transport plus puissant que le désir encore, rendue aussi muette que lui par la force d'un tel élan. Ils demeurèrent immobiles sous les trombes d'eau qui collaient leurs cheveux et leurs vêtements.

— Fuyons ensemble ! implora-t-il brusquement. Maintenant. Tout de suite !

Tout son être lui criait de prendre cette main qu'il lui tendait. Partir, oublier le reste. La tentation était telle qu'elle sut à peine y résister. Seule une rage imprévue la tira de ce dernier péril :

— Seigneur non ! Vous perdez l'esprit !

Violemment, elle se débattit pour l'empêcher de l'entraîner où elle ne rêvait que de le suivre.

— C'est une seconde chance qui nous est donnée là. Il faut la prendre.

— Pour rien au monde !

Dans un effort désespéré, elle parvint à libérer son poignet pour retourner au seul avenir qu'elle se connût.

— Nous sommes faits l'un pour l'autre ! protesta-t-il encore.

— Non ! Je ne suis pas à vous ! Je ne le serai jamais ! Allez-vous-en ! Sortez de ma vie !

Prenant ses jambes à son cou, elle courut pour échapper à elle-même, à son propre fantôme qui restait auprès de lui, qui ne voulait que lui sourire et s'offrir, comme si ni engagement ni devoir ne signifiaient plus rien à ses yeux.

— Ecartez-vous de ces grands arbres ! l'entendit-elle crier d'un ton angoissé. Attention à la foudre !

Surprise, elle s'arrêta, se retourna. Il s'adressait à des invités qui s'étaient réfugiés sous les branchages pour s'abriter de la pluie battante. Rebroussant chemin, manquant à plusieurs reprises de se tordre les chevilles dans la pelouse détrempée, elle s'élança à la rencontre du petit groupe qui ne savait plus très bien où aller.

— L'orangerie n'est pas loin, s'écria-t-elle. Venez, suivez-moi.

Plusieurs couples lui emboîtèrent le pas, tandis que Nicolas partait à la recherche d'autres invités. Guidée par les éclairs incessants, elle eut tôt fait de leur ouvrir la porte de la resserre d'où montaient des effluves aromatiques. A peine à l'intérieur, les femmes se désolèrent de l'aspect lamentable de leur tenue, tout en frissonnant dans leurs robes ruisselantes, car la pluie avait fait chuter la température.

Par la verrière, Gabrielle voyait son mari qui s'activait dans toutes les directions, dépêchant ses serviteurs armés de bâches pour protéger les malheureux encore éparpillés dans le parc et qui ne savaient comment se diriger vers la maison sous ces trombes d'eau.

Il finit par entrer à son tour dans l'orangerie, accompagné de deux valets. Un appel d'air glacé l'accompagna quand il ouvrit la porte. Il était trempé comme s'il venait de se baigner tout habillé.

— Par ici, mes amis.

Tous quittèrent leur abri ensemble, Gabrielle avec les dames sous la bâche, les hommes courant à la suite d'Emile. Dans la maison, l'atmosphère était à la franche gaieté, nul ne s'étant laissé impressionner par la violence de l'orage. La maîtresse de maison précéda ses invitées dans les chambres du premier étage où elles purent se sécher tant bien que mal tout en bavardant avec animation. Gabrielle était si occupée qu'elle ne vit pas Nicolas partir.

Lorsque le dernier attelage eut tourné à l'angle de la route, Emile se servit un grand verre de cognac qui ne parvint cependant pas à le réchauffer. Il tremblait de tous ses membres. Il s'en versa un deuxième, vite suivi d'un troisième également avalé d'une traite.

— Nous pouvons nous féliciter de cette fête si réussie ! observa-t-il à l'adresse de Gabrielle. L'orage l'a écourtée, sans parvenir à la gâter.

— En effet. Je tiens toutefois à vous demander une faveur.

— Je vous écoute.

La gorge serrée, la jeune femme articula :

— A l'avenir, il ne faudra plus inviter M. Devaux.

— Pourquoi cela ?

Plissant les yeux, il ajouta d'un ton plus bas :

— Se serait-il permis quelque privauté ?

La voyant secouer la tête, il laissa échapper un petit soupir de soulagement :

— Cela m'aurait étonné, à vrai dire. D'autant que vous n'avez pas dansé une seule fois en sa compagnie, à ce qu'il m'a semblé. Alors, quelles sont les raisons de cette requête ?

Malgré sa jalousie, son mari n'avait donc pu la surveiller tout le temps. Pour cette fois, l'obscurité des arbres l'avait bel et bien protégée de ses regards soupçonneux. Aussi put-elle lui faire la réponse qu'elle avait préparée :

— Est-il besoin de le demander ? Ce monsieur est un Devaux.

— Sans doute.

— Ignorez-vous que nos deux familles sont ennemies ?

Imperturbable, il avala une gorgée d'alcool.

— Non pas.

— Et vous l'avez invité ici, malgré que son grand-père ait tué le mien en duel ! N'avez-vous pas entendu Henri rapporter l'incident qui a failli me retarder le jour de notre mariage ? C'est ainsi que j'ai fait la connaissance de M. Devaux.

— Je n'écoute jamais trop ce que dit votre frère.

Il pencha la tête de côté, la regarda d'un air moqueur.

— Voilà pourquoi vous m'avez paru bizarre, ce soir. Vous étiez tendue.

— Est-ce à dessein que vous n'avez pas mentionné le nom de ce monsieur dans la liste de nos invités ?

— Voyons, ma mie, à quoi bon ressasser de vieilles rancœurs ? Voudriez-vous me faire croire que tous les torts sont du même côté ? A ce que j'entends, les hommes de votre famille sont prompts à crier au « meurtre » ou à la « trahison » dès qu'il s'agit des Devaux, mais si votre grand-père a trouvé la mort dans un duel, il ne peut être question de meurtre. Quant à la trahison, elle prend un tout autre sens selon qu'elle est perçue par les partisans ou par les adversaires de cette Révolution sanguinaire qu'il vaudrait mieux oublier.

— Faut-il vous préciser que j'y ai déjà longuement réfléchi en ces termes ?

— A la bonne heure ! Je vous sais trop intelligente pour vous laisser fausser le jugement par de tels préjugés. Votre père, lui, s'investit dans de trop nombreuses passions. Ne m'avez-vous pas conté comment il ne vous a jamais pardonné la mort de votre mère ? Quelle sourde hargne pouvait donc l'habiter quand il a cru bon de dénoncer deux concitoyens dont l'un n'était encore qu'un enfant ? Vous êtes-vous demandé qui a mis leur maison à sac après leur départ ? Posez-lui la question. Si ce que j'ai entendu dire est vrai, il pourra sans doute vous renseigner.

— Vous êtes en train de détourner le sujet de cette conversation.

— Non. Je cherche simplement à vous démontrer l'absurdité de votre requête.

Détachant chacun de ses mots comme s'il avait du mal à les articuler, il ajouta :

— M. Devaux me semble un homme apte à faire beaucoup pour l'industrie de la soie. Il est ambitieux et sait voir loin. J'ai l'intention de travailler avec lui.

— Non !

Cette réaction outrée confirma Emile dans son opinion qu'il avait bien fait de ne pas associer son épouse à ses affaires. Les femmes se laissaient trop dominer par leurs émotions, sans considérer l'intérêt final en jeu, en l'occurrence un nouveau et important client appelé à un grand avenir.

— Il se trouve à Lyon en ce moment pour quelque obligation personnelle. Au cours d'une discussion préliminaire sur ses besoins en soie pour alimenter ses métiers parisiens, il m'a fait savoir qu'il m'en réserverait la commande.

Elle fit plusieurs pas dans sa direction, en joignant nerveusement les mains.

— Sachez que je n'éprouve pas de haine envers lui. Pas la moindre. Simplement, je préférerais que nous en restions là, pour éviter tout risque de friction.

D'un geste agacé, Emile dénoua sa cravate qui lui serrait le cou en séchant.

— Allons, ma chère, montrez-vous plus rationnelle ! Ce monsieur ne vous a causé aucun dommage personnel et je ne puis refuser une bonne affaire. Il a l'intention de rouvrir la filature Devaux de la Croix-Rousse ; je serais bien sot de ne pas me mettre sur les rangs en tant que son fournisseur attitré.

Prise de désespoir, elle se sentait acculée dans ses derniers retranchements. Pourtant, elle tenta une dernière sortie :

— Faites des affaires avec lui tant qu'il vous plaira mais je vous supplie de m'épargner toute nouvelle rencontre, tout au moins tant que je ne me sentirai pas prête.

— Fort bien, mais gardez à l'esprit que nos chemins seront appelés à se croiser souvent dès qu'il se sera installé à Lyon.

Ce qu'il vit dans ses yeux à ce moment révélait un émoi sans commune mesure avec la situation. Afin de la rassurer, il voulut caresser du bout des doigts son visage mais elle sursauta au contact de sa main glacée et la repoussa involontairement.

— Vous mourez de froid ! s'écria-t-elle. Miséricorde, je ne m'en rendais pas compte ! Il vous faut quitter ces vêtements à l'instant !

Doucement mais fermement, elle le poussa vers l'escalier et il se laissa faire en claquant des dents. Elle pria deux des domestiques qui rangeaient le salon de préparer immédiatement un bain chaud.

Au matin, le beau temps avait repris ses droits. Cependant, Emile apparut au petit déjeuner les traits tirés, habillé d'une veste plus chaude que ne l'exigeait la température. Il eut beau assurer qu'il se portait le mieux du monde, sa femme lui versa son café sans trop le croire tant elle le trouvait pâle et les yeux rougis. Néanmoins, elle commença par mettre ces symptômes sur le compte de l'alcool qu'il avait bu la veille.

Vers midi, ses premières craintes se confirmèrent. Emile rentra de la magnanerie tremblant de fièvre et tenant à peine sur ses jambes. Son médecin fut appelé en hâte tandis qu'elle le mettait au lit malgré ses protestations :

— J'ai encore du courrier à expédier.

— Je veillerai à le faire partir par la malle-poste. Reposez-vous maintenant.

Le Dr Jaunet ne tarda pas à venir. C'était un petit homme jovial et rond qui montrait cependant une étonnante souplesse pour se pencher et coller son oreille sur la poitrine de ses malades. Il ne laissa rien paraître de ses sentiments avant d'avoir quitté la chambre et de descendre l'escalier en compagnie de Gabrielle.

— C'est une mauvaise congestion, madame, qui peut causer grand mal aux poumons et mener à la mort par consomption. M. Valmont a malheureusement déjà souffert de la même affection il y a trois ans, après avoir tiré en plein hiver un enfant de la rivière.

— Il ne m'en a jamais parlé.

— Enfin, il s'en est sorti à cette époque, il devrait en faire de même aujourd'hui, mais la guérison sera peut-être plus longue à venir.

— Je ferai tout ce qui est en mon pouvoir.

Emile lutta plusieurs jours contre une violente fièvre. Mise au courant, Hélène proposa ses services et du même coup, contraria fortement M. Roche qui se crut abandonné. La jeune femme ne pouvait plus cacher à quiconque sa future maternité et rayonnait de bonheur. Elle ne s'en estimait que plus responsable du bien-être de son entourage ; Gabrielle, cependant, parvint à la convaincre de ne pas veiller la nuit à cause du bébé. En compensation, Hélène prit l'habitude de se lever à l'aube pour permettre à sa belle-sœur de dormir un peu avant de revenir au chevet de son mari.

Emile malade, la correspondance s'entassa sur son bureau,

et le jour vint où le régisseur se trouva dans l'obligation de consulter Gabrielle :

— Pardonnez-moi de vous déranger, madame. Nous allons devoir songer à mettre en route la cuisson des cocons. Pourriez-vous m'indiquer le nombre de nymphes que nous devrons garder en vie cette année pour la reproduction ?

— Je l'ignore et M. Valmont est trop malade pour vous répondre.

— Sans doute l'aura-t-il consigné dans ses cahiers.

— J'irai voir dès que je le pourrai.

Plusieurs jours s'écoulèrent encore avant qu'elle ne songeât à sa promesse. Emile délirait et les potions du médecin n'avaient aucun effet. Seules les compresses d'eau froide sur le front le soulageraient. A la fin, elle fut prise d'une telle fatigue qu'Hélène redouta de la voir s'effondrer à son tour ; néanmoins, elle refusa de laisser sa place à Mme Barale, une villageoise envoyée par le Dr Jaunet.

Lorsque la fièvre tomba enfin, elle laissa Emile endormi pour sortir de la pièce en pleurant comme une enfant. Cette fois, Mme Barale allait pouvoir prendre sa suite.

Le lendemain, reposée par une longue nuit de sommeil, elle apprit qu'Emile s'était éveillé, le temps d'annoncer qu'il avait soif et de boire un lait de poule. De nouveau, il reposait paisiblement et Gabrielle songea, pour la première fois depuis le début de sa maladie, à sortir un peu. Il lui sembla que des mois avaient passé depuis qu'elle avait vu le soleil pour la dernière fois. Un instant, elle demeura sur le perron, offrant son visage aux chauds rayons. Le pas d'Hélène sur le gravier la fit cligner des yeux.

— Où étiez-vous ? demanda-t-elle en descendant à sa rencontre.

— Je viens d'envoyer deux lettres, annonça sa belle-sœur en dénouant le ruban de son chapeau de paille. L'une adressée à Père pour lui faire savoir que son gendre allait mieux mais qu'il ne fallait pas m'attendre avant encore quelque temps, l'autre à Julien pour lui conter ces événements.

— Le courrier que vous lui expédiez lui arrive-t-il toujours ? Parfois, quand je reçois un mot de lui, il me semble que les miens ne lui sont pas encore parvenus.

— La poste ne suit pas systématiquement son régiment,

surtout quand il est en campagne. Vous partez en promenade ?

— Non, au bureau d'Emile. J'espère y trouver des notes dont le régisseur a besoin.

Le secrétaire l'accueillit dans la petite pièce contiguë à la magnanerie.

— J'ai entendu dire que M. Valmont se portait mieux. Pensez-vous qu'il sera long avant de se remettre au travail ?

— Assez, je le crains.

— Et toutes ces lettres qui attendent... Je ne puis les traiter sans son autorisation.

— Montrez-les-moi. J'avais l'intention de vérifier également ses cahiers.

Elle ouvrit les tiroirs du bureau avec une clef qu'il gardait dans sa veste. L'un contenait une bourse de pièces d'or, plusieurs documents officiels et des notes. Elle savait que le secrétaire avait vainement cherché les chiffres qui intéressaient le régisseur et ces tiroirs étaient sa dernière chance. Avisant un almanach, elle le feuilleta, remontant à quelques jours précédant la fête et trouva enfin la réponse tant attendue.

Elle en fit aviser aussitôt la magnanerie et le travail put recommencer.

Pensive, elle demeura un moment dans le bureau, la correspondance devant elle. Il lui semblait assez connaître les affaires de son mari pour pouvoir les traiter sans le déranger. Elle classa plusieurs informations, dicta quelques réponses au secrétaire. Soudain, elle tomba sur une lettre expédiée de Paris et sentit le cœur lui manquer. Elle provenait de Nicolas. Il confirmait sa commande, mais elle ne voyait, à travers l'écriture ferme, que le souvenir du baiser qu'ils avaient échangé par une nuit d'orage. Elle qui avait tant lutté pour l'oublier, le voyait remonter à la surface de sa conscience dès la première occasion, sentant encore sur ses lèvres le contact velouté de sa bouche, humant son odeur, comme s'il se tenait là, près d'elle, pressant ardemment son corps contre le sien.

Prenant sa tête dans ses mains, elle croyait entendre les signaux de danger qui ne cessaient de l'assaillir dès qu'elle pensait à Nicolas. Le revoir équivalait à signer sa défaite.

Elle se redressa en soupirant. Il lui fallait répondre de sa main à cette lettre. Sans hésiter, elle trempa une plume dans

64

l'encre pour écrire que l'élevage Valmont ne serait pas en mesure de fournir la filature Devaux ni cette fois ni à l'avenir. Elle signa, sécha le papier, le plia et le scella.

Convaincue d'avoir agi pour le mieux, elle se sentait de taille à affronter les foudres d'Emile lorsqu'il découvrirait sa manœuvre. L'important était d'éliminer tout risque de voir Nicolas ressurgir dans sa vie, ne fût-ce que par le biais des affaires.

Elle acheva de classer le courrier, consultant parfois le secrétaire. Quand celui-ci lui apporta des plumes fraîchement taillées, tous deux semblaient certains de pouvoir continuer à travailler ensemble le temps qu'Emile recouvrât la santé. Entre-temps, Gabrielle aurait prouvé qu'elle pouvait tout à la fois assumer les tâches d'épouse, de maîtresse de maison et de femme d'affaires sans qu'aucune vînt au détriment de l'autre. Qu'Emile en acceptât les termes dépendait de bien des choses, dont la moindre ne serait certes pas cette fin de non-recevoir à la commande Devaux.

Quoi qu'il dût en découler, elle se sentait revivre, de nouveau autonome et libre de prendre seule ses décisions.

Quittant le bureau, elle regagna la maison. En chemin, elle cueillit quelques fleurs pour la chambre du malade.

3

Emile se remettait lentement de sa maladie. Dès qu'il en trouva la force, il s'enquit de ses affaires. Hélène qui se trouvait auprès de lui à ce moment lui dit doucement de ne pas s'inquiéter.

— Gabrielle veille à s'occuper de tout, tranquillisez-vous.

A sa surprise, il poussa un gémissement désespéré, tournant et retournant la tête sur ses oreillers. Quand elle apprit sa réaction, Gabrielle en comprit immédiatement la cause et s'empressa de lui envoyer tour à tour le secrétaire et le régisseur afin qu'ils le rassurent de leur mieux. Ainsi fut-il convaincu que sa femme n'avait pris la direction de l'élevage qu'à titre temporaire, tout en se conformant scrupuleusement à sa façon de travailler. Satisfait de ce que son autorité n'était pas entamée, il se calma, bien que son état de santé fût encore loin de lui permettre de se lever.

— Cette période est aussi critique qu'au moment de la fièvre, assura le Dr Jaunet à Gabrielle. Ne hâtez rien ou vous risqueriez d'en faire un invalide.

Bien qu'elle trouvât l'atmosphère de la pièce étouffante, elle se conforma aux ordres du médecin qui ne voulait pas voir la fenêtre ouverte une minute. Bientôt, une missive irritée de M. Roche leur parvint, demandant quand sa bru comptait reprendre sa tâche auprès de lui, à quoi Hélène répondit avec un aplomb inaccoutumé qu'elle devait rester là où sa présence pouvait rendre les plus grands services.

Sans elle, Gabrielle se serait trouvée dans l'impossibilité de quitter un instant le chevet de son mari. En effet, au fur et à mesure qu'il se remettait, il exigeait de l'avoir auprès de lui, se montrant irritable et impatient. Seule Hélène parvenait alors à l'apaiser et une véritable amitié naquit entre eux, si bien qu'il finit par tolérer les absences de Gabrielle. Sans doute en aurait-il été autrement s'il s'était douté qu'elle se précipitait chaque fois dans son bureau pour reprendre la direction des affaires, donner des ordres, recevoir des acheteurs. Cependant, tout se passait pour le mieux. Le secrétaire et le régisseur assumaient fort bien le contrôle qu'elle exerçait sur eux et, quand Emile se mit à lancer des directives depuis son lit, ce fut elle qui les répercuta. Bientôt, il put apposer sa signature au bas des lettres qu'elle rédigeait, et se montra fort satisfait quand le régisseur lui annonça que la production de cette année serait d'une qualité exception- nelle. Lorsque son épouse vint faire un peu de broderie à côté de lui, il crut bon de lui annoncer la nouvelle, et elle en sourit, comme si elle l'apprenait de sa bouche.

Une seule femme se présenta au bureau, parmi les nombreux acheteurs de l'élevage. Mme Hoinville était une vaillante veuve d'un certain âge qui possédait quatre métiers et préférait acheter son fil directement à la magnanerie plutôt que de s'adresser à un négociant.

— Quel plaisir de travailler avec vous, madame ! observa- t-elle lorsque toutes deux furent parvenues à un accord sur le chiffre de sa commande et la date de livraison. Je regrette seulement qu'il ait fallu la maladie de votre mari pour prouver que les femmes ne sont pas si lentes à comprendre les affaires quand le besoin s'en fait sentir.

— J'aimerais visiter vos ateliers un jour où je viendrai à Lyon.

— Vous y serez la bienvenue. Je n'emploie que des femmes qui, comme moi, se retrouvent livrées à elles- mêmes, à cause d'un décès, d'un abandon ou d'une mésen- tente.

Parler ensemble devenait un plaisir pour les deux femmes car aucune ne cherchait à dominer l'autre comme aurait pu le faire un interlocuteur masculin. La flatterie, la condescen- dance, la brutalité, la méfiance, ni les avances ne trouvaient place dans leurs conversations, bien que toutes deux eussent depuis longtemps appris à s'en défendre.

Un mois jour pour jour après la fête, les cocons mis de côté pour la reproduction commencèrent à donner signe de vie. Gabrielle se précipita vers les claies pour voir sortir les premières chrysalides, blanches et pataudes mais agitant leurs ailes comme si elles brûlaient de prendre leur envol. Hélène, venue la chercher, fut accueillie par un sourire triomphant :

— Tout se passe comme prévu. Elles vont s'accoupler dès que leurs ailes seront sèches.

— Ne risquent-elles pas, alors, de s'échapper ? Les beaux papillons de la serre semblent prêts à le faire à la première occasion.

Gabrielle secoua la tête :

— Ceux-ci sont domestiqués depuis des siècles, ils ont perdu l'instinct de voler.

Elle emmena ensuite Hélène dans l'atelier, pour lui montrer comment les ouvrières tiraient la soie des cocons après l'ébouillantage. Les filaments étaient ensuite enroulés doucement autour de brindilles d'osier, ce qui donnait à la pièce tout entière l'allure d'une gigantesque toile d'araignée.

— La sériciculture n'a guère évolué depuis les origines, expliqua Gabrielle, et il en sera toujours ainsi.

Puis elle lui montra comment les fils étaient lissés, croisés, doublés, assemblés et retordus. Au toucher, les bottes paraissaient encore assez rêches mais, après le décruage, elles prendraient leur aspect final, tout de douceur lisse.

Au milieu des chuchotements des femmes, du grincement des roues, du bouillonnement des marmites sur le feu, nul n'avait entendu le secrétaire entrer. Aussi Gabrielle sursauta-t-elle quand elle l'entendit annoncer derrière elle :

— Un monsieur est là qui désire vous parler, madame.

— Qui donc ? demanda-t-elle en se dirigeant vers la porte.

— Je pense qu'il s'agit d'un nouveau client. Je ne connaissais pas encore ce nom : M. Devaux.

La voyant blêmir, Hélène la rejoignit :

— Qu'y a-t-il ?

— Vous rendez-vous compte de ce que signifie ce nom pour moi ? soupira la jeune femme en vérifiant machinalement sa coiffure. La vieille querelle qui oppose notre famille aux Devaux s'est trouvée ravivée par l'incident du jour de mon mariage.

— Ne me dites pas que vous partagez les sentiments étriqués d'Henri.

— Non, mais j'ai de la répugnance à rencontrer ce monsieur et pour les meilleurs motifs du monde.

— Quels sont-ils ?

Quel soulagement n'eût-elle pas éprouvé à se confier, à dire le trouble où la mettait la seule évocation de ce nom, au point qu'elle doutait de sa résistance si elle devait se retrouver seule face à face avec ce diable d'homme ? Leur première rencontre, au cours de l'accrochage de leurs voitures, avait suffi pour provoquer son hésitation quand, à la messe du mariage, Emile s'apprêtait à lui glisser l'anneau nuptial ; cependant, elle n'avait compris ce réflexe que beaucoup plus tard, très exactement en embrassant Nicolas sous les arbres pendant l'orage. Fuir restait sa seule défense, bien qu'elle en éprouvât la plus grande honte. Non, mieux valait ne rien dévoiler à Hélène ; parler serait donner voix et donc vie à ce sentiment qu'elle refusait de toutes ses forces d'admettre, de peur de ne pouvoir plus résister.

— Ce serait trop long à vous expliquer, dit-elle. Je dois y aller. Pour le renvoyer.

Pressant le pas, elle courut presque jusqu'au bureau, tandis qu'Hélène, pensive, traversait les bosquets pour regagner la maison. Il fallait en effet quelque bonne raison à sa belle-sœur pour s'effrayer à ce point. Lentement, elle gravit les marches de la terrasse où Emile lisait dans une chaise longue à l'ombre. De jour en jour, il allait mieux, mais ne pouvait encore s'éloigner de la maison.

Gabrielle pénétra dans le bureau par une porte-fenêtre et prit place dans le fauteuil de son mari. Le temps de reprendre son souffle, de remettre un peu d'ordre dans sa coiffure, et elle agita la clochette pour indiquer au secrétaire qu'il pouvait introduire son visiteur.

Nicolas Devaux entra d'un pas arrogant, le visage fermé, et Gabrielle comprit aussitôt que l'entrevue serait orageuse.

— Madame, bonjour ! lança-t-il sans préambule. Ainsi c'est bien vous qui dirigez la magnanerie pour le moment.

— En effet, répondit-elle d'un ton qui se voulait neutre.

Ainsi qu'elle l'avait craint, sa présence provoquait toujours en elle cette même attirance, comme s'il possédait le pouvoir de combler un vide dans son existence.

— Veuillez prendre place.

Tout en se débarrassant de sa canne et de son chapeau, il s'assit sur le fauteuil situé face au bureau. Comme chaque fois, il était fort élégamment vêtu, d'une chemise immaculée, d'un habit impeccablement coupé, d'une cravate blanche soigneusement nouée haut sur le cou.

— J'espère que M. Valmont est en voie de guérison. Votre lettre m'est parvenue à Paris et son contenu n'a cessé de m'étonner qu'hier, lorsque, revenant à Lyon, j'ai appris combien il avait été malade.

— L'état d'Emile s'améliore de jour en jour, je vous remercie. Pourquoi le contenu de ma lettre vous a-t-il étonné ? Il était fort clair, ce me semble.

— A vos yeux, peut-être, mais pas aux miens. Votre mari avait accepté de me vendre de la soie grège et j'ai du mal à concevoir qu'il ait pu changer d'avis, à moins...

Elle l'interrompit d'un mouvement brusque de la tête :

— Non, monsieur, je ne lui ai rien rapporté de ce qui s'est passé entre nous. Quel but poursuivez-vous en voulant devenir client de l'élevage Valmont ? Je trouve quelque peu déplacé de prétendre à la fois travailler avec un homme et lui prendre sa femme.

Les muscles crispés par la colère, il se pencha en avant :

— Ce le serait si l'événement auquel vous vous référez avait pris une autre tournure. M. Valmont m'a écrit dès le lendemain matin, sans doute avant de tomber malade, afin de confirmer le montant de la commande que j'allais lui passer. En homme d'honneur, je ne saurais rompre un accord dûment scellé par nos différents courriers.

— J'ai rompu moi-même cet accord au nom de mon mari et j'en assume toute la responsabilité. Vous êtes un Devaux et moi une Roche. Dois-je vous rappeler que jamais nos familles ne sauraient collaborer ?

— Vous *étiez* une Roche. En tant que Valmont vous avez d'autres devoirs.

— Je suis restée Roche au fond du cœur. Aussi laissez-moi vous répéter ce que je disais dans ma lettre, à savoir que vous n'êtes pas le bienvenu ici, ni vous ni vos commandes.

Brusquement, il se dressa pour plaquer ses deux paumes sur le bureau et lui faire face, les yeux étincelants :

— Parce que vous vous figurez que je vais passer une

70

seconde commande ! Ce n'était pas mon intention en venant ici. Je regrette déjà qu'il y en ait une, puisque c'est sur la foi de cette entente que M. Valmont m'a invité à votre petite fête ! Il me faudra surmonter suffisamment de préjugés si je veux réintégrer la *Grande Fabrique*. Je n'ai pas besoin qu'on me mette des bâtons dans les roues dès le départ ! Je vois d'ici la publicité que l'on me ferait si le bruit venait à se répandre que l'honorable maison Roche ne m'a pas jugé digne de compter parmi sa clientèle !

Inflexible, elle soutint son regard :

— La discussion est close, monsieur.

La prenant par les poignets, il l'attira assez à lui pour l'obliger à se lever :

— Comment pouvez-vous associer les affaires avec ce qui nous arrive ? Quoi que vous disiez ou fassiez, vous ne sauriez changer l'ordre de ces choses-là.

Se dégageant, elle prit le temps de se rasseoir posément :

— Il ne nous arrive rien, monsieur. Quoi que vous disiez ou fassiez, vous ne sauriez me convaincre de vous vendre de la soie. Votre commande est annulée.

Dans le feu de leur discussion, aucun des deux n'avait entendu tourner la poignée de la porte.

— Je dois vous prier de partir, monsieur ! lança Emile du seuil. Je soutiens la décision de ma femme.

Il se tenait appuyé contre le chambranle, l'expression figée par l'effort accompli de venir depuis la terrasse au bras d'Hélène. Sa femme poussa un cri d'inquiétude :

— Vous n'auriez pas dû vous fatiguer à ce point, mon ami ! Il est trop tôt.

Se précipitant vers lui, elle lui amena une chaise.

— Asseyez-vous, vous pourriez tomber !

Comme s'il n'avait rien entendu de ces recommandations, il poursuivit à l'adresse de Nicolas :

— Eh bien, monsieur, je crois que vous m'avez tout à fait entendu ! Rien n'étant encore réglé ni signé entre nous, je nous considère libres l'un l'autre de tout engagement. Vous avez ma parole que cette affaire ne sera pas ébruitée.

— En ce cas, je ne discuterai pas votre décision, gronda Nicolas en reprenant canne et chapeau. Je ne vous dérangerai pas plus longtemps.

S'inclinant pour les saluer, il lança vers Gabrielle un dernier regard qui la glaça d'effroi, avant de sortir.

Emile chancela et les deux femmes l'aidèrent à s'asseoir puis le couvrirent d'un châle.

— Pourquoi être venu jusqu'ici? demanda son épouse terrifiée à l'idée d'une rechute.

— C'est ma faute, répondit Hélène. J'ai cru bon d'annoncer qu'un certain M. Devaux demandait à vous voir et que cette visite semblait vous contrarier.

Se penchant vers le visage épuisé de son mari, la jeune femme interrogea doucement :

— Comment saviez-vous que j'avais refusé sa commande?

— Je ne le savais pas, souffla-t-il. C'est en ouvrant la porte que je l'ai appris.

— Ne m'en veuillez pas.

— Il ne faut pas! intervint sa belle-sœur. Gabrielle a travaillé dur pour s'assurer que l'élevage continuerait de tourner en votre absence. Le Dr Jaunet a bien recommandé de vous épargner tout souci.

Les yeux plantés dans ceux de sa femme, Emile répondit sèchement :

— Renvoyer un nouveau client, voilà une étrange façon de m'épargner tout souci! Veuillez nous laisser, Hélène. Ayez la bonté de faire envoyer une chaise à porteurs par deux domestiques qui me ramèneront à la maison. Je doute que mes jambes me portent davantage aujourd'hui.

Quand la porte se fut refermée, laissant seuls le mari et la femme, Gabrielle reprit son questionnaire, sans bouger d'un pouce :

— Saviez-vous depuis longtemps que je travaillais ici?

— Pas au début. Je devais être trop malade pour en prendre conscience. Petit à petit, cependant, le fait m'en est apparu clairement.

— Je sais que j'allais contre vos désirs, néanmoins, je ne puis prétendre que cette charge m'ait pesé le moins du monde.

Il apprécia sa franchise, cette honnêteté naturelle qui lui inspirait toujours la plus grande confiance.

— Sans doute pensiez-vous avoir retrouvé votre élément, concéda-t-il avec un soupir, et, malgré ce que je vous ai dit le soir de la fête, je ne saurais vous blâmer d'en avoir profité pour vous débarrasser de M. Devaux.

Elle l'avait vu se radoucir, comme si, finalement, il ne lui en voulait pas.

— Vous êtes tout à fait compréhensif.

— Qu'il s'agisse de ce monsieur ou de Bonaparte en personne, jamais je ne prendrai le parti de quiconque à l'encontre de ma femme.

Impulsivement, elle appuya la joue sur le dos de sa main avec tendresse ; il lui rendait amplement la loyauté qu'elle avait tant souhaité voir s'établir entre mari et femme. Pourquoi, dès lors, le départ de Nicolas lui brûlait-il la poitrine de chagrin ? Ne venait-elle pas d'atteindre exactement l'objectif qu'elle avait prévu ?

L'effort accompli par Emile pour se rendre à son bureau marqua un tournant dans sa convalescence, comme si l'odeur de l'encre et de la soie venaient de le réveiller. Hélène put regagner Lyon le cœur léger, sachant que sa belle-sœur pourrait à la fois diriger l'élevage et surveiller son mari puisque celui-ci passait désormais plusieurs heures par jour à travailler. Gabrielle lui rapporta fidèlement les principaux événements auxquels elle s'était trouvée confrontée durant sa maladie. Excepté quelques points de détail qu'il corrigea plus par souci de conformisme que pour la critiquer, il approuva chacune de ses actions. Néanmoins, elle n'ignorait pas que cette félicité aurait une fin : dès qu'Emile serait en mesure d'assumer complètement sa charge, elle se retrouverait confinée à ses seules tâches domestiques.

Un matin, à la table du petit déjeuner, il lui annonça en souriant ce qu'elle redoutait chaque jour depuis une semaine :

— Vous n'aurez plus besoin de m'accompagner au bureau, désormais. Je suis certain que vous avez beaucoup à faire ici ; et puis il est temps de reprendre votre vie mondaine.

Comme pour la récompenser du courageux signe d'assentiment qu'elle lui donna, il lui apporta, plus tard dans la journée, le cadeau promis depuis longtemps, de somptueux écheveaux de la soie la plus légère, dont il avait empli un panier.

— Ils viennent droit de la magnanerie, annonça-t-il. Désignez-en la couleur et les teinturiers vous les prépareront.

Le sourire radieux qu'elle lui adressa le combla. Plus que tout, il tenait à voir régner l'harmonie dans son couple et comprenait mieux qu'elle ne l'imaginait quel sacrifice lui coûtait l'abandon de la direction des ateliers. Cependant, il n'aurait pas supporté que son épouse se laissât aller à des cris et des scènes de ménage qu'il trouvait peu de mise entre gens de bien. Gabrielle représentait à ses yeux la compagne idéale et il entendait la traiter comme telle. Au cours de sa maladie, il avait eu tout le temps de réfléchir, entre autres à l'appréhension qu'elle montrait à l'idée de rencontrer Nicolas Devaux. Une preuve supplémentaire lui en avait été donnée quand, surgissant dans le bureau, il avait surpris la tension étrange qui régnait entre eux, leurs paroles hargneuses que semblaient contredire leurs regards troublés.

Gabrielle choisit un rose saumon clair pour la robe qu'elle allait se tisser, une teinte qui mettait en valeur sa peau blanche et sa chevelure brune. En la portant aux teinturiers, elle montra un article de la gazette du jour à son mari :

— Il paraît que M. Jacquard a l'intention d'exposer son nouveau métier à Lyon, place Sathonay. J'aimerais que nous allions le voir ensemble. Par la même occasion, nous prendrions des nouvelles d'Hélène et de mon père.

— Je ne puis abandonner mes affaires en ce moment, ma bonne amie. Si vous passiez quelques jours chez votre père ? Vous y trouveriez un salutaire repos après les fatigues de ces dernières semaines. Et puis je suis certain que vous apprécieriez de revoir un peu votre chère cité.

S'il la laissait partir avec tant de facilité, songea-t-il intérieurement, c'est parce qu'il avait été informé, la veille, du départ de Nicolas Devaux pour Paris.

— Profitez-en également pour faire des achats, pour vous amuser.

Le surlendemain, elle partait pour Lyon, par des chemins ardus et poussiéreux. Le voyage dura moins longtemps qu'à l'accoutumée et, comme ils pénétraient dans la ville par la colline de Fourvière, elle pria le cocher de s'arrêter quelques instants en un point précis afin, dit-elle, d'admirer la vue magnifique sur les toits anthracite et les deux fleuves brillants sous le soleil comme des rubans de satin. Il lui sembla en respirer toute l'atmosphère, y reprendre vigueur comme à la source même de sa vie. En regagnant sa place, elle demanda au cocher de ne plus s'arrêter jusqu'à la maison de son père.

Hélène l'attendait à la porte et toutes deux s'embrassèrent affectueusement. Tout de suite, la visiteuse remarqua la mauvaise mine de sa belle-sœur, ses traits tirés, ses yeux cernés.

— Je crains que vous n'ayez trop présumé de vos forces en venant m'aider ! observa-t-elle, navrée.

— Oh non ! assura Hélène en secouant la tête. Ce n'était rien. Vous m'avez épargné toutes les tâches pénibles et la convalescence d'Emile m'a permis de me reposer autant que lui.

— Serait-ce alors Père qui vous épuise tant ? Ne montre-t-il donc aucune considération pour votre état ?

— Ne dites pas cela ! Simplement, je supporte mal la chaleur depuis que je suis rentrée à Lyon.

— Vous pouvez revenir chez nous tant que vous le désirerez.

— Je le sais, répondit Hélène avec gratitude.

Que n'eût-elle donné pour le faire sur-le-champ, se réfugier loin du caractère acariâtre de son beau-père, retrouver la tranquille vie de la campagne ! Seule l'en empêchait sa considération pour les souffrances et la solitude du vieil homme. Elle en arrivait à se sentir comme tiraillée entre deux bébés aussi exigeants et démunis l'un que l'autre. Gabrielle ne pouvait tomber mieux pour la tirer de ces préoccupations moroses.

— Père souhaite vous voir aussitôt que vous serez prête, ajouta-t-elle.

La jeune femme retrouva sa chambre d'autrefois pour constater qu'au lieu de la regretter, elle appréciait, au contraire, d'avoir échappé à ses quatre murs qui avaient enfermé son adolescence et connu les chagrins de son premier amour déçu.

M. Roche la reçut devant le lourd bureau du dix-septième siècle transmis de père en fils depuis des générations. Pourtant lui s'y tenait encore, n'en déplût à Henri qui le convoitait avec si peu de retenue.

— N'avez-vous pas encore d'enfant à m'annoncer ? lança-t-il en guise de bonjour à sa fille. Je me suis laissé dire que l'année serait bonne pour la magnanerie Valmont.

— En effet.

— Il paraîtrait que la filature Devaux a l'intention de rouvrir ses portes ? Etes-vous au courant ?

— J'en ai entendu parler.

Se penchant en avant, une lueur malicieuse dans le regard, il reprit :

— Hélène m'a rapporté de quelle manière vous avez refusé la commande de ce monsieur. Contez-m'en donc les détails.

Peu soucieuse d'évoquer ce pénible épisode, elle se contenta de répondre :

— J'ai agi selon ce que mon cœur me dictait. Puisque j'avais la responsabilité des affaires d'Emile durant sa maladie, j'en ai usé comme bon me semblait.

Pensif, il se frottait le menton, constatant, pour la première fois, combien sa fille pouvait lui ressembler, ce dont il ne s'était pas rendu compte durant toutes les années qu'elle avait passées sous son toit. En renvoyant leur ennemi héréditaire, elle avait montré qu'elle était une Roche avant tout, capable de la plus dure obstination lorsque le besoin s'en faisait sentir, ce qu'il savait déjà par la volonté qu'elle avait mise à refuser les mariages qu'il lui proposait. En outre, ses espions lui avaient appris de quelle façon elle avait mené les affaires de son mari. Néanmoins, il ne pouvait s'empêcher de la tenir, encore et toujours, pour responsable de la mort de sa bien-aimée Marguerite. Son animosité ressurgit aussitôt, familière comme le souffle même de ses jours.

— Que nous vaut votre visite à Lyon ?

— Je désire voir fonctionner le métier Jacquard.

Les yeux du vieil homme se plissèrent sous ses épais sourcils.

— Pourquoi cela ? Ne possédez-vous pas déjà votre propre métier ? Quels avantages pourriez-vous en tirer ?

— Aucun pour moi. Je songeais aux ateliers Roche pour la circonstance. Le fait d'avoir quitté Lyon ne m'empêche pas de m'intéresser toujours au commerce de la soie. Je me tiens au courant des nouveautés. Imaginez-vous que cette méthode, en mécanisant plusieurs interventions, permettrait de ne plus faire travailler des enfants ?

— Ce qui nous coûterait moins cher, approuva-t-il. Mais je n'ai pas non plus oublié la forfaiture de Joseph Jacquard, au temps du siège de Lyon. Je ne croyais pas que le jour arriverait où ce traître reviendrait en fanfare pour nous montrer comment exercer notre métier.

— Peut-être songe-t-il seulement à s'amender en faisant profiter toute notre industrie de son savoir.

Il haussa un sourcil désabusé :

— J'en ai trop vu, au cours de ma longue vie, pour me laisser prendre à ces arguments fallacieux. Ce monsieur ne cherche qu'à s'emplir les poches. Les soies Roche ne sont pas près de changer pour sa mécanique, à moins, peut-être, qu'un rapport élogieux d'Henri ne parvienne à m'en convaincre.

Cette fois, Gabrielle se trouvait directement confrontée à la discrimination que faisait encore son père entre hommes et femmes.

— Henri serait incapable d'imaginer le moindre changement à sa vie ! s'exclama-t-elle. Ce système doit permettre d'augmenter la production tout en agrémentant le travail des tisseurs.

M. Roche eut un rire sarcastique :

— Et naturellement, vous croyez avoir raison sur votre frère ?

— Je prête toujours l'oreille aux idées nouvelles afin d'en juger par moi-même. Je me rendrai à cette démonstration en compagnie d'Henri et vous remettrai mon propre rapport.

Malgré elle, le ton de sa voix avait monté, leur rappelant à tous deux la sourde lutte qui les opposait depuis toujours.

— Allez-vous-en ! lança-t-il brusquement. Vous me fatiguez ! Envoyez-moi Hélène. Elle est ma fille, plus que vous ne l'avez jamais été et ne le serez jamais.

Refermant la porte sur elle, Gabrielle s'arrêta. Un grand miroir ancien lui renvoyait sa silhouette légèrement tassée, comme meurtrie. Etait-il possible que son père possédât encore le pouvoir de la faire souffrir ? Il l'avait frappée à dessein, en plein cœur, comme toujours.

Le jour de la démonstration, tout Lyon semblait s'être donné rendez-vous place Sathonay. Les tisseurs avaient abandonné leurs métiers pour voir de leurs yeux la nouvelle invention, et les marchands de soie et les négociants emplissaient la section qui leur était réservée. Henri éprouva la plus grande difficulté à se frayer un chemin, pour lui-même et pour Gabrielle, vers le devant de l'estrade où était dressée la machine.

A première vue, elle ne présentait guère de différence avec un métier ordinaire, si ce n'était par un coffre rectangulaire mobile autour d'un axe, surmonté de cartes perforées reliées entre elles. Le dispositif en prenait une telle hauteur que Gabrielle vit immédiatement qu'il serait difficile à installer dans les ateliers à plafond bas qu'elle connaissait.

Henri, conscient de son importance dans le milieu de la soie, s'assura qu'il se trouvait bien en vue de tous. Il venait de s'asseoir quand un dignitaire représentant le préfet de Lyon monta sur l'estrade, suivi de Joseph Jacquard, homme d'un certain âge aux cheveux gris et à l'allure agréable. Gabrielle ne lui trouva pas un air de traître et approuva l'opinion critique d'Emile sur les jugements à l'emporte-pièce de son père.

Après un discours d'introduction, l'inventeur prit la parole d'une voix douce mais parfaitement audible pour tous, expliquant le fonctionnement de sa machine, avant de s'installer devant le métier.

Gabrielle ne perdait aucun de ses gestes, attentive aux aiguilles poussées comme par un ressort devant l'une des cartes dont les perforations déterminaient un dessin ainsi exécuté par un seul « tireur de lac » au lieu de six ! Si ce mécanisme était adopté, la production des brocarts de Lyon en serait centuplée.

— Qu'en penses-tu ? demanda-t-elle ardemment à Henri.

Il haussa les épaules sans enthousiasme :

— Les soyeux ont tout à y perdre. Rien ne vaut le fait main.

— Ce métier produit exactement le même résultat mais plus vite. Il permettrait de baisser nos coûts de production, de rendre la soie abordable à beaucoup de gens, d'étendre la clientèle à ceux qui ne pouvaient jusqu'à maintenant en acheter.

— La soie n'habillera jamais la populace, pas tant que je pourrai m'y opposer !

La jeune femme préféra ne pas répondre. A quoi bon ? Jamais elle n'était parvenue à s'entendre avec son frère. Quant aux autres producteurs, leurs réactions semblaient mitigées, certains favorables, d'autres violemment opposés, prétendant qu'aucune mécanique ne viendrait jamais gâcher l'incomparable perfection du travail manuel. Le murmure s'enfla pour devenir grondement et gagner le reste de la foule :

— Il va nous faire mourir de faim !

— Et nos enfants ?

Sans voir le progrès qui leur était offert, ils craignaient pour leurs emplois. L'inventeur eut beau leur faire valoir que leurs enfants méritaient mieux que de passer leur jeunesse courbés devant d'accablants métiers, ils n'entendirent rien et prétendaient le noyer dans le Rhône quand un cordon de police intervint pour le tirer de ce mauvais pas.

Dans le désordre qui s'ensuivit, Henri éprouva toutes les peines du monde à dégager sa sœur de la cohue qui la bousculait, l'attirait au milieu des cris terrifiants ; la jeune femme croyait soudain reconnaître la tourmente qui l'avait tant effrayée, dans son enfance, lorsque des charrettes étaient emmenées vers la guillotine, place des Terreaux.

Alors, elle aperçut Nicolas Devaux parmi les défenseurs qui tentaient d'évacuer le vieux Jacquard.

— Aidez-les ! cria-t-elle à ses voisins.

Mais nul ne parut l'entendre tandis qu'Henri cherchait à l'entraîner loin de toute cette agitation à laquelle il ne voulait surtout pas prendre part.

— Es-tu devenue folle ? cria-t-il. Nous allons nous faire piétiner si nous restons ici !

A ce moment, Nicolas reparut à ses yeux, les habits à moitié déchirés, formant un rempart de son corps pour protéger l'inventeur et le mettre sous la protection des policiers qui ne parvenaient pas à écarter la foule en fureur. Avec une force surprenante, Henri souleva sa sœur de terre et l'emporta sur une épaule tandis que, sur l'estrade, les assaillants s'en prenaient au métier et le mettaient en pièces.

Par la suite, elle apprit que Jacquard avait dû fuir Lyon en toute hâte mais elle ne put savoir si Nicolas l'avait accompagné ou non. Très vite, cependant, les racontars allèrent bon train : l'on disait que les familles Devaux et Jacquard s'étaient toujours entendues pour causer du mal à la cité. Par prudence, la jeune femme évita de défendre Nicolas, craignant qu'à trop se laisser emporter par le feu de ses paroles, elle ne trahît ses sentiments.

Son père ne manqua pas d'ironiser sur le fiasco de la démonstration Jacquard :

— Belle perte de temps, en vérité ! Rien ne reste de l'invention de ce monsieur que quelques pièces de bois qui s'en sont allées voguer par le Rhône à sa place !

— Je ne crois cependant pas que nous ayons fini d'en entendre parler, insista-t-elle. Et je regrette grandement que vous n'ayez pu constater de visu à quelle vitesse, en sélectionnant lui-même ses fils, ce mécanisme nous a tissé d'éblouissants motifs.

— Vraiment ? Il ne semble pas qu'Henri partage votre point de vue.

— Je ne suis pourtant pas la seule à l'avoir admiré. J'ai entendu des commentaires positifs.

— Ces gens ont-ils seulement levé un petit doigt pour protéger le métier ?

— Comment l'auraient-ils pu ? Tout s'est passé si vite !

— Ce M. Jacquard ne s'avisera pas de reparaître à Lyon avant longtemps. Je vous le dis.

Son père avait sans doute raison, et elle le regretta.

Ainsi qu'elle l'avait promis, elle rendit visite à Mme Hoinville qui avait installé quatre métiers dans sa maison de la Croix-Rousse. Parmi toutes les femmes qui y travaillaient, l'une préparait le repas, tandis que l'autre donnait le sein à un bébé sous les yeux de deux petits garçons gravement occupés à tendre les fils de soie. Dans la pièce suivante, Gabrielle aperçut deux fillettes, également penchées à l'ouvrage, et songea tristement qu'un homme comme Jacquard eût délivré ces enfants de leur misérable condition. Dans une cage pendue au plafond, un oiseau chantait sous le soleil qui se frayait un pénible chemin à travers les vitres épaisses des fenêtres. L'hiver venu, il se tairait sans doute, sous la parcimonieuse lumière des lampes.

La veuve avait, elle aussi, assisté à l'incident de la place Sathonay et le déplorait.

— Quel dommage qu'ils aient détruit ce mécanisme avant que je n'aie pu le voir ! Mes ouvrières auraient été bien heureuses de ne plus avoir à se briser le dos sur leur métier ! Encore que je me demande où j'aurais pu loger un appareil si haut !

En repartant, Gabrielle prit un chemin qui l'amènerait à traverser la rue des Devaux. Ce n'était pas par hasard. De loin, elle put constater que les volets de la façade restaient clos.

L'enfant d'Hélène naquit en décembre, peu après que Napoléon Bonaparte se fut fait couronner empereur. M. Roche ne cacha pas sa désapprobation en apprenant que sa bru avait donné naissance à une fille au lieu d'un garçon. Un petit-fils eût comblé ses espérances de voir une nouvelle génération de Roche à la tête de ses ateliers. Bizarrement, il se montra tout aussi désinvolte vis-à-vis de sa petite-fille qu'il l'avait été avec Gabrielle, refusant de la voir ou d'entendre parler d'elle. Malheureusement, la petite Juliette, que la sage-femme avait hâtivement baptisée de peur de ne pas la voir survivre aux premières heures de sa naissance, savait manifester sa présence avec vigueur. Grâce aux soins incessants de sa mère, elle devint, à trois mois, un superbe bébé plein de vie.

Pendant ce temps, M. Roche concevait à son égard une jalousie sénile car il se voyait privé des mille attentions d'Hélène. A la fin, son attitude changea du tout au tout envers sa belle-fille préférée. Il se mit à la réprimander sans cesse, comme il le faisait à l'égard d'Yvonne, se montrant insatisfait de tout ce qu'elle pouvait dire ou entreprendre.

A la fin, il se sentit abandonné de tous, se lamentant que le seul de ses enfants qui l'aimait se trouvât précisément loin de lui. Il savait qu'après sa mort, Gabrielle ne s'étonnerait certes pas des dispositions de son testament. Quant à Henri, il imaginait avec une joie mauvaise la tête qu'il ferait quand il apprendrait qu'il léguait tout à Julien. D'ici là, il pouvait tout de même espérer qu'Hélène aurait mis au monde un ou deux fils.

Dans cet esprit, il accepta sans peine de la laisser partir

rejoindre son mari cantonné sur les côtes de la Manche dans l'attente d'un ordre impérial pour débarquer en Angleterre.

— Portez-lui ceci, dit-il en lui donnant le rubis qui ornait son annulaire. En guise de souvenir pour le cas où je ne serais plus de ce monde quand il reviendra après avoir défait l'Anglais.

Trop surprise par la facilité avec laquelle il la laissait partir, la jeune femme ne sut tout d'abord que répondre, songeant seulement qu'elle allait pouvoir s'en aller avec la bénédiction de son beau-père. S'enhardissant, elle osa soudain présenter une requête qui lui tenait à cœur :

— Pourrais-je vous amener Juliette avant mon départ ?

— Pas tant que je ne lui aurai point vu de frère ! Votre fille ne m'intéresse pas !

Virant à l'écarlate, Hélène se sentit atteinte dans son plus profond instinct maternel et réagit comme une lionne défendant ses petits :

— Juliette a le droit d'être reconnue ! C'est une Roche et votre petite-fille, de surcroît ! Quant à vous, vous n'êtes qu'un vieux fou égoïste ! Vous la traitez comme vous avez traité Gabrielle qui vous a toujours plus aimé qu'aucun de vos fils !

S'approchant de lui dans une attitude étonnamment menaçante, elle poursuivit avec violence :

— Savez-vous seulement pourquoi ? Parce que, malgré votre cruauté, elle a compris ce que vous n'avez pas su voir dans votre aveugle obstination : elle vous ressemble, dans votre amour pour la soie. Elle aurait plus fait pour la manufacture Roche que dix fils réunis et vous ne vous en êtes jamais aperçu !

Là-dessus, elle quitta la pièce en claquant la porte, laissant derrière elle un vieillard bouche bée de surprise. Une telle sortie de la part de cette petite personne habituellement si réservée, qui l'eût cru ? Il en fut presque revigoré.

Gabrielle accompagna Hélène et le bébé à Boulogne. Elles voyagèrent dans une voiture de la famille Roche, accompagnées de deux domestiques et d'une multitude de bagages. Emile s'était pourtant montré réticent à les laisser partir sans escorte :

— Je devrais vous accompagner, avait-il proposé.

— Vous avez trop de travail ici ! avait-elle rétorqué. Et

puis le cocher et votre valet seront armés. Deux hommes pour nous protéger, voilà qui me semble largement suffisant !

Il s'était finalement rendu à ses arguments, non sans lui avoir remis un pistolet de dame qu'elle devrait toujours garder dans son sac. Elle avait parfois l'impression de suffoquer tant il tenait toujours à s'occuper d'elle, incapable de lui laisser l'indépendance d'esprit dont elle avait si besoin. Il semblait vouloir capturer son esprit et son âme et elle se révoltait de plus en plus fréquemment contre cette emprise ; alors il s'enfermait dans un de ces interminables silences qui leur pesaient autant à l'un qu'à l'autre sans qu'il fût possible de dire qui des deux souffrait le plus de ces disputes.

Pourtant, il fallait lui reconnaître de réels efforts pour établir une véritable entente entre eux, par exemple en n'écartant pas complètement son épouse de ses affaires. Elle était désormais chargée du choix des couleurs, car plus d'un client préférait acheter des soies déjà teintes.

Comme les tisseurs, les teinturiers travaillaient souvent à domicile, ce qui amenait Gabrielle à leur rendre de fréquentes visites, car elle tenait à un résultat des plus fiables, certaines nuances restant difficiles à fixer, particulièrement le bleu, tandis que d'autres se fanaient trop vite. Assurer des couleurs de haute tenue devenait dès lors un enjeu essentiel. L'empereur en personne avait stipulé que les tapisseries de soie devaient être garanties grand teint depuis qu'une chambre de Fontainebleau, réservée à l'impératrice, s'était totalement affadie à la lumière du soleil. La recherche s'intensifiait sur ce point et Gabrielle comptait obtenir rapidement de bons résultats.

Il arrivait que tous deux se sourient pendant le dîner, comme s'ils venaient d'échanger une plaisanterie muette. En fait, ils se tendaient plutôt le rameau de la paix. Emile lui avait confié la supervision des teintures pour la détourner de l'élevage, et elle l'avait acceptée en toute connaissance de cause. Ensuite, ils portaient un toast, sincèrement heureux de se trouver ensemble. Dans ces moments, elle en oubliait ses cauchemars, et l'ombre de Nicolas Devaux ne venait plus se dresser entre eux. Ne pouvant se fournir à l'élevage Valmont, ce dernier avait, semble-t-il, reporté à plus tard ses projets de réouverture de la filature de Lyon, sans pour autant y renoncer. Gabrielle n'entendait pas souvent prononcer son nom, mais chaque fois son cœur battait. Parfois, elle en venait à espérer une grossesse, qui scellerait inéluctablement son mariage. Néanmoins aucun signe n'était encore venu pour confirmer cette espérance.

Le voyage vers Boulogne se déroula sans encombre. En approchant du littoral, ils commencèrent à voir de nombreux campements militaires, dressés vaille que vaille, des cordes à linge tendues entre les tentes. Çà et là, des chèvres et des poules suivaient la troupe car il y avait des demi-rations prévues pour les femmes et les enfants officiellement déclarés, mais rien pour les familles illégitimes. Des gosses en guenilles se précipitèrent sur l'attelage pour mendier un peu de pain. Hélène leur jeta les restes du repas de la journée et ils se battaient déjà pour se les approprier quand elle lança quelques pièces d'argent, ajoutant encore à la confusion.

Prévenu par un de ses hommes en faction, Julien les accueillit aux portes mêmes de Boulogne. A peine la voiture fut-elle arrêtée que les deux époux tombèrent dans les bras l'un de l'autre. La petite Juliette gratifia son père d'un large sourire, ravie par ses boutons dorés et ses brandebourgs argentés qu'elle essaya d'attraper de sa petite main potelée. Eclatant de fierté, il se tourna vers sa femme pour l'embrasser à nouveau, le bébé pressé entre leurs deux poitrines. Pour les accompagner au camp, il chevaucha à côté de la berline, leur parlant par la fenêtre ouverte :

— Ne vous attendez pas à des installations de grand luxe, les prévint-il, je dois déjà m'estimer heureux de vous avoir trouvé un logement si proche du mien. Toutes les chambres, hangars, appentis, toits, sont retenus des semaines à l'avance.

La ville s'avéra effectivement bondée de visiteurs. Boulogne n'était plus qu'un immense camp militaire envahi de canons, de soldats et de chevaux, en tout deux cent mille hommes qui composaient la Grande Armée prête à partir à l'assaut de l'Angleterre. Un seul obstacle les retenait encore : la marine britannique gardait la maîtrise des mers. Il ne fallait que six jours à Napoléon pour faire traverser la Manche à ses troupes mais même ce court laps de temps, ni la flotte française, ni la flotte espagnole, son alliée, n'avaient pu encore le lui donner.

La petite auberge, où descendirent les femmes, laissait

plus qu'à désirer pour ce qui était de la propreté et du service. Les deux belles-sœurs durent se contenter d'une chambre avec le bébé, les femmes de chambre rejoignirent d'autres domestiques dans une sorte de dortoir tandis que le cocher et son compagnon étaient relégués aux écuries. Il fallait que Gabrielle sortît pour permettre au jeune couple trop longtemps séparé de se retrouver enfin. Tant et si bien qu'elle finit par autant connaître Boulogne que Lyon, respirant plus d'air marin qu'il ne lui en avait été donné de sa vie, errant par les marchés aux poissons, s'arrêtant dans les cafés pour y boire des bouillons chauds.

Elle écrivit d'innombrables lettres, dessina quelques croquis, peignit pour tenter de reproduire les couleurs pastel des plages du Nord. Dans une petite boutique de la vieille ville, elle trouva un rare spécimen de papillon séricigène, et pensa que ce serait un joli cadeau à offrir à son mari. Quand Julien regagnait son régiment, Hélène l'accompagnait dans ses promenades mais la jeune femme ne détestait pas marcher seule et le temps passa vite. De nombreuses invitations occupèrent leurs soirées car l'on menait une vie très mondaine dans ces villes de garnison. Avec son frère et sa belle-sœur, Gabrielle se rendit souvent à des parties de rami, à des bals, à des réceptions et autres banquets. Sa beauté autant que son allure posée lui assurèrent de multiples soupirants qui furent éconduits un à un, avec assez d'élégance pour cependant demeurer ses amis.

Quand elle comprit que les troupes risquaient de camper encore longtemps sur leurs positions, elle décida de redescendre sur Lyon. Comme elle s'y attendait, Hélène n'eut pas envie de repartir car elle n'avait jamais tant vu Julien depuis leur mariage.

— Vous n'avez aucune raison de rentrer, approuva Gabrielle. Je peux, quant à moi, fort bien voyager en diligence.

— Attendez au moins la fin du mois! implora Hélène. Sans doute lèveront-ils alors l'ancre et j'aurai tellement besoin de votre compagnie quand Julien sera en route pour l'Angleterre.

Gabrielle préféra taire l'impatience qui commençait à transparaître dans les lettres d'Emile. Il ne s'était certes pas

attendu à ce que sa femme demeurât absente aussi longtemps.

— C'est bon, acquiesça-t-elle.

Le soir même, elle prit la plume pour annoncer à son mari
que la date de leur retour n'était pas encore arrêtée.

A la fin de juin, aucun signe ne permettait de croire à la
traversée imminente de la Manche par les troupes d'invasion.
Gabrielle passait presque toutes ses journées à peindre au
soleil et, un matin, elle disposa son chevalet et sa boîte de
couleurs pour achever une esquisse des remparts. Une fois de
plus, elle se félicita de ce que son père l'eût laissée prendre
des leçons de dessin.

Quand un des jeunes officiers, camarade de Julien,
s'approcha pour regarder par-dessus son épaule et émettre
un commentaire, elle reconnut immédiatement sa voix :

— Voilà qui est bon, madame. J'aime ce que vous faites.

— Merci, monsieur.

Le lieutenant Teralle lui avait toujours paru sympathique.
Plusieurs fois, elle avait dansé avec lui mais son appréciation
lui alla droit au cœur car elle le savait lui-même artiste.

— Je ne sais trop comment représenter ces ombres,
observa-t-elle.

— Peut-être devriez-vous les foncer encore davantage.

C'était un beau hussard à la moustache et aux cheveux
sombres. Il s'assit sur le muret de pierre à côté d'elle et la
regarda rectifier son œuvre.

— C'est cela ! Voyez comme le soleil paraît plus brillant
maintenant !

— En effet.

A son tour, elle s'assit pour juger du résultat tout en
bavardant :

— Quelles sont les nouvelles au sujet de l'invasion ?

— Je l'ignore. Nous restons tous dans l'expectative.

— Au moins ce blocus aura-t-il empêché les Anglais de
recevoir des marchandises du reste de l'Europe.

— L'ennemi garde encore des alliés. Si nous parvenons à
envahir ce pays, nous devrons également nous occuper
d'eux.

— Qui cela ? demanda-t-elle en mélangeant ses couleurs
pour le ciel.

— Les Portugais. Il paraît que bien des navires anglais

peuvent se ravitailler en toute tranquillité à Lisbonne et à Porto et tout au long des côtes portugaises.

Pensive, elle lava son pinceau.

— Cela signifie-t-il que l'invasion de l'Angleterre n'est pas près d'avoir lieu ?

— Comment le voudriez-vous quand les Britanniques contrôlent encore le Pas-de-Calais ? Pour ma part, j'ai plutôt eu vent de mouvements de mon régiment vers l'est. Il paraît que l'Autriche et la Russie réunissent leurs forces en vue de nous attaquer.

Le jeune officier semblait tellement sérieux qu'elle prit cette information plus pour un projet que pour une simple rumeur.

En regagnant l'auberge, elle rapporta cette conversation à Hélène. Afin de la préparer. Ce même soir, une chambre fut libérée, qu'elle s'empressa de prendre pour elle, laissant enfin à son frère et sa belle-sœur la possibilité de passer une nuit entière ensemble. Tous deux lui en montrèrent une grande reconnaissance, d'autant que, la semaine suivante, ils apprirent que les hussards devaient lever le camp pour une autre destination. Hélène accepta dès lors courageusement l'imminence de leur séparation.

— Nous venons de passer de si belles semaines ensemble ! dit-elle dans les bras de son mari. Un jour, tu rentreras définitivement à la maison et nous ne serons plus jamais séparés.

La réponse de Julien se perdit dans leurs baisers.

Deux jours plus tard, elle se tenait à côté de Gabrielle pour le regarder quitter Boulogne avec son régiment. Les hussards offraient toujours un spectacle étonnant, avec leurs chevaux, leurs uniformes colorés, leurs plumets rouges et leurs bottes écarlates, leurs drapeaux, leurs cuivres et leurs tambours. Hélène souleva Juliette dans ses bras pour permettre à son père de la voir une dernière fois et il leur adressa à toutes deux un salut militaire plein de fierté. Quand elle l'eut perdu de vue, la jeune femme baissa les bras et Gabrielle lui prit le bébé pour l'aider à rentrer à l'auberge où les attendaient leurs bagages déjà empaquetés.

Quand elles arrivèrent à Lyon, Gabrielle n'y resta que le temps de saluer son père et de boire un rafraîchissement avant de reprendre la route au plus vite pour rentrer chez elle. Au fur et à mesure qu'elle approchait, son impatience de revoir Emile se mêlait d'un indicible malaise à l'idée de l'accueil qu'il pouvait lui réserver après son absence prolongée. Jusque-là, elle avait préféré ne pas y penser.

La maison baignée de soleil semblait l'attendre mais Emile n'apparut pas sur les marches du perron. Peut-être se trouvait-il dans son bureau et ne l'avait-il pas entendue arriver. Elle put bientôt constater qu'il n'en était rien. Traversant l'entrée, elle passa la tête à la porte de la bibliothèque pour le trouver qui lisait, tranquillement assis dans un fauteuil. Elle resta un instant sans rien dire, comptant le voir se dresser avec un sourire de surprise, car il ne pouvait qu'avoir entendu ses pas sur le sol de marbre. Pour tout mouvement, il ne fit que tourner une page. Alors, elle franchit le seuil, et attendit.

— Comment allez-vous, Emile ?

Il ne leva pas les yeux de son livre :

— Dois-je comprendre que vous condescendez enfin à nous rendre visite ?

— Je vous ai tout expliqué dans ma lettre.

— Il est vrai.

Fatiguée, irritée par ce triste accueil après un si long voyage, elle répliqua sèchement :

— Regardez-moi, je vous prie ! Si vous n'êtes pas plus heureux de me revoir, je puis aussi bien m'en retourner ailleurs.

Cette fois, il obtempéra, comme si elle était sur le point de mettre sa menace à exécution. Il fut immédiatement empli de sa présence, bouleversé par sa beauté, malgré ses yeux rougis par la poussière et ses vêtements froissés. Il eût aimé pouvoir laisser exploser sa joie, oublier sa raideur naturelle pour se précipiter dans ses bras, mais cela n'était pas dans sa nature. La colère et la jalousie n'avaient cessé de le tarauder, chaque jour un peu plus attisées par l'infernale question : pourquoi ne revenait-elle donc pas ? Pourtant, il la désirait comme jamais encore.

— Vous êtes ma femme, répondit-il dans un souffle. Il va sans dire que je suis toujours heureux de vous voir. Si cela n'était pas le cas, le fait que vous fassiez passer les désirs de votre belle-sœur avant les miens ne m'aurait pas autant déplu. Je vous suggère maintenant de monter vous changer et de vous reposer un peu. Nous nous reverrons pour le dîner.

— Oh, Emile !

Ne sachant que dire d'autre, elle leva puis baissa les bras, quitta la bibliothèque en secouant la tête. Pourquoi réagissait-il de la sorte ? Puisqu'il pouvait se montrer si jaloux de la voir passer quelques semaines avec deux membres de sa famille, mieux valait ne pas se demander ce qu'il dirait s'il venait à penser qu'elle le trompait avec un autre. Contrairement à son falot de frère aîné envers Yvonne, il n'était pas lâche et savait les moyens de défendre son honneur. Sa réputation de redoutable escrimeur, de tireur d'élite la fit frémir tandis qu'elle gravissait les marches de l'escalier, un visage s'imposant soudain à elle. Nicolas Devaux cesserait-il donc un jour d'occuper ses pensées ? Quand sa soif de lui se tarirait-elle ?

Peu après son retour à Lyon, elle apprit que l'empereur abandonnait ses idées d'invasion de l'Angleterre pour mener sa Grande Armée sur le Rhin. En octobre, la flotte britannique remportait la terrible victoire de Trafalgar, coulant quinze vaisseaux espagnols et français, anéantissant pour longtemps toutes chances de voir l'Angleterre envahie.

Gabrielle passait son temps à choisir des couleurs de plus en plus subtiles pour ses soieries, à rendre visite aux teinturiers, devenant pour eux une véritable amie, ainsi qu'elle l'avait été autrefois avec les tisseurs de son père. Emile travaillait sans relâche. Les rares moments où tous deux se retrouvaient devinrent de délicieux entractes de détente ; elle était parvenue à le refaire rire et se contentait de le savoir heureux.

Au début de l'hiver, les gazettes annoncèrent les victoires de la Grande Armée à Ulm et à Austerlitz, toutes deux dues à la brillante stratégie de l'empereur. Jamais la France ne s'était connu un tel chef. A la mi-décembre, les Autrichiens se rendaient sans condition et les forces du tsar se repliaient sur la Pologne.

Au début de l'année 1806, Gabrielle sortait sur le porche quand Emile vint à sa rencontre.

— Auriez-vous décidé de venir vous promener avec moi ? demanda-t-elle en enfilant ses gants avec un petit sourire.

Notant son expression grave, elle s'en inquiéta :

— Qu'avez-vous, mon ami?

— De mauvaises nouvelles à vous annoncer, hélas! Il faudra vous montrer courageuse.

— Ne me dites pas que Julien...

Il la caressa d'un regard plein de sympathie :

— Un message de votre père vient d'arriver à mon bureau. Votre frère est mort il y a douze jours des blessures reçues à la bataille d'Austerlitz.

Elle blêmit, chancela, se laissa presque tomber dans les bras tendus de son mari.

4

Grâce à la bonne volonté d'un sergent, le corps de Julien put être ramené jusqu'à Lyon où il serait enterré dans le caveau familial selon ses dernières volontés.

Gaston Garcin lui devait la vie depuis son intervention à Ulm et il paya sa dette comme il le put. Lui-même rendu invalide par une grave blessure se trouva réformé et il put ainsi accomplir sa promesse, emmenant le corps de son officier à travers toute la France malgré sa jambe gauche encore emmaillotée de bandages.

Âgé d'une trentaine d'années, c'était un homme solide et bourru, à la chevelure aussi rebelle que le caractère ; ses joues rugueuses et son nez cassé, ses yeux de chat sauvage lui conféraient une force que bien des femmes trouvaient des plus séduisantes. Optimiste de nature, toujours prêt à tenter sa chance, il s'était montré brave soldat, prompt à prendre une décision et fier de servir sa patrie comme cavalier. Ses chevaux allaient lui manquer, autant que ses camarades, car à l'inverse de nombre d'entre eux, il avait aimé le feu des champs de bataille.

Durant son voyage, il dut à plusieurs reprises défendre le cercueil contre les détrousseurs qui escomptaient y trouver quelque bijou, mais, bien armé, il n'eut aucun mal à se débarrasser d'eux.

Arrivant à Lyon, il passa une dernière nuit à la belle étoile auprès du corps de son ami. Au matin, il pansa les chevaux, nettoya comme il le put le chariot ainsi que ses vêtements poussiéreux puis partit pour sa dernière portion de route avant sa destination finale.

Il ne passa pas inaperçu par les rues de la ville et toute la famille Roche l'attendait quand il aborda la rue Clémont. Instinctivement, ses yeux se portèrent sur les femmes vêtues de noir ; il reconnut la veuve pour l'avoir déjà vue à Boulogne. C'était une jolie petite personne qui gardait crânement les yeux secs ; derrière elle, une autre femme, plus âgée, à la silhouette gironde et aux cheveux frisés, pleurait bruyamment toutes les larmes de son corps. Sans doute le petit homme courtaud à ses côtés était-il son mari. Un peu à l'écart, se tenait une autre femme qu'il reconnut également, Mme Gabrielle, la sœur de son officier. Elle lui fit la même impression qu'autrefois, toujours aussi belle et fière, la tête haute.

Hélène Roche vint à sa rencontre. Il sauta de son siège, se reçut mal et réprima difficilement une grimace de douleur, embarrassé par sa maladresse. La jeune femme ne parut rien remarquer et lui parla doucement :

— Je vous remercie de tout mon cœur de nous avoir ramené mon pauvre mari.

A sa stupéfaction, elle l'embrassa sur les deux joues tandis que Gabrielle s'approchait à son tour pour lui serrer les mains.

— Quand votre colonel a écrit à ma belle-sœur pour lui annoncer votre venue, cette nouvelle nous a été du plus grand réconfort.

Emu, il récita la belle phrase qu'il avait eu tout le temps de préparer :

— Ce fut pour moi un honneur de servir le capitaine Roche dans la vie comme dans la mort, madame.

Quatre domestiques vinrent emporter le cercueil. Hélène et les autres le suivirent à l'intérieur de la maison, non sans que la jeune femme eût donné des ordres pour faire restaurer et reposer le brave sergent.

Dans l'après-midi, elle le reçut au salon durant plus d'une heure, lui demandant de raconter les dernières heures de son mari ainsi que tout ce qu'il pouvait se rappeler de lui.

Après l'enterrement, elle l'envoya chercher de nouveau :

— Que comptez-vous faire, maintenant ?

Le lendemain de son arrivée, il avait remis les chevaux et

le chariot à la caserne la plus proche, ainsi que l'ordre lui en avait été donné en Autriche. Hélène crut ainsi comprendre qu'il se trouvait désormais démobilisé sans famille ni la moindre possession que son havresac.

— Trouver du travail, madame. Je suis fort et habile de mes mains. Ma patte folle ne m'empêchera pas de me rendre utile.

— En ce cas, je crois pouvoir vous aider. Je parlerai à mon beau-frère, je suis certaine qu'il pourra vous donner un emploi.

L'homme apprécia d'autant plus cette offre qu'il savait combien il aurait de mal à se faire embaucher avec son infirmité.

Henri n'avait pas pour habitude de mêler affaires et sentiments mais il accéda à la requête d'Hélène en écrivant une lettre de recommandation à la préfecture. Gaston se retrouva employé aux plus obscures tâches, à balayer les rues dès l'aube mais, ravalant sa fierté, il accepta l'emploi en attendant que sa jambe aille mieux et lui permette de prétendre à un poste plus reluisant, tout en songeant amèrement dans quelle déchéance il était tombé après avoir traversé l'Europe sous la plus brillante des bannières. Hélène le croyant en sûreté dans un bureau municipal, selon les dires d'Henri, se rassura pleinement sur son sort.

Sept mois plus tard, la famille Roche se rassembla pour un autre enterrement. Frappé par la mort de son fils préféré, le vieux Dominique avait fini par succomber à son chagrin. Des jours durant, il s'était enfermé dans sa chambre, avant qu'une attaque ne le laisse complètement paralysé. Seul son regard traqué disait désormais encore son désespoir.

Hélène ne le quitta plus. Sa patience et sa douceur opérèrent le même charme que sur Emile, et le vieil homme ne dut qu'à elle de continuer à être traité comme le chef de la famille. Henri dut plusieurs fois affronter la sainte colère de la jeune femme quand il s'avisa de venir raconter des sottises devant le lit comme si le malade ne pouvait plus rien comprendre. Vivement, elle le poussait alors vers la porte :

— Votre père entend tout ce que vous dites ! A l'avenir, vous vous adresserez à lui, non à moi. Et parlez-lui correcte-ment, comme je le fais. Annoncez-lui les bonnes nouvelles des ateliers, dites-lui tout ce qui pourrait lui plaire. Ne croyez pas qu'il ait perdu l'esprit en même temps que la parole !

M. Roche mourut entouré de toute sa famille et c'est Hélène qui lui ferma les yeux. Gabrielle ne versa pas une larme mais sut qu'elle garderait à jamais le cœur lourd de n'avoir pu partager avec son père le moindre sentiment. Elle n'aurait pas attendu la lecture du testament pour s'en aller si le notaire n'avait insisté pour voir réunis dans le grand salon les enfants et les belles-filles du défunt.

Après la lecture de quelques legs sans importance, dont une pension qui devrait être versée à Hélène jusqu'à un éventuel remariage, arriva le moment qu'Henri et Yvonne attendaient depuis des années. Le notaire s'éclaircit la gorge :

— Le reste de mes biens, ma maison et tout ce qu'elle contient, ainsi que l'entreprise Roche, je les lègue à ma fille, Gabrielle Valmont, afin qu'elle les transmette à ses fils et petits-fils à venir. Si elle devait rester sans descendance, ces propriétés iraient à Juliette Roche qui les transmettrait à son fils. Je forme le vœu que Gabrielle apportera à nos établissements l'initiative et l'imagination qui étaient miennes lorsque j'avais son âge et qui sauront revivre à travers elle et sa descendance.

Le notaire leva les yeux par-dessus ses binocles, dans un silence total.

— C'est tout, mesdames et messieurs.

Gabrielle demeurait immobile sur son siège, interdite. Son rêve se réalisait donc. Son père s'était arrangé pour que l'héritage échappe aussi totalement à son mari qu'à son frère, pour ne revenir qu'à elle, pour lui donner pleine liberté de décision. La signature du notaire pour le légaliser ne serait qu'une formalité. A côté d'elle, Henri, encore mal remis du choc, se dressa en rugissant :

— Qu'il soit maudit ! La Maison Roche me revient par droit d'aînesse ! Je conteste ce testament. Je prouverai qu'il l'a dicté en état de sénilité.

Le notaire secoua la tête :

— M. Roche me l'a dicté deux jours après avoir appris la mort de votre frère Julien. Je l'ai rédigé de ma propre main en présence de son médecin qui pourra témoigner qu'il était sain d'esprit.

— Il l'a changé *après* la mort de Julien ? répéta Henri d'une voix blanche. Ainsi, le vieux gredin m'avait déjà déshérité ! Il avait donc tout laissé à son fils préféré qu'un canon ennemi a ravi à ses projets. Alors, bien décidé à me jouer ce dernier mauvais tour, il a préféré tout léguer à Gabrielle. Une femme ! Sans expérience et inutile. La fille qu'il a toujours cordialement détestée, depuis le jour de sa naissance !

Emile se leva brusquement du canapé où il se tenait auprès de sa femme.

— Assez ! J'en ai déjà trop entendu, monsieur ! Vous n'insulterez pas ainsi votre propre sœur. Gabrielle a mérité cet héritage grâce à l'apprentissage qu'elle a suivi avec une détermination sans pareille, et peut désormais se mesurer à n'importe quel homme dans le commerce de la soie. Peu m'importe que votre père ne l'ait choisie qu'en second lieu. Je suis certain de parler au nom de tous en affirmant que j'aurais aimé voir Julien recevoir ce magnifique legs mais, puisqu'il échoit à Gabrielle, elle mérite le soutien de sa famille. Je la connais assez pour savoir qu'aucun d'entre vous ne peut craindre de manquer de quoi que ce soit sous son administration.

La jeune femme lui jeta un regard chargé de reconnaissance. Parmi tous, il était sans doute celui que l'affront de cet héritage frappait le plus fort ; pourtant, il prenait sa défense contre l'agression de son frère, parvenant à se faire entendre par-dessus les larmes hystériques d'Yvonne.

Henri lui montra le poing :

— Ne vous mêlez pas de ceci ! Vous n'êtes pas un Roche et votre mariage ne vous donne aucun droit !

Les bruyants sanglots de sa femme ne firent que l'exaspérer davantage :

— Silence, vous ! Sacrebleu, j'ai assez de mes ennuis sans que vous veniez y ajouter vos braillements ! J'aurais mieux fait d'écouter les conseils de mon père. Si je vous avais répudiée pour vos dépenses inconsidérées, je ne serais pas dans cette situation aujourd'hui !

Furieuse, elle sécha d'un coup ses larmes, le visage rouge et bouffi :

— N'essayez pas de rejeter la faute sur moi ! Vous seul

êtes responsable, à force de vous disputer sans arrêt avec lui. Mais non ! Vous croyez toujours avoir raison en tout.

Il la toisa.

— Vous aussi auriez pu vous montrer un peu plus arrangeante, au lieu de vous esquiver constamment.

Comme elle poussait un glapissement de rage, il la saisit par le bras pour la faire lever et la pousser devant lui hors de la pièce. Leur querelle s'évanouit dans le silence de l'escalier.

Hélène, qui était demeurée impassible à sa place, regarda le notaire s'incliner devant Gabrielle, tout en l'assurant de son aide chaque fois qu'elle ferait appel à lui. Hélène était la personne que le testament avait le moins surprise. Elle avait fini par saisir les mécanismes de l'esprit du vieil homme, qui comprenait beaucoup mieux chacun des membres de sa famille qu'il ne voulait bien le laisser paraître. Ainsi n'oublierait-elle jamais son ravissement en apprenant comment sa fille avait repoussé la commande Devaux, son empressement à connaître la façon dont elle avait repris les commandes de la magnanerie pendant la maladie d'Emile, son secret intérêt, malgré ses railleries, sur la façon dont elle parlait du métier Jacquard, alors qu'Henri n'en avait pas soufflé mot. Hélène savait aussi qu'il avait fait mener une discrète enquête sur la trouvaille de l'inventeur et, bien qu'il eût refusé de voir bousculer ses habitudes de son vivant, ne la rejetait pas entièrement. Après la disparition de Julien, il n'avait sans doute eu aucun mal à en conclure que sa fille dirigerait beaucoup mieux les ateliers que son fils aîné. Une seule question troublait encore l'esprit d'Hélène : dans quelle mesure cet héritage, qui comblait sa belle-sœur au-delà de tout rêve, ne risquait-il pas d'affecter le couple qu'elle formait avec Emile ?

La jeune femme se leva pour aller les embrasser tous deux.

Au cours de la nuit, Emile s'éveilla pour constater que sa femme ne dormait pas à ses côtés. Il devina sans peine où il la trouverait, tant elle mourait d'impatience de se mettre au travail. En un sens, ce legs pouvait aussi représenter beaucoup pour lui. L'année à venir s'annonçait des plus incertaines, sur le plan économique, avec les guerres et les blocus qui menaçaient de bouleverser toute l'Europe. Plus d'un acheteur avait préféré se restreindre sur la soie pour utiliser son argent à des fins moins futiles, d'où il résultait plus de chômage à Lyon qu'à la suite de la Révolution. Sans aucun doute, la fortune des Roche tombait à pic pour lui permettre de passer le cap difficile qui s'annonçait.

D'un autre côté, Gabrielle faisait preuve d'une inquiétante détermination à vouloir se lancer dans les affaires, ainsi qu'elle le lui avait fait comprendre dès leur première discussion au moment de se coucher. Il avait préféré ne pas insister et garder pour lui la petite conversation qu'il avait eue avec Henri dans la bibliothèque après que celui-ci se fut calmé. Emile avait trouvé son beau-frère effondré dans un fauteuil, inerte, la tête dans les mains, mais sa proposition l'avait vite revigoré.

Les deux hommes avaient commencé par convenir qu'il valait mieux laisser à Gabrielle quelques semaines pour prendre la mesure de sa nouvelle situation et se croire seule maître à bord ; petit à petit, ils exerceraient sur elle assez de pressions pour qu'elle leur déléguât de plus en plus de pouvoirs, jusqu'à ne plus servir que de prête-nom à la direction de la Maison Roche. Emile savait qu'il n'obtiendrait pas aisément ce résultat avec une femme comme Gabrielle, mais il le fallait.

La mine préoccupée, il s'assit sur le lit et demeura un instant immobile, les bras croisés sur les genoux. Il avait entendu dire que Nicolas Devaux avait mis en vente sa filature de Paris, sans doute dans le but de replacer cet argent à Lyon. Personne ne s'aventurait à prédire ce qu'il avait l'intention de faire mais d'aucuns prétendaient qu'il avait fait remettre en état sa maison de la Croix-Rousse pour y installer de nouveaux métiers.

Emile se rappelait quel trouble déplaisant il avait éprouvé à le surprendre en train de discuter avec sa femme dans son bureau. Au point qu'il s'était abaissé à faire vérifier tout le courrier de Gabrielle, des semaines durant, afin de s'assurer qu'elle n'entretenait aucune correspondance avec lui. Rassuré sur ce point, il n'y avait plus pensé, pour se préoccuper plutôt des conséquences que pouvaient entraîner à la longue les accès de faiblesse consécutifs à sa maladie. Pourtant, son épouse n'était pas femme à se laisser séduire par le premier venu. A maintes occasions, il avait pu observer avec quelle fermeté elle repoussait toutes les avances possibles, ménageant ainsi sa terrible jalousie ; car il s'inquiétait déjà lorsqu'un visiteur se permettait de lui baiser la main. Non, il n'avait rien à craindre de ce M. Devaux, ni d'aucun autre homme, mais plutôt de ce maudit héritage qui risquait de les éloigner irrémédiablement l'un de l'autre.

— La peste soit du bonhomme ! s'exclama-t-il en se demandant quel dernier tour avait voulu leur jouer son beau-père.

Repoussant ses couvertures, il se leva, chercha sa robe de chambre dans la pièce éclairée par le clair de lune et sortit sur le palier. Comme il s'y attendait, un rai de lumière brillait sous la porte du bureau que Gabrielle avait déjà décidé de faire sien. Tournant la poignée, il se tint un instant sur le seuil pour voir sa femme lever la tête d'une pile de dossiers, ses cheveux défaits brillant d'un éclat cuivré à la flamme de la chandelle, les pieds nus sous sa chemise de nuit.

— Quelle est cette folie, madame ? demanda-t-il. Je pensais pourtant que nous étions tombés d'accord avant de nous coucher, et que ma permission de vous laisser ici quelques jours supplémentaires après mon départ vous avait amplement satisfaite.

Elle se carra dans son siège, sa chemise légère dessinant tous les contours de son corps.

— Je ne pouvais dormir, expliqua-t-elle avec calme. Et il me reste tant à apprendre ici ! Je ne saurais soutenir la moindre discussion avec Henri tant que je n'aurai pas pris connaissance de tous les faits, de tous les chiffres de ces cahiers. Demain, je lui offrirai de prendre le bureau de Père, il y a droit.

— Venez vous coucher !

S'il n'avait parlé sur ce ton, s'il s'était contenté de lui tendre la main, elle aurait obtempéré mais le moindre ordre avait le don de la hérisser. Comment cet homme pouvait-il se montrer parfois si doux et si tolérant, parfois si cassant et si brutal ?

— Pas maintenant. J'ai encore à faire.

Il perdit patience. Lui qui n'avait jamais levé la main sur sa femme, la saisit par le poignet pour la forcer à se lever. Humiliée de se voir traitée comme l'épouse d'Henri quelques heures auparavant, elle se débattit, se retenant de crier pour ne pas alerter toute la maisonnée. Plus fort qu'elle, il la souleva de terre et l'emporta jusqu'à leur chambre où il la renversa sur le lit. Sans lui laisser le temps de reprendre ses esprits, il se jeta sur elle comme un taureau furieux, sa rage décuplée par le désir, par le besoin aussi de contraindre enfin cette insaisissable flammerole qui n'en finissait pas de lui échapper. Il savait qu'en agissant ainsi il la blessait et une sorte de plaisir démoniaque s'empara de lui à cette pensée, comme s'il pouvait mieux la dominer en la cassant.

Elle se laissa faire sans émettre un son, se mordant les lèvres pour ne pas réagir. Quand il se détacha enfin d'elle, le souffle court, la peau moite, elle demeura immobile, les yeux fermés, respirant à peine. Il se souleva sur un coude pour la regarder à la lueur de la lune, constater dans quel état il l'avait mise.

— Ma chérie ! murmura-t-il, pris de remords. Qu'ai-je fait ?

Elle savait fort bien ce qu'il entendait par là. Pas seulement la honte de sa violence, mais la crainte de l'attitude qu'elle risquait d'adopter à son égard. Pourtant, elle se sentait incapable d'articuler une parole. Lui, qu'elle avait toujours pris pour le plus tendre, le plus attentionné des amoureux, venait de se laisser aller à une rage totalement incontrôlable ; et elle savait pourquoi. Parce qu'il refusait de la partager, pas même avec une entité inanimée comme la Maison Roche.

— Ne pleurez pas, implora-t-il.

Les yeux secs, elle détourna la tête et roula sur le côté. Il se rapprocha d'elle et, brusquement, éclata en sanglots. Déconcertée, elle le regarda qui gisait sur le ventre, secoué de pleurs comme un enfant puni.

Incapable de lui en vouloir davantage, elle lui caressa les cheveux. Il leva sur elle un visage convulsé de chagrin. Lisant le pardon dans ses yeux, il n'hésita qu'un instant avant de lui passer le bras autour du cou pour l'attirer vers lui et l'embrasser. Elle se blottit contre ce corps que de terribles soubresauts agitaient encore. Puis il finit par s'endormir.

Alors seulement, elle laissa couler ses larmes, silencieuses et amères, qui vinrent bientôt inonder son oreiller, se maudissant pour avoir fait un tel mal à cet homme en acceptant de l'épouser. Le destin lui avait pourtant donné une dernière chance le jour même de son mariage en la jetant littéralement dans les bras d'un autre. Pourquoi n'avait-elle pas su la saisir ?

Hélène écouta attentivement quand Gabrielle lui révéla le désir de Julien de ne pas la voir rester dans la maison de Lyon après la mort de son père. Il avait en effet été décidé qu'Henri et Yvonne continueraient à l'habiter, car Gabrielle ne désirait pas bouleverser davantage leurs existences.

— Les circonstances étaient alors différentes, répliqua sa belle-sœur. Pas plus qu'aucun de nous, Julien ne se doutait que Père vous laisserait tous ses biens. Vous êtes la maîtresse des lieux, désormais,. vous occuperez ses appartements lorsque vous séjournerez ici. Vous aurez besoin de quelqu'un pour tenir cette maison en ordre.

— Je ferai venir une gouvernante, comme cela aurait dû être fait depuis longtemps. Vous devez pouvoir vous installer chez vous, avec Juliette, ainsi que le désirait mon pauvre frère.

— A l'époque, comme vous me l'avez dit, il craignait que je ne me laisse submerger par le reste de la famille. Avec une gouvernante, je ne risque plus rien. J'aime cette maison, c'est là que Julien est né et qu'il a grandi, je me sens plus proche de lui, ici. Ne m'obligez pas à la quitter. Plus tard, peut-être, mais pas maintenant ! Un jour je me sentirai prête, et alors je saurai aussi affronter la vie sans lui.

Comment refuser une telle requête ? Gabrielle ne se sentait pas le cœur à aller contre les désirs d'Hélène sur un sujet aussi douloureux. Aussi s'empressa-t-elle de trouver une gouvernante capable de tenir tête à tous, de garder sur elle les clefs de chaque pièce, qui cliquetaient à chacun de ses pas, rappelant, s'il en était besoin, son autorité sur les lieux. Hélène allait enfin pouvoir consacrer tout son temps à sa fille et y trouver sa consolation.

Il ne fallut pas longtemps à Gabrielle pour s'apercevoir qu'Henri s'était frauduleusement enrichi aux dépens de leur père ; celui-ci l'ayant sans doute découvert y avait certainement vu une raison supplémentaire pour le déshériter. Préférant n'en parler à personne, elle s'arrangea pour modifier la remise des livres de façon à ce qu'aucun papier ne pût être copié ou falsifié. Puis elle choisit un comptable qu'elle savait au-dessus de tout soupçon.

Un jour, en visitant un grenier, elle découvrit de nombreuses bottes de pailles destinées au transport de pièces de soie brute. Ouvrant plusieurs d'entre elles, elle les trouva pleines et intactes, comme si elles venaient d'être livrées d'une magnanerie et jamais utilisées. Après bien des recherches, elle s'aperçut que les étoffes prétendument tissées avec ces fils, additionnés d'or et d'autres fournitures coûteuses, avaient été déclarées volées avant leur vente. Elle se demanda quel complice avait pu aider Henri dans cette entreprise mais, de nouveau, n'en dit rien et laissa les bottes dormir dans leur grenier.

Elle reçut plusieurs modélistes, non dans le but de transformer tout le travail des ateliers mais d'innover, tout simplement. Elle finit par engager un jeune homme nommé Marcel Donnet, tout droit descendu de Paris après ses études. Quand elle lui demanda s'il avait vu fonctionner le métier de Jacquard au Conservatoire où il avait été exposé, son visage s'illumina :

— Oui, madame. Auriez-vous déjà songé à l'utiliser dans votre manufacture ? M. Jacquard s'est pourtant vu fermer bien des portes depuis qu'il a été chassé de Lyon, comme s'il venait de subir l'ultime condamnation.

— Je n'ai encore rien décidé ; il faudrait tout d'abord que je m'exerce personnellement sur l'un de ses métiers. Pensez-vous que le résultat peut souffrir de cette intervention mécanique ?

— Pas du tout. Au contraire. Bien des petites erreurs humaines disparaîtront de la sorte. Je ne saurais trop vous conseiller de monter vous-même à Paris pour y rencontrer M. Jacquard.

— Je ne puis m'absenter actuellement. Trop de changements sont en cours.

Restée seule, elle quitta son siège pour se poster devant la fenêtre. Les arbres avaient perdu leurs feuilles pour ne plus offrir que leurs silhouettes décharnées au ciel blanc de nuages. L'année s'achevait, une triste année marquée par la mort de Julien, d'abord, puis celle de son père. Elle n'avait reçu aucune nouvelle de Nicolas, ignorant même s'il se trouvait encore à Paris. Ses relations avec Emile s'étaient considérablement tendues bien qu'elle lui eût pardonné son inqualifiable accès de rage ; elle s'occupait trop de la Maison Roche au goût de son mari, et pas assez de lui. En affirmant, un jour, que son vœu le plus cher serait d'hériter du pouvoir de son père, elle ignorait alors quel en était le prix.

Elle avait assez travaillé pour ce vendredi. Le soir allait tomber et elle avait promis à Emile de passer tout le week-end en sa compagnie. Quant à son frère aîné, après la colère que lui avait valu la lecture du testament, il semblait avoir changé du tout au tout, offrant en maintes occasions à sa sœur une épaule secourable pour toutes ces charges qu'elle ne pouvait assumer seule. Il ignorait cependant qu'elle ne lui accordait plus la moindre confiance. Elle avait l'impression qu'il la guettait, comme un rapace sa proie, prêt à fondre sur elle dès qu'elle montrerait la moindre faiblesse. Quand elle expliqua à son mari qu'elle devait se trouver sur place tous les jours de la semaine de peur de se voir tendre quelque piège, il haussa les épaules en assurant qu'il serait mieux pour chacun d'entre eux qu'elle investît Henri de la charge de gérant.

— Au moins pourrions-nous reprendre ensemble une vie normale, conclut-il en reprenant sa lecture.

Gabrielle avait remarqué, ces derniers temps, qu'il osait à peine la regarder dans les yeux.

Avant de quitter la maison de la rue Clémont, elle alla trouver Hélène qui brodait au coin du feu, Juliette endormie à côté d'elle. Secrètement, elle espérait voir sa belle-sœur se remarier un jour, mais il était trop tôt pour lui en parler.

— Je m'en vais, annonça-t-elle, avant qu'il ne fasse nuit. On se reverra lundi.

— Transmettez mon bon souvenir à Emile.

Il faisait froid en cette fin de décembre. Elle s'enveloppa dans une houppelande de fourrure avant de monter dans la voiture qui devait l'amener chez elle ; bientôt, elle achèterait de plus jeunes chevaux et une de ces nouvelles calèches légères et rapides qui lui ferait gagner du temps dans ses nombreux déplacements. Peut-être, ainsi, pourrait-elle envisager de passer plusieurs nuits par semaine auprès de son mari.

Le nombre grandissant des mendiants dans les rues lui emplit le cœur de compassion. Que s'en aille vite cette mauvaise année et que commence enfin 1807, pleine d'espoirs pour elle et pour tous !

Soudain, son regard fut attiré par un vagabond adossé à un mur comme s'il n'avait plus la force de se tenir seul debout. C'était la couleur passée de son vêtement militaire en loques qui avait retenu son attention. De nombreux déserteurs, ou des soldats rendus infirmes par une blessure traînaient dans les rues par ces temps difficiles, mais cet homme, maigre et sale, elle le connaissait.

— Arrêtez ! ordonna-t-elle au cocher.

Sautant au sol, elle courut vers le malheureux qui, la voyant, voulut se cacher et fuir, mais elle le retint par le bras :

— Garcin, mon pauvre ami ! Que vous est-il donc arrivé ?

— Rien, madame ! maugréa-t-il en baissant la tête comme s'il avait honte d'être surpris en pareille tenue. Rien que de la malchance. Mais cela passera.

— Je vous croyais employé à la préfecture.

— Je suis tombé malade, madame. Une mauvaise contagion contractée dans mon travail. Depuis que je suis guéri, je ne trouve plus aucune place.

— Comment pouvez-vous parler de guérison dans l'état où vous êtes ! Je vous connaissais plus vaillante mine à Boulogne. Venez, que je vous emmène boire quelque chose de chaud et manger un bon repas. Vous me conterez ensuite vos malheurs.

Sur la place, une taverne les accueillit, où elle commanda une grande soupe et beaucoup de pain pour son triste compagnon. Malgré ses efforts pour garder un semblant de dignité, il se jeta sur la nourriture qu'il dévora jusqu'à la dernière miette. Elle n'osa le faire manger davantage de peur de le voir s'étouffer.

— Maintenant, vous allez rentrer avec moi.

Elle avait tout d'abord pensé l'emmener rue Clémont puis s'était ravisée en songeant au surcroît de travail qu'il représenterait immanquablement pour Hélène qui ne voudrait jamais le laisser aux mains de la gouvernante.

— Je veux vous voir rétabli au plus vite. Ensuite, vous n'aurez pas de mal à trouver à vous employer.

Embarrassé, il passa une main sur ses paupières pour en chasser les larmes.

— Vous me sauvez la vie, madame.

Après avoir prié le cocher de l'aider à monter dans la berline, elle prit place auprès de l'ancien sergent, l'enveloppa d'une couverture et sourit en le voyant s'endormir presque aussitôt.

Il ne fallut pas longtemps à Garcin pour recouvrer ses forces. De la saine nourriture, un endroit sec et chaud pour dormir, quelques bons pichets de vin et il fut vite sur pied. Aussitôt, il trouva mille moyens de se rendre utile, coupant du bois, nettoyant la cour d'entrée et les écuries, pansant les chevaux. Gabrielle évoqua son avenir avec Emile qui, s'il abondait dans son sens pour lui trouver un emploi au plus vite, ne l'approuvait pas dans celui qu'elle entendait lui donner :

— Une nouvelle calèche serait une dépense extravagante, ma chère amie. Et vous n'avez nul besoin de cet homme comme cocher. Je peux lui trouver dans la magnanerie un excellent emploi, ou vous dans votre manufacture.

Emile sous-entendait qu'elle ne devrait pas se déplacer si souvent à Lyon. Depuis quelques semaines, il semblait s'appliquer à la faire renoncer à la plus grande partie de ses charges à la Maison Roche, pour les abandonner à Henri qui ne pourrait la voler puisqu'elle confiait ses livres à un comptable.

— Ma décision est prise, répliqua-t-elle fermement. J'ai vu une calèche qui me conviendrait parfaitement, place des Célestins. J'aimerais seulement avoir votre avis sur les chevaux à acquérir.

Elle avait une autre excellente raison pour vouloir Garcin à son service : si elle désirait voir plus souvent son mari, il lui faudrait parfois se déplacer tard le soir et elle préférait effectuer ces trajets accompagnée d'un homme qui pût la protéger.

— Mes souhaits ne sont-ils donc rien à vos yeux ? demanda-t-il amèrement.

— Vous savez fort bien que si, mon ami. Mon unique objectif, dans cette affaire, était précisément de rentrer plus tôt et plus fréquemment.

Apparemment peu convaincu, il se renfrogna et ne dit plus rien de la soirée. Cependant, quand il s'agit d'acheter les chevaux, il accepta de l'accompagner pour l'aider à faire son choix. Garcin portait désormais une magnifique livrée bleu marine aux étincelants boutons de cuivre. Contrairement à la plupart de ses collègues, il ne se coiffait plus du tricorne démodé, ni du nouveau haut-de-forme, mais d'un chapeau noir à large bord orné de la cocarde de son régiment. Ceci à titre d'avertissement pour les ruffians qui pourraient se risquer à les attaquer : ils verraient immédiatement qu'ils avaient affaire à un ancien soldat. Il avait fière allure dans cette tenue et s'attirait bien des regards féminins.

Dès le début, Gabrielle avait pris l'habitude de rendre visite à ses canuts, retrouvant les ateliers qu'elle connaissait depuis son enfance.

Tout en continuant à vendre ses étoffes aux grands bourgeois de Paris et de la province, elle comptait, grâce aux nouveaux motifs dessinés par son modéliste, s'attirer également des commandes du Mobilier impérial. Aussi fit-elle tisser nombre d'échantillons qu'elle ferait porter par Henri à Paris, le moment venu.

Un après-midi qu'ils examinaient les modèles, ce fut son frère qui, sans se douter de l'effet qu'il allait produire sur elle, lui annonça la nouvelle qu'elle guettait depuis longtemps :

— M. Devaux est de retour à Lyon. Pour y rester, ce me semble. L'on prétend qu'il engage des tisseurs pour sa filature de la Croix-Rousse.

Elle tenait dans la main un ravissant échantillon de brocart représentant des colombes blanches sur fond turquoise, et le dessin en marqua son esprit en même temps qu'elle enregistrait l'information. Jamais plus elle ne pourrait le voir sans un battement de cœur. Comment, après tant de temps, pouvait-elle encore éprouver une telle émotion à la seule évocation du nom de Nicolas Devaux ?

— Je pensais que ses affaires le retenaient à Paris, observa-t-elle d'un ton neutre.

Du bout de l'index, elle suivait le tracé d'une aile, chaque plume mise en valeur par des fils gris et nacrés.

— Il a tout vendu, fort cher, à ce que l'on m'a dit. Cependant, s'il croit pouvoir rivaliser avec nous, il en sera pour ses frais. Depuis le temps que j'exerce le commerce de la soie, j'ai rarement vu de modèles aussi réussis.

Ses minauderies cauteleuses paraissaient toujours suspectes aux yeux de sa sœur ; elle ne le crut pas plus devant cet échantillon, qu'il avait pourtant toutes les raisons d'admirer, que lorsqu'il cherchait à la flatter en approuvant tout ce qu'elle disait. Il n'était pas dans sa nature de se montrer aussi accommodant, particulièrement alors qu'elle bouleversait petit à petit toutes les habitudes de la maison. Pendant ce temps, son attitude envers Yvonne restait toujours aussi peu aimable, comme s'il se vengeait sur elle de tout ce qu'il n'avait pu dire dans la journée. Gabrielle aurait pourtant préféré le savoir sincère, car elle tenait à entretenir de bonnes relations avec lui, mais elle ne pouvait s'empêcher d'imaginer qu'il ne visait qu'un seul but : reprendre le contrôle des ateliers.

Lorsque tous les échantillons furent prêts pour le Mobilier impérial, elle surveilla de près leur emballage et vit partir son frère avec un soupir anxieux.

— Nous sommes peut-être en train de franchir un tournant décisif, murmura-t-elle à l'adresse de Marcel Donnet qui se tenait à ses côtés.

— Peut-être, madame, peut-être, acquiesça-t-il. A ce propos, il y a un bruit qui court sur la filature Devaux.

— Quoi donc ? demanda-t-elle, aussitôt sur le qui-vive.

— Vous souvenez-vous de notre conversation au sujet du métier Jacquard ? Il m'a été rapporté que M. Devaux en avait fait installer un chez lui.

Etrangement, elle en tressaillit d'enthousiasme, comme si, de loin, Nicolas Devaux lui lançait un nouveau défi ; elle avait hâte de mesurer ses modèles à ceux qu'il produirait, de se trouver en compétition directe avec lui pour la conquête de marchés. Comme si cette lutte allait pouvoir l'aider à combattre ses sentiments, à surmonter cet attrait qui n'avait pas sa place dans sa vie.

— Ne craint-il pas des ennuis avec les canuts ? s'enquit-elle. Après avoir protégé M. Jacquard comme il l'a fait, il a dû se créer bien des ennemis.

— Trois ans ont passé depuis ces incidents, et la saison dernière a été dure pour les soyeux ; certains ont même dû vendre leurs métiers pour ne pas mourir de faim. Ces pauvres gens ont trop besoin de travail pour repousser celui que pourrait leur offrir M. Devaux.

— Comme j'aimerais visiter sa filature. Qu'il doit être passionnant de voir fonctionner ces métiers !

— A mon sens, il ne laissera pas entrer d'étrangers et doit garder jalousement le secret de ses croquis, comme nous les nôtres.

Elle sourit intérieurement, se demandant jusqu'à quel point Nicolas lui fermerait la porte, comme à une simple étrangère... Toutefois, elle préférait ne pas tenter sa chance s'il se conformait aux règles en vigueur dans l'industrie lyonnaise ; même un enfant tiendrait sa langue devant son père s'il le fallait, c'était une question de survie pour tout l'atelier. Autrefois, un guet installé aux portes de la cité s'assurait que nul tisseur, ni teinturier, ni fileur ne sortait sous aucun prétexte car le risque de divulgation de trop précieux secrets à une autre ville ou à un autre pays pouvait mettre en péril l'économie de Lyon tout entière.

Le journal du lendemain lui donna raison sur l'opposition que Nicolas Devaux allait rencontrer en utilisant le système de Jacquard : des canuts s'étaient assemblés devant sa nouvelle filature armés de fourches et de pierres. Il avait fallu l'intervention de policiers à cheval pour les disperser ; plusieurs arrestations avaient même dû être opérées. Une autre fois, elle apprit que des projectiles avaient endommagé la voiture de Nicolas et qu'à plusieurs reprises, les vitres de sa maison avaient été brisées.

Cependant, elle souhaitait plus que jamais visiter sa filature. A la guerre comme en amour, tous les coups étaient permis, et elle considérait son établissement en guerre contre le sien. La querelle entre leurs deux familles prenait un tour nouveau puisque, de sa part à elle tout au moins, il n'y avait pas de place pour la haine, seulement pour une émulation qu'elle avait bien l'intention de pousser à ses dernières extrémités. De fait, elle décida de passer à l'acte.

Un soir qu'elle s'apprêtait à partir retrouver Emile et passer avec lui la journée du lendemain, elle prépara plusieurs dossiers à emporter avec elle, comme à l'accoutumée, puis envoya chercher Garcin. Lorsque celui-ci entra dans le bureau, elle lui demanda de fermer la porte derrière lui et de venir s'asseoir en face d'elle. Brièvement, elle lui fit part du rôle qu'elle comptait le voir jouer dans les projets qu'elle venait de mettre au point.

Il la regardait sans sourciller puis, quand elle eut fini, répondit calmement :

— Cela peut se faire, madame, mais, si vous le permettez, je connais un meilleur moyen. Dites-moi exactement ce que vous cherchez et je pénétrerai de nuit dans ces ateliers pour vous le trouver.

— Merci, mais ce serait sans objet. Vous n'êtes pas tisseur et certains détails techniques pourraient vous échapper. Et puis je ne vous laisserai pas enfreindre la loi à ma place ; je veux assumer seule la conséquence de mes actes. Mais je ne me laisserai pas surprendre. Je ne courrai aucun danger si vous agissez ainsi que je vous l'ai demandé. Qu'en dites-vous ?

— Eh bien, madame, que je ferai ce que vous me demandez !

— En ce cas, je vais vous donner la somme nécessaire...

Garcin repoussa la bourse de la main :

— Pas encore, madame. En la circonstance, le temps me sera d'une plus grande utilité que l'argent. Nous verrons par la suite s'il faut en arriver là.

— Merci, mon bon Garcin ! dit-elle avec reconnaissance. Je savais bien que je pouvais compter sur vous.

Henri revint de Paris une semaine plus tard mais ne fit pas preuve d'un optimisme exagéré quant à l'aboutissement de sa mission.

— Se sont-ils montrés intéressés ? demanda anxieusement sa sœur. Ont-ils passé commande ?

— Ils aimeraient seulement voir de vrais coupons d'étoffe tirés de nos échantillons.

— Est-ce donc tout ? Moi qui espérais leur voir sortir les yeux de la tête.

— Le comité du Mobilier impérial n'a pas pour habitude de se presser. Estimons-nous heureux et flattés qu'ils aient apprécié la qualité de notre travail au point de le juger digne d'un examen plus approfondi. Courage, ma chère ! Ils ne nous ont pas refusés, ce qui est déjà un grand pas. Peut-être nous passeront-ils commande pour un motif ou deux...

Au cours des journées qui suivirent, Gabrielle rongea son frein. Garcin remplissait ses fonctions comme si de rien n'était, sans lui faire part du résultat des démarches entreprises à son instigation. Quant au courrier qui arrivait, elle le dépouillait en toute hâte dans l'espoir de voir le sceau du Mobilier impérial, mais se trouvait chaque fois déçue.

Un matin, en voyant Garçin pénétrer dans son bureau, elle sut que sa patience allait être récompensée au moins sur un point.

— Vous faut-il l'argent maintenant?

— La somme à payer est à peu près négligeable, madame, répondit-il en souriant, car la personne ne se sentira nullement achetée en la circonstance. Je me suis arrangé pour faire la connaissance d'une demoiselle appelée Hortense qui est fileuse dans les ateliers Devaux. C'est pourquoi il m'a fallu un peu de temps, comprenez-vous? Je devais m'assurer que, lorsque je lui demanderais un service, notre amitié aurait atteint un tel degré qu'elle ne saurait plus rien me refuser.

— En vérité? demanda Gabrielle, un peu surprise. Y êtes-vous parvenu?

— Parfaitement, madame. Le seul argent que je vous demanderai donc est destiné à la sœur d'Hortense qui est employée au même atelier et qu'elle a persuadée de vous prêter sa place. Elle ne demande qu'une compensation pour la perte d'une journée de travail et refuse aucune autre sorte de paiement. Toutes deux feront cela pour m'être agréables.

— Belle manœuvre en effet, commenta Gabrielle en ouvrant sa bourse.

La somme requise lui parut si modeste qu'elle l'arrondit largement. Il ne lui restait plus, dès lors, qu'à fixer un jour. L'on s'entendit sur le jeudi suivant, jour où Nicolas Devaux se montrait le moins dans ses ateliers, au dire de ses ouvrières.

Ce matin-là, Gabrielle, vêtue simplement, quitta la maison avant l'aube. Le trajet était long jusqu'à la Croix-Rousse mais elle ne pouvait décemment pas y arriver en calèche, ni même s'en approcher, aucune dame ne sortant si tôt le matin. Comme elle aimait marcher, elle prit un véritable plaisir à cette escapade. Alors que le ciel se teintait d'or rosé, les rues s'animèrent comme par enchantement, les fontaines se peuplèrent, les volets s'ouvrirent.

Accompagnée de Garcin, lui aussi en habits de circonstance, la jeune femme marchait d'un bon pas en frissonnant quelque peu dans son châle de grosse laine. Enfin, il s'arrêta dans une ruelle en cul-de-sac, souleva un heurtoir. Une porte s'ouvrit et tous deux franchirent le seuil en silence pour pénétrer dans une petite pièce où vivaient et dormaient les deux sœurs. Hortense était une jeune femme petite, quelconque, aux yeux noirs. Elle caressa Gaston du regard, avant de reporter son attention sur Gabrielle.

— Bonjour, citoyenne ! Ma sœur et moi, nous sommes bien aise de rendre ce service à M. Garcin, mais c'est bien pour lui faire plaisir. Rappelle-toi que si tu te fais prendre, nous ne te connaîtrons pas, ce qui est d'ailleurs la vérité puisque Gaston ne nous a rien dit de toi. Pour moi, tu n'es qu'une ouvrière qui a voulu remplacer ma sœur malade. As-tu apporté ton casse-croûte pour midi ?

Sans se démonter, Gabrielle sortit la miche de pain et le fromage qu'elle tenait dans sa poche.

— Oui.

— Bon. Comment faut-il t'appeler ?

— Ginette.

— Ginette quoi ?

— Desgranges.

Ce qui était le nom de jeune fille de sa mère.

— Parfait, Ginette ! Alors suis-moi. Il est l'heure de partir.

Se tournant vers Garcin, Hortense prit encore le temps de lui demander :

— Viendras-tu ce soir ?

— Comme d'habitude, répondit-il tranquillement.

Cette promesse ayant eu pour effet instantané de l'adoucir, la jeune ouvrière lui envoya un baiser du bout des doigts et entraîna sa compagne vers l'atelier.

— Quelle est l'ambiance à la filature Devaux ? demanda Gabrielle.

— Au début, j'avais un peu peur à cause des manifestants, mais ils se sont calmés. M. Devaux a fini par former sa propre milice.

— La police n'intervenait donc pas ?

— Si fait, mais elle n'allait pas nous protéger tous les jours que Dieu fait. Alors il a engagé d'anciens soldats et maintenant nous avons la paix.

— Et comment se passe le travail ?

— Fort bien. Les gages sont bons et il y a parfois des

primes. M. Devaux exige beaucoup de nous mais il sait payer en retour. Sais-tu qu'il est né à Lyon ?

Sans attendre de réponse, la bavarde se lança dans un monologue que Gabrielle se garda bien d'interrompre :

— Il est bel homme, ma foi ! Et honnête, au contraire de bien des employeurs que j'ai connus, qui ne se gênaient pas pour faire valoir leurs droits sur le personnel féminin. Une dame de Paris, Mme Marache, habite chez lui maintenant. A la réouverture de la filature, il a donné une réception pour ses amis de la capitale et elle est restée quand tous les autres sont repartis. Je ne l'ai pas encore vue mais il paraît qu'elle est fort belle et très élégante.

Reprenant son souffle, elle s'arrêta :

— Nous arrivons. Baisse la tête et suis-moi.

Tous les employés, hommes et femmes, entraient par la même petite porte pour se rendre dans un vestiaire où ils quittaient châles, chapeaux et vestes en bavardant. Certains étaient déjà assis devant leurs métiers quand, le cœur battant, Gabrielle pénétra dans l'atelier. Un bruit inhabituel en montait, un cliquetis plus imposant que les *clac-clac* qu'elle connaissait.

A la suite d'Hortense, elle se fit remettre un écheveau d'un beau jaune brillant puis s'installa pour le filer sur une canette destinée aux navettes des métiers non loin desquels elle était assise. Elle n'avait plus filé depuis des années mais les gestes lui revinrent automatiquement bien qu'elle mît plus de temps que ses compagnes. Alors elle commença de regarder autour d'elle.

L'atelier avait gardé ses dimensions originelles, si ce n'était le plafond qui avait été supprimé pour réunir les deux étages en un, offrant plus de place qu'il n'en fallait aux métiers Jacquard, et des flots de lumière provenaient par les grandes baies vitrées. Celles-ci n'étant jamais ouvertes par crainte des courants d'air tant pour les tisseurs que pour leur délicat travail, l'atmosphère était rendue plus respirable par cette double hauteur de fenêtres.

En enfilade, un deuxième atelier offrait le même espace si bien que Gabrielle compta environ soixante-dix métiers en activité.

— Attention à ce que tu fais ! souffla Hortense, indignée. Tu vas tout casser.

A sa grande honte, la jeune femme s'aperçut qu'elle avait enroulé beaucoup trop de fil sur sa bobine qui avait pris des allures de ballon. En un tournemain, elle répara son erreur et jeta la bobine dans le panier qui se trouvait à ses pieds. Une fois plein, des enfants viendraient le chercher pour réapprovisionner le râtelier. Ils n'étaient plus tenus au travail harassant des anciens métiers où il fallait veiller sans cesse à la tension des fils. Gabrielle se réjouissait également de voir les tisseurs bien droits devant leur ouvrage ; aucun d'eux ne connaîtrait plus les douleurs qui, souvent, affectaient autant l'esprit que le dos.

Expansive comme elle l'était, Hortense s'était empressée de répondre à sa place aux questions des autres filles sur sa présence dans l'atelier, ce qui l'arrangeait bien. Il était bien sûr interdit de bavarder mais un langage des mains circulait entre les ouvriers, tout aussi efficace que les paroles à en croire leurs nombreux rires étouffés. Quand un petit garçon vint chercher le panier de Gabrielle, il était à peine rempli au tiers, mais sa crainte de se voir découverte disparut quand elle le vit le renverser sans commentaire avec les autres. Prenant de l'assurance, elle alla de plus en plus vite et, à la pause du déjeuner, elle avait retrouvé le rythme de ses jeunes années.

La chance était avec elle. Au milieu de l'après-midi, un incident se produisit sur l'un des métiers de l'autre salle. Voyant le contremaître quitter son haut tabouret pour aller y regarder de plus près, elle en profita pour quitter sa place. C'était le moment ou jamais de vérifier ce qu'elle cherchait tant à savoir. Elle avait repéré le cabinet du modéliste, adjacent au magasin où étaient gardés les fils et les bobines. Par une vitre du corridor, elle avait pu se donner une première idée des croquis créés par l'artiste sur un carré de papier. Sous le prétexte de chercher un nouvel écheveau, elle alla frapper à sa porte et entra prestement sans attendre de réponse.

Le jeune homme leva sur elle un regard surpris :

— Oui, mademoiselle ?

— Pardon de vous interrompre, mais je suis nouvelle, ici, et je voudrais tout apprendre. Pouvez-vous m'instruire de ce que vous faites ?

Frappé par son langage recherché et ses bonnes manières, autant que par son joli visage, il lui fit signe d'approcher :

— Venez voir.

Patiemment, il lui expliqua comment il reproduisait un motif, en l'occurrence des abeilles sur un fond bleu vif.

Tout en jetant maints coups d'œil furtifs autour d'elle, la jeune femme posa plusieurs questions sur la façon dont il perforait les cartes qui allaient déterminer le tissage du système Jacquard. Peu après, elle s'éclipsait, et il la suivit des yeux, impressionné par la pertinence de ses remarques.

Plus tard, elle trouva l'occasion d'aller observer de près le travail des tisseurs sur un métier installé non loin d'elle. Surveillant d'un œil le contremaître, ignorant les signes désespérés d'Hortense, elle eut le temps de constater que dans ce système se trouvait l'avenir des soieries de Lyon. Elle ne s'était pas trompée, le jour de la démonstration. Le résultat approchait la perfection, ce qui, en soi, ne le différenciait pas des plus belles étoffes produites par les canuts, mais la réalisation en revenait à ce mécanisme seul.

— Tu perds la tête ? interrogea brutalement Hortense quand elle regagna sa place. Ce n'est pas pour nous faire courir de tels risques que j'ai accepté de te prendre avec moi aujourd'hui !

— Ne t'inquiète pas, répondit calmement Gabrielle. J'ai maintenant vu tout ce que je voulais.

« Et plus encore », songea-t-elle, enchantée. Le croquis surpris dans le cabinet lui indiquait en effet que Nicolas Devaux avait reçu commande du Mobilier impérial, puisque l'abeille était l'emblème de l'empereur. Son rival avait donc pris une sérieuse avance sur elle.

Sa dextérité et son rendement augmentaient d'heure en heure, et la journée touchait à sa fin quand les événements prirent un tour inattendu. Elle ne s'était pas rendu compte que Nicolas venait d'entrer dans le deuxième atelier et c'est Hortense qui lui apprit la nouvelle communiquée par une ouvrière placée dans l'axe de la porte :

— Le patron est là. Il examine le métier cassé.

Incapable de réfréner sa curiosité, Gabrielle se hissa sur la pointe des pieds pour tenter de l'apercevoir. Il avait ôté son manteau pour escalader une échelle et aidait le réparateur à détacher les cartes. Puis elle en vit beaucoup plus qu'elle ne l'avait escompté, en la personne d'une jolie femme habillée à la dernière mode, grande, féline et racée, qui parcourait tout l'atelier d'un regard circulaire. Il ne pouvait s'agir que de sa compagne du moment, Mme Marache.

Gabrielle reprit sa place de peur de se faire remarquer. Du coin de l'œil, elle vit la femme approcher, sa robe de velours cramoisi crissant doucement sur ses souliers de satin assortis.

— Qu'êtes-vous en train de faire ? demanda-t-elle d'une belle voix grave à Hortense.

Celle-ci lui expliqua tandis que Gabrielle se faisait toute petite mais, déjà, un tapotement impérieux sur son épaule l'obligeait à lever la tête :

— Laissez-moi essayer à votre place, petite. Je voudrais m'exercer sur ce joli jaune bouton d'or.

La gorge serrée, Gabrielle ne put qu'obtempérer, priant le ciel pour que Nicolas ne vînt pas chercher à ce moment la voluptueuse personne. Par bonheur, Hortense se leva pour donner des instructions à Mme Marache et fit signe à Gabrielle de prendre sa chaise.

La nouvelle venue se révéla d'une étonnante habileté et se prit au jeu, allant de plus en plus vite.

— Donnez-moi une nouvelle bobine, dit-elle, amusée. Je voudrais en préparer une entière moi-même.

Ce qui n'était qu'un jeu pour elle représentait un sérieux manque à gagner pour Hortense qui lui donna cependant ce qu'elle demandait sans broncher puis lui montra comment démarrer. Après plusieurs faux départs, Mme Marache parvint enfin à enrouler correctement sa bobine. A ce moment, Gabrielle vit avec terreur Nicolas s'approcher d'elles. Son cœur se mit à battre la chamade et elle se plia quasiment en deux sur son travail, le bonnet rabattu autant qu'elle le pouvait sur son front. Elle parvenait à peine à surmonter l'émotion de se retrouver si près de lui, de sentir la brûlure de sa présence, comme s'ils ne s'étaient quittés que de la veille.

— Vous voilà ! s'exclama-t-il en riant à l'adresse de la belle Parisienne.

— Venez voir, Nicolas ! s'écria celle-ci d'un ton joyeux. N'est-ce pas que je m'en tire bien !

Le regard obstinément fixé au sol, Gabrielle n'osait plus bouger d'un pouce, détaillant seulement ses hautes bottes et son pantalon blanc. S'appuyant sur l'épaule de sa compagne, il regarda le fil brillant s'enrouler autour de la bobine.

— Magnifique ! Qui eût dit que j'aurais une nouvelle ouvrière dans ma filature, aujourd'hui ?

— Demain, j'aimerais essayer un de vos métiers Jacquard.

— Cela me semble difficile, Suzanne. Ils requièrent une longue expérience du tisseur avant de devenir opérationnels.

— Sans doute, acquiesça-t-elle.

Le filage n'ayant plus de secrets pour elle, le jeu ne l'amusa plus et elle lâcha la bobine. Seule l'intervention rapide de Nicolas évita que le contenu ne se répandît en un inextricable tas sur le sol.

— Avez-vous pu réparer le métier cassé ? interrogea-t-elle.

— Il suffisait d'un petit réglage. Partons, ma chère, voulez-vous ?

Appuyant une main gracieuse sur son bras, elle se leva en souriant, totalement inconsciente du dérangement qu'elle avait causé. Ce fut lui qui remercia Hortense pour ses explications. En s'éloignant, il montra encore plusieurs curiosités à son amie tandis que la jeune ouvrière reprenait sa place en jurant furieusement. De loin, Gabrielle suivait des yeux le couple qui s'éloignait, avec une tristesse mêlée d'un inexplicable sentiment de colère. Un instinct sauvage lui donnait une folle envie de faire quitter son petit air béat à la belle Suzanne. En outre, elle en voulait terriblement à Nicolas d'avoir laissé entrer cette femme dans les ateliers.

Avant de sortir, il s'arrêta un instant pour parler avec le contremaître ; celui-ci opina du bonnet en regardant du côté des fileuses. Gabrielle baissa vivement la tête. Apparemment, il voulait faire compenser le rendement compromis d'Hortense.

Peu après, en effet, le contremaître venait demander combien de temps la jeune ouvrière avait passé avec Mme Marache. Ils s'entendirent sur vingt minutes bien comptées. Plus tard, un garçonnet vint chercher le modéliste. En passant devant Gabrielle, celui-ci lui adressa un sourire auquel elle répondit. A l'évidence, il désirait l'entretenir d'un autre sujet que le travail. Malheureusement pour lui, il ne la reverrait jamais.

Lorsque la cloche sonna six heures, les ouvriers poussèrent

de grands soupirs de satisfaction et lâchèrent leurs métiers sans se faire prier. Mais nul ne se sentait plus soulagé que Gabrielle qui se remettait mal des événements de cette journée. Il restait à balayer et à ranger les ateliers, puis tous prirent leurs châles et leurs chapeaux. En sortant de la filature, elle rejoindrait Garcin qui l'attendait dans une rue voisine. Cette fois, elle passerait inaperçue au milieu du trafic intense de cette fin de journée.

Dans l'encombrement de la porte cochère, Gabrielle fut éloignée d'Hortense qu'elle tenta de rejoindre pour la remercier. Sur le seuil, elle sentit l'air froid lui frapper le visage et allait s'emmitoufler quand une main s'abattit sur son épaule :

— Une minute, vous ! Venez un peu ici.

C'était le contremaître. Au dernier moment, elle avait oublié de baisser la tête pour se cacher et il avait aperçu ce visage inconnu. D'un mouvement rapide, elle voulut se dégager, le frappa, mais il la retint brutalement. Plusieurs employés ralentirent, surpris, d'autres se retournèrent. Elle était prise au piège.

— Attendez là !

Poussée dans l'atelier où elle venait de passer la journée, elle ne put que s'asseoir en fulminant contre sa propre étourderie. Il ne lui restait qu'un espoir : qu'Hortense ait vu ce qui se passait et pu en avertir Garcin qui viendrait aussitôt à sa rescousse.

Cet espoir s'évanouit quand le dernier ouvrier eut franchi la porte. Devant elle se dressait maintenant le contremaître. Seule avec lui dans cette immense pièce vide, elle se mit à concevoir des craintes bien différentes de celles qui avaient jusque-là occupé son esprit. Apparemment, il devina ses pensées, car il secoua la tête d'un air exaspéré :

— N'ayez crainte, la belle, je suis père de famille et j'ai des filles de votre âge. J'aimerais plutôt savoir ce que vous faites là.

— La raison en est simple, expliqua-t-elle nerveusement. Je suis sans travail, aussi, apprenant qu'une fileuse était malade, j'ai demandé à la remplacer. C'est ma faute, à moi seule.

— Je mènerai une enquête demain parmi les employés.

Pour ce soir, mon rôle s'achève là. M. Devaux demande à vous voir dans son bureau. Je vais vous y conduire.

Voyant qu'elle n'esquissait pas un geste pour lui obéir, pâle comme un linge, les mains tremblantes, il s'impatienta :

— Ne croyez surtout pas m'attendrir ! Il fallait songer avant aux conséquences de vos actes. M. Devaux n'aime pas les contrevenants. Je ne vous conseille pas d'essayer de lui filer entre les doigts comme vous l'avez fait avec moi. Maintenant, venez.

Il la précéda dans les deux ateliers, puis dans une petite cour intérieure ouvrant sur la maison. Poussant une porte latérale, il s'effaça pour laisser passer Gabrielle, non par courtoisie mais pour s'assurer qu'elle ne tenterait pas encore de s'échapper.

De ses paroles, Gabrielle avait déduit que Nicolas lui-même l'avait reconnue. Toute tentative de fuite se révélait dès lors inutile. Mieux valait crânement faire face.

En franchissant le seuil de sa demeure, elle fut impressionnée par le puissant contraste entre les lieux de travail et ceux d'habitation. Ici, l'escalier de chêne embaumait la cire d'abeilles et dans l'air flottait l'odeur suave du parfum de Suzanne Marache.

La silhouette de Nicolas se découpait devant une porte, à la clarté d'une lampe.

— Par ici, Gabrielle, dit-il d'une voix sombre.

A l'évidence, elle ne pourrait espérer le moindre attendrissement de sa part. Haussant le menton, rassemblant tout son courage, elle s'avança vers lui. Même si elle ne représentait plus rien pour lui, elle éprouvait toujours les mêmes sentiments à son égard. Elle lutterait de la seule manière qu'elle connût pour se libérer de cet amour impossible qui pesait sur elle comme un joug. D'un pas lent, altier, elle passa devant lui, pénétra dans le bureau et se dirigea vers le feu qui brûlait dans la cheminée.

Dans son dos, elle entendit se refermer la porte doublée de cuir capitonné. Ils se retrouvaient tous les deux seuls dans cette pièce.

5

— Pourquoi? demanda sèchement Nicolas. Pourquoi faut-il que ce soit vous, madame, qui cherchiez à m'espionner?

Faisant volte-face, elle faillit perdre contenance en le voyant si près d'elle, l'expression dure, les lèvres serrées, le regard étincelant de colère.

— Espionner est un bien grand mot, monsieur. Je voulais simplement voir comment vous aviez adapté vos locaux à la hauteur des métiers Jacquard.

— Il suffisait pour cela de me le demander.

— En avais-je le loisir, puisque nous sommes désormais rivaux en affaires? Qui plus est n'ai-je pas refusé de vous vendre de la soie grège quand vous en aviez besoin?

Il écarta l'objection d'un geste impatienté :

— Aussi étrange que cela puisse vous paraître et malgré que je sois un Devaux, je ne vous en tenais pas grief. Je connais mes ennemis et ne vous considérais pas comme tel. Au contraire.

Ses paumes s'abattirent brutalement sur le bureau :

— Mais il semble que je me sois trompé! Dois-je donc vous ranger dans la même catégorie que votre frère qui n'entretient que de la haine à mon égard?

— Prenez-le comme vous le voudrez, souffla-t-elle, blessée par l'accusation. Sans doute ai-je eu tort de m'aventurer ici aujourd'hui, mais c'était là une tentation à laquelle je ne pouvais plus résister.

S'approchant d'elle, il parut prêt à la secouer rageusement par les épaules :

— Quelle « tentation », à la vérité, que d'user d'un tel stratagème pour amener mon modéliste à vous révéler nos croquis les plus secrets !

Brusquement, elle comprit le véritable objet de cette confrontation.

— Est-ce lui qui a parlé de « stratagème » ?

— Je l'ai fait venir pour lui demander s'il n'avait fait aucune rencontre extraordinaire dans sa journée. Tout d'abord, il dit n'avoir rien remarqué, puis il mentionna, sans vraiment y prendre garde, cette nouvelle employée qui désirait connaître nos méthodes pour mécaniser un dessin original.

— Et je ne désirais rien savoir de plus ! Si j'avais eu le temps de me rendre à Paris, j'aurais trouvé sans peine la réponse à ces questions mais il m'est actuellement impossible de quitter Lyon. Je ne pouvais laisser passer pareille chance. Votre dessinateur n'a, bien sûr, vu aucun mal à m'indiquer ce qui n'est pas un secret, pas plus qu'à faire sa démonstration sur ce dessin précis puisque une modeste employée n'est pas censée savoir ce que signifie l'abeille impériale.

— Tandis que vous l'avez aussitôt compris !

— Assurément. Mais je n'en tirerai pas parti. Je veux que la Maison Roche aille loin, c'est vrai, mais en toute loyauté. Je tiens à garder la tête haute dans le milieu de la soie. Je sais que les procédés perfides sont en l'occurrence monnaie courante. Témoin ce qui se passe entre nos deux familles depuis des générations. Je sais aussi que certains négociants profitent de toutes les crises pour baisser les gages de leurs employés. Ce n'est pas ma façon de faire. Et je n'userai pas non plus d'un avantage gagné par inadvertance sur un rival.

Les nerfs à fleur de peau, elle préféra se détourner pour ne plus avoir à soutenir son regard.

— Si, maintenant, vous désirez appeler la police, poursuivit-elle, je vous en prie, faites-le. Je ne nierai pas être entrée chez vous par ruse mais je réfuterai avec la dernière énergie toute accusation d'espionnage. En cela je suis innocente, quoi que vous pensiez.

Un lourd silence meublé du seul crépitement des flammes

tomba sur la petite pièce. Puis Nicolas poussa un soupir, remua quelques papiers, s'assit au bord de son bureau :

— Maintenant que vous savez comment je me suis adapté au métier Jacquard, comptez-vous faire de même ?

Elle n'osa pas croire qu'il abandonnait toute poursuite contre elle :

— Sans doute, si vous ne m'envoyez pas en prison.

— Je ne porterai pas plainte, madame, marmonna-t-il d'un ton las. Mais asseyez-vous, je vous en prie. Si je me suis montré grossier, c'est parce que vous m'avez mis de mauvaise humeur.

Soulagée, elle prit place sur le siège qu'il lui désignait et croisa ses mains encore tremblantes sur les genoux, le visage et la gorge doucement éclairés par la lumière de la lampe.

— Si vous parlez sérieusement, je ne puis que vous remercier.

— C'est sérieux. Pour tout vous dire, je suis ravi de vous compter parmi mes concurrents. Il aurait été trop facile d'envoyer votre benêt de frère à la banqueroute.

— Je croyais que notre querelle familiale n'existait plus à vos yeux ! répliqua-t-elle vivement.

— En effet, madame, tout au moins en ce qui nous concerne, vous et moi. Outre que je n'éprouve aucune sympathie pour votre frère, je n'aime pas ses méthodes. Je me suis laissé dire que vous aviez remis bon ordre à cela et que la Maison Roche venait d'adopter une tout autre politique.

Sur la défensive, elle se raidit :

— D'où tenez-vous ces informations ?

— De tout un chacun. Votre nom est sur toutes les lèvres et les Lyonnais s'en félicitent, de même qu'ils disent que votre frère ne paie plus ses dettes de jeu aussi rapidement que du temps de votre père.

— Je n'écoute pas les racontars.

— Ce ne sont pas là des racontars mais des faits. J'aime à regarder la vérité en face. En ce qui concerne l'installation des métiers Jacquard, veillez tout d'abord à préparer vos tisseurs à cette nouveauté, de peur qu'ils ne se révoltent.

— Vous paraissez avoir résolu cette difficulté, dans votre filature.

— Je partais de zéro, avec des ouvriers trop heureux de

trouver un emploi chez moi. Votre cas est différent ; vos canuts devront apprendre une méthode inconnue pour eux, changer des habitudes qui leur paraissent parfaites. Si vous voulez mon avis, vous feriez mieux d'attendre que d'autres filateurs lyonnais prennent la même décision ; alors tous les ateliers seront confrontés ensemble à l'obligation de s'adapter, ce qui réduira à zéro les arguments des récalcitrants.

Gabrielle se leva :

— Et moi, je refuse d'attendre ! Le métier Jacquard m'a plu depuis le jour de sa démonstration.

— Ainsi vous y étiez ? demanda-t-il, l'air étonné. Je l'ignorais.

— J'ai pu admirer comment vous avez porté secours à M. Jacquard.

— Il était naturel que je prête main-forte à un vieil ami de mon père. Sa famille aussi a dû fuir Lyon sous le coup de fausses accusations, pendant la Révolution. On a brûlé leur maison, ce qui, au moins, nous fut épargné.

— Avez-vous revu M. Jacquard, depuis ?

— Souvent. Il est venu jusqu'ici voir fonctionner ses métiers.

— Il a donc osé revenir ?

— Sachez qu'il n'est pas sans amis dans cette ville.

— Je serais heureuse de le rencontrer si l'occasion s'en présentait.

— Cela sera fait, madame.

Après l'hostilité du début, qui les avait tenus chacun sur ses gardes, l'atmosphère devenait d'une troublante douceur. Leur attirance mutuelle se faisait impérieuse, oublieuse du reste de leur vie, des êtres qui la peuplaient, des années passées depuis certain soir d'orage... Gabrielle frémissait au souvenir de leur tendre ardeur. Mieux valait partir.

— Il faut que je m'en aille.

Il la précéda jusqu'à l'entrée, demanda si quelqu'un l'attendait dehors ; comme elle le confirmait d'un mouvement de la tête, il lui ouvrit la porte puis, se ravisant, tendit un bras pour lui barrer le passage :

— Nous sommes semblables, dit-il gravement. J'ai hâte de me mesurer à vous quand le Mobilier impérial vous aura passé commande.

— J'accepte la compétition, dit-elle.

Incapable de contenir plus longtemps sa curiosité, elle ajouta :

— Comment saviez-vous que je me trouvais parmi les fileuses, cet après-midi ?

Aussitôt, elle regretta cette question, tant la bouleversa le regard de ferveur qu'il lui adressa, un regard capable d'abattre toutes les barrières qu'elle tentait encore de dresser contre lui. Il avança d'un pas.

— Faut-il vraiment que vous me le demandiez ? Où que vous soyez, je le saurai toujours.

Elle se rendit bien compte qu'il allait l'embrasser et ne parvint pas à s'esquiver, prise de vertige, les lèvres entrouvertes, les paupières s'alourdissant comme il approchait son visage du sien.

Un pas dans l'escalier fit voler le charme en éclats tandis que leur parvenait la voix de Suzanne Marache :

— Enfin vous voilà, Nicolas ! Je vous attends et le dîner refroidit.

De vils détails domestiques venaient de briser le beau rêve. Tous deux se retrouvaient devant la porte, chacun appartenant à une vie faite d'horaires et d'obligations, où l'autre n'avait pas sa place. Il laissa retomber son bras et Gabrielle passa la porte pour s'échapper dans l'air frais du soir, encore étourdie par la violence de ce retour aux réalités. Marchant à l'aveuglette, elle ne vit Garcin que lorsqu'il se planta devant elle.

— Madame Gabrielle, allez-vous bien ? J'étais sur le point de frapper à cette porte pour vérifier qu'il ne vous arrivait rien de fâcheux.

Si Suzanne Marache n'avait pas joué les trouble-fête, il s'en serait donc chargé. Le destin rappelait ainsi à l'ordre ceux qui voulaient prétendre à plus que leur part. Cette constatation ne diminuait en rien l'amertume d'avoir été privée du baiser de Nicolas. A quelques secondes près, elle aurait de nouveau senti la caresse de ses lèvres. Mais peut-être valait-il mieux s'en être tenu là. Qui sait si, cette fois, elle aurait été capable d'endiguer le flot de trop prévisibles conséquences ?

Malgré ses efforts pour prendre la chose avec philosophie, elle ne put s'endormir, cette nuit-là, l'imagination assaillie par ce qui aurait pu être... Le lendemain matin, elle était au bureau de bonne heure, redoublant d'ardeur, prenant le travail comme dérivatif à sa peine.

Lorsqu'elle apprit, peu après, que Suzanne Marache était repartie pour Paris, elle ne voulut en tirer aucune conclusion. Nicolas lui trouverait vite une remplaçante. Il finirait bien par se marier ; et ce jour-là, il ne pourrait s'éloigner d'elle davantage qu'en ce moment, car Emile se dresserait toujours entre eux.

Henri protesta avec la dernière véhémence quand elle annonça qu'elle comptait faire tisser la soie Roche sur des métiers Jacquard.

— Perdrais-tu l'esprit ? Jamais les canuts n'en voudront. Tu l'as vu de tes yeux, non ? Et puis leurs maisons ne sont pas assez hautes pour recevoir ces machines.

— Aussi ai-je tout prévu. Il existe un ancien couvent désaffecté depuis la Révolution, pour lequel j'ai offert un prix honnête à l'Etat et que j'ai bon espoir d'acquérir.

— Compterais-tu le transformer en filature ?

N'en croyant pas ses oreilles, effrayé par les risques qu'elle prenait, voyant le peu d'avenir qui lui était réservé dans l'entreprise, il commença par désespérer. Cette initiative ne pouvait tomber à pire moment pour lui. Bien que criblé de dettes, il ne parvenait pas à faire entendre raison à Yvonne qui continuait à dépenser sans compter. Avant la mort de son père, il ne s'en était pas inquiété outre mesure car il aimait voir sa jolie femme se parer des plus beaux atours et réussissait toujours à masquer ses pertes au jeu par quelque prélèvement clandestin sur les ventes de soie. Malheureusement, les circonstances avaient changé sous l'administration de Gabrielle et la source de ses revenus secrets ne coulait plus aussi généreusement. Son salaire n'avait pourtant rien de mesquin. Néanmoins, le fruit de ses larcins lui manquait et il cherchait comment le compenser. Et voilà que sa sœur envisageait maintenant de leur faire courir à tous d'insupportables risques !

Cependant, celle-ci attribuait son effroi à une tout autre cause :

— Ce couvent n'est plus consacré puisqu'il a déjà servi de prison aux condamnés à mort. Comme je compte en faire un honnête lieu de travail pour artisans, nul chrétien n'y peut voir d'objection ; en outre, les religieuses furent les premières à y travailler la soie. Les hautes salles en arc-boutants seront parfaites pour y loger des métiers Jacquard.

— Jamais je ne te laisserai commettre une telle imbécillité ! J'en appellerai aux tribunaux s'il le faut. Tu outrepasses tes droits !

— Calme-toi, s'il te plaît ! Les tribunaux me suivront et, toute considération pratique oubliée, ce couvent peut constituer un excellent investissement. J'ai d'ores et déjà commandé les machines qui me seront livrées dès que j'aurai fait aménager les locaux.

— Je saurai bien t'en empêcher !

— Ne t'y risque pas, Henri ! tu perdrais la partie. J'accomplirai ces transformations avec ou sans ta collaboration.

Un doigt accusateur pointé sur elle, il se dressa si brusquement qu'il en renversa sa chaise derrière lui :

— S'il m'a jamais fallu une preuve que Père n'avait plus ses esprits en te léguant cet héritage, la voici ! Tu vas faire courir la Maison Roche à sa ruine.

— Je n'en ai pas le sentiment.

A son tour, elle se leva pour lui faire face dignement.

— La soie va vers son plus grand essor en dépit des difficultés présentes. Nous avons le privilège de vivre une époque où l'empereur encourage les plus grandes somptuosités tant pour le mobilier que pour les habits. Que ces étoffes soient tissées à la main ou façonnées n'ôtera rien à leur magnificence. Grâce à ce nouveau système, il est en notre pouvoir d'augmenter sensiblement le rythme de notre production et j'estimerais criminel de refuser un tel progrès.

— Tu confonds progrès et folie.

— En voilà assez ! Es-tu pour ou contre moi ? Il te faut choisir maintenant !

La réponse n'étonna pas Gabrielle ; avec un soupir exaspéré, son frère hocha la tête à contrecœur :

— Je vois que je dois rester, pour ton bien.

Demeurée seule, elle songea que sa vie ne ressemblait plus qu'à une succession de batailles. Jour après jour, il lui fallait affronter Henri à Lyon, subir ses incessantes critiques, et, dès qu'elle rentrait chez elle, c'était pour retrouver Emile qui s'évertuait, avec une insistance de plus en plus pesante, à la convaincre de ne s'absenter qu'un jour par semaine.

— Vous manquez à tous vos devoirs, mon amie ! se

plaignait-il. J'ai besoin de vous. Voilà que je viens encore de passer seul cinq nuits sur sept. Croyez-vous qu'un époux sensé pourrait tolérer d'être ainsi négligé ?

Pour la première fois, depuis deux mois, elle n'était pas rentrée de la semaine et s'agaçait d'avance des reproches qu'il ne manquerait pas de lui faire. Cependant, il était de bonne guerre que son mari ne rêvât que de la voir retourner à son rôle d'épouse obéissante et désœuvrée. Elle renonçait à lui faire admettre qu'en ne passant qu'une journée par semaine à Lyon elle deviendrait une marionnette entre les mains de son frère, car elle avait fini par comprendre qu'il ne désirait rien davantage.

— Je vous en prie, Emile, ne croyez pas que je vous néglige ! répondait-elle, sincèrement navrée.

La prenant sur ses genoux, il l'avait laissée lui entourer le cou de ses bras. Chaque fois qu'ils se retrouvaient, elle lui montrait la plus profonde affection et tous deux goûtaient ces moments-là avec un réel bonheur. Il n'en avait que plus de mal, ensuite, à la laisser repartir.

— C'est que je vous aime, Gabrielle, disait-il doucement en lui prenant le menton. Sinon, tout serait différent. Pourquoi...

Elle l'interrompait alors :

— Pourquoi ne suis-je pas comme les autres épouses ?

— Dieu m'en garde ! Je ne voudrais pas vous voir changer d'un pouce, même si vous possédez un sens des affaires qui siérait mieux à un homme. Je voulais seulement vous demander pourquoi vous ne m'aviez pas encore donné d'enfant ?

Elle se détourna pour cacher sa détresse. Il était bien révolu le temps où elle désirait des enfants. Plus tard, elle en aurait certainement deux ou trois, si la nature le permettait, car elle désirait un fils à qui transmettre la Maison Roche.

— Ce jour viendra, articula-t-elle d'une voix à peine audible. J'en suis sûre.

— Moi aussi. Votre corps est si beau... Fait pour la maternité.

Dégageant son décolleté, il lui embrassa doucement la poitrine.

Plus tard, blottie entre ses bras dans le grand lit, alors qu'il dormait profondément, elle s'interrogeait encore sur son incapacité à porter un enfant. Pourquoi gardait-elle toujours cette impression d'inaccomplissement avec Emile, comme s'il existait en elle une flamme qui n'avait jamais été allumée, comme s'il lui restait tant d'ivresses à découvrir pourvu qu'elle en trouvât la clef? Elle n'associait pas ces bonheurs inconnus à la conception puisqu'elle savait que des femmes violées pouvaient se retrouver mères, mais se demandait si, dans son cas, l'enfantement n'émanerait pas d'un plus profond amour. Peut-être, si elle parvenait à aimer mieux son mari, finirait-elle par lui donner l'enfant qu'il espérait. Alors la raison reprenait le dessus, angoissante : comment pourrait-elle jamais donner de l'amour à Emile quand un autre homme occupait ses pensées?

Pour commencer, Gabrielle proposa à ses canuts d'essayer le nouveau métier, évitant cependant d'en parler aux plus âgés d'entre eux qui s'étaient depuis trop longtemps installés dans leurs habitudes et préféreraient continuer à tisser chez eux, à leurs heures, au milieu de leur famille dont plus d'un membre leur prêtait main-forte. Ceux qui se déplacèrent jusqu'à la nouvelle filature Roche se montrèrent pour la plupart sceptiques, jusqu'à ce que certains fissent remarquer quels avantages leur procureraient ces nouvelles conditions de travail dans de grandes salles éclairées et aérées, et finissent par convaincre leurs compagnons. Le jour où elle signa l'acte de vente, devenant ainsi propriétaire de l'ancien couvent, Gabrielle n'avait cependant toujours pas réuni le nombre de tisseurs requis pour tous les métiers commandés.

Elle surveilla de près l'aménagement de l'atelier suivant les plans d'installation qu'elle avait elle-même tracés. Au milieu des coups de marteaux, des grincements des échafaudages et des ordres que se lançaient les ouvriers, trois hommes se firent annoncer. Sans doute, songea-t-elle, une nouvelle délégation pour une autre mise en demeure, après les nombreux avertissements et menaces déjà reçus, quand ce n'étaient pas les injures et les pierres dans les fenêtres du bâtiment.

Ils l'attendaient dans le hall d'entrée sur lequel donnait son nouveau bureau. Ainsi qu'elle l'avait prévu, c'étaient des canuts avec leurs casquettes à visière, leurs chemises à larges manches, leurs justaucorps de cuir ou de gros drap et leurs amples culottes. Elle leur donna entre trente et trente-cinq ans. Le plus âgé prit la parole :

— Bonjour, madame. Nous avons entendu dire que vous engagiez des tisseurs et nous cherchons un emploi.

— Où avez-vous déjà travaillé ?

Comme beaucoup d'autres, ils se retrouvaient au chômage à la suite de la faillite de leur filature.

— Je ne veux pas de désordre chez moi. Si l'un de vous n'apprécie pas les métiers Jacquard, qu'il s'en aille tout de suite.

Aucun d'eux ne bougea. Ils n'avaient pas les moyens de faire la fine bouche sur la façon de gagner leur pain. Gabrielle le prit pour un bon signe : ils ne s'en adapteraient que mieux à la nouvelle méthode.

— Fort bien. Plusieurs machines sont déjà installées. Venez me montrer votre savoir-faire.

Tous trois furent engagés. Il lui restait encore quatre places vacantes mais elle était certaine de trouver vite à qui les attribuer. Henri, qui eût préféré commencer avec de petits effectifs, trouvant inutile de consacrer tant d'argent à la paie des employés tant que les métiers n'auraient pas fait leurs preuves, la poursuivait de son pessimisme et de ses sombres avertissements, si bien qu'elle finit par lui interdire de venir la déranger pendant qu'elle travaillait, sauf en cas de force majeure. Il avait aussi protesté contre sa décision de donner les commandes de prestige à la nouvelle filature pour ne laisser que le tout-venant aux petits ateliers familiaux. Mais Gabrielle voulait asseoir au plus vite la réputation de ses récentes installations, se faire un nom parmi les plus grands soyeux de Lyon et laisser proclamer qu'elle ne le devait qu'à elle-même.

Quelque temps après l'ouverture, une ronde de police fut instituée autour des bâtiments, de peur de manifestations semblables à celles qui avaient eu lieu à la filature Devaux. Après plusieurs jours de tranquillité, la police se retira.

Le travail commençait à six heures du matin et s'achevait à six heures du soir en semaine, à midi le samedi, comme dans les autres manufactures. Le premier samedi après-midi, Gabrielle finissait de remplir quelques notes à son bureau, en attendant que Garcin vînt la chercher pour la ramener chez elle. A l'exception du vieux domestique qui balayait le hall, elle se trouvait seule dans les bâtiments. Absorbée par ses calculs, elle ne prêta pas attention au remue-ménage de l'extérieur jusqu'à ce que la porte de la pièce s'ouvrît toute grande sur le vieil homme tremblant de peur :

— Des manifestants, madame ! Ils viennent par ici ! Fuyez tant qu'il en est encore temps !

Là-dessus, il prit ses jambes à son cou, avec une agilité étonnante pour un homme de cet âge. Contournant sa table, Gabrielle se précipita vers le portail qu'il avait laissé ouvert dans sa hâte à partir. Risquant un coup d'œil dans la rue, elle vit deux groupes d'hommes à chaque issue, avançant armés de piques et de fourches, brandissant des bannières où était écrit :

A BAS JACQUARD !

DÉFENDONS NOTRE GAGNE-PAIN !

NOUS GARDERONS NOS MÉTIERS !

A la rigueur, elle aurait pu s'échapper en se glissant sur un des trottoirs afin de jouer les passantes, mais elle refusait de voir tous ses efforts réduits à néant par une populace hargneuse. Reculant d'un bond, elle claqua le lourd portail, tourna les verrous. Puis elle fit de même avec la porte intérieure. Prévue pour isoler ses pensionnaires du monde, la bâtisse devrait se montrer, une fois de plus, à l'épreuve de toute agression. La jeune femme courut vers les ateliers dont les fenêtres étaient encore grillagées comme au temps du couvent. Pour plus de précaution, elle ferma les épais volets intérieurs, s'aidant d'une perche pour ceux qu'elle ne pouvait atteindre. Dans la rue, les cris s'enflaient et elle comprit que les hommes venaient de se rassembler devant le porche. Craignant une attaque à l'arrière du bâtiment, elle bondit pour vérifier qu'aucun accès ne leur serait possible. A son grand effroi, elle vit alors que la grille du petit potager où les ouvriers aimaient à se détendre au moment du déjeuner était entrouverte. Elle arriva juste à temps. Au moment où elle la poussait, elle vit arriver un groupe de manifestants qui venaient sans doute d'avoir la même idée qu'elle.

A bout de souffle, une main sur la poitrine, elle regagna les ateliers plongés dans une quasi-obscurité, récapitulant mentalement toutes les issues possibles de la filature. S'asseyant devant un métier, elle caressa de la main un coupon en gros de Tours broché à fond blanc sur lequel fleurissaient dans un jeu de lumières des lis tigrés aux nuances savantes. Une fois terminée, l'étoffe mesurerait soixante-dix mètres de long. Gabrielle ne laisserait personne détruire une telle splendeur.

Elle tressaillit violemment au bruit d'une pierre qui vint heurter l'un des volets après avoir brisé la vitre. S'ensuivit une destruction systématique de tous les carreaux. Puis retentirent des bruits plus effrayants encore, des chocs réguliers contre le portail que les manifestants comptaient sans doute enfoncer à coups de bélier. Chaque fois, la maison entière semblait en trembler sur ses fondations.

Prudemment, la jeune femme se dirigea vers l'entrée, tira doucement le judas comme avaient dû le faire tant de fois les sœurs avant d'admettre quiconque. Les verrous du portail résistaient encore mais les gonds paraissaient sur le point de jaillir du mur. En un éclair, elle comprit ce qu'il lui restait à faire. Dans son bureau se trouvait un échantillon tiré des plus récents croquis de Marcel Donnet. Livré la veille au soir par un tisseur travaillant à domicile, elle l'avait apporté le matin même à la filature. Il représentait un flamboiement de tournesols sur fond de satin crème. Le saisissant, elle s'en drapa comme d'une étole puis regagna l'entrée. Il fallait à tout prix que les manifestants la voient au moment où ils entreraient, au risque de se faire piétiner.

Pour gagner du temps, elle tira les verrous des battants intérieurs. Un instant, elle y appuya le front, reprit son souffle, s'encourageant intérieurement à tenir bon. Des chocs épouvantables à l'arrière lui apprirent que la grille du potager subissait le même assaut. Elle se prit à espérer que celle-ci résisterait assez longtemps pour ne pas lui gâcher la surprise qu'elle réservait aux attaquants du porche.

Dans un ultime craquement, le portail céda et les hommes se ruèrent vers le hall d'entrée, certains perdant l'équilibre dans la mêlée. C'était l'occasion qu'elle attendait. Repoussant brusquement les deux vantaux intérieurs, elle leur apparut sur le seuil, drapée d'or et de soie chatoyante, toute nimbée de lumière.

— Canuts! cria-t-elle d'une voix autoritaire. Restez où vous êtes! Je sais qu'aucun de vous ne détruirait délibérément le travail d'un compagnon. La plupart d'entre vous savent que j'ai appris à tisser sur les métiers qui vous appartiennent. Cette étoffe vient de chez moi, elle a été faite dans la plus pure tradition des soies de Lyon. Pourquoi devrais-je trahir les règles de mon apprentissage ? Faites-moi confiance autant que je vous fais confiance ! Je n'ai pas changé. Laissez-moi vous montrer l'évolution que nous promettent les métiers Jacquard !

Ceux qui avaient pu entrer la regardaient, bouche bée. Certains la connaissaient depuis que, petite fille, elle n'avait cessé de les harceler, avide d'apprendre leur savoir. La soudaineté de son apparition, alors qu'ils croyaient la filature vide, la splendeur de l'étoffe qui la protégeait mieux qu'une armure, son courage à leur tenir tête, les empêchèrent d'aller plus avant. Derrière, ceux qui ne voyaient pas la scène commencèrent à les bousculer en protestant.

S'avançant d'un pas, les bras tendus, elle reprit :

— Demandez-leur un peu de patience. Laissez-moi préserver ce que j'ai réalisé ici. Je pourrai même donner du travail à ceux qui m'en demanderont.

Elle aurait gagné la partie s'il n'en avait tenu qu'à ceux qui la voyaient et l'entendaient. Leur désir de tout casser dans un atelier qu'ils croyaient vide s'estompait à l'idée de le faire sous les yeux d'une jeune femme qui les connaissait presque tous par leurs noms. Mais, comme ils hésitaient encore, une vague de nouveaux arrivants les submergea. Nul ne sut qui avait lancé la pierre. Si Gabrielle était restée devant les portes intérieures, elle l'aurait esquivée, mais en quittant son abri, la jeune femme s'exposait aux projectiles qui volaient encore depuis la rue. Heurtée à la tempe, elle s'effondra, aveuglée par le choc autant que par la douleur. En perdant connaissance dans un froissement de soie, le front baigné de sang, elle se sentit poussée sur le côté par quelqu'un qui arrivait de l'atelier, et ressentit une brève mais intense terreur à l'idée que les manifestants avaient aussi enfoncé la grille du potager. Le sol se mit à trembler tandis que la foule se ruait dans l'entrée en criant. Il lui sembla percevoir, très loin, un coup de pistolet, tiré en l'air sans doute, car un éclat de plâtre tomba près d'elle. A travers un brouillard opaque, elle entendit rugir la voix de Nicolas :

— Allez-vous-en ! Tous. Ceci est mon seul avertissement. La prochaine fois, je tire sur le premier qui avancera d'un pas.

Luttant contre la douleur qui lui vrillait le crâne, elle s'efforça d'ouvrir les yeux. Nicolas se tenait, jambes écartées, sur le seuil de la porte intérieure, un pistolet dans chaque main. Les ateliers restaient vides, ce qui signifiait que c'était lui qui l'avait poussée loin du danger. Sans doute quelqu'un d'autre tenait-il en respect les manifestants du potager. Refermant les paupières, elle se laissa retomber en arrière. Dans le silence, un déclic indiqua que Nicolas armait son deuxième pistolet, et ce geste suffit à faire reculer les assaillants. De la rue montèrent des clameurs, mais Gabrielle ne parvenait plus à mobiliser son attention.

Incapable de parler, elle resta là, gisant sur le sol, à demi consciente. D'autres cris retentirent, une porte claqua quelque part, puis ce fut le rire exubérant de Garcin, et Nicolas la souleva de terre pour la porter sur le divan de son bureau. Elle voulut lui demander comment il était entré mais ne parvint pas à formuler une parole.

— Est-elle grièvement blessée ? demanda Garcin.

— Plutôt étourdie, je crois. Mais l'entaille me semble profonde.

Nicolas épongeait le sang avec un mouchoir de linon qu'il laissa un instant appliqué, le temps d'ôter son pardessus pour en couvrir le corps frissonnant de la jeune femme.

— Reste-t-il du monde dans la rue ?

Garcin s'en alla vérifier par la fenêtre.

— Peu, vos hommes et la police ont fait leur travail. L'on se bat encore, plus bas, sur un trottoir. Je crois même qu'ils en arrêtent quelques-uns.

— Alors faites venir la voiture jusqu'ici. Nous devons amener Mme Valmont à sa belle-sœur. Je crois que nous ne risquons plus rien.

La jeune femme voulut le remercier mais demeura immobile et muette, abrutie par la douleur qui lui martelait la tête et la nuque. Elle ne sut pas combien de temps il fallut à Garcin pour revenir avec l'attelage. D'un seul coup, Nicolas l'emportait à nouveau et s'installait à côté d'elle dans la calèche pour la garder blottie contre son épaule jusqu'à leur arrivée rue Clémont.

Un domestique leur ouvrit tandis qu'Hélène accourait en poussant des exclamations affolées. Une explication de Nicolas parut la calmer car, aussitôt, elle les précéda dans l'escalier jusqu'à la chambre de sa belle-sœur. C'est alors qu'Henri fit son apparition :

— Vous ! s'exclama-t-il, incrédule, à l'adresse de Nicolas. Comment osez-vous entrer dans cette maison ? Qu'avez-vous fait à ma sœur ? Encore l'un de vos accidents de la circulation, sans doute ? Laissez-la, que je l'emmène !

Gabrielle sentit les bras de Nicolas la serrer davantage. Il n'avait aucunement l'intention de la lâcher. Ce fut Hélène qui prit la direction des opérations :

— Ecartez-vous, Henri ! L'heure n'est pas aux disputes ! M. Devaux nous vient ici comme le Bon Samaritain et vous feriez mieux de le remercier au lieu de vous emporter.

L'écartant du bras, elle laissa Nicolas entrer dans la chambre.

Il y eut un bruit de couvertures qu'on rabattait et Gabrielle se sentit déposée sur le lit. Elle gémit quand Hélène lui retira le pardessus afin de le rendre à son propriétaire, sans pouvoir exprimer autrement son désir de voir Nicolas rester. Celui-ci comprit pourtant.

— Je dois partir, dit-il doucement.

Elle sut qu'il s'attardait près du lit, enfilant son vêtement, la regardant une dernière fois. Sur le seuil, Henri reprenait ses imprécations. Hélène se tourna vers son beau-frère :

— Taisez-vous ! ordonna-t-elle. N'avez-vous donc aucune considération pour votre sœur souffrante ?

Gabrielle sentit la main de son sauveur prendre furtivement la sienne et la presser tendrement. Puis il sortit avec Hélène qui ferma la porte derrière eux. Les cris d'Henri s'estompèrent, bien qu'il continuât d'aboyer derrière Nicolas tout en descendant l'escalier.

Emile arriva aussitôt qu'il reçut le message envoyé de la rue Clémont. Son épouse lui fut reconnaissante, à lui et à tous les autres, de ne pas chercher à la faire parler. Tel un ange gardien, Hélène la veilla plusieurs jours dans une semi-obscurité. Elle lui conta tous les détails de sa mésaventure. Comment, à la vue des manifestants, Garcin avait pris au mot la promesse d'aide que lui avait faite l'un de ses anciens camarades de régiment, à cette heure engagé dans la milice de Nicolas... Comment le même Garcin avait découvert un jour qu'il était possible de s'introduire dans le couvent en passant par le toit voisin — chemin qu'il avait fait prendre à Nicolas tandis que lui contenait les assaillants côté potager...

De fait, Garcin fut la première personne que la jeune femme demanda à voir lorsqu'elle se sentit en état de recevoir des visiteurs. Il se montra content de son intervention, l'aventure lui ayant plu, comme une réminiscence de son passé de soldat. Elle le remercia abondamment.

— Votre initiative a sauvé la filature de la destruction et moi aussi, sans doute : il est probable que je serais morte piétinée. Jamais je ne saurai assez vous témoigner ma reconnaissance pour avoir averti à temps M. Devaux. Seulement, je n'ai toujours pas compris pourquoi il n'avait pas fait appel à sa milice.

— C'est pourtant ce que j'espérais, madame, en m'adressant à lui ; mais le samedi après-midi, ses ateliers étaient fermés et tout le personnel parti. Sachez, néanmoins, que rien n'aurait pu empêcher M. Devaux de vous porter secours.

— Encore merci, mon bon Garcin, pour votre loyauté.

En refermant la porte, celui-ci rumina longuement ces dernières paroles. « Votre loyauté ! » La barrière sociale empêcherait sans doute à jamais Mme Gabrielle de comprendre qu'il veillait sur elle au nom de tout autre chose que la loyauté. Sans aller jusqu'à dire qu'il l'aimait, car il n'avait pas de temps à perdre en futilités sentimentales, il ne pouvait s'empêcher de constater qu'elle seule l'avait retenu de se chercher une épouse comme il en avait eu l'intention en quittant l'armée. Le jour où il rencontrerait une femme aussi belle et intelligente qu'elle, peut-être y songerait-il, mais pas avant.

Quand il quitta la maison, les pièces d'or qu'elle lui avait données tintèrent dans sa poche et sa main se referma dessus. Il aurait préféré une autre récompense mais l'idée n'avait probablement même pas effleuré l'esprit de Mme Gabrielle.

Emile, pressé par ses obligations à la magnanerie, ne revint que pour la chercher, dès qu'elle eut la force de supporter le voyage. Le médecin, qui avait recousu sa blessure par quatre points de suture, avait ordonné au moins trois semaines de repos complet, période que son mari entendait la voir prolonger indéfiniment. De plus, ses soupçons, endormis depuis quelque temps, venaient de s'éveiller. Les explications de Gabrielle, selon lesquelles Nicolas Devaux avait accompli cette action en signe de réconciliation, au nom des métiers Jacquard que seules leurs deux filatures utilisaient, ne le convainquirent pas le moins du monde.

Il ne fallut pas un mois à Gabrielle pour recouvrer toute son énergie. Ses constantes demandes de rapports et comptes rendus à Henri restant sans effet, elle se mit à tourner en rond, anxieuse et contrariée. Bientôt, elle ne supporta plus son inactivité.

— Il faut que je retourne à Lyon dès demain, annonça-t-elle à son mari. La période de convalescence prescrite par le médecin est terminée depuis belle lurette, et Henri ne répond pas à mes lettres. Il se passerait quelque chose là-bas que je ne serais même pas au courant.

— Ne vous inquiétez pas, ma mie, dit Emile en la prenant doucement par les épaules. Votre frère n'a fait qu'obéir à mes instructions. Je voulais abolir tout obstacle entre nous. Et franchement, n'êtes-vous pas plus heureuse depuis que vous avez abandonné vos prétentions sur la Maison Roche? Comprenez-vous quelle vie agréable peut encore être la nôtre?

La jeune femme leva sur lui un regard abasourdi:

— Dois-je comprendre que vous avez encouragé Henri à me contrer ouvertement? Jusqu'à usurper mon autorité?

Irritée, elle le repoussa, se détourna de lui:

— Voilà qui tranche la question! Je pars dès maintenant, le temps que Garcin fasse atteler les chevaux.

— Je vous l'interdis bien!

Levant les yeux vers son visage durci aux mâchoires crispées, elle le considéra comme elle l'eût fait d'un étranger:

— Nul ne peut m'interdire de m'occuper des biens qui m'ont été légués.

— La Maison Roche peut exister sans vous. Moi non. Votre place est ici, près de moi.

— Ne voyez-vous pas qu'en sortant de votre ombre je ne fais que renforcer notre union?

A la vue de ses traits qui se creusaient, elle s'émut et posa une main sur son bras:

— Sachez, mon ami, que rien ne saura jamais nous

séparer. Je réitère aujourd'hui la promesse que je vous ai faite le jour de notre mariage.

Il l'étreignit avec ardeur, avant de l'embrasser comme un homme ivre, incapable de supporter cette trop grande indépendance qui l'avait pourtant séduit dès leur première rencontre.

Prise de compassion, elle décida de ne partir que le lendemain.

En la voyant arriver, Henri lui rendit aussitôt sa place avec une bonne grâce suspecte, qui laissait à penser qu'il avait utilisé son absence à des fins personnelles. Cependant, son fidèle comptable put prouver à la jeune femme que les livres avaient été impeccablement tenus, qu'aucune fraude n'avait été commise. Elle finit par en conclure que l'amabilité inaccoutumée de son frère provenait peut-être d'une chance inespérée au jeu. D'autant qu'Yvonne exhiba trois nouvelles tenues plus extravagantes les unes que les autres et un bracelet de saphir que Gabrielle ne lui connaissait pas. Celle-ci apprit également que de fort élégantes réceptions avaient été données durant sa convalescence.

Sur la commode de sa chambre, parmi du linge fraîchement lavé et repassé, elle trouva le mouchoir de linon dont s'était servi Nicolas pour lui éponger le front. Elle en porta les initiales brodées à ses lèvres. La tentation fut forte d'aller le lui rendre elle-même, mais la sagesse l'emporta. L'enveloppant dans un fin papier, elle y ajouta un simple mot de remerciement. Ce fut Garcin qui le délivra. Elle ne lui demanda pas s'il avait vu son propriétaire. De toutes ses forces, elle tâchait de ne plus penser à l'homme qu'elle aimait.

6

Ce fut à la plus grosse foire exposition de la soie que Nicolas et Gabrielle se revirent. Plusieurs mois s'étaient écoulés et la filature Roche devenait une affaire florissante. Aucun ordre d'achat n'était parvenu du Mobilier impérial bien que la France entière se bousculât pour lui passer commande. L'exposition lui offrait une chance d'élargir sa clientèle à toute l'Europe, voire aux Amériques, et la jeune femme ne voulait la manquer pour rien au monde. Avec Marcel Donnet, elle choisit les motifs les plus représentatifs de leur art ; Henri, qui avait l'habitude d'organiser ce genre de manifestation, prouva une fois de plus son efficacité en matière de publicité. Sa sœur ne savait que trop qu'il remâchait encore son amertume d'avoir été supplanté à la tête de la Maison Roche, mais il se montrait tout à fait serviable avec elle, moins enclin à se hérisser lorsqu'ils s'affrontaient sur une décision, presque prêt à la suivre dans tout ce qu'elle entreprenait. Parfois, elle se demandait ce que cachait une telle attitude. D'autant plus qu'il paraissait entretenir les meilleurs termes avec Yvonne, vraisemblablement parce qu'il continuait à gagner au jeu.

Un espace plus ou moins important, plus ou moins bien situé, avait été attribué à chaque membre de la *Grande Fabrique,* dans le hall d'exposition d'un récent bâtiment municipal. A la déception de Gabrielle, qui croyait avoir droit à l'allée centrale, elle se trouva reléguée dans un petit coin non loin de l'entrée. Lorsqu'elle se récria, Henri lui décocha un clin d'œil goguenard :

— Allons, ma petite, cesse de te bercer d'illusions ! Les soies Roche sont entre les mains d'une femme, à présent. Songe à ta chance d'avoir tout de même obtenu une place dans ce salon !

Se raidissant, elle parut le défier, au même titre que les organisateurs :

— Nos réalisations ne passeront pas inaperçues, je te le promets.

Elle arborait un de ces « airs butés », comme il les appelait, et qu'il détestait car ils signifiaient qu'elle avait l'intention de briser tous les obstacles qui se présenteraient sur son passage. Depuis son enfance, ils présageaient les pires ennuis à ceux qui oseraient lui tenir tête. Rien n'avait changé, depuis. Sortant une petite boîte de sa poche, il aspira bruyamment du tabac à priser.

— Je n'aurais été qu'à moitié surpris si les organisateurs avaient refusé notre nom et celui des Devaux, ajouta-t-il.

— Pourquoi cela ? Craindraient-ils que nous n'ayons quelque altercation en public ?

— Non, encore que la chose se fût souvent produite autrefois, tu peux me croire. Seulement, la maison Camille Pernon n'a pas fait mystère de son essai sur un métier Jacquard à l'époque où M. Devaux en a tant installé chez lui. Et le résultat ne fut pas concluant.

— Sans doute à cause d'une maladresse passée inaperçue. A moins que la Maison Pernon n'ait eu à essuyer une quelconque révolte de ses tisseurs.

— Quelles qu'en soient les raisons, quand un grand nom comme celui des Pernon laisse tomber un désaccord, tous le suivent. Voilà un préjudice que tu peux ajouter à la concurrence.

— Vois-tu un seul défaut, une seule imperfection au travail exécuté sur les métiers Jacquard ?

— Aucun, il est vrai. Tu as fait de moi un converti. Jamais je n'aurais cru voir venir le jour où je t'approuverais dans cette entreprise, mais je conviens de mon erreur. Quels échantillons as-tu décidé d'exposer ?

Quand elle les lui montra, il lui lança un regard furieux :

— Pas ceux-là ! Je te l'interdis. Cette foire nous offre la possibilité de beaucoup vendre et je ne veux pas passer à côté. Montre des fleurs et des grappes de raisin, et des roses et tous nos motifs qui remportent le plus de succès. Les acheteurs n'en voudront pas d'autres, je le sais d'expérience.

Levant la main pour appuyer ses arguments, elle répondit fermement :

— Elle est révolue l'époque où quelqu'un avait le pouvoir de m'interdire quelque chose, Henri. Grâce à Dieu. Ma décision est prise. M. Donnet a fait ces croquis il y a des mois, et tous les tissus sont prêts. Il est vrai que je ne m'attendais pas à un si triste emplacement, d'autant qu'à t'entendre les Roche avaient toujours été bien traités. N'importe ! Je n'en suis que plus résolue à tout mettre en œuvre pour que l'on nous attribue désormais la place qui nous revient.

La veille de l'inauguration, elle arriva au salon avec son frère et Marcel Donnet, en même temps que nombre d'autres exposants, tous suivis, comme elle, d'assistants qui portaient les coupons enveloppés dans un emballage destiné à les garder secrets jusqu'au dernier instant. Emile l'accompagnait aussi, non pour aménager son propre stand, déjà installé, mais dans l'espoir de trouver de nouveaux clients. Une pièce à part était réservée aux éleveurs si bien qu'il quitta sa femme à l'entrée. Elle ralentit pour examiner le plan de l'exposition et vit que la filature Devaux occupait la place qu'elle eût souhaitée pour elle-même. Nicolas s'en tirait à son avantage. Cette idée la stimula : chaque petite victoire remportée sur lui n'en aurait que plus de prix. Elle en souriait d'aise quand elle l'aperçut et son cœur bondit dans sa poitrine.

Il ne l'avait pas vue, pourtant elle se sentit chanceler, comme si ses jambes ne la portaient plus. Comment pouvait-elle se laisser à ce point affecter par la présence d'un seul homme, perdu au milieu d'une foule d'individus ? Fallait-il que toutes ses forces disparaissent dès qu'il approchait ? Elle allait sur ses vingt-cinq ans, elle était mariée depuis quatre ans, qu'avait-elle encore à faire de ces émois d'adolescente ? Elle en venait à détester son amour pour Nicolas, tout en comprenant que, jamais, elle ne se sentirait plus vivante qu'en sa présence, comme si la lumière du jour en devenait plus brillante, comme si les couleurs se mettaient à vibrer d'un éclat particulier. L'amour la transportait au-delà de toute ivresse.

La matinée se passa à disposer au mieux les coupons et les échantillons tandis qu'Henri protestait contre le peu de confort offert aux exposants et réclamait une chaise supplémentaire pour lui. Emile vint les voir à plusieurs reprises, puis chacun recouvrit son étalage autant pour le protéger de la poussière que le cacher aux concurrents. Nicolas Devaux était parti depuis longtemps quand Gabrielle passa dans l'allée centrale et elle ne s'étonna pas de ce qu'il ne fût point venu la voir ; d'un accord tacite, tous les exposants s'ignoraient avant le grand jour, afin de préserver au mieux leurs secrets.

Le lendemain matin, Yvonne était levée la première, prête pour accompagner son mari, Emile et Gabrielle au lieu d'attendre de partir plus tard avec Hélène. Les trois belles-sœurs arboraient de nouvelles robes car il importait qu'elles fussent revêtues des plus belles soies Roche. L'enjeu n'en était que plus grand pour Gabrielle qui serait l'une des rares femmes à exposer, aussi avait-elle accordé un soin tout particulier à sa tenue, choisissant un vert jade et un étourdissant chapeau oblong garni de plumes et de rubans.

En arrivant dans le hall d'exposition au bras de sa femme, Henri était d'une humeur massacrante, alors que sa sœur paraissait parfaitement à son aise. Marcel Donnet les accueillit tandis qu'Yvonne partait déjà papillonner d'un stand à l'autre.

Henri fut satisfait de constater qu'une chaise supplémentaire avait été prévue devant une petite table et un écritoire, pour lui permettre de prendre plus confortablement les commandes. Il houspilla les assistants qui n'avaient toujours pas levé le voile sur l'étalage, mais ceux-ci répondirent qu'ils agissaient selon les ordres de Mme Gabrielle qui ne voulait rien révéler des soies Roche avant l'ouverture.

La jeune femme aussi était partie faire le tour du salon. Les portes ouvriraient à dix heures et elle ne pourrait plus bouger de sa place. Le lieu prenait une autre allure avec toutes ces soies, toutes ces étoffes merveilleuses, ces lamés scintillants, ces velours, ces ottomans, ces brocarts, ces damas, ces cloqués, ces lampas, ces moires, ces failles, ces organdis et tant d'autres sortes de tissus encore qui la rendaient si fière de sa cité.

L'étalage de la filature Devaux lui donna l'impression d'un

soleil radieux crevant un ciel d'orage. Elle faillit applaudir, crier son admiration. Comme s'ils s'étaient concertés, Nicolas était le seul, avec elle, à n'utiliser qu'une couleur de base, dans toutes ses variations possibles. Partant d'un somptueux damas saphir, il montrait les plus magnifiques brocarts, dont le fameux motif d'abeilles qu'elle avait vu sous forme de croquis dans son cabinet de dessin. C'était un véritable chef-d'œuvre, digne des plus grandes manufactures présentes.

Nicolas était en train d'écrire à sa table. Avait-il déjà reçu une commande ? Puis elle le vit tremper sa plume dans l'encrier en même temps qu'il levait la tête. Ce fut comme si elle perdait pied. Il quitta sa chaise pour venir vers la jeune femme qui tâchait de toutes ses forces de cacher son trouble.

— Quel bonheur de vous voir, madame ! lança-t-il avec un sourire rayonnant. Je vous savais ici grâce à la liste des exposants. Comment vous portez-vous ?

— Fort bien, merci, encore que terriblement accaparée par mes affaires. Je vous dois des compliments pour votre étalage. Ce sera le point de mire du salon.

— Allons, nous verrons bien ! Il nous reste à faire face aux plus sévères critiques du monde, d'abord parce que nous sommes tous deux débutants dans la profession, ensuite parce que nous avons eu l'audace d'adopter le système Jacquard.

— Peut-être arriverons-nous à persuader nos voisins de se joindre à nous.

— Tel est bien mon espoir. M. Jacquard fera une apparition cet après-midi. Désirez-vous toujours le rencontrer ?

— Plus que jamais ! A quelle heure sera-t-il ici ?

— Je ne le sais pas encore. Je vous l'amènerai lorsqu'il arrivera. Montrez-moi exactement où vous êtes installée.

De loin, elle lui désigna sa place. Marcel Donnet avait mission de dévoiler son étalage au dernier coup de dix heures qui venait juste de sonner. Déjà, les visiteurs qui entraient s'arrêtaient devant, stupéfaits. Au grand soulagement de Gabrielle, Henri, plongé dans la lecture d'une liste de prix, ne repéra pas son ennemi juré ; ce qui lui permit, à elle, d'observer la réaction de Nicolas. Il écarquillait les yeux, l'air tellement enchanté qu'elle saisit immédiatement son approbation.

Il se tourna vers elle :

— A mon tour de vous féliciter, madame !

Elle rit doucement, ravie de sa trouvaille. Ceux qui connaissaient la querelle des Roche et des Devaux penseraient qu'elle ne faisait qu'ajouter de l'huile sur le feu en étant la seule à utiliser, comme lui, un camaïeu. Tous deux n'y virent qu'une affinité supplémentaire, sans se douter qu'Emile les surveillait depuis la porte latérale qui menait à la salle où lui-même exposait. Venu souhaiter bonne chance à sa femme, il ne les quittait plus des yeux.

Connaissant Gabrielle, il eut l'impression qu'elle s'exprimait envers cet homme autant avec son corps qu'avec son esprit. Elle ne s'en rendait sans doute pas compte mais chacun de ses gestes la trahissait. Nicolas Devaux dit quelque chose qui provoqua leur double éclat de rire et ne fit qu'augmenter le ressentiment d'Emile. Certains couples d'amoureux avaient de ces façons de rire qui mettaient à l'écart le reste du monde, comme ces deux-là... A l'arrivée des premiers visiteurs, ils se séparèrent sur un dernier sourire, le visage de Gabrielle plein de mille secrets. Emile s'en retourna vers sa petite salle. Il n'avait pas le cœur à parler à son épouse pour le moment.

La jeune femme demeura quelques instants sur place, pour regarder son étalage avec des yeux nouveaux, tentant d'imaginer ce qu'avait pu ressentir Nicolas en le découvrant pour la première fois. La brillance de ses somptueuses soies semblait irradier leur propre lumière. Elle avait choisi les plus belles variations du mauve pâle au violet foncé, avec des aigles d'or en plein vol, leurs yeux scintillants comme des pierres précieuses, chaque plume parfaitement détaillée. Sur le devant s'amoncelaient d'exquises draperies en bouquets, de la pensée veloutée à l'héliotrope et au lilas.

Levant enfin les yeux de sa liste, Henri vit sa sœur venir vers lui.

— Eh bien ? demanda-t-il. Que penses-tu de la concurrence ?

— Que notre plus sérieux rival sera la filature Devaux.

Son frère fit une grimace réprobatrice.

— Ne t'en prends qu'à toi-même s'il attire tous nos acheteurs. Tu n'avais qu'à m'écouter ! Des aigles !

Selon lui, les gens préféraient des colombes ou des oiseaux de paradis, ou même des paons, mais l'aigle impériale qui servait à Napoléon Ier pour évoquer la Rome Antique n'avait pas sa place dans de paisibles salons.

Malgré ces sombres prédictions, la journée se déroula le mieux du monde. Les étalages Roche et Devaux attirèrent l'attention de tous les visiteurs qui entendaient suivre la nouvelle mode des emblèmes impériaux, et Henri ne cessa de prendre des commandes jusqu'à l'heure de la fermeture.

Le moins surprenant des acheteurs ne fut pas cet Américain, dont la jeune république avait également adopté l'aigle pour symbole. Il le demanda en grand format sur un fond de satin cramoisi, déparé de tout autre ornement. A titre personnel, il choisit plusieurs coupons afin que les dames de sa famille pussent s'y faire tailler des robes. La soie lyonnaise était à ce point prisée, dans son pays, que certains marchands l'acceptaient comme monnaie d'échange ; et nul n'ignorait que la contrebande allait bon train sur la Manche pour alimenter l'Angleterre malgré le blocus.

Hélène vint visiter la foire dans l'après-midi et fut enchantée de voir la foule qui se pressait devant les deux étalages vedettes de l'exposition.

— Vous et Nicolas, dit-elle, admirative, avez pris la *Grande Fabrique* d'assaut ! Mais, le voici, justement, qui vient en compagnie de M. Jacquard.

Nul ne sut qui applaudit le premier, à part Hélène qui n'avait pu s'empêcher de manifester son enthousiasme et susciter aussitôt celui de la foule. Celle-ci s'écarta respectueusement pour laisser le passage à l'illustre inventeur qui savourait avec une surprise modeste cette reconnaissance de sa propre ville où il revenait en vainqueur après avoir été tant conspué.

Gabrielle s'avança vers lui et Nicolas fit les présentations.

— C'est un honneur que de vous rencontrer, madame, dit le vieil homme en s'inclinant pour lui baiser la main.

— Permettez-moi de vous remercier au nom de toute notre cité, pour ce que vous avez fait en faveur de notre industrie.

Elle le conduisit elle-même jusqu'à son étalage, et Henri se leva pour le saluer, sans voir Nicolas qui préférait rester à l'écart en compagnie de leur belle-sœur.

M. Jacquard passa près d'une heure à discuter tissage avec Gabrielle, puis demanda de visiter sa filature un jour prochain. De nouveaux applaudissements crépitèrent quand il s'en alla.

Ce soir-là, Henri se coucha épuisé mais content, la main endolorie d'avoir tant écrit de commandes. Il s'assoupissait quand la voix de sa femme résonna dans la pénombre :

— J'ai vu de bien étranges choses, aujourd'hui.

— Pas ce soir, marmonna-t-il. Nous en parlerons demain.

— Cela me trotte tant dans l'esprit que je ne puis dormir.

Il jura intérieurement, se maudissant de lui avoir répondu. Il eût mieux fait de l'ignorer.

— Comptez les moutons, grogna-t-il. Il se fait trop tard pour parler.

Un court silence s'ensuivit, pendant lequel Henri crut pouvoir replonger dans le sommeil. Les paroles qu'Yvonne prononça ensuite l'en tirèrent d'un coup :

— M. Devaux et Gabrielle m'ont paru entretenir des relations plus qu'amicales.

Il n'avait pas bougé mais ouvert grands les yeux dans l'obscurité.

— En quoi pouvez-vous dire cela ?

Enchantée de l'effet produit sur son mari, elle expliqua :

— Je les ai vus ensemble, ce matin, avant l'ouverture des portes. Ils semblaient totalement captivés l'un par l'autre.

Plus tard, il comprit que c'était à ce moment qu'il s'était mis à haïr sa sœur. La lecture du testament l'avait déjà empli de rancune à son égard et son inimitié pour elle n'avait fait que grandir chaque jour davantage.

Il ne voyait aucune raison pour douter des paroles de sa femme ; elle possédait un sens aigu de ces choses. Le cercle de ses amies se consacrait pour l'essentiel à débusquer les liaisons cachées de leur entourage, les maternités douteuses, les pères qui se voyaient gratifier d'enfants qu'ils n'avaient pu concevoir... Ainsi était-il au courant de la vie privée de chacun de ses amis. Parfois il se demandait ce qu'elle avait pu apprendre sur son propre compte, mais elle n'en disait jamais rien, comme si elle avait compris que ses indiscrétions devaient s'arrêter aux portes de leur ménage, de peur de le voir aussitôt réduit en cendres.

— Qu'avez-vous vu ? demanda-t-il en se redressant sur un coude.

— Je n'y aurais sans doute guère prêté attention si Emile ne m'y avait incitée.

— En quoi intervient-il dans cette histoire ?

— Eh bien ! voilà : je l'ai aperçu qui regardait droit devant lui avec un air si sombre que je me suis arrêtée pour voir de quoi il retournait. Il dévisageait votre sœur et M. Devaux comme s'il s'apprêtait à les tuer.

— Qu'en est-il résulté ?

— Rien du tout, et c'est bien là l'étrange de l'affaire. Je m'attendais à le voir se joindre à eux, n'étant point concerné par votre vieille rivalité, mais non. Il a continué de les observer jusqu'à ce qu'ils se séparent puis il est parti de son côté.

D'un air de comploteur, elle ajouta :

— Il me semblait mourir de jalousie. Et vous savez aussi bien que moi qu'il n'est pas homme à se livrer sans cause à ses sentiments.

Henri s'allongea sans mot dire mais il n'en pensait pas moins. Gabrielle n'en avait toujours fait qu'à sa tête. Elle ne pouvait davantage insulter le nom des Roche qu'en se montrant amicale en public à l'égard d'un Devaux et l'idée qu'il s'en passait peut-être plus en privé lui sembla proprement insupportable.

Il savait, cependant, qu'Yvonne n'en soufflerait mot à quiconque. Elle avait la sagesse de ne jamais rien révéler de ce qui concernait leur famille. Se pouvait-il que la jalousie d'Emile fût justifiée ? Yvonne avait vu juste, cela ne faisait pas de doute, et l'incident pourrait se révéler des plus profitables un jour ou l'autre. Tout ce qui servait sa cause contre sa sœur, il saurait l'utiliser le moment venu.

Au cours des journées qui suivirent, et jusqu'à la fermeture de la foire-exposition, Gabrielle vit souvent Nicolas. Un seul regard leur suffisait souvent à s'exprimer car, la plupart du temps, ils ne pouvaient échanger que de banales paroles de politesse. Elle savait qu'il l'attendait, certain qu'un jour elle parviendrait à se libérer des attaches qui la retenaient pour venir enfin à lui ; et de telles pensées lui apportaient à la fois une joie intense et le désespoir de retomber dans la réalité de sa vie quotidienne.

Le dernier jour, le salon reçut la visite inopinée d'acheteurs espagnols qui venaient d'apprendre, comme toute l'Europe, que l'empereur avait mis son frère Joseph sur le trône d'Espagne. L'aigle d'or fut de nouveau demandée cette fois pour orner le palais royal de Madrid.

Un matin, alors que les premières commandes étaient lancées sur les métiers, Gabrielle passa par la place des Célestins. Elle la traversait à pied, sous un chaud soleil d'été, quand un bouquet de roses rouges lui barra le chemin. Surprise, elle s'arrêta et se mit à rire en voyant apparaître, derrière, le visage de Nicolas.

— Acceptez ce tribut en remerciement du rayon de soleil que vous apportez à ma journée.

De nouveau, elle rit, prit les roses qu'il venait d'acheter à l'étal d'une fleuriste.

— Qu'elles sont jolies ! Ma foi, vous m'avez surprise, je ne vous avais pas aperçu. Où étiez-vous ?

— En train de commander des harnais ; vous paraissiez plongée dans vos pensées. Mes félicitations pour votre succès à l'exposition.

— Maintenant, il ne vous reste qu'à attendre pour voir qui le Mobilier impérial honorera de ses commandes. Avez-vous toujours le même contremaître ?

— Oui, mais je l'ai mis sous les ordres d'un ancien employé que j'appréciais beaucoup à Paris. Il n'osait pas venir tant que sa femme était malade. La malheureuse vient de mourir et il a préféré s'installer ici pour tenter d'oublier son chagrin.

— Voilà qui vous donne donc plus de liberté ?

— Oui, je pourrai entreprendre de plus longs voyages, trouver des clients lointains. Mais laissez-moi vous inviter à prendre une glace ou un autre rafraîchissement avant de repartir.

Elle n'hésita qu'un court instant bien que, comme chaque fois qu'elle se trouvait en sa présence, elle ne sût comment se comporter avec lui.

— Volontiers. Je me suis levée très tôt, ce matin. Une petite pause ne me fera pas de mal.

Ils s'installèrent à une table dehors, sous une tonnelle. La fille de l'aubergiste s'exerçait à la flûte dans sa chambre du premier étage et l'on entendait les trilles de son instrument s'échapper par la fenêtre ouverte. L'heure tranquille et la clientèle peu nombreuse contribuaient à l'intimité du lieu.

— Regardez-moi, dit doucement Nicolas.

Elle n'obéit pas immédiatement, redoutant la déclaration qu'il n'allait pas manquer de lui faire. La gorge sèche, elle finit cependant par lever maintenant la tête et s'efforça de soutenir son regard.

— Vous êtes la femme la plus belle qu'il m'ait été donné de connaître.

— Vous m'en voyez heureuse.

— Je ne demande rien d'autre que de vous voir, que de rester avec vous.

Se penchant vers elle, il tendit la main pour lui prendre la sienne qui jouait nerveusement avec sa soucoupe de porcelaine.

— Je n'ai vécu que pour entendre ces paroles de votre bouche, avoua-t-elle en baissant les yeux. Mais il n'est pas raisonnable à vous de les formuler, ni à moi de les écouter.

— Je vous aime, Gabrielle.

D'une pression, il serra les doigts qui voulaient lui échapper. Les joues de la jeune femme avaient brusquement rosi, avant de redevenir pâles, tandis qu'elle couvrait ses paupières de sa main libre.

— Mon Dieu! soupira-t-elle. Il ne faut pas dire de telles choses!

— J'aurais dû les dire à l'instant même où nous nous sommes rencontrés. Nos vies s'en seraient trouvées fort simplifiées.

— Je vous ai pourtant déjà expliqué que rien n'aurait pu changer le cours de cette journée. Ma destinée était déjà toute tracée.

Le cœur battant à tout rompre, elle se demanda si elle aurait longtemps la force de résister aux sentiments fous qui l'étreignaient.

— Aimez-vous Emile Valmont?

Laissant retomber sa main, elle lui montra un regard agrandi par la peine.

— Lui m'aime.

Sans en prendre conscience, il serra encore les doigts qu'il retenait prisonniers.

— Vous n'avez pas répondu à ma question.

146

— Je vous ai donné la seule réponse qui compte à mes yeux.

— N'avez-vous jamais songé au divorce ?

Le mot la frappa comme une gifle d'eau glacée. En toute honnêteté, elle ne pouvait nier avoir envisagé la chose au plus profond d'elle-même, mais pour aussitôt en chasser toute éventualité. Et voilà que Nicolas évoquait à voix haute cette possibilité maudite pour le mal qu'elle risquait de provoquer.

— Jamais, parvint-elle à articuler.

Il se mit à caresser sa main, sans colère ni déception. Au contraire, il n'en paraissait que plus résolu, les yeux encore plus brillants d'amour.

— Je vous veux toute à moi, Gabrielle, et pour toujours. Je ne saurais me contenter de moins, comprenez-vous ?

Portant à sa bouche les doigts tremblants, il les effleura d'un baiser avant de les laisser s'échapper.

Elle ne sut jamais si elle aurait eu la force de lui avouer à son tour son amour. Un couple venait de prendre place à la table voisine, rompant le charme.

Gabrielle et Nicolas se levèrent sans mot dire. Elle prit ses roses qu'elle avait posées sur une chaise, en choisit une et la lui tendit. Ce geste était éloquent. Avec un sourire, Nicolas se saisit de la fleur et en réduisit la tige afin de la glisser à sa boutonnière.

7

Une première déception attendait Gabrielle avec la commande espagnole prise pendant l'exposition. Peu après, en effet, la péninsule ibérique se révoltait contre la domination française, passant en l'espace d'une nuit du statut d'allié à celui d'ennemi. La soie fut envoyée après que l'empereur eut remporté quatre victoires consécutives, mais elle n'arriva jamais à destination, la guérilla s'en étant emparée pour la détruire.

Après cette perte sèche, Gabrielle fut confrontée à une autre déception : la commande du Mobilier impérial alla à la filature Devaux. La jeune femme accueillit la nouvelle stoïquement, tandis que son frère se répandait en lamentations.

— Pour l'amour du ciel, Henri, cesse de gémir ! finit-elle par lancer d'un ton agacé. Tout n'est pas perdu. Rappelle-toi que la commande pour la tente de campagne impériale n'a pas encore été attribuée.

En tout état de cause, celle-ci serait de loin la plus prestigieuse puisqu'elle supposait un choix personnel de l'empereur, dont les goûts variaient de l'extrême simplicité du militaire au luxueux raffinement du souverain. Les plus grandes manufactures de Lyon avaient chacune soumis un projet, mais d'après Gabrielle, le croquis de Marcel Donnet méritait d'être retenu. Le lion et l'agneau qui composaient l'essentiel du décor symbolisaient à merveille les objectifs de Napoléon Ier, à savoir une Europe en paix sous l'hégémonie française.

— Nous avons présenté un beau dessin, répondit Henri en faisant les cent pas, mais tant que tu occuperas cette place, toute affaire d'importance nous glissera entre les mains.

D'un geste autoritaire, il l'empêcha de répondre et poursuivit :

— Il est vrai que tu t'en es bien tirée à l'exposition. Tu avais en quelque sorte l'attrait de la nouveauté et nos soies étaient indiscutablement belles. Cependant, n'oublie pas que j'étais là pour prendre les commandes. Il est fort possible que nombre de nos acheteurs m'aient cru à la tête de la manufacture. Songe que, lorsque je suis monté à Paris pour tenter de convaincre le Mobilier impérial de nous prendre comme fournisseur, j'ai dû laisser entendre que ton rôle n'était que fictif. A mon avis, ils étaient déjà au courant de la réalité.

Rageusement, il se frappa la paume d'un coup de poing :

— La *Grande Fabrique* n'a pas de place pour une femme ! Nous perdrons les plus belles commandes tant que tu n'auras pas compris que ta présence ne fait qu'entraver la bonne marche de nos affaires.

— Et moi, je refuse cette sorte de théorie qui veut que la nouveauté n'apporte que de l'embarras ! Rappelle-toi l'histoire de M. Jacquard ! Aujourd'hui, ses métiers sont installés dans la plupart des grandes filatures de la ville, qui n'ont pas hésité à transformer leurs ateliers pour pouvoir les accueillir. Comme lui, je saurai vaincre les préjugés.

— En ce cas, écoute-moi bien : si nous obtenons la commande de la tente, je consentirai à continuer de t'appuyer en tout. En revanche, si elle t'échappe, je demanderai ta démission. Je t'avertis que je n'ai pas l'intention de voir ce M. Devaux nous couper sans cesse l'herbe sous les pieds. Réfléchis bien !

Là-dessus, il tourna les talons et sortit en claquant la porte.

Accoudée à son bureau, la jeune femme dut se mordre les poings pour étouffer un cri de rage. De fait, son frère ne possédait aucun moyen de la déloger, et il pourrait demander sa démission autant qu'il lui plairait, il ne l'obtiendrait pas. Néanmoins, le combat qu'elle livrait contre la Maison Devaux revêtait une importance capitale pour elle puisque, chaque fois que Nicolas remportait une victoire, elle s'en trouvait affectée au plus profond d'elle-même. A moins de devenir son égale, où donc puiserait-elle encore la force de dominer son amour tout en restant maîtresse de sa propre vie ? Quand bien même ils demeuraient des mois sans se voir, elle ne doutait pas un instant qu'il ne cessait de penser à elle et cette idée la tourmentait plus que jamais, lui donnait l'impression de s'enliser dans des sables mouvants. Henri et la manufacture ne devenaient que bagatelle à côté de cette affolante sensation de vide qui l'aspirait lentement.

Abandonnant son bureau plus tôt qu'à l'habitude, ce soir-là, elle rentra directement chez elle.

Tout au long du chemin entre Lyon et la magnanerie, elle formula une prière silencieuse :

« Pour l'amour du ciel, Emile, il faut me venir en aide ! Prenez enfin conscience du danger qui nous menace. Nicolas m'attire irrésistiblement vers lui. Je ne sais combien de temps encore je pourrai lutter contre l'amour qui m'attache à lui. »

Son mari ne se trouvait pas à la maison quand elle arriva. Les domestiques l'informèrent qu'il venait de partir inopinément pour Avignon. Comme elle ne l'avait pas averti de sa venue, ce soir-là, il ne s'était pas senti obligé de lui faire part de ce voyage. Trop souvent, désormais, leurs affaires les séparaient. Pour la première fois, elle n'éprouva aucune envie de retourner à Lyon et surprit Garcin, le lendemain matin, en reportant à midi leur départ prévu pour l'aube.

Elle passa la matinée dans le jardin, à soigner les rosiers et à préparer des bouquets pour les chambres. Puis elle se promena dans les bois, comme si, en respirant l'atmosphère paisible de la campagne, elle allait pouvoir s'en emplir l'esprit autant que les poumons.

Ce fut durant ce bref séjour que Garcin nota pour la première fois que Gabrielle faisait l'objet d'une surveillance discrète. Il devina aisément qui en était l'instigateur, mais garda pour lui ces observations. Tant qu'elle mènerait la vie régulière qu'il lui connaissait, il pourrait la protéger sans difficulté. Il aviserait si un changement venait à s'opérer.

Quelques semaines plus tard, Henri s'apprêtait à emmener son épouse dîner en ville quand un domestique vint l'avertir qu'un rôdeur avait été surpris du côté de l'écurie.

— Aurait-il volé quelque chose ? demanda-t-il en vérifiant

que son valet de chambre nouait correctement sa cravate blanche.

— Non, monsieur. Il n'a pas l'apparence d'un vagabond et son cheval l'attendait dans l'ombre, derrière le mur. Il jure ne s'être introduit dans la maison que pour y retrouver une servante.

— Allons, c'est peut-être vrai! Où se trouve-t-il en ce moment?

— Dans l'arrière-cuisine, sous bonne garde.

— Mme Valmont est-elle rentrée?

— Non, monsieur. Elle venait de sortir en compagnie de Mme Hélène quand nous avons arrêté l'individu.

— Bien. Cet incident pourrait les alarmer. Dites au personnel de ne pas l'ébruiter. J'en informerai moi-même ces dames quand je le jugerai nécessaire. Maintenant, conduisez-moi à ce coquin puis vous irez avertir la police.

Henri ne mettait pour ainsi dire jamais les pieds dans les communs. La dernière fois remontait à 1793, lorsqu'il avait dû s'enfuir, avec sa famille, par une porte dérobée. Les employés qui y travaillaient, dont il ne connaissait pas le visage, s'arrêtèrent qui de laver, qui d'éplucher, qui d'astiquer les cuivres, pour le regarder passer d'un air surpris. Dans l'arrière-cuisine, le maraudeur avait été assis sur un tabouret, les mains liées derrière le dos.

— Tiens, monsieur Brouchier! lança Henri. Quelle surprise!

Se tournant vers le domestique qui l'accompagnait, il ordonna :

— Libérez-le et conduisez-le à mon cabinet. Je veux l'interroger avant de décider si je le livrerai ou non aux autorités.

Dans la quiétude discrète de son bureau, il fit asseoir l'homme d'un geste.

— Merci, répondit celui-ci. Je viens de passer un rude moment. Moi qui me flattais de ne me faire jamais prendre!

Henri se versa un verre de vin et prit place dans son fauteuil à haut dossier.

— Vous n'êtes pas tiré d'affaire pour autant, mon gaillard! Serait-ce que ma femme me fait suivre?

Il avait peine à croire qu'Yvonne pût à ce point se soucier de son emploi du temps mais n'imaginait aucune autre raison susceptible d'amener chez lui ce genre de personnage. Quelques années auparavant, il l'avait engagé pour surveiller l'une de ses maîtresses qu'il soupçonnait d'infidélité, et voilà que le hasard le remettait sur son chemin.

Son interlocuteur partit d'un gros rire :

— Pas le moins du monde, monsieur ! N'ayez crainte. Cela étant, je vous serais obligé de ne pas m'interroger plus avant. En homme d'honneur, je ne saurais dévoiler les noms de mes clients ni les affaires pour lesquelles ils me paient.

Henri eut un sourire féroce :

— Vous m'avez pourtant entendu, dans l'arrière-cuisine. Je peux vous faire arrêter pour tentative de vol. Ou vous me dites ce que je veux savoir, ou votre « honneur » vous conduira droit à la prison. Parlez !

Mal à son aise, Brouchier changea de posture, se racla la gorge :

— Soit. Tout bien considéré, la chose ne sortira pas de votre famille. Et puis je sais que je peux me fier à la parole d'un gentilhomme de ne rien révéler de ce que je vais vous dire.

— Venez-en au fait !

— M. Valmont, votre beau-frère, a fait appel à mes services pour surveiller son épouse.

— Quoi ? s'exclama son interlocuteur, sincèrement surpris. Verrait-elle un homme en secret ?

C'était plus une exclamation de stupéfaction qu'une question, néanmoins, la réponse fusa aussitôt :

— Nicolas Devaux.

Henri se leva d'un bond. Ainsi Yvonne ne s'était pas trompée. Gabrielle et Devaux...

— En avez-vous des preuves ?

— Pas encore. Ils se sont rencontrés une fois place des Célestins. Il lui a offert des roses et tous deux sont allés ensemble boire un café sur une terrasse. L'étrange est qu'ils ne se cachaient pas, quoique leur attitude fût à l'évidence des plus intimes. Depuis, ils ne se sont plus revus, tout au moins pas à ma connaissance, et je peux vous assurer que je n'ai pas quitté votre sœur d'une semelle.

— Peut-être parce qu'il n'y a rien entre eux.

— M. Valmont en doute pourtant. Il se trouve que M. Devaux est invité, ce soir, au même dîner que votre sœur et votre belle-sœur. Je m'apprêtais à suivre leur voiture quand je me suis laissé surprendre dans l'écurie. En prétendant que je venais voir une fille de cuisine, je ne disais que la vérité puisque je tire beaucoup de mes informations du petit personnel qui, sur les marchés, se raconte tout ce qui se passe d'une maison à l'autre. Ces diablesses connaissent jusqu'aux listes des invités et aux menus dès qu'un dîner se donne quelque part.

Henri se resservit un verre avant de considérer Brouchier d'un air mauvais :

— En ce cas, je m'en voudrais de vous tenir plus longtemps éloigné de votre mission.

— Dois-je comprendre que vous me laissez partir ?

— A une condition : vous me tiendrez désormais informé de tout ce que vous aurez à rapporter à M. Valmont.

— Cela peut se faire puisque vous êtes un ancien client et que vous avez toujours fait preuve de générosité à mon égard.

— Vous n'aurez pas à le regretter. Maintenant allez-vous-en.

L'homme parti, Henri demeura à sa place, songeur. Tout donnait à penser qu'il avait en Emile un allié contre Devaux. Ragaillardi à cette idée, il s'apprêta à passer une agréable soirée, ce qui ne lui était pas arrivé depuis longtemps.

Gabrielle ignorait qu'elle rencontrerait Nicolas à ce dîner. A peine était-elle introduite dans le salon par ses hôtes qu'elle ne voyait plus que lui, qui se levait et venait dans sa direction.

Tous deux ne s'étaient aperçus que deux fois depuis le café de la place des Célestins. La première, à Guignol, où elle avait emmené la petite Juliette. Il avait alors longuement contemplé sa gracieuse nuque où fôlatraient des bouclettes échappées de son chapeau de paille, jusqu'à ce que, sentant peser son regard, elle se fût retournée pour lui adresser un seul coup d'œil, si bref et si poignant qu'il avait mis la journée à s'en remettre. Son mari l'accompagnait, et elle avait évité tout autre signe de connivence avec lui.

La seconde fois, ce fut à travers la fenêtre d'un tisseur. Elle était entrée dans l'atelier avant qu'il ne pût la rattraper. Il l'attendit en vain, persuadé qu'elle l'avait vu, jusqu'à ce qu'il comprît qu'elle était repartie par une autre sortie.

Maintenant elle se tenait là, sur le seuil de la pièce emplie d'invités et, pourtant, il ne voyait ni n'entendait plus personne, trop absorbé à la détailler tout entière, de sa lourde chevelure qui brillait à la douce lumière des bougies, à son fin visage qui semblait s'être un peu creusé sous la haute coiffure à boucles. Vêtue d'une robe de soie blanche bordée de fils d'or, elle avait pour tout bijou des pendants d'oreilles, en or et diamants, qui rehaussaient magnifiquement sa silhouette. Elle éclipsait toutes les femmes de l'assemblée.

Lorsqu'il parvint à sa hauteur, ce fut comme si leurs deux rencontres avortées les avaient rendus plus vulnérables encore à l'émotion des retrouvailles. Comme tétanisée par sa présence, elle paraissait incapable de rien voir d'autre que lui. Il lui prit les mains, les serra avec effusion entre les siennes :

— Ce soir, les dieux me sont donc favorables, souffla-t-il.

— Qui d'autre aurait pu faire en sorte que soient réunis à la même table une Roche et un Devaux ? répondit-elle avec un soupir d'extase.

— C'est que notre hôtesse est nouvellement installée à Lyon. Je la connaissais de Paris et elle ne fait que me rendre mes invitations. Quant à vous, elle doit vous tenir essentiellement pour la propriétaire d'une des plus grandes manufactures de cette cité dont elle ignore encore les intrigues et les disputes.

— Quelle chance pour nous ! murmura-t-elle d'un ton conspirateur. Toutefois, faisons attention. Je vois déjà les regards braqués sur nous.

— S'ils s'attendent à une dispute, ils en seront pour leurs frais.

La prenant par le bras, il la mena au milieu d'une des plus brillantes assemblées qui pouvaient être réunies à Lyon. Leur hôtesse avait possédé un salon fameux à Paris et entendait sans doute faire de même dans la ville des soyeux. Elle réunissait ce soir-là artistes, écrivains et musiciens, sans omettre le préfet ni de nobles émigrés qui venaient de rentrer. Gabrielle en connaissait certains et se promettait de bientôt compter les autres parmi sa clientèle.

Une étrange nouvelle circulait parmi l'assistance : l'on

racontait que l'empereur songeait à divorcer de l'impératrice Joséphine, celle-ci ne pouvant lui donner l'héritier qu'il désirait.

— Il cherche un ventre parmi les princesses européennes à marier ! observa méchamment un des invités.

Tandis qu'Hélène prenait un air offusqué, Nicolas glissa à l'oreille de Gabrielle :

— Je suis pour certains divorces et pas pour d'autres. La malheureuse impératrice en sortira certainement brisée.

— Comment le savez-vous ?

— J'ai beaucoup entendu parler des gens de la cour lorsque j'habitais Paris.

— Je pense qu'Emile serait tout aussi brisé s'il me venait l'idée de prendre une décision semblable, soupira-t-elle en se détournant.

Se mêlant d'emblée à un groupe qui l'interpellait, elle se dit que la cruauté restait peut-être sa seule arme contre l'amour qui la tenait prisonnière.

Cinq interminables minutes s'écoulèrent avant que Nicolas ne revînt à la charge. Se joignant à ses interlocuteurs, il mêla discrètement ses doigts aux siens, comme s'il venait demander réconciliation après une dispute d'amoureux.

Au dîner, ils se retrouvèrent, non pas voisins, mais placés chacun à un bout de la table, séparés par les candélabres, les discussions et l'animation des grands banquets. La jeune femme se disait tristement que cela valait sans doute mieux quand elle s'aperçut qu'ils pouvaient se voir sous un certain angle, en se penchant légèrement de côté... Tout au long du repas, il ne cessa de la regarder ainsi, lui envoyant des messages silencieux ou se levant pour porter un toast « aux plus jolies femmes de Lyon » sans la quitter des yeux.

Le vin aidant, elle se sentit animée par un feu qui lui embrasait les sens de la plus étourdissante façon. Nicolas l'envoûtait tout entière, le corps et l'esprit emportés dans le même trouble, et elle songea que s'il avait pu, en ce moment, lui témoigner son amour d'une autre manière que par ses seules œillades, elle en serait morte de passion.

Hélène, qui écoutait plus qu'elle ne parlait, qui observait plus qu'elle ne participait, espérait être la seule à remarquer leur manège. Elle s'était tout d'abord demandé à quoi sa belle-sœur devait sa physionomie radieuse puis, suivant son regard brillant, elle avait senti son cœur se serrer en voyant à qui il était adressé.

« Non, Gabrielle ! » songeait-elle avec horreur. « Pas vous ! Ne commettez pas cette faute qui ne vous conduirait qu'au désastre. »

Le café fut servi dans un petit salon tendu de soie vert d'eau. Hélène manœuvra pour mobiliser l'attention de Nicolas qui la trouva fort charmante. Toutefois, lorsque le divertissement musical fut annoncé, il parvint à prendre place auprès de Gabrielle. Satisfaite de les avoir tenus éloignés assez longtemps pour faire taire les mauvaises langues, la jeune veuve s'assit de façon à pouvoir entendre le concert à son aise. Voir les regards amoureux échangés par ce couple l'avait aussi troublée, lui rappelant combien elle-même se sentait seule, parfois. Elle n'en éprouvait pas de jalousie, rien qu'une peine accrue. Nul ne pourrait jamais prendre la place de son cher Julien. Elle ne le souhaitait même pas.

Gabrielle écoutait le concerto pour harpe de M. de Boieldieu, à la fois émue par les accents de la musique et par la présence de Nicolas à ses côtés. Sa félicité atteignit alors à des sommets insoupçonnés. L'amour qui la liait à Nicolas lui paraissait en cette minute presque palpable.

Après que les applaudissements se furent éteints, ils demeurèrent quelques instants là, immobiles, à se regarder, et sortirent les derniers du salon de musique.

— Retrouvons-nous demain au café de la place des Célestins, implora-t-il. Nous avons tant à nous dire !

Elle ne pouvait refuser. C'eût été pure naïveté de sa part de croire qu'il n'y avait pas de mal à se rencontrer pour parler. Néanmoins, elle ne pouvait repousser la perspective de le revoir au plus vite :

— Je viendrai, promit-elle.

Le lendemain matin, tout Lyon apprenait que la filature Devaux avait reçu la commande personnelle de l'empereur pour sa nouvelle tente de campagne. Il n'était pas un soyeux qui n'eût souhaité être choisi pour l'exécuter car elle représentait une garantie de prestige et de prospérité pour plusieurs années. Gabrielle en conçut un double choc. Une fois de plus, Nicolas l'emportait sur elle et cette défaite n'en symbolisait que mieux l'état de faiblesse où elle se sentait vis-à-vis de lui.

A l'heure dite, elle arriva cependant au rendez-vous fixé, place des Célestins, dans un équipage conduit par Garcin. Celui-ci stationna de l'autre côté de la place qu'elle traversa à pied. Nicolas l'attendait à la table où ils s'étaient installés la première fois et il se leva pour l'accueillir mais s'inquiéta aussitôt en remarquant sa mine sombre.

— Je ne puis rester, annonça-t-elle. Je désirais seulement vous adresser mes plus chaudes félicitations pour vos derniers succès.

— Je vous remercie. Mais restez un instant, que nous causions.

Si elle acceptait, elle ne se lèverait plus, elle ne savait que trop la puissance de l'amour qu'elle lisait dans ses yeux.

— Non, il faut que je m'en aille. Un dernier mot, cependant : étiez-vous au courant, hier soir, pour la commande ?

— Je l'ai appris il y a une semaine.

— Pourquoi ne pas me l'avoir dit ?

— Vous ne le savez que trop. Je vous aime et nous étions si proches l'un de l'autre, à ce dîner, que je ne voulais pas rompre le charme. Je comptais vous l'annoncer ce matin, maintenant que nous avons atteint un point où vous conviendrez qu'aucune influence extérieure ne peut plus nous séparer.

— Tout Lyon l'a appris avant moi.

— Permettez-moi d'en douter. J'avais prié Piat de ne divulguer l'information qu'aujourd'hui, à moins qu'un des employés n'ait parlé... Pour moi, je considère comme un triste jour celui où l'empereur juge nécessaire de se faire tisser une nouvelle tente de campagne.

L'Autriche venait en effet de déclarer la guerre à la France, et le débarquement britannique au Portugal, dans le but de libérer l'Espagne du joug impérial, ne pouvait laisser espérer des jours paisibles pour les mois à venir.

— J'aurais préféré tisser des bannières de paix pour tout l'empire.

— Ce jour viendra-t-il jamais ?

— Comment le savoir ?

La jeune femme s'approcha encore :

— Allons, je dois prendre congé. J'espère voir cette tente lorsqu'elle sera finie.

Elle se détourna sans plus dire un mot et marcha d'un pas pressé vers la voiture. Garcin l'emmena, désormais persuadé qu'ils étaient bel et bien surveillés. Au moins se doutait-il pourquoi. Même de sa place, il avait compris que sa maîtresse ne faisait pas là une rencontre ordinaire ; il suffisait, pour s'en convaincre, de voir sa mine défaite quand elle en revint.

Toute la journée, Gabrielle s'attendit à voir son frère surgir à la filature de fort méchante humeur à cause de la commande qui leur avait échappé. Pourtant, il ne se montra pas. Quand elle rentra, rue Clémont, le soir, elle le trouva qui l'attendait, apparemment calme, mais la jeune femme savait que ce ton mesuré n'augurait jamais rien de bon chez Henri :

— Tu auras été avisée de la nouvelle, sans doute, attaqua-t-il.

— Je l'ai apprise, comme tout le monde. Elle nous prouve seulement que la Maison Devaux surpasse encore d'une coudée notre manufacture. J'ai bien l'intention de riposter.

— Vraiment ? Viens donc au salon. Emile est là.

Elle n'en fut pas surprise. Ces derniers temps, son mari avait pris l'habitude d'arriver à l'improviste, soit pour passer la nuit avec elle, soit pour la ramener à la magnanerie lorsque la semaine s'achevait. Au début, Gabrielle trouva ces visites plutôt plaisantes, mais, à la longue, elles finirent par lui peser, tant elle avait l'impression qu'il venait surtout pour affirmer son autorité sur elle.

Debout devant la fenêtre, il lui tournait le dos lorsqu'elle entra. Il vint à sa rencontre et l'embrassa sur le front.

— Henri m'a fait prévenir dès qu'il a été averti de la commande que vous avez perdue, ce matin. J'imagine quelle déception doit être la vôtre.

— Henri vous a fait prévenir ? fit-elle, en dardant sur son frère un regard chargé de méfiance. Dans le monde des affaires, il arrive que l'on doive essuyer quelques échecs.

— Ne croyez-vous pas qu'ils se multiplient, en ce moment ? Il est temps que vous en preniez conscience et que vous vous demandiez si vous accomplissez bien les dernières volontés de votre père. Je vous connais assez, ma mie, pour savoir que vous seriez la dernière à trahir la confiance qui a été placée en vous. Le monde de La *Grande Fabrique* vous a rejetée. Vous devez accepter le fait qu'en tant que femme vous serez sans arrêt reléguée aux dernières places. Pour cette simple raison, votre rêve de diriger une des plus grandes manufactures de Lyon ne s'accomplira pas.

Elle l'avait laissé parler sans l'interrompre, ne parvenant pas à croire que lui, qui l'avait si généreusement soutenue après la lecture du testament de son père, pût maintenant se ranger dans le camp adverse. La fourberie d'Henri la révulsait ; incapable d'affronter sa sœur qui avait l'art de le mettre dans les plus noires colères, il s'était donc tourné vers son mari pour la forcer à enfin rendre les armes.

— Parlez-vous sérieusement, Emile ? répliqua-t-elle, furieuse.

Il ne serait pas dit que son frère parviendrait à les dresser l'un contre l'autre. Elle savait que son mari répondrait la vérité :

— Oui, ma chère amie. Vous n'êtes pas sans savoir depuis longtemps que je n'aime pas à vous partager avec les soies Roche. Néanmoins, je ne me serais pas rangé à l'avis de votre frère s'il ne m'était apparu, pour une fois, fort avisé. Vous avez accompli de grandes choses, mais c'en est assez, maintenant. Vous atteignez vos limites. Votre père n'aurait jamais accepté qu'un Devaux évince un Roche, et ce qui s'est produit continuera de se produire tant que vous ne céderez pas la place à Henri et que vous ne vous retirerez pas de la scène.

L'espace de quelques secondes, elle en resta sans voix. Les agissements de son frère n'étaient rien en comparaison de l'abandon de son mari. Malgré leurs différends, il ne lui avait jamais, jusque-là, refusé son appui. Cette fois, il venait de franchir un point de non-retour. Elle était désormais irrémédiablement seule.

— Je n'accepte pas cette accusation d'échec, monsieur ! Nous n'en sommes encore qu'au début, et...

— Au début ! persifla Henri. Tu as eu quatre ans !

Elle se tourna vers lui :

— Et je dis que ce n'est rien du tout ! J'ai encore toute une vie devant moi ! Je ne céderai la place ni à toi ni à personne !

159

Emile intervint d'un ton tranchant :

— Vous risquez de ne plus pouvoir en dire autant dans quelques mois. Mieux vaudrait vous en aller la tête haute tant qu'il vous en reste la possibilité.

Gabrielle se sentit désarçonnée :

— Je ne comprends pas.

D'un bref signe de tête, Emile donna la parole à Henri qui lui opposa un petit rire satisfait.

— Yvonne est enceinte, annonça-t-il, triomphant. Si c'est un garçon, je serai en mesure de contester le testament et de me faire rétablir dans mes droits.

La jeune femme poussa un soupir :

— C'est donc cela ! Je te souhaite un enfant fort et bien portant, mon cher frère, qu'il s'agisse d'une fille ou d'un garçon. Quant à l'héritage, Père me l'a légué en toute conscience et je le prouverai. Pour le reste, les choses demeurent en l'état où elles étaient avant cette discussion. A toi de décider si tu veux continuer à travailler pour moi ou t'en aller.

Elle les dévisagea tour à tour, d'un œil glacial :

— Maintenant, je monte me reposer et me changer pour le dîner.

Là-dessus, elle les quitta, très droite, et s'engagea dans l'escalier d'un pas décidé. Ce ne fut qu'en refermant la porte de sa chambre qu'elle accusa le coup qu'elle venait de recevoir, s'effondrant comme si toute force, soudain, l'abandonnait.

8

Quand la tente de l'empereur fut achevée, Nicolas Devaux organisa une exposition à l'Hôtel de Ville et Gabrielle reçut une invitation pour l'inauguration. Elle en fit part à Emile, le dimanche matin.

— J'ai hâte de voir à quoi ressemble cet ouvrage, lui annonça-t-elle au petit déjeuner.

Comme chaque fois qu'elle rentrait de Lyon, ces derniers temps, il s'était montré particulièrement tendre avec elle et la jeune femme se reprenait à croire en leur union.

— Je suis curieuse de voir pourquoi le motif de M. Devaux l'a emporté sur le mien.

Reposant sa tasse de café, il la contempla en souriant. Il avait repris confiance en elle car Brouchier ne lui avait plus rapporté le moindre écho d'une quelconque rencontre avec Nicolas Devaux depuis des mois, et ce n'était pas au milieu d'une assemblée nombreuse, dans un salon d'exposition, qu'elle pourrait se compromettre avec lui. Si incartade il y avait eu, elle appartenait sans nul doute au passé.

— Je ne puis croire qu'il ait été supérieur au vôtre. Néanmoins, je partage votre désir de comprendre ce qui a pu décider l'empereur. Voudriez-vous que je vous accompagne ?

Elle s'interdit de préciser que son nom n'apparaissait pas sur l'invitation.

— Bien sûr, s'empressa-t-elle de répondre. Si vous le souhaitez.

Emile apprécia cette absence d'hésitation.

— Pour dire le vrai, j'ai malheureusement d'autres rendez-vous ce jour-là. Mais vous me raconterez, n'est-ce pas ?

Elle promit et passa les jours qui suivirent à tenter d'endiguer le flot d'impatience qui l'habitait à l'idée de revoir Nicolas. Son bonheur fut tel, cette semaine-là, que rien n'aurait pu l'empêcher de se rendre à l'exposition.

Elle connut tout de même un moment d'affolement quand un malaise la retint couchée après un petit déjeuner avalé à la hâte. Elle décida de ne plus rien manger le matin et s'en trouva fort bien. Sans doute avait-elle absorbé quelque aliment avarié. Elle était dans un tel état de nervosité qu'un rien pouvait la mettre sens dessus dessous. Pour sûr, Nicolas et elle ne parviendraient à échanger que quelques mots insignifiants, au milieu de la foule des visiteurs, mais ces paroles vaudraient pour elle les plus puissants serments d'amour puisqu'elles seraient de Nicolas.

Tant d'événements s'étaient produits depuis la dernière fois qu'ils s'étaient vus ! Peu avant Noël, l'empereur avait divorcé d'avec l'impératrice Joséphine et les rumeurs allaient bon train quant à son prochain mariage. La Grande Armée avait été répartie sur deux fronts, l'un pour vaincre l'Autriche, l'autre pour répondre à la diversion britannique au Portugal. Les nouvelles provenant de la Péninsule n'étaient pas toujours bonnes et le mauvais temps ajoutait à la misère des troupes engagées dans le conflit. L'Europe entière souffrait de températures anormalement basses et le début de l'année 1810 s'annonçait des plus humides et générateur d'inondations.

Par un soir glacial, Garcin emmena Gabrielle à l'Hôtel de Ville. Sous sa cape de fourrure, la jeune femme portait une robe de soie moirée dans les bleus, verts et gris, aux manches étroites, épaules larges et col plissé selon la mode de Paris ; un collier d'opales avec boucles d'oreilles assorties agrémentaient l'ensemble. Elle était fière de montrer la qualité de ses propres étoffes en toutes occasions et d'autant plus quand elle savait quels regards critiques allaient la détailler.

Elle fut surprise de ne pas trouver foule devant l'exposition.

— N'arrivons-nous pas un peu tôt ? demanda-t-elle à Garcin.

— Nous sommes à l'heure exacte, madame Gabrielle, selon vos désirs.

Le vent froid la fouetta et elle se hâta d'entrer dans le bâtiment illuminé. Un laquais prit son invitation et la conduisit le long d'un corridor jusqu'à une grande pièce occupée presque dans son entier par la magnifique tente de l'empereur sur un tapis vert imitant le gazon. Gabrielle était la seule visiteuse.

Taillée dans une soie blanche à rayures bleues, la tente offrait d'impressionnantes dimensions, avec son toit ovale orné d'un lambrequin à broderies écarlates et noires, réminiscence des camps médiévaux qui avaient couvert les champs de bataille dans toute l'Europe.

Otant sa cape, Gabrielle l'abandonna sur une chaise avant d'approcher de l'entrée qu'elle trouva ouverte.

A l'intérieur, des lanternes illuminaient chaque angle formé par la lourde structure de bois. Des meubles et des tapis avaient été ajoutés, ainsi qu'un lit de camp afin d'en mieux souligner l'espace. L'un des deux coffres restait ouvert ; il était empli de cartes.

La jeune femme avait enregistré tous ces détails d'un seul coup d'œil circulaire, mais son regard était surtout attiré par le décor en bouquets rouge et bleu sur fond gris de la soie qui tapissait l'intérieur de la tente.

Elle entendit une porte s'ouvrir et se refermer et son cœur se mit à battre la chamade. Immobile, elle écouta les pas résonner dans son dos. Puis ce fut la voix de Nicolas :

— Je voulais que vous puissiez juger par vous-même. Qu'en pensez-vous ?

Elle ferma un instant les yeux pour assimiler la joie qui la submergeait encore. Comment avait-elle pu vivre tant de temps, toutes ces semaines, tous ces mois, sans le voir ni l'entendre ? Immobile, elle répondit d'une voix rauque :

— C'est magnifique. Aussi beau que je le pensais.

Elle vit son ombre s'étirer sur les parois tandis qu'il avançait :

— Enfin, vous voilà ! souffla-t-il.

Malgré elle, les yeux de la jeune femme s'emplirent de larmes. Elle n'en pouvait plus de renier l'amour qui l'habitait.

— Enfin ! ne sut-elle que répéter d'un ton à peine audible.

La prenant doucement par les épaules, il la fit pivoter vers lui, laissa glisser les mains jusqu'à sa taille et tous deux restèrent à se regarder, longtemps, sans plus articuler une parole. D'un geste très lent, elle lui emprisonna le visage entre ses paumes, lui caressant les joues du bout des ongles, l'âme étreinte d'une infinie tendresse. Quand il la serra contre lui, elle se blottit sans plus résister à ses transports, le laissa l'embrasser en gémissant d'extase. Le monde entier parut se circonscrire au cercle de ses bras, le souffle de la vie à l'émotion qu'il lui donnait.

Lorsque enfin ils se détachèrent l'un de l'autre, ce fut comme si un siècle venait de s'écouler. Poursuivant son rêve, elle posa la tête sur son épaule et il déposa mille baisers sur sa chevelure brillante.

— Mon amour, murmura-t-il, je n'arrive pas encore à croire que je vous tiens dans mes bras.

— Je brûlais d'impatience de venir. Pourtant j'ignorais qu'il n'y aurait pas d'autres visiteurs à cette heure.

— Je désirais vous voir seule, et l'occasion m'a semblé inespérée. Des mois durant je n'ai cessé de vous guetter en vain à toutes les invitations où je me rendais.

— Je le savais, avoua-t-elle, et c'est précisément pourquoi je refusais ces invitations.

— Pourtant vous êtes venue, aujourd'hui.

— C'est que je désirais seulement voir cette tente. Jamais je n'aurais imaginé vous retrouver dans une telle intimité.

— Le regretteriez-vous ?

Elle leva sur lui son beau regard éperdu :

— Je devrais, mais je ne puis.

De nouveau, ils s'embrassèrent et leurs deux ombres réunies se mirent à tanguer voluptueusement sur les tentures de soie.

Un bruit venant des pièces voisines ramena Gabrielle à la réalité et, se détachant de son compagnon, elle partit s'effondrer sur un divan, les jambes coupées par l'émotion, le visage entre les mains.

— Je dois perdre l'esprit, balbutia-t-elle. Je ne parviens plus à raisonner avec logique.

Nicolas s'agenouilla devant elle et essaya de scruter son visage.

— Pourquoi ? fit-il avec ardeur. Parce que nous nous

aimons et continuerons de nous aimer jusqu'à ce que l'un de nous deux meure ?

— Ne parlez pas de mourir !

Elle s'était dressée sur ses pieds, rigide comme une statue.

— Alors, dit-il en se levant à son tour, parlons de vie.

Il allait lui prendre la main quand des pas se firent entendre. La porte allait bientôt s'ouvrir sur un intrus. Gabrielle voulut se dérober, mais son compagnon la retint avec fermeté :

— Parlons de notre avenir, des mesures qu'il nous faudra prendre pour effacer le préjudice que nous nous sommes causé l'un à l'autre en nous séparant le jour même où nous nous sommes rencontrés.

— Il y a bientôt six ans, soupira-t-elle d'une voix brisée.

— Mais rien n'a changé entre nous, si ce n'est l'attachement que nous éprouvons l'un pour l'autre, un peu plus grand chaque jour.

Elle ne pouvait le nier. Leur amour s'avérait d'une puissance indestructible bien qu'il n'eût jamais été consommé, mais caché, nié, contrarié, repoussé sans pourtant jamais être battu en brèche. Comment résister encore à cet homme qui occupait tout son esprit ? Se pourrait-il qu'Emile fît preuve d'assez de bonté pour accepter d'oublier ses propres sentiments si elle faisait appel à sa mansuétude ? Si elle lui expliquait le drame de sa destinée ? Si elle lui demandait de continuer à la considérer comme l'amie qu'elle avait toujours été pour lui, après lui avoir rendu la liberté ? A ces pensées, la jeune femme se rasséréna quelque peu. Le moment inoubliable qu'elle venait de passer semblait lui donner la force d'entreprendre ce à quoi elle n'avait encore jamais osé songer.

Prenant la main de Nicolas, elle se mit à l'embrasser avec ferveur, au point d'en oublier toute autre considération. Un délicieux vertige la fit retomber sur le divan et elle ne tarda pas à renverser la tête en arrière, comblée des baisers que lui prodiguait maintenant l'homme qu'elle aimait. A travers ses paupières mi-closes, elle voyait danser la guirlande des bouquets rouge et bleu du baldaquin. Comme par enchantement, sa robe s'était défaite et son épaule dénudée révélait cette gorge qu'elle ne lui avait encore jamais laissé entrevoir.

— Que je vous aime ! confia-t-elle doucement. Je suis à

vous depuis le premier jour. J'ai trop lutté contre mes aspirations, aujourd'hui je ne puis que dire que je vous aime.

— Mon amour, ma toute belle, ma merveilleuse Gabrielle ! Désormais, aucune barrière ne pourra plus nous séparer.

Elle vit venir à elle ce visage transfiguré par le bonheur et leurs bouches s'unirent à nouveau dans la plus folle des ardeurs avouées et partagées. Elle ne pourrait plus vivre sans lui. Elle ne respirerait plus que par lui, comme lui par elle.

S'ils s'étaient trouvés en un lieu plus isolé, sans risquer à tout instant d'être surpris, elle se serait donnée à lui sans l'ombre d'une hésitation. Mais des voix résonnèrent dans le corridor.

Gabrielle se redressa d'un bond.

— Partons, souffla Nicolas. Laissez-moi vous emmener là où nous ne serons plus dérangés.

La tentation était grande de le suivre, pourtant elle ne pouvait y céder. En lui caressant le visage, elle murmura :

— C'est impossible, malheureusement. Je ne serai à vous que totalement libre et dégagée de toute contrainte.

— Quand donc viendra ce jour ? se désespéra-t-il. Voilà si longtemps que nous nous poursuivons sans jamais nous atteindre. Nous avons déjà perdu tant de temps ! Je ne supporte plus ces entrevues clandestines. Nous ne pouvons rester ainsi prisonniers de cette situation intolérable. Je ne peux plus me passer de vous, ni vous de moi. Je m'en vais voir Emile...

— Non !

— Pourquoi non ? Ne vivons-nous pas une époque de liberté ? Un mariage civil peut être défait sans peine, surtout quand il a été basé sur la plus terrible des erreurs. Je ne doute pas que votre époux saura se rendre à la raison...

— Vous n'irez pas le voir !

— Alors, comment sortir de ce dilemme ?

— Mon unique espoir est qu'une solution finira bien par surgir. Qui sait ? Peut-être même pourrais-je agir en ce sens, pourvu que vous m'en accordiez le temps. Du temps, c'est tout ce que je vous demande. Un jour je viendrai à vous.

— Le promettez-vous ?

— Du fond de mon âme.

Pour sceller cet accord, ils s'embrassèrent avec la même

conviction que deux amis échangeant leur sang. Puis elle se détacha de lui, rajusta son corsage, s'aperçut qu'il y manquait un bouton de nacre mais ne s'attarda pas à le chercher. Il resterait comme un talisman dans cette tente où leurs deux vies venaient de voir naître une aube nouvelle.

Bras dessus bras dessous, ils sortirent de la tente puis Nicolas aida Gabrielle à remettre sa cape de fourrure.

— Quand vous reverrai-je ? Demain ?

— Non, je ne saurais dire quand. Cela dépend de tant de choses.

— Si cela ne tenait qu'à moi, je ne vous laisserais jamais plus me quitter.

Devant la porte ouverte, elle le pria de ne pas l'accompagner plus avant.

— Ne venez pas avec moi et n'essayez pas de me voir. Moi seule puis décider quand nous retrouver. Passez une bonne nuit, mon amour.

Fermant sa cape, elle traversa le corridor sans jeter un regard sur les personnes qui s'y trouvaient.

Quand Gabrielle se rendit à la magnanerie, le samedi suivant, Emile était en voyage à Paris. Elle se préparait depuis plusieurs jours à lui annoncer sa décision et il n'était pas là pour l'entendre. Dépitée, elle passa tout le dimanche à l'attendre puis repartit pour la rue Clémont. Deux semaines entières s'écoulèrent encore avant qu'elle ne le revît car, le vendredi suivant, Yvonne entrait en couches.

Après trente-six heures de cris et de douleurs, cette dernière mettait au monde une fille qui ne vécut que jusqu'au soir. Sa mère ne versa pas une larme car elle avait été menacée de divorce si elle n'était pas capable de donner le jour à un garçon.

Henri ne consentit en effet à la voir qu'après plusieurs jours et sur les prières expresses de sa belle-sœur.

En entrant dans la chambre, il reçut comme un choc à la vue de sa femme, le teint cireux, les yeux cernés, les traits tirés. Elle tourna la tête vers lui et son expression se figea de haine :

— Jamais plus, articula-t-elle durement, jamais plus je n'aurai d'enfant ! M'entendez-vous ? J'ai failli mourir pour satisfaire votre désir de vengeance contre Gabrielle. Si vous êtes un homme, vous trouverez un autre moyen de la contrer.

Se redressant, elle profita de sa stupéfaction pour ajouter d'un ton menaçant :

— Je suis votre femme, et je le resterai ! J'en sais trop sur vos basses manœuvres pour que vous couriez le risque de vous séparer de moi ! Même les négociants en soie risquent la prison pour contrebande. Songez-y !

Elle se laissa retomber sur ses oreillers de dentelle et son mari sortit sans avoir prononcé la moindre parole, confondu d'apprendre qu'elle était au courant de ce qu'il croyait avoir si bien caché à tout le monde. Se pouvait-il qu'elle l'eût espionné depuis longtemps, ne fût-ce que pour se donner des cartes contre lui ? Comment diable avait-elle découvert son trafic de soie avec l'Angleterre malgré le blocus ?

Gabrielle reçut une lettre de son mari lui annonçant qu'il rentrait de Paris. Au ton affectueux de sa missive, il laissait entendre qu'il avait hâte de la revoir. Retenue par ses affaires, elle le pria de venir lui-même à Lyon dès qu'il en aurait la possibilité.

Entre-temps, elle devrait rencontrer Nicolas pour l'entretenir de ses intentions. Elle s'apprêtait à lui écrire un mot quand elle vit celui-ci surgir dans le bureau de la filature sans s'être fait annoncer.

La surprise qu'en éprouva la jeune femme masqua un instant sa joie de le revoir, d'autant qu'il paraissait bouleversé.

— Que se passe-t-il ?

Sans répondre, il commença par fermer la porte derrière lui, puis s'approcha d'elle. Il paraissait hésiter à parler, cherchant comment lui annoncer quelque terrible nouvelle. La prenant dans ses bras, il la serra contre son cœur et l'étreignit ainsi un moment qu'elle trouva une éternité tant il tardait à l'instruire des raisons qui l'amenaient.

— Il faut que je parte, dit-il soudain. Je dois quitter Lyon.

— Pourquoi, grands dieux ?

— Il m'arrive une chose que je n'aurais jamais pu prévoir. Je suis rappelé sous les drapeaux.

— Ce n'est pas possible !

— J'ai reçu l'ordre de rejoindre mon ancien régiment de Chasseurs à cheval.

Sur le point de défaillir, elle s'agrippa à son cou.

— Quand l'avez-vous appris ? Ne serait-ce pas une erreur ?

— Hélas non ! Mes papiers militaires me sont parvenus il n'y a pas une heure. Je suis venu vous voir sur-le-champ.

— Combien de temps vous reste-t-il ?

— Je dois partir demain pour la Péninsule ibérique.

Elle poussa un cri et cacha son visage au creux de son épaule.

— C'est pourquoi je voulais vous voir sans attendre. Accompagnez-moi là-bas et nous nous féliciterons de cet étrange contre-temps.

Elle releva la tête :

— Partir avec vous ?

— Cela peut se faire. Un groupe de six épouses nous suivra, vous pourriez vous joindre à elles ! Elles seront bien sûr tenues loin du front mais pourront voir leurs maris en dehors de toutes les batailles.

— Pourtant, je ne suis pas votre femme.

— Qu'importe ! Ce n'est qu'une question de temps. Votre époux ne pourra plus rien contre vous dès lors que vous serez partie.

L'embrassant sur les deux joues, il ajouta dans un sourire :

— Nous nous marierons en Espagne aussitôt que vous serez libre. Après la guerre, nous reviendrons ici et nous pourrons enfin rattraper le temps perdu.

Elle se détacha de lui sans oser le regarder en face, porta les mains à son visage :

— Je ne peux partir avec vous.

— Ne me dites pas que c'est votre mari qui vous retient ! A la rigueur, nous avons encore le temps d'aller lui expliquer...

— Ce n'est pas seulement lui.

— Il s'agit donc de la Maison Roche ? Je sais qu'il ne vous est pas facile d'en laisser la charge à votre frère, mais pas plus qu'à moi de confier ma filature à mon contremaître. Dieu merci, je peux me reposer entièrement sur Michel Piat. Au moins serez-vous certaine qu'Henri fera preuve de compétence.

— Jamais je ne le laisserai s'approprier mes affaires ! s'écria-t-elle avec véhémence. Pas même un court moment ! La manufacture a été mise sous ma responsabilité et je l'assumerai jusqu'au bout !

— Dois-je en conclure que vous la placez avant moi ?

— Vous viendriez à coup sûr en première position si la voie était libre mais, je vous le répète, je ne puis vous accompagner.

L'attrapant par le bras, il la fit pivoter vers lui d'un geste presque brutal :

— Je vous demande de devenir ma femme, ainsi que vous devriez l'être depuis longtemps. Vous êtes le souffle de mon existence, la raison pour laquelle je rentrerai sain et sauf de cette guerre, parce que je sais que nous sommes faits pour vivre ensemble, pour voir grandir nos enfants. Je vous aime plus qu'aucune femme n'a jamais été aimée. Ecoutez-moi ! Ne rejetons pas cette chance qui nous est donnée de nous réunir enfin et pour toujours !

Le visage blême, les yeux fixes à force de retenir ses larmes, la bouche tremblante, elle articula en pesant chacun de ses mots :

— Il est trop tard, mon amour — mon unique amour. Je dois rester. Je dois demeurer la femme d'Emile.

Dans un sanglot étouffé, elle acheva :

— J'attends son enfant.

D'un seul coup, il laissa retomber ses bras, recula sans la quitter des yeux, assommé par ce qu'il venait d'entendre. Dans l'effrayant silence qui s'appesantit alors sur eux, le cliquetis des métiers derrière la porte parut aussi assourdissant qu'un roulement de tonnerre.

— En êtes-vous certaine ? finit-il par demander dans un souffle.

— J'en avais déjà éprouvé les premiers signes avant de vous retrouver à l'Hôtel de Ville, l'autre soir, mais je n'en saisissais pas le sens. Sans doute est-ce la raison qui m'a fait refuser de vous suivre et de passer la nuit entière avec vous, bien que je n'eusse jamais rien souhaité plus ardemment de ma vie.

— Nous nous sommes écrit deux fois depuis, pourquoi ne m'avoir rien dit ?

— Parce que je voulais vous l'annoncer de vive voix. J'étais justement en train de vous écrire pour vous demander de venir me retrouver à l'auberge des Célestins.

La reprenant dans ses bras, il proposa d'une voix tendre :

— Vous pouvez cependant venir en Espagne. Je veillerai à ce que vous soyez traitée avec les plus grands égards. Rien ni personne ne pourra plus se dresser entre nous. Je vous aime et j'aimerai l'enfant dont vous êtes la mère.

Quelle femme avait jamais entendu pareilles déclarations ? Le cœur de Gabrielle se brisait d'affliction. Pourquoi fallait-il qu'elle fût aimée de deux hommes, l'un qu'elle adorait et qui le lui rendait, l'autre qu'elle ne pouvait quitter ?

— Je ne peux vous accompagner, répéta-t-elle. Non pas pour préserver ma sécurité, puisque je vous aurais suivi mille fois plus loin si le loisir m'en avait été donné, mais mon état m'interdit d'entreprendre une telle expédition. Le médecin m'empêche même d'aller jusqu'à la magnanerie, de peur que je ne perde l'enfant.

L'air tourmenté, Nicolas lui souleva le menton :

— Et vous-même ? Courez-vous un risque ?

— Pas si je me repose.

— En ce cas, dès que le bébé sera né...

— Non ! Ne comprenez-vous donc pas que si nous avons jamais eu la moindre chance d'être un jour réunis, elle est désormais passée ?

— Je refuse de m'avouer vaincu ! s'obstina-t-il, les dents serrées. Vous rendez-vous compte du temps que peut encore durer cette guerre ? Qui sait si elle ne m'éloignera pas des années durant. M'entendez-vous ? *Des années !* Il faut venir me rejoindre dès que vous serez en état de voyager.

Elle ne savait plus où trouver la force de lui résister et, malgré tous ses efforts, de longues larmes se mirent à couler de ses yeux.

— C'est trop vite oublier Emile. Lui qui a toujours tant espéré cet enfant ! Quand bien même il me rendrait ma liberté, jamais il n'accepterait d'être séparé de son fils ou de sa fille. Comment osez-vous croire que je lancerais un nouveau-né dans une telle aventure ? Je vous aime, je vous ai toujours aimé mais je serai la mère des enfants d'Emile et nul ne pourra défaire ce que la nature a ainsi voulu.

D'une voix vibrante de rage désespérée, il prononça aussi calmement qu'il le put :

— Je veux votre promesse qu'un jour vous viendrez me voir en Espagne ou là où je me trouverai. Je vous ai trop attendue pour vous voir ainsi déserter à jamais ma vie.

— Ne tenteriez-vous pas, ensuite, de me retenir ?

— J'irais jusqu'à vous faire oublier toute autre existence que celle vécue avec moi.

— C'est précisément pour cette raison que je ne vous rendrai pas visite.

— Passerez-vous votre vie à me fuir ?

— Je vous fuis contre mon gré et vous le savez bien ! Quand Emile me tenait dans ses bras, croyez-vous que je ne rêvais pas de vous voir à sa place ? Je ne pouvais cependant pas me livrer à cette illusion car je savais combien ses étreintes souffriraient d'une comparaison avec les vôtres. Avec vous, j'aurais pu donner libre cours à tout l'amour qui est en moi ; avec vous j'aurais pu m'abandonner à la passion et en connaître tout l'achèvement.

— Alors promettez !

— Je ne puis. J'ai déjà manqué à la parole donnée à Emile en vous aimant. Je m'abstiendrai donc d'en donner une autre. Je vous ai déjà dit, dans la tente de l'empereur, que je viendrai à vous lorsque je serai libre de toute contrainte. Je m'y tiendrai, bien que je ne puisse plus envisager ni comment ni quand ni même si cela se pourra jamais.

— Jamais ! Vous l'avez bien dit, je le crains !

Le regard de Nicolas exprimait une telle souffrance que le cœur de la jeune femme s'en brisa. Fallait-il qu'elle fût la cause de son malheur ? Fallait-il qu'elle le rejetât jusqu'au bout ?

Dans un amer mouvement de résignation, il leva puis laissa retomber ses bras impuissants avant de reprendre :

— Cela me dépasse. Il aurait mieux valu que nous ne nous rencontrions jamais. Néanmoins, je ne parviens pas encore à le regretter. Adieu, donc.

Tournant les talons, il ouvrit la porte et sortit, laissant le cliquetis des métiers envahir un instant le bureau.

Gabrielle restait à sa place, pétrifiée, la poitrine secouée de sanglots désolés. Elle baissa la tête comme si elle n'avait plus la force de la tenir droite et demeura inerte, sans plus rien voir ni entendre, se laissant seulement envahir par les douloureuses paroles de l'homme qu'elle aimerait jusqu'à la fin de ses jours.

9

Emile arriva plus tôt que prévu et, en l'absence de Gabrielle, fut accueilli rue Clémont par Henri.

Les deux hommes entrèrent dans le salon doré mais, agacé par les familiarités de son beau-frère, Emile refusa le vin qu'il lui proposait.

— Quelles sont les nouvelles à Lyon ? demanda-t-il. Voilà quatre semaines que je n'ai pas vu ma femme, et plus longtemps encore que je ne suis venu ici.

Les yeux d'Henri brillèrent de satisfaction :

— M. Devaux est parti. Rappelé sous les drapeaux. Qu'en dites-vous ?

— Vraiment ? Sa filature sera donc fermée ?

— Hélas ! non. Il en a laissé la charge à un certain Michel Piat, un homme fort capable à ce que l'on dit. Pourtant, ceci devrait moins vous préoccuper que moi ; nos raisons de vouloir Nicolas Devaux loin d'ici ne sont pas les mêmes.

Bien qu'étonné des allusions étranges de son beau-frère, Emile se contenta de répondre froidement :

— Que voulez-vous dire ? Je ne connais ce monsieur que comme un ennemi de longue date de votre famille. Je n'ai jamais fait d'affaires avec lui, aussi sa clientèle ne me manquera-t-elle guère.

— Je ne parlais pas de sa clientèle, mais de son attitude auprès de Gabrielle, votre épouse et ma sœur. Qu'en dites-vous ?

— Rien. A ma connaissance, elle n'a signé aucun contrat avec lui.

— Et, à ma connaissance, ce n'est pas pour cette raison que vous l'avez fait surveiller par Brouchier! lança Henri, triomphant.

Comprenant qu'il était inutile de jouer davantage les innocents, Emile le fusilla du regard :

— Comment le savez-vous?

— Je l'ai entendu dire. Mais Brouchier est en général discret et très fiable. Sachez que je viens d'apprendre la plus étonnante des choses : M. Devaux se serait rendu à la filature pour dire adieu à Gabrielle avant de partir. La rencontre n'a pas duré longtemps, un petit quart d'heure, peut-être, rien de compromettant, rassurez-vous... Brouchier a même pu capter quelques paroles en s'approchant de la fenêtre. Ils se seraient quittés en d'assez mauvais termes. Il semblerait qu'ils ne doivent jamais se revoir.

Emile en perdit ce qui lui restait de calme ; une rage incontrôlable s'empara de lui :

— Gredin!

D'un coup de poing bien asséné, il envoya Henri rouler au sol. L'air ahuri, sa victime se redressa sur un coude en se frottant le menton.

— A cause de vous, je me suis mordu la langue! marmonna-t-il d'une voix épaisse.

Un filet de sang coulait à la commissure de ses lèvres qui enflaient à vue d'œil.

— Vous auriez pu me casser les dents!

— Allons, ce ne sera rien.

Honteux de sa réaction, Emile tendit une main secourable à son beau-frère. Mais ce dernier la refusa d'un air excédé. Il se releva seul, marcha vers la porte en se tenant la mâchoire, jeta un regard vengeur par-dessus son épaule :

— C'est Gabrielle qui mériterait d'être battue. Votre femme...

— Sortez!

Henri ne se le fit pas répéter.

Lorsque Gabrielle rentra de la filature, un domestique l'avertit que son mari l'attendait dans le salon doré.

— Enfin, vous voici! lança celui-ci à son entrée. Je vous attendais avec impatience.

— Comment vous portez-vous ? demanda-t-elle en se tenant à distance de lui. Je ne vous ai pas vu avant votre départ pour Paris.

Appuyé au mantel de la cheminée, il demeura immobile. Normalement, il l'aurait embrassée mais, sa femme n'étant pas venue à lui comme à l'ordinaire, il ne bougea pas non plus.

— Je vais bien. Et vous ? Je vous trouve une petite mine.

Elle comprit immédiatement qu'il faisait allusion aux charges du travail qu'elle tenait tant à assumer contre son avis.

— Vous auriez mieux fait, reprit-il, de venir passer quelques jours à la campagne, au lieu de me faire monter à Lyon.

— Asseyons-nous, mon ami. J'ai quelque chose à vous dire.

Elle contemplait son alliance qu'elle faisait glisser autour de son doigt.

— Eh bien ? demanda-t-il, inquiet. J'attends.

— Nous allons avoir un enfant, Emile. Notre enfant. Après tout ce temps !

Son mari ne s'attendait certes pas à une telle nouvelle. Instinctivement, il s'écarta d'elle, puis donna libre cours à sa joie.

— Ma femme chérie ! s'exclama-t-il.

Bouleversé, il lui prit le visage entre les mains, l'embrassa longuement, certain qu'elle lui avait dit la vérité, comme toujours, qu'il était bien le père de cet enfant.

— Pour quand est-il prévu ?

— Il me reste près de six mois.

Malgré lui, il fit un rapide calcul. Non, elle n'avait pas rencontré Devaux à l'époque de la conception.

— Nous allons vous ramener à la maison sans délai ! s'écria-t-il, enthousiaste. Je vais prendre mes dispositions pour que nous puissions partir à l'aube...

— Non, mon ami, il me faudra rester ici. Le médecin insiste pour que je n'effectue plus le moindre déplacement.

— Je ne saurais vous laisser à Lyon, loin de moi, pendant six mois.

— Il le faudra, pourtant.

Sa joie d'être père se trouva gâtée par cette perspective.

Comme chaque fois, son épouse n'en faisait qu'à sa tête, car elle possédait les moyens de suivre ses caprices. En lui léguant fortune et puissance, son père en avait fait une femme impossible à vivre.

Irrité, il ne put cette fois se maîtriser :

— C'est assez ! Oseriez-vous prétendre que vous courez un risque moins grand en sillonnant jour après jour les rues pavées de Lyon qu'en regagnant dans un solide équipage la maison où est votre place, auprès de moi ?

— Non, monsieur. J'aime aller à la filature, mais je m'en abstiendrai. Désormais, c'est ici, dans le grand salon, que je recevrai les clients importants.

— Ainsi, vos affaires viendront toujours se dresser entre vous et moi ! Soit, mais je vous avertis qu'elles n'affecteront pas la vie de notre famille ! Après la naissance, vous pourrez demeurer à Lyon autant qu'il vous plaira, mais seule. Notre enfant sera chez nous, avec moi.

— Rien ni personne ne m'empêchera de m'occuper de mon bébé ! s'insurgea-t-elle. Sachez que j'ai déjà pris mes dispositions à cet effet ! Mme Hoinville, une de vos anciennes clientes, s'est vue, du jour au lendemain, chassée par son propriétaire des ateliers qu'elle louait. Je lui ai immédiatement proposé de me remplacer comme gérante à la filature et je suis heureuse d'employer également ses ouvrières qui sont parmi les meilleures tisseuses que je connaisse. Ceci parce que je veux avoir l'esprit en paix quand je serai à la magnanerie où nos enfants seront élevés par leurs deux parents ensemble. Pour cette raison, je viendrai m'établir à la campagne dès mes relevailles.

Voyant que son mari l'écoutait sans trop savoir s'il devait s'en réjouir ou insister davantage, elle ajouta :

— Je me ferai installer un bureau à la magnanerie, ce qui me permettra de ne plus venir à Lyon que deux fois par semaine. Il n'est pas impossible que je doive alors passer la nuit rue Clémont, mais ceci restera dans l'ordre de l'exceptionnel. A long terme, je ferai sans doute rebâtir la filature à mi-chemin entre Lyon et notre maison. La vie n'en sera que meilleure pour nous tous. Quoi qu'il en soit, je vous promets de faire mon possible pour que notre enfant connaisse une vraie vie de famille.

Ce discours finit de le rassurer.

— J'en prends acte, ma mie, mais souvenez-vous qu'il me sera difficile de vous rendre visite au printemps, l'époque la plus importante pour la sériciculture.

— Je ne l'ignore pas, aussi vous écrirai-je afin de vous tenir informé de tout. A propos, nous sommes invités à exposer à la foire de Leipzig, pour Pâques.

— Qui vous y représentera ?

— Henri et le petit Donnet.

Machinalement, Emile se frotta le poing à l'évocation du nom de son beau-frère.

— Plus je vois Henri, grommela-t-il, moins je le supporte. Je conviens que vous aviez raison de ne pas vouloir lui confier la Maison Roche.

— Que je suis heureuse de vous l'entendre dire !

La prenant par la main, il l'attira vers lui :

— Ma chère amie, c'est vous qui venez de faire de moi l'homme le plus heureux du monde.

L'entourant de ses bras, il la serra tendrement sur son cœur :

— S'il vaut mieux pour votre sécurité que vous restiez à Lyon jusqu'à la naissance, qu'il en soit ainsi ! Je ne demande qu'à vous retrouver en bonne santé et la mère d'un solide enfant.

Il la connaissait assez pour croire en sa sincérité. Non, elle n'avait pas joué double jeu avec lui, malgré, peut-être, quelques tentations qui ne se reproduiraient pas. Sa pire terreur, désormais sans objet, avait été de la voir rompre leur mariage afin de s'enfuir avec Nicolas Devaux.

— Vous représentez toute ma vie, ma douce, vous et le bébé que vous attendez. Je prie pour que ce soit un garçon.

Touchée, la jeune femme se félicita qu'il n'eût jamais appris son amour illicite et n'en eût donc pas souffert. Chaque évocation de Nicolas la mettait encore au bord des larmes, et elle devait lutter pour les réprimer. Si elle commençait à pleurer, elle ne cesserait sans doute plus, et elle ne serait plus alors que désespoir et chagrin.

— Je le souhaite aussi, murmura-t-elle d'une voix étouffée. Allons, il est temps que je monte me changer pour le dîner.

Resté seul dans le salon doré, Emile se servit un verre de vin qu'il alla admirer devant la lampe. Les yeux perdus dans la belle robe rubis du bordeaux, il repensait à son séjour à Paris, à ses multiples conséquences, et soupirait d'aise en songeant à quel point il avait bien fait d'agir de la sorte.

Son oncle Joseph, militaire à la retraite, occupait un poste au gouvernement et n'avait que son neveu à qui léguer une importante fortune. L'accueil qu'il lui réserva fut, comme chaque fois, des plus chaleureux.

L'homme était compréhensif, aussi lança-t-il malicieusement à la fin de leur premier dîner, alors qu'ils buvaient un cognac au coin du feu et que son neveu l'interrogeait sur le rappel d'officiers de réserve sous les drapeaux :

— Quel est le nom du civil qui servirait le mieux la France en reprenant l'uniforme et en restant éloigné de Lyon, de toi et des tiens ?

— Nicolas Devaux.

— Sais-tu dans quel régiment il a servi ?

— Je n'en ai pas la moindre idée.

— Peu importe. Je serai à l'Ecole Militaire demain. Je vérifierai ses états de service. Que dirais-tu d'un autre verre de cognac, mon neveu ?

Les démarches s'avérèrent plus longues que prévu, l'empereur ayant retenu l'oncle Joseph à d'autres besognes. Néanmoins, il finit par obtenir les renseignements désirés et fit préparer son ordre de départ à ce capitaine de cavalerie qui devait s'en aller sur-le-champ remplir son devoir d'officier et, ainsi, quitter Lyon pour de nombreuses années.

Une bûche dans la cheminée éclata et faillit s'éparpiller en braises sur le tapis. Ce n'était pas de gaieté de cœur qu'Emile s'était résolu à intervenir de la sorte dans la destinée d'un homme, mais il n'avait trouvé d'autre solution pour se débarrasser de l'importun qui retenait sa femme seule sous la future tente de l'empereur. Bien sûr, il lui eût été facile de le provoquer en duel au pistolet, mais cela équivalait à mourir ou à s'aliéner à jamais l'affection de Gabrielle.

Ses mains se crispèrent tant que le pied de son verre se brisa. Les perles de sang suintèrent de sa paume.

Le soir, à l'heure du coucher, Gabrielle refit son pansement. Elle était déjà en chemise de nuit, ses cheveux épars sur les épaules, le teint pâle, presque transparent des futures mères. Emu, son mari ne cherchait plus à savoir si elle l'aimait ou non ; elle était sienne, elle ne l'avait pas quitté, rien ne pouvait compter davantage à ses yeux et, tout d'un coup, il se sentit heureux.

— Là, dit-elle. Voilà qui est fait.

— Et bien fait, merci.

Il lui prit les poignets au moment où elle allait s'éloigner, mais le regard sombre qu'elle lui jeta le dissuada d'insister.

— Vous devez dormir, maintenant, conseilla-t-il. Vous avez besoin de vous reposer.

Pourtant, elle ne se coucha pas avant un long moment, comme si elle voulait s'assurer qu'il dormait, avant de se mettre au lit. Mais la journée avait été trop riche en événements pour qu'il pût trouver le sommeil et, les yeux ouverts dans l'obscurité, il eut soudain l'impression qu'elle pleurait doucement.

— Gabrielle, souffla-t-il, inquiet. Au nom du ciel ! que vous arrive-t-il ?

Un sanglot lui répondit, si déchirant qu'Emile se redressa pour la prendre dans ses bras où elle se blottit comme une petite fille épouvantée.

— Aidez-moi, Emile ! Par pitié, aidez-moi à supporter ma vie !

Jamais il n'avait entendu tels accents de détresse. Les terribles sanglots la secouaient sans relâche, à lui en faire perdre la respiration.

Il ne lui posa aucune question, certain qu'elle n'attendait que son silence, une présence chaude et rassurante à ses côtés. Mieux valait qu'il fît mine de la croire en proie à quelque terreur nocturne due à son état ; c'était leur seule issue s'ils voulaient continuer à vivre ensemble, car la vérité eût creusé entre eux un gouffre infranchissable.

Cependant, il en voulait plus que jamais à Devaux. Tout scrupule, s'il en avait jamais éprouvé à son égard, finissait de le quitter. Pour la première fois, il souhaitait sa mort. Désarçonné en pleine charge. Eventré par quelque baïonnette anglaise. Ecrasé par un boulet de canon. Tué par la guérilla espagnole d'une balle dans le front. Il s'ignorait de telles capacités de haine mais, loin de vouloir chasser ces images, il s'attardait longuement sur elles, les choyant presque.

Le lendemain matin, quand elle rencontra son frère, Gabrielle lui conseilla gentiment de parler le moins possible par respect pour ses lèvres tuméfiées, puis le fit asseoir avant de lui annoncer qu'elle attendait un enfant.

La nouvelle le laissa presque sans réaction, comme s'il avait abandonné tout espoir de lui prendre son héritage par le biais d'une succession.

— Tu ne dois pas te fatiguer, observa-t-il, affable. Je me chargerai du maximum de travail.

— C'est très aimable à toi, Henri, mais je ne te demande rien de plus qu'à l'accoutumée.

En guise de réponse, il grimaça un sourire rendu grotesque par sa bouche déformée.

En avril, l'empereur épousait la princesse Marie-Louise d'Autriche. Désormais, si Napoléon avait à craindre un ennemi, c'était surtout à l'intérieur des frontières françaises, l'économie se relevant mal des luttes politiques incessantes. L'industrie en était affectée, et les soyeux de Lyon s'inquiétaient pour la prospérité de leurs affaires.

Tenue au courant de la marche de la filature par un coursier qui lui transmettait journellement les messages de Mme Hoinville, Gabrielle fit apporter une chaise longue dans son bureau de la rue Clémont, car le médecin lui ordonnait de rester allongée aussi longtemps qu'elle le pouvait.

Un jour, tout heureux, Garcin lui montra sa trouvaille, une ancienne chaise à porteurs, vieille d'un siècle ou plus, qu'il avait sortie d'une grange et fait remettre à neuf afin que la jeune femme pût se déplacer en ville sans trop de secousses. Au début, elle n'osa aller trop loin, de peur de fatiguer les deux valets qui se chargeaient de la convoyer, puis, ceux-ci lui ayant assuré qu'ils pouvaient se rendre où elle le désirerait, elle fit toutes ses visites par ce moyen de locomotion et devint une véritable attraction pour les habitants de Lyon qui la voyaient passer dans cet ancien équipage.

Emile vint fêter Pâques en sa compagnie. Il faisait beau et chaud, comme aux meilleurs jours de l'été. De retour de la foire de Leipzig, Henri rapporta de multiples commandes qui rassurèrent Gabrielle : la manufacture, comme beaucoup d'autres à Lyon, aurait assez de travail pour tourner toute l'année grâce aux acheteurs allemands et russes. L'avenir se présentait sous un jour riant, jusqu'aux récoltes de la magnanerie qui promettaient d'être exceptionnelles.

Une première menace vint troubler ce bel optimisme : à Naples, des gelées tardives avaient tué les vers à soie et détruit tous les mûriers. En même temps, une pluie glacée s'installait dans toute la partie sud de la France.

A Lyon, le temps doux de Pâques n'était qu'un souvenir lointain. Des torrents d'eau sale coulaient par les rues en pente et les nuages n'en finissaient plus de se déverser sur la ville. Les œufs des bombyx commençaient à éclore et les vers ne trouvaient pour ainsi dire plus de feuilles pour satisfaire leur voracité. Le niveau du Rhône et de la Saône gonflait dangereusement, menaçant toute la vallée d'inondations.

Un matin, Emile surgit, hirsute et mal rasé, dans le bureau de sa femme qui s'inquiéta aussitôt : seule une affaire de première importance pouvait l'avoir éloigné de son élevage en de tels moments.

— C'est le désastre ! s'écria-t-il en refermant la porte. La récolte est perdue, les mûriers sont saccagés par la rouille.

— Miséricorde ! souffla-t-elle, désolée. Qu'allez-vous faire ? Pouvez-vous acheter d'autres feuilles pour nourrir les vers ?

— Vous ne saisissez pas. Ce fléau s'attaque non seulement aux mûriers mais à toutes les cultures de la région.

La jeune femme se laissa retomber sur sa chaise, ne comprenant que trop bien quel double malheur frappait son mari. Celui-ci lui expliqua qu'il avait chevauché toute la nuit pour inspecter discrètement les plantations des environs. Le fléau n'en avait épargné aucune.

— Je suis venu vous prévenir avant de rentrer à la magnanerie, ajouta-t-il. La nouvelle sera bientôt connue de tout le pays et vous ne pourrez plus compter sur aucune livraison de soie brute en France, cette année. Tâchez d'acheter tous les stocks qui vous tomberont sous la main. D'ici à deux jours, ils atteindront des prix exorbitants.

L'esprit de Gabrielle fonctionnait très vite : elle allait immédiatement retirer tout son capital de la banque et dépêcher par toute la région des agents chargés d'acheter autant de soie qu'ils en trouveraient. Le moindre de ses émissaires ne serait pas Hélène, qu'elle investirait d'une mission très spéciale en ville...

— Nous n'avons pas une minute à perdre !

Elle se dressa d'un coup et un vertige la prit. Emile se précipita pour la retenir de tomber.

— Pas si vite ! N'oubliez pas votre état !

Prenant une longue inspiration, elle recouvra très vite ses esprits.

— Je n'oublie pas, mais je pense également à mes canuts, à leurs familles, à leurs enfants à naître. Quoi qu'il arrive, vous et moi ne manquerons jamais au point d'avoir faim, au contraire d'eux, si je ne trouve pas de quoi alimenter la manufacture.

Henri, que la menace effrayait pour de tout autres raisons, lui fut en l'occurrence d'un grand secours. L'industrie de la ville était en péril, il ne serait pas dit que la Maison Roche ferait banqueroute à cause du manque de prévoyance qui allait bientôt forcer de nombreux ateliers à fermer.

Il partit le jour même pour Gênes où il gardait des relations privilégiées avec certains éleveurs autrefois fournisseurs de leur père.

S'arrêtant devant la filature Devaux, Hélène actionna le heurtoir, le cœur battant. Une domestique lui ouvrit.

— Je dois voir M. Piat immédiatement, le pressa-t-elle. Veuillez lui préciser qu'il s'agit d'une affaire de la première urgence.

— Certainement. Si Madame veut m'indiquer son nom...

— Je ne le dirai qu'à M. Piat en personne.

Elle n'attendit que quelques minutes avant de voir apparaître un grand homme énergique aux cheveux châtains, aux yeux gris clair, au visage mince et sévère, respirant la droiture et l'honnêteté. Tout en s'adressant à lui d'une voix ferme, Hélène lui donna mentalement une quarantaine d'années.

— Je m'appelle Hélène Roche, je suis la belle-sœur de Mme Valmont qui connaissait bien M. Devaux. Je viens en ambassadeur de sa part, pour vous entretenir d'une affaire des plus secrètes.

— Veuillez me suivre, madame, dit-il en lui montrant un bureau.

Après avoir refermé derrière lui, il la fit asseoir et prit place à son tour.

— Je vous écoute.

— Tout d'abord, je dois vous demander votre parole que M. Devaux n'apprendra jamais la raison de ma visite ici ni l'initiative de ma belle-sœur.

— Je ne saurais vous donner une telle assurance, au moins tant que je n'aurai pas appris l'objet de votre démarche.

Nerveusement, elle croisa les mains sur ses genoux.

— Je suis envoyée par Mme Valmont pour vous faire savoir que la récolte des magnaneries sera fortement compromise cette année.

Son interlocuteur sourcilla :

— D'où tenez-vous cela ?

La jeune femme lui raconta tout ce que Gabrielle avait appris de son mari puis, craignant qu'il ne se méprît sur ses intentions à cause de l'antagonisme des Roche et des Devaux, elle ajouta avec feu :

— Ma belle-sœur serait navrée que vous perdiez toute possibilité de vous fournir en soie brute tant qu'il en est encore temps. Si vous n'agissez pas dès maintenant, vos métiers resteront inactifs l'hiver prochain.

— Je vous sais gré de cet avertissement, madame. Par bonheur, la situation est moins préoccupante pour nous que pour les autres filatures, le capitaine Devaux ayant prévu assez de stocks pour faire face à cette sorte de pénurie et m'ayant commandé de les réassortir au fur et à mesure de nos utilisations. Nous avons une année d'avance et ce sera bien assez, je pense, pour nous laisser le temps de trouver de nouvelles ressources.

Un large sourire éclaira la physionomie de la jeune femme.

— Que je suis contente de l'apprendre !

— Néanmoins, remerciez Mme Valmont pour sa bonté.

— Quant à vous, monsieur, il faut me promettre de n'en rien dire au capitaine Devaux.

— Il n'y a rien à dire, madame, puisque rien n'a été fait. Toutefois, je suis certain qu'il aurait fortement apprécié cette attention.

Hélène se détendit dans son fauteuil, heureuse d'avoir pu satisfaire aux étranges recommandations de sa belle-sœur.

— Comment va-t-il ? reprit-elle. Avez-vous de ses nouvelles ?

— Je n'ai reçu qu'une lettre apportée par un soldat blessé qui rentrait au pays. Il ne faut pas trop compter sur les postes par les temps qui courent, alors que même le courrier militaire ne parvient pas à destination. Le capitaine Devaux allait bien quand il m'a écrit ce message. De fait, il s'inquiétait plus pour la filature que pour lui-même.

— A-t-il dit où il se trouvait ?

— Il a mentionné « Astorga » en en-tête, et daté du mois de mars. Il y a quatre semaines.

— J'espère qu'il va toujours aussi bien. Mais je dois prendre congé, maintenant.

L'intendant se leva pour lui ouvrir la porte.

— Ce fut un plaisir de vous rencontrer, madame, d'autant que j'ai pu faire la connaissance de votre époux à la foire de Leipzig.

— Il s'agissait de mon beau-frère, Henri. Mon mari est mort à Austerlitz.

L'intendant prit alors conscience qu'elle portait des vêtements de deuil et se montra confus de sa bévue.

— Acceptez mes condoléances, madame, ainsi que mes excuses pour ma sotte étourderie. J'ai moi-même perdu ma femme bien-aimée, Eliane, peu avant de venir à Lyon. J'espère ne vous avoir point trop choquée.

— Mais non, rassurez-vous.

— Encore pardon pour ma maladresse.

— Ce n'est rien, dit-elle en lui tendant la main. Avez-vous des enfants ?

— Hélas ! non. Et ma femme en souffrait. Avez-vous été plus heureuse sur ce point ?

— J'ai une fille, Juliette, âgée de cinq ans.

— Un âge charmant. Elle doit vous être d'une grande consolation.

— Assurément. Nous passons d'excellents moments ensemble. Vous habituez-vous à la vie lyonnaise ? Comment appréciez-vous notre ville ?

— Elle me plaît infiniment, quoiqu'il me reste beaucoup à en découvrir.

Ils se remirent à bavarder de plus belle, Hélène lui indiquant mille endroits délicieux à visiter. Ils en vinrent alors à parler de Paris, M. Piat racontant dans quelles circonstances il avait rencontré le capitaine Devaux, puis la vie qu'il y menait, ce qui les ramena inévitablement à son épouse, et il dit avec quelle dignité elle avait affronté la mort.

— Elle ne voulait pas que je porte son deuil, mais que je pense à l'avenir. Dois-je ajouter que cela ne m'empêche pas de la garder à jamais dans mon cœur ?

— Je comprends. Ce devait être une femme admirable.

— Tel est bien le mot, en effet.

Pensive, la jeune femme dit comme pour elle-même :

— Je ne crois pas que Julien non plus eût aimé me voir m'habiller de noir pour honorer sa mémoire. Sans doute me l'aurait-il dit si j'avais pu l'assister dans ses derniers instants. Néanmoins, ces vêtements me sont d'un grand réconfort.

— Ils vous protègent, peut-être ?

La jeune femme écarquilla les yeux, comme si elle se sentait brusquement percée à jour. Sans vraiment se l'avouer, elle s'était étonnée que personne ne lui en eût encore posé la question. Isolée dans son cocon noir, elle se sentait ainsi à l'abri du monde extérieur, loin des frivolités de la société.

— Peut-être, répondit-elle, évasive. Je me demande cependant pourquoi j'en suis venue à vous parler ainsi de Julien. J'ai plutôt pour habitude de garder mon chagrin pour moi seule.

— Tout cela est ma faute. Je n'aurais pas dû commencer avec mes propres souvenirs.

— Si, voyons !

— Sachez au moins que je n'en avais encore parlé à quiconque.

— Voilà qui est étrange. Je suis venue pour vous prêter main-forte et c'est vous qui m'avez aidée.

— Je crois que nous nous sommes aidés mutuellement.

Le long regard qu'ils échangèrent leur parut à tous deux monter de la nuit des temps. Une main sur la poignée de la porte, Hélène se retourna, perplexe devant le tour inattendu qu'avait pris leur entrevue.

— Je vous souhaite beaucoup de succès à la filature, monsieur.

— Grand merci, madame. J'espère que nous aurons bientôt l'occasion de nous revoir.

Pendant ce temps, Gabrielle remuait ciel et terre pour réunir le maximum de fil à tisser. Repensant aux balles de soie qu'elle avait une fois découvertes dans un grenier, preuves de la duplicité d'Henri, elle monta vérifier si elles s'y trouvaient toujours, mais la place était vide, ce qui ne l'étonna guère.

Elle se rendit ensuite à l'invitation d'Hélène dans son joli appartement tendu de soie jaune, qui semblait toujours briller de soleil même lorsque la pluie ruisselait sur les carreaux, comme en ce moment. Un pichet de chocolat chaud avec deux tasses les attendait sur un plateau.

— Venez vous asseoir, la pria sa belle-sœur. J'ai tant de choses à vous raconter ! Tout s'est-il bien passé, de votre côté ?

— Pour le mieux. Et Nicolas ? Vous a-t-on donné de ses nouvelles ? Comment sa filature s'en tirera-t-elle ?

Hélène lui raconta en détail tout ce que lui avait rapporté M. Piat. Gabrielle paraissait émue d'entendre parler du capitaine Devaux, de savoir qu'il était sain et sauf. Elle fut visiblement soulagée d'apprendre qu'il avait également assez de stocks pour tenir une année.

— Je n'aurais pas aimé savoir que ses métiers risquaient de tourner à vide pendant que je continuais d'alimenter les miens, commenta-t-elle.

Le soir, dans sa chambre, étendue sur son lit, Gabrielle s'émerveillait encore de ce que Nicolas eût prévu l'éventualité d'une pénurie. Sans doute avait-il dû consentir de gros sacrifices financiers pour s'équiper de la sorte. Il avait pris un gros risque, mais il devait se reposer entièrement sur M. Piat pour gérer son affaire ainsi qu'il l'eût fait lui-même. Un tel homme devait être intéressant à connaître. Hélène lui en avait dit le plus grand bien.

10

Au matin, la nouvelle de la pénurie éclata par toute la ville. Seules les maisons Roche et Devaux demeurèrent à l'écart de l'affolement qui s'empara de la cité. Le blocus britannique de tous les ports de l'empire interdisait de se tourner vers les Indes ou le Japon. Le coup final fut porté aux malheureux soyeux lorsque disparut inexplicablement la maigre récolte espérée d'Italie.

Henri rentra de Gênes plein de morgue et de satisfaction ; lui seul aurait pu expliquer à ses compatriotes ce qu'était devenue la soie italienne. Avec la complicité de quelques-uns, il l'avait fait partir en contrebande pour la Sicile où il avait pu racheter toute la récolte, dont une partie seulement serait envoyée à la manufacture Roche. Il réservait le reste à ses affaires personnelles.

En outre, Gabrielle avait pu récupérer les surplus du magasin de la magnanerie, ce dont elle fut reconnaissante à son mari qui aurait pu les vendre à n'importe quel prix s'il n'avait répugné à exploiter la misère des autres. Les nombreuses commandes consécutives à la foire de Leipzig pourraient être ainsi honorées.

Au milieu de l'été, elle ressentit les premières douleurs et sut que le terme était venu. Emile fut bientôt averti et abandonna aussitôt ses occupations pour se rendre auprès d'elle.

Il ne s'attendait pas à l'expression de douleur intense qui l'accueillit quand il pénétra dans la chambre. Très vite, il se sentit démuni, incapable de rien faire pour soulager son épouse, d'autant que la sage-femme avait l'air de trouver sa présence plutôt déplacée auprès d'une parturiente. Jamais il n'avait vu son épouse dans une telle détresse.

Son regard épouvanté le trahit, car Gabrielle parvint tout de même à grimacer un sourire avant d'articuler :

— Il serait préférable que vous ne restiez pas ici, maintenant.

Sans oser s'avouer son soulagement, il vint déposer un baiser sur son front brûlant puis quitta la chambre pour errer sans but par les couloirs de la maison, examinant les portraits et les tableaux d'un œil distrait, sursautant chaque fois que lui parvenait un cri de douleur.

Henri et Yvonne sortirent pour la soirée, elle la tête et la gorge scintillant de joyaux, tous deux bavardant plaisamment comme si de rien n'était. Emile faillit les traiter de butors mais tressaillit au cri déchirant de sa femme à l'étage supérieur. De minute en minute, son désarroi augmentait et il se précipita vers Hélène quand celle-ci apparut sur le seuil du salon.

— Allez donc prendre l'air, conseilla-t-elle doucement. Vous ne pouvez lui être d'aucune utilité à tourner ainsi en rond.

Il obéit, incapable de prendre seul une décision. Un temps, il suivit la rive du fleuve, traversa plusieurs ponts dans un sens et dans l'autre, s'arrêta pour dîner dans une auberge tellement bruyante qu'il en oublia un peu son inquiétude. Le douzième coup de minuit sonnait lorsqu'il regagna la rue Clémont. A peine arrivait-il au pied de l'escalier qu'un affreux gémissement lui tordit l'estomac d'angoisse.

— Misère de Dieu ! souffla-t-il. Elle n'a donc point encore fini ?

— Non, monsieur, répondit un domestique en prenant sa canne et son chapeau.

— Le docteur est-il là ?

— Il est arrivé il y a deux heures. Vos gants, monsieur ?

— Oui, pardon.

Glacé d'effroi, il les tendit machinalement à l'homme puis retourna au salon bleu pour s'y asseoir et attendre, encore. Une demi-heure plus tard, Henri et Yvonne rentraient à leur tour et gagnaient directement leurs appartements.

Ce fut la plus longue nuit de la vie d'Emile. Les hurlements de Gabrielle le torturaient. Même Yvonne ne pouvait dormir. Elle descendit en déshabillé et pantoufles de soie.

— J'ai demandé qu'on nous apporte du chocolat chaud, dit-elle.

Il avait toujours considéré sa belle-sœur comme une personne égoïste et frivole ; cependant, sa présence l'apaisa. Il trouva le chocolat trop fort et trop sucré mais le but tout en écoutant Yvonne babiller.

— Le chocolat me fait dormir, expliquait-elle en étouffant un bâillement. Je ne connais pas de meilleur remède contre l'insomnie. Allons, je remonte me coucher avant qu'il ait cessé d'agir sur moi et que les ronflements d'Henri et les cris de Gabrielle finissent de me tenir éveillée le reste de la nuit.

Devant l'air scandalisé de son interlocuteur, elle sourit avec coquetterie :

— Croyez-moi, vous feriez bien de vous étendre sur ce canapé si vous ne voulez pas vous endormir, demain, dans les bras de votre rejeton.

Décidément, il détestait cette pécore autant que son mari.

— Ne pourriez-vous rien faire pour venir en aide à ma femme ?

— Je suis trop délicate pour supporter la douleur des autres. Et puis Gabrielle est entre de bonnes mains, ne vous faites pas de souci.

A sa grande honte, il finit effectivement par s'assoupir, dodelinant de la tête et sursautant quand les cris de Gabrielle devenaient trop stridents.

Une main lui secoua l'épaule.

— Réveillez-vous ! lui dit Hélène.

Il ouvrit les yeux pour constater que la chambre était inondée de soleil. La peur lui revint en même temps que la conscience.

— Que se passe-t-il ? demanda-t-il, épouvanté.

— Vous avez un fils, un beau garçon aux poumons bien développés. Gabrielle est épuisée mais elle se remettra vite.

La joie qui le prit alors le laissa sans voix et sa belle-sœur se mit à rire quand il la saisit dans ses bras pour l'embrasser avec transport. Jamais elle ne lui avait vu une telle exubérance. Il monta les marches de l'escalier quatre à quatre, ouvrit toute grande la porte de la chambre.

Le médecin était déjà parti, la sage-femme sortait,

Gabrielle gisait sur son lit fraîchement refait, aussi blanche que ses draps, les yeux clos, les cheveux brossés et brillants, les doigts encore crispés sur les lacets qui fermaient les poignets de sa chemise. A son entrée, elle tourna pourtant la tête vers lui. Pas rasé, la cravate dénouée, il avait un air si rayonnant qu'elle sourit en lui tendant une main. Il se précipita pour la saisir, la serrer contre ses lèvres avant de s'asseoir au bord du lit et d'embrasser la jeune femme.

— Mon épouse adorée! murmura-t-il d'une voix cassée.

De longues larmes coulaient sur ses joues.

— J'ai tant craint pour votre vie...

— Chut! souffla-t-elle en lui essuyant doucement le visage. Je suis là. Je serai toujours là. Voulez-vous voir votre fils?

Il fit le tour du lit pour se diriger vers le berceau où dormait un minuscule être rouge parfaitement indifférent au bruit et à la fureur provoqués par son arrivée au monde.

— Je suis heureux, mon fils, dit-il simplement.

Gabrielle le regardait, contente d'avoir pu lui donner ce bonheur. Elle le lui devait bien après les nombreuses déceptions qu'elle lui avait causées, en vouant à un autre l'amour qui lui revenait.

L'enfant reçut le nom d'André, en souvenir du père d'Emile. Hélène accepta avec joie de devenir sa marraine. Le jour du baptême, elle surprit tout le monde en abandonnant enfin ses vêtements de deuil pour une robe gris clair et des gants blancs.

Fidèle à sa parole, Gabrielle quitta la rue Clémont pour s'établir à la campagne dès que le médecin lui en donna l'autorisation.

Une partie de la magnanerie travaillait encore à tenter de sauver ce qui pouvait être sauvé de la récolte, tandis qu'Emile refusait plusieurs fois par jour des candidatures de journaliers au chômage.

Mme Hoinville faisait merveille comme gérante de la filature. Elle rendait visite à Gabrielle deux fois par semaine pour lui donner son rapport, lui apportant les nouveaux croquis de M. Donnet, lui racontant tous les incidents, toutes les nouvelles de la ville. La jeune femme regrettait seulement de ne pouvoir surveiller Henri de plus près, d'autant que celui-ci ne lui écrivait que pour lui faire part de sa désapprobation quand il refusait de se plier à ses avis.

A la surprise de sa femme, Emile lui avait fait installer un bureau contigu au sien. Les difficultés financières auxquelles il était confronté, son inquiétude à l'idée de ne pouvoir faire face à l'achat de milliers de cocons pour remplacer ceux qu'il avait perdus, plus rien de tout cela ne comptait puisque sa femme lui était revenue. Il lui arrivait de se demander si elle ne commençait pas à l'aimer un tout petit peu, si sa tendresse autant que sa patience n'avaient pas eu enfin raison de la fière et indépendante Gabrielle. Et son désir ne s'en trouvait que décuplé.

Pas un instant il ne songeait à la vie que pouvait connaître Nicolas Devaux, en Espagne, si ce n'était pour continuer de souhaiter sa mort. Le maréchal Masséna n'avait pas réussi à chasser le duc de Wellington du Portugal, et les deux armées avaient pris leurs quartiers d'hiver. Si Gabrielle se précipitait sur tous les journaux qui lui tombaient sous la main pour y chercher mention du régiment de Nicolas, Emile n'en sut jamais rien.

Une partie de la ville mourait de faim et de misère autour des métiers à tisser réduits au silence. Hélène distribua tout ce qu'elle put prélever sur ses propres ressources aux familles les plus nécessiteuses ; elle était obligée de se faire accompagner dans sa tournée d'un domestique armé, protection élémentaire contre ceux que le désespoir poussait au vol et aux rapines.

Un jour de neige, elle rencontra M. Piat place du Change et ils parurent aussi heureux de se voir l'un que l'autre. Ils passèrent la journée ensemble. Il ne put lui donner des nouvelles du capitaine Devaux pour la bonne raison qu'il n'en avait pas de fraîches.

Une autre fois, à quelques jours du printemps, il la croisa au moment où elle pénétrait dans une maison de la Croix-Rousse, non loin de la filature Devaux.

— Madame Roche ! Quel plaisir de vous voir ! Comment allez-vous ?

— Fort bien, merci, et je suis bien heureuse de voir ce terrible hiver prendre fin. Prions Dieu pour que Lyon n'en ait plus jamais à souffrir de semblables.

— Qu'il vous entende ! Au moins pouvons-nous espérer

une belle récolte cette année puisqu'il paraît que les mûriers reprennent vigueur.

L'intendant lui proposa de visiter la filature Devaux dont elle se trouvait si près, ce qu'elle promit de faire, une fois sa visite terminée.

Après lui avoir montré les ateliers, il lui offrit une tasse de café et l'informa que le capitaine Devaux avait repris le chemin des combats sous les ordres du maréchal Masséna.

— Etait-il en bonne santé quand il a écrit ? s'empressa-t-elle de demander.

— Madame, soupira-t-il, en tant que veuve de soldat, je vous dois la vérité. Le capitaine Devaux ne s'est certes pas plaint une fois de sa condition, néanmoins, il paraissait bouleversé par les barbaries qu'il ne cessait de voir de part et d'autre, et sa pitié allait autant aux paysans espagnols et portugais qu'aux soldats français. Lyon a connu la faim, mais si vous saviez quelle a été la misère de nos hommes, là-bas ! La politique de la terre brûlée a privé de ressources civils et combattants qui sont morts par milliers, sans parler des villageois torturés pour qu'ils révèlent où ils cachaient d'hypothétiques provisions.

— La guerre est une infamie, soupira Hélène, et ce ne seront pas les rutilants uniformes ni les gais tambours qui en camoufleront les horreurs. Je ne prie pas pour la victoire mais pour la paix.

Deux semaines plus tard, Hélène recevait une invitation à dîner de M. Piat qui expliquait que sa sœur, Paulette, et son mari visitant Lyon, il aimerait les lui présenter. La jeune veuve accepta d'emblée. Ce fut ainsi qu'elle visita son appartement, situé au-dessus de la filature et meublé simplement mais avec goût, qu'elle se lia d'amitié avec sa sœur. La semaine suivante, elle lui retournait son invitation en les conviant à un concert qui s'acheva en souper dans une auberge proche. Lorsque Paulette partit, les deux femmes se promirent de rester en relations.

Au premier jour de beau temps, Hélène abandonna son demi-deuil pour ne garder, comme souvenir de Julien, que son portrait dans un médaillon qui ne la quittait pas. Sa couturière reçut commande de douze nouvelles tenues. Bien que les couleurs pastel fussent encore à la mode, des teintes plus soutenues apparaissaient sur les silhouettes encore longilignes mais dans des étoffes moins fluides, aux ourlets laissant parfois deviner le pied. La jeune femme opta, entre autres, pour une robe d'un franc rouge pompéien, pour une autre vert émeraude et se réserva un ensemble en soie or pour le bal qui allait être donné à l'occasion de la naissance du fils de l'empereur et de l'impératrice, le petit roi de Rome. La nouvelle s'était répandue à temps pour éclipser l'échec de Masséna au Portugal.

La soirée devait s'achever sur un feu d'artifice comme nul Lyonnais n'en avait encore jamais vu. Emile et Gabrielle comptaient venir spécialement pour l'occasion, laissant leur bambin de neuf mois aux soins de sa nourrice, mais la jeune femme éprouvait quelque difficulté à s'amuser depuis qu'elle avait eu connaissance des déboires rencontrés par les Chasseurs à cheval sur la Péninsule ibérique.

Henri avait aussi ses projets pour la soirée qu'il comptait passer en compagnie d'Yvonne mais loin de sa sœur et de son beau-frère. Il rencontra discrètement Brouchier, lui donna ses instructions et lui glissa une bourse bien remplie dans la main.

L'air était encore doux à la tombée de la nuit et embaumait le lilas. Gabrielle, resplendissante dans sa robe de soie cuivre, Hélène, éclatante dans son brocart d'or, rivalisaient d'élégance et de beauté quand elles entrèrent dans la salle de bal accompagnées par un Emile en gants blancs. Tous trois se joignirent à un groupe d'amis assis à une table légèrement en retrait. Quand le préfet ouvrit le bal avec son épouse, M. Piat vint s'incliner devant Hélène pour l'inviter à danser.

Au début, la jeune veuve éprouva quelque difficulté à reprendre des pas qu'elle croyait avoir oubliés mais son partenaire sut la guider assez fermement pour la faire bientôt tournoyer dans la plus étourdissante des valses.

Il faisait chaud dans la grande salle, malgré les fenêtres ouvertes et, vers minuit, la foule était si dense qu'il devenait difficile de s'y faufiler. Gabrielle attendait beaucoup de sa rencontre avec l'intendant de Nicolas. Les présentations eurent lieu après qu'un cavalier l'eut raccompagnée à la suite d'une polka. Hélène venait de prendre l'air sur la terrasse en compagnie de M. Piat et sa belle-sœur lui trouva le teint plus rose qu'à l'accoutumée. Hélène ayant eu la présence d'esprit de demander une valse à Emile qui s'exécuta de bonne grâce, Gabrielle se retrouva en tête à tête avec l'intendant.

Ils commencèrent par évoquer le marché de la soie et la période difficile qu'ils venaient de traverser ; mais, bientôt, la jeune femme en arriva au sujet qui lui brûlait la langue :

— J'espère que le capitaine Devaux n'a pas trop souffert des rigueurs de l'hiver.

— A l'en croire, moins que beaucoup d'autres, madame, mais je le sais peu enclin à se plaindre de son sort. De tous les rapports que je lui ai envoyés, il n'a reçu que le dernier. La plupart de nos lettres s'égarent en chemin.

Ainsi, son interlocuteur n'avait-il rien à lui apprendre. Déçue, la jeune femme se prit à formuler à haute voix ses pensées :

— Que ceci est contrariant, pour ceux qui les envoient comme pour ceux qui les attendent !

La valse s'achevait et Gabrielle fut bientôt entraînée par un nouveau partenaire. De loin, M. Piat regardait virevolter la robe d'or d'Hélène qui apparaissait et disparaissait parmi les autres danseurs. Lui ne désirait que l'emmener sur la terrasse et lui prendre la main, lui parler enfin des projets qu'il formulait secrètement... A la première occasion, il l'entraîna donc et se déclara.

A la fin de la soirée, lorsque tout le monde sortit admirer le feux d'artifice, M. Piat avait rejoint le groupe Valmont au bras d'Hélène.

Au milieu des oh ! et des ah ! et des applaudissements qui saluaient chaque fusée on entendit soudain un cri :

— Le feu ! s'exclama quelqu'un. Là-bas, vers la Croix-Rousse !

Immédiatement alerté, l'intendant se tourna vers Gabrielle :

— Je suis venu à pied, madame. Permettez que j'emprunte l'un de vos équipages afin de m'en aller vérifier si la manufacture ne souffre pas du sinistre.

— Faites, faites ! Je vais prier mon cocher de vous y mener au plus vite.

Suivi des deux femmes, il se précipita vers la cour où attendaient les attelages. En chemin, ils retrouvèrent Garcin qui venait à leur rencontre.

— Les ateliers Devaux ! lança celui-ci hors d'haleine. Un cavalier vient d'annoncer qu'ils brûlaient !

Sans plus y réfléchir, Gabrielle monta dans la calèche auprès de M. Piat et sa belle-sœur se joignit à eux tandis que Garcin lançait au galop les chevaux à travers les ruelles sombres de la ville.

Il leur fallut s'arrêter à l'entrée de la rue où s'était rassemblée une foule dense de badauds qui regardaient brûler la filature. Jouant des coudes, l'intendant parvint à se frayer un chemin, suivi des deux femmes horrifiées. Dans la précipitation, Hélène ne s'aperçut même pas que son bracelet de diamants venait d'être détaché de son poignet. Garcin, qui les suivait, empêcha de justesse que le même sort n'arrivât au collier d'or de Gabrielle et posa un bras protecteur sur les épaules des deux belles-sœurs.

Tant bien que mal, des sauveteurs s'organisaient en chaîne pour tenter d'éteindre l'incendie qui faisait rage et Gabrielle s'empara d'un seau pour se mêler à eux, entraînant plusieurs femmes dans son sillage.

Pendant ce temps, M. Piat se ruait à l'intérieur de la cour et dans les salles du rez-de-chaussée encore épargnées par les flammes, avec l'espoir de sauver ce qui pourrait l'être. Aidé par deux hommes, il emplit ainsi un chariot d'argenterie, de tableaux, de miniatures appartenant à la famille Devaux. Déjà, il ne pouvait plus gagner son appartement et c'est à demi asphyxié qu'il ressortit dans la rue, après avoir vu les flammes s'en prendre aux tentures du grand salon.

Personne n'osa plus s'approcher de la fournaise et, impuissant, le contremaître dut regarder brûler les ateliers et la maison qui lui avaient été confiés, ainsi que tout ce qu'il possédait. Mais, à ses côtés, Hélène lui rappelait que la vie continuait.

Emile n'avait pas vu Gabrielle quitter la terrasse et il se mit à la chercher des yeux parmi la foule des invités qui commençaient à s'égailler dans la cour. C'est alors qu'il apprit, par un cocher, où s'étaient rendues sa femme et sa belle-sœur.

Ce fut comme si un voile noir se levait soudain dans son esprit, comme si éclatait à ses yeux l'évidence que ce qu'il avait cru terminé demeurait vivace dans le cœur de Gabrielle. Comment avait-elle osé l'abandonner au beau milieu d'une manifestation mondaine, tout cela pour courir au secours des possessions de son amant ?

Il tremblait tellement de rage qu'il dut serrer les mains derrière son dos pour cacher son émoi, grimaçant quelques sourires forcés aux invités qu'il croisait.

Dans la rue, il héla un fiacre pour se faire conduire au plus vite à l'incendie de la Croix-Rousse. Parvenu sur les lieux, il sauta à terre, paya et se rua dans la foule maintenue par les gendarmes qui venaient d'arriver. Il se trouvait à proximité de maisons à leur tour atteintes par les flammes et que l'on venait d'évacuer dans un grand désordre de cris et de pleurs. Il vit tout de suite que le feu ravageait la demeure Devaux et que des chaînes de sauveteurs tentaient encore de l'éteindre. Gabrielle se trouvait parmi eux.

Elle paraissait épuisée, la robe souillée et déchirée, les cheveux décoiffés, regardant désespérément se consumer la filature. Son mari voulut la rejoindre mais fut brutalement repoussé par la police. Il protesta vigoureusement mais le sergent de ville auquel il s'était adressé ne s'en émut pas :

— Restez où vous êtes, monsieur. Il serait dangereux de vous approcher davantage.

— Laissez-moi passer, voyons ! Ma femme m'attend là-bas.

Celle-ci venait de l'apercevoir et lui adressait un signe de tête. Sans plus écouter les injonctions qui lui étaient faites, Emile courut vers l'espace libéré par la police, tellement ivre de rage et de jalousie qu'il ne songeait qu'à foudroyer cette épouse qui le narguait jusque devant chez son amant.

Le voyant approcher, silhouette sombre contre les flammes rouges, elle fit un pas à sa rencontre. Alors il distingua son visage, et constata, éberlué, qu'elle accueillait sa présence avec bonheur et soulagement. Il crut même la voir sourire.

Sa fureur disparut d'un coup. Sans doute s'était-il trompé. En tout état de cause, jamais il n'aurait pu lever la main sur cette femme qu'il adorait.

Subitement, il la vit écarquiller les yeux d'horreur. D'un bond, elle se précipita vers lui les bras grands ouverts, mais son cocher la retint d'aller plus loin.

En un éclair, il comprit ce qui se passait. Les sauveteurs s'écartaient en désordre, il y eut des cris, des avertissements se mêlant au fracas assourdissant d'un pan de mur qui s'effondrait derrière lui, sur lui, de poutres rougeoyantes qui explosaient sur sa tête comme le plus éblouissant des feux d'artifice.

Gabrielle poussa un long hurlement d'agonie puis se jeta dans les bras de Garcin pour ne plus voir son mari disparaître dans cet amas de pierres et de flammes.

11

L'enterrement eut lieu dans l'église du village proche de la magnanerie. Deux autres personnes avaient été tuées dans l'effondrement du bâtiment et Gabrielle avait demandé des prières pour les défunts et leurs familles. En sortant du cimetière, Hélène se pencha vers sa belle-sœur :

— C'est donc décidé, vous ne désirez pas que je reste auprès de vous quelques jours ?

— Je vous remercie. Mais vous ne me verriez que fort peu. J'ai tant à faire à la magnanerie que je ferais une bien piètre hôtesse.

Hélène n'insista pas et, lorsqu'elle fut partie, Gabrielle monta dans la chambre de son fils où elle demeura un long moment silencieuse devant le berceau, à contempler l'enfant endormi.

Yvonne était venue seule aux funérailles, sans comprendre pourquoi la disparition de son beau-frère désolait à ce point Henri. Son mari n'avait jamais aimé Emile, pourtant il s'était montré plus affecté encore qu'à la mort de son père.

En rentrant rue Clémont, elle le trouva ivre, comme s'il voulait noyer son chagrin dans l'alcool. Néanmoins, il parut s'en remettre assez vite et reprit ses affaires dès les jours suivants. L'évocation des ruines de la filature Devaux le mettait dans une joie intense bien qu'il ne fût jamais allé les voir.

L'incendie avait eu un effet fâcheux sur les relations d'Hélène et de M. Piat qui ne se fréquentaient plus, le malheureux contremaître ayant vu s'évanouir dans les flammes tous ses projets d'avenir. Sans emploi, sans moyens pour vivre, il ne se sentait plus le droit de rien demander à la jeune veuve malgré les promesses qu'ils avaient échangées sur la terrasse le soir du bal. Celle-ci comprenait son attitude et en souffrait dans le silence de son cœur.

Gabrielle proposa de l'engager pour la seconder à la magnanerie, ce qu'il accepta tout en demandant l'autorisation de se rendre souvent à Lyon afin de régler les affaires du capitaine Devaux. Premièrement, il demanda au préfet d'intercéder afin qu'une lettre l'informant du sinistre fût expédiée en urgence vers la Péninsule. Le préfet promit sans rien garantir. Puis l'intendant poursuivit ses discrètes investigations : il demeurait en effet persuadé que l'incendie n'était pas dû à quelque flammèche échappée du feu d'artifice mais à un acte de malveillance. Sans la moindre preuve, il ne pouvait cependant rien dire à personne. Par bonheur, les commandes du Mobilier impérial, ainsi que celles des clients allemands étaient parties la semaine précédente. Son patron n'aurait pas tout perdu.

En outre, il avait transmis les commandes demeurées en suspens à la Maison Roche, en contrepartie d'une commission qui serait versée à la banque du capitaine Devaux.

Malgré ses réticences à payer la moindre somme à son ennemi, Henri accueillit sans se faire prier ces promesses de bénéfices supplémentaires. L'absence de sa sœur lui laissait les mains libres pour agir comme bon lui semblait et il formulait l'espoir de ne pas la voir revenir avant longtemps, si ce n'était jamais.

Hélène s'inquiétait pour Gabrielle qui semblait tout à coup céder à la domination de son défunt mari, elle qui ne l'avait jamais acceptée de son vivant. La nuit du drame, elle s'était effondrée dans les bras de sa belle-sœur, s'accusant d'être la cause de la mort d'Emile pour être partie sans l'attendre. Elle ne trouvait de véritable consolation qu'en prenant son bébé dans les bras pour lui chanter des berceuses.

Deux mois après l'enterrement, elle fut retrouvée évanouie sur le sol de son bureau. Aussitôt, M. Piat envoya chercher Hélène, ainsi que le Dr Jaunet.

— Pourquoi Mme Valmont ne s'alimente-t-elle plus ? demanda ce dernier d'un ton de reproche à sa belle-sœur arrivée le soir même.

— Je savais qu'elle avait perdu l'appétit mais j'espérais qu'il lui reviendrait petit à petit.

— Grands dieux, madame ! Elle n'a pas perdu l'appétit, comme vous le dites, elle se meurt de faim. J'ai eu beaucoup de ces cas, l'hiver dernier, mais je ne pensais pas en rencontrer un dans la maison d'une bourgeoise aisée. Je vous ordonne de la nourrir correctement dès ce soir, même s'il vous faut, pour cela, la faire manger à la petite cuillère !

Hélène s'exécuta docilement. Elle s'efforça par la même occasion de distraire la jeune femme des chagrins qui la rongeaient, invitant ses amies à lui rendre visite, à lui raconter les potins qui circulaient sur Lyon et sur Paris tout en évitant les allusions à la guerre.

Le premier anniversaire du petit André fut célébré avec un faste également conçu pour sortir la jeune mère de sa morosité. L'enfant n'accepta de quitter les bras de ces dames que pour aller jouer avec Juliette qui faisait preuve, en l'occurrence, d'une patience infinie.

De succulents gâteaux furent servis sur une table de goûter dressée au milieu de la pelouse, qu'Hélène avait demandée la plus colorée possible avec des sucres d'orge, des glaçages pastel, des sirops variés et plusieurs bouquets de fleurs des champs. L'effet produit était des plus charmants à l'œil.

Lorsque Gabrielle recouvra ses forces, elle se remit au travail à la magnanerie, en reléguant la manufacture Roche au second plan. Sa belle-sœur demeura encore plusieurs semaines à la campagne, non seulement pour la surveiller mais aussi pour répondre aux vœux de sa fille qui se plaisait dans cette vieille et belle demeure ; ainsi rencontrait-elle M. Piat tous les jours, puisque celui-ci s'était installé dans une petite maison du village voisin.

Plusieurs fois, il fut invité à dîner et la petite Juliette commençait à s'attacher à lui. Quant à Hélène, elle se prenait à guetter leurs moments d'intimité, quand elle pouvait enfin se blottir dans ses bras, s'abandonner à ses baisers.

Il lui fallut pourtant envisager de retourner à Lyon, et c'est alors qu'elle pria Gabrielle d'y revenir avec elle, au moins pour quelques jours. La jeune femme commença par refuser sous divers prétextes, puis se laissa d'un seul coup aller à la confidence :

— Pourquoi vous le cacher plus longtemps? Chaque rue, chaque bâtisse de Lyon me rappellerait encore trop l'amour de Nicolas et je ne pourrais le supporter. Ici, je suis la veuve d'Emile et j'accomplis mon devoir. Là-bas, trop de souvenirs douloureux m'assailliraient alors que Nicolas se trouve si loin, en danger sans doute...

— Pardonnez-moi, murmura Hélène, bouleversée. Mon intention n'était pas de vous ramener à de telles pensées. Je me suis montrée méchante et cruelle.

— Vous, cruelle? Jamais de la vie! Vous ignorez ce qu'est la méchanceté et je ne saurai assez vous remercier pour toutes vos bontés. Il fallait que vous sachiez pourquoi je répugne à regagner Lyon, et je vous suis reconnaissante de m'avoir posé la question.

Le lendemain matin, Hélène repartait pour Lyon avec Juliette. M. Piat les accompagnait. En arrivant rue Clémont, elle découvrit qu'Yvonne et Henri avaient pris possession de toute la maison qui venait d'être redécorée, avec des meubles et des tentures d'un luxe tapageur.

Il fut notifié à la jeune femme qu'elle devrait, à l'avenir, éviter de laisser courir la petite Juliette dans les corridors et dans l'escalier, afin de ne pas déranger sa tante Roche. Cette dernière avait profité de sa nouvelle autorité pour renvoyer ceux des domestiques qui ne lui convenaient pas et les remplacer par de nouveaux employés tout à sa dévotion.

De fait, Hélène se sentit bientôt comme une intruse. Certains des meubles familiaux avaient même été retirés de chez elle, remplacés par des pièces qui paraissaient sortir tout droit du grenier. En revanche, rien n'avait été touché dans la chambre de Gabrielle, comme si son frère se méfiait encore d'elle.

Les prédictions de Julien se réalisaient donc. Il était temps qu'elle quitte cette maison où elle risquait, bientôt, de ne plus être traitée qu'en parente pauvre.

Malheureusement, les circonstances étaient moins que favorables à un déménagement. La situation de M. Piat restait précaire et la jeune femme ne se fixerait nulle part sans lui.

Elle éprouva bien des difficultés à canaliser l'énergie de sa petite fille aux quelques pièces qui constituaient son domaine, d'autant que Juliette avait pu s'en donner à cœur joie dans le grand jardin de sa tante Gabrielle. Enervée par l'enfermement où elle était tenue, l'enfant se montrait particulièrement désagréable.

Un soir, au lieu d'aller se déshabiller avant le souper, ainsi que venait de le lui ordonner sa mère, elle se faufila dans le bureau d'Henri, où elle avait aimé jouer jusqu'à ce que la pièce lui fût interdite, du jour au lendemain. Mais, en ces temps de contrariétés, plus l'infraction était forte plus la satisfaction était grande.

Lorsque la porte s'ouvrit, elle se glissa sous un canapé et vit avec frayeur non le bas de la robe de sa mère mais les pieds de l'oncle Henri. Un autre homme le suivait, qui s'assit face à lui. Des verres tintèrent, des langues claquèrent.

L'enfant ne saisit pas grand-chose à leur conversation d'adultes et finit par s'endormir malgré l'inconfort de sa position.

Après les pires angoisses, sa mère la retrouva enfin, tapie comme un chaton dans la pièce sombre. La petite fille ne s'éveilla même pas quand on la déshabilla pour la coucher.

Cependant, Hélène recevait la visite tonitruante d'Henri dans son salon.

— Madame, j'apprends que j'ai été espionné jusque dans mon bureau !

Indignée par cette intrusion et le ton enragé de son beau-frère, Hélène leva la tête de son ouvrage :

— Est-ce ainsi que l'on force ma porte, maintenant ? Prenez-le d'un peu moins haut, je vous prie !

— Je vous avais expressément interdit de laisser votre fille traîner dans ma maison...

— Ce n'est pas votre maison, mais celle de Gabrielle.

— En son absence j'en ai la jouissance et vous êtes bien malvenue à me contester ce droit.

— Je ne conteste rien, monsieur, si ce n'est que ma fille n'avait aucune mauvaise intention en venant jouer chez vous.

— J'exige de lui parler dès demain.

— Vous le ferez, mais en ma présence et seulement si vous vous engagez à employer un ton un peu plus amène.

Le lendemain, Juliette se réfugia derrière la jupe de sa mère quand son oncle Henri entra dans le salon après le petit déjeuner. Il lui souriait, pourtant, mais d'un sourire tellement forcé qu'elle en eut encore plus peur.

— Les petites filles doivent obéir, Juliette, commença-t-il. Si l'on vous a interdit d'entrer dans mon bureau, c'est qu'il s'y passe des affaires qui ne regardent pas les enfants.

— Je n'ai rien touché, pleurnicha-t-elle.

— Je le sais, mais vous avez entendu des conversations qui n'étaient pas destinées à vos jeunes oreilles.

— Je n'ai pas écouté, je n'ai rien compris, je veux m'en aller.

Son oncle parut se détendre et lui tapota la joue d'un air indulgent :

— Allons, vous êtes pardonnée pour cette fois mais n'y revenez pas. Est-ce bien compris ?

— Oui, oncle Henri.

La petite oublia l'incident mais ne s'avisa effectivement plus de mettre un pied hors des quartiers qui lui avaient été autorisés. Sa mère ne l'en promena que plus souvent par les rues et les jardins où fraîchissait l'automne, lui apprit à coudre, à lire, à compter, à jouer du piano. Un jour, elle l'emmena jusqu'à la filature où une autre petite fille entreprit de lui apprendre à ramasser les canettes.

Pendant ce temps, Hélène rendait visite à Mme Hoinville.

— Que je suis heureuse de vous voir ! s'empressa celle-ci. J'hésitais à me rendre rue Clémont quoique j'aie à vous faire part d'informations de la plus haute importance.

— A moi, vraiment ? Savez-vous que je ne connais pratiquement rien à vos travaux ?

— C'est que vous êtes si proche de Mme Valmont ! Je vous prie de tout tenter pour la faire revenir au plus vite à Lyon.

Hélène se redressa sur son siège.

— Vous me demandez là une chose difficile. Je ne saurais intervenir de la sorte dans les affaires de ma belle-sœur.

— Le feriez-vous si je vous révélais qu'elle est la victime d'une belle escroquerie ?

— Que voulez-vous dire ? Avez-vous quelque preuve pour étayer ces accusations ?

— Hélas non ! C'est pourquoi j'hésitais tant à vous parler. Mais si Mme Valmont revenait, je ne doute pas qu'elle découvrirait vite ce qui se trame derrière son dos.

— Expliquez-vous, je vous prie.

— Je vais vous citer un exemple qui s'est passé dans ma

jeunesse. Je travaillais alors pour une maison de confection. La première main a été arrêtée pour fraude. Quand elle rendait visite aux clients pour prendre leurs mesures, elle emportait plusieurs coupons pour qu'ils puissent avoir le choix de la matière et du coloris. Chaque fois qu'elle le pouvait, elle s'arrangeait pour détourner les commandes à son profit et empocher tout le bénéfice de la vente. Ses « victimes » étaient généralement des personnes âgées, ou infirmes, incapables de traiter directement avec le propriétaire de l'atelier.

— Mais comment faisait-elle pour subtiliser le matériel? Personne ne s'apercevait de la diminution des stocks?

— Là résidait tout son art. Elle prélevait toujours le métrage nécessaire avant de rendre les pièces d'étoffe. Si elle prenait six coupons, elle en ramenait six. Comme cela, ni vu ni connu. Personne ne vérifiait si la longueur restante était la bonne. Pour la commande, elle prétendait que le client avait changé d'avis et, ainsi, s'était créé un véritable commerce parallèle.

— Elle ne craignait pas de se faire prendre un jour ou l'autre?

— Elle avait la confiance de ses employeurs. Elle devait penser que sa chance durerait ainsi indéfiniment.

— A vous entendre, il semblerait que ma belle-sœur se fasse berner comme les employeurs de cette couturière indélicate.

— Je le crains, en effet, depuis que Mme Valmont s'intéresse plus à sa magnanerie qu'à la Maison Roche. Elle ne s'est pas rendu compte que d'importantes commandes nous avaient échappé. Un jour, un acheteur étranger nous a retourné un brocart défectueux et j'ai tout de suite vu qu'il ne provenait pas de nos ateliers, bien qu'il reprît un dessin exclusif de M. Donnet exécuté avec des fils provenant du même bain.

— Il fallait en parler immédiatement à Mme Valmont. Cet échantillon me paraît, à moi, la plus tangible des preuves.

Mme Hoinville poussa un soupir de désarroi.

— J'y ai bien songé, croyez-le. Hélas! entre-temps, la pièce défectueuse a disparu du placard où je l'avais rangée.

— Savez-vous qui l'a prise?

— On me l'a dit. Ce n'était pas un secret. Les étoffes de

second choix se vendent facilement à des clients moins exigeants. Néanmoins, en l'occurrence, je suis prête à parier que si nous recherchons le nom de l'acheteur qui s'est intéressé à ce brocart, nous apprendrons qu'il s'agissait d'un étranger de passage qui n'aura pas laissé d'adresse.

— Tout ceci me paraît de la plus haute gravité. Je tiens à ce que vous le rapportiez au plus vite à ma belle-sœur.

— Je ne puis, madame ! Comment oserais-je lui désigner son propre frère comme coupable ? Car c'est M. Roche qui a emporté le coupon aussitôt qu'il a été informé de son retour.

Hélène partit rendre visite à sa belle-sœur dès le lendemain matin. A son arrivée, elle lui rapporta les propos de Mme Hoinville sans omettre un détail. Malgré son air calme, la jeune femme écoutait en considérant tristement par la fenêtre les arbres parés de leurs couleurs d'automne.

— Il semble impossible d'échapper à sa destinée, commenta-t-elle en soupirant. Malgré mon désir de me retirer un peu, de prendre du repos, je vois qu'il va me falloir retourner au plus vite à Lyon. Ce n'est pas la première fois qu'Henri me vole, il le faisait avant la naissance d'André, mais, à l'avenir, je ne pourrai le laisser piller l'héritage de mon fils. C'est dit, nous partirons dès ce soir.

Hélène l'aida à plier ses bagages, remarquant, au passage, qu'elle n'emportait pas ses vêtements de deuil qui furent donnés aux domestiques, mais tous ses bijoux et ses papiers les plus précieux. A la nuit tombée, les volets étaient clos et la porte se referma pour longtemps sur la vieille maison Valmont. Gabrielle venait de décider de la vendre, en même temps que la magnanerie.

Tous les serviteurs reçurent leurs gages jusqu'à la fin de l'année ainsi que de bonnes lettres de références. Seules les accompagneraient la cameriste de Gabrielle et la nourrice d'André, qui prirent place dans une deuxième voiture, avec la plupart des bagages. Garcin se montra enchanté de retourner à la vie citadine.

Gabrielle fut la dernière à quitter la maison dont elle avait franchi pour la première fois le seuil comme jeune mariée.

— Adieu, cher Emile, murmura-t-elle en fermant la porte d'entrée.

La nuit était avancée lorsque l'équipage arriva rue Clémont. Henri et Yvonne donnaient encore une réception musicale au grand salon, d'où montait la voix d'un soprano.

— Ne les interrompez pas, ordonna Gabrielle au domestique qui les accueillit. Assurez-vous plutôt de faire porter mes bagages et de les ranger au plus vite. Puis vous demanderez que l'on me monte un plateau dans mon bureau.

— Que Madame m'excuse, marmonna le vieil homme, embarrassé, mais M. Roche s'y est installé il y a presque trois mois.

— Ah, vraiment ? Peu importe, je le reprends et compte y travailler dès ce soir.

La jeune femme put immédiatement constater que ses meubles avaient été entreposés dans l'ancien bureau d'Henri qui servait en quelque sorte de débarras. Quant à la grande pièce dont elle reprenait possession, elle avait été redécorée pour mieux mettre en valeur la table massive et le fauteuil autrefois occupés par leur père. Henri y avait aussi apporté ses propres armoires et commodes.

La jeune femme se mit aussitôt au travail, estimant qu'il lui restait environ deux heures avant qu'Henri ne se manifestât. Le plateau lui fut apporté ; elle but le vin et mangea sans prêter attention à ce qui se trouvait dans son assiette. Les dossiers ne révélaient pas la plus petite trace d'une quelconque indélicatesse. Tout paraissait en ordre. Henri avait toujours été un excellent homme d'affaires et ses papiers le prouvaient une fois encore. Si Mme Hoinville ne s'était montrée à ce point affirmative, Gabrielle eût été tentée de croire qu'elle faisait erreur et, dans son for intérieur, se prenait presque à le souhaiter.

Vers minuit, les invités s'en allèrent. Comme elle s'y attendait, le lourd pas de son frère résonna bientôt dans le couloir. Henri ouvrit brusquement la porte, rouge de colère :

— Que diable fais-tu ici ?

Posant le bon de commande qu'elle tenait en main, Gabrielle le regarda droit dans les yeux :

— Je suis revenue, Henri.

Il ne chercha pas à masquer son mécontentement :

— Je te croyais installée à la campagne. Qui s'occupera de la magnanerie ?

— Elle est à vendre. A ce que je vois, le prix que nous en

tirerons sera le bienvenu. Les coffres de la Maison Roche sont presque vides.

— De quel droit fouilles-tu dans mes affaires ? Tous mes tiroirs étaient fermés.

— En ce cas, il ne fallait pas en laisser traîner les clefs dans mon bureau.

— Ce n'est pas...

Il se mordit la langue trop tard.

— Mon bureau, n'est-ce pas ? C'est bien cela que tu as voulu dire ? Rassure-toi, je n'ai regardé que ce qui se rapportait à la Maison Roche.

— Quelle idée, aussi, de te mettre au travail dès ce soir ! En apprenant ton arrivée, j'ai voulu te préparer un rapport pour demain matin et je te rencontre ici !

— Mon absence n'avait que trop duré.

— Es-tu satisfaite de ce que tu as trouvé ?

Il paraissait prêt à la frapper si elle avait l'insolence de lui répondre que non.

— Ma foi, soupira-t-elle, nul ne saurait contester la bonne tenue de ces cahiers. Néanmoins, les résultats ne sont pas à la mesure d'un si minutieux travail. Je vois qu'un certain nombre de commandes prises à Leipzig n'ont pas été exécutées. Pourquoi ? Plusieurs de nos ateliers privés sont restés sans travailler ou en tournant à moitié, parfois pendant des semaines.

— Je voulais faire passer la filature en priorité.

— Certes, mais j'ai entendu dire que certains de nos tisseurs se trouvaient, avec leur famille, dans une situation plus que difficile.

— Les affaires ne peuvent tenir compte des bons sentiments. La qualité avant tout, grommela-t-il, de plus en plus irrité. Combien de temps comptes-tu rester ici ? Je voudrais faire déménager au plus vite mes meubles dans mon ancien bureau, tout au moins la table et les chaises. Je te laisse les commodes puisqu'elles contiennent les comptes effectués en ton absence. Tu auras tout le loisir de les examiner dans le détail si cela te plaît.

La jeune femme replia ses papiers ; son frère se comportait comme s'il n'avait rien à lui cacher.

— Allons, je me retire pour ce soir, annonça-t-elle. Quant au déménagement, il peut attendre demain, non ?

— Non. Je tiens à me mettre au travail dès l'aube sans perdre de temps.

En montant, Gabrielle l'entendit qui ordonnait à deux serviteurs d'abandonner leurs rangements au salon pour installer son bureau. Jamais elle ne l'avait vu dans cet état de rage désespérée.

Brusquement, elle crut comprendre sa hâte à reprendre ses meubles. Petite fille, elle avait une fois surpris son père devant ses trois tiroirs ouverts, en train de claquer hâtivement un quatrième qui n'apparaissait pas aux regards. Le tiroir secret... elle en avait oublié l'existence, depuis si longtemps. Voilà pourquoi Henri tenait tant à cette table.

Elle devait en avoir le cœur net. Jamais elle ne trouverait le sommeil si elle ne s'en assurait auparavant. Près d'une heure était passée depuis qu'elle était montée se déshabiller, se coiffer, achever de ranger ses effets. La maison était plongée dans un paisible silence, cette maison qu'elle aimait tant. Elle ne la quitterait plus, songea-t-elle en s'armant d'un chandelier. Ici, elle attendrait le retour de Nicolas.

Pieds nus, elle descendit sans bruit jusqu'au bureau d'Henri qu'elle trouva fermé à double tour. Il ne lui fut pourtant pas difficile de l'ouvrir puisque, comme souvent dans les demeures anciennes, une même clef servait pour plusieurs portes, il suffisait de savoir laquelle. Posant ensuite son chandelier sur la table, elle fit jouer les trois tiroirs puis actionna le mécanisme secret du quatrième. Là se trouvaient plus de preuves qu'elle n'en avait besoin. Tremblant de tous ses membres, elle apprit ainsi que son frère possédait sa propre filature à la sortie de Lyon, construite peu après qu'elle fût devenue la propriétaire de la Maison Roche. Depuis lors, il avait détourné à son profit des centaines de commandes par des moyens proches de ceux décrits par Mme Hoinville. L'escroquerie portait sur des milliers de francs. Néanmoins, l'argent n'importait pas tant, à ses yeux, que la honte de savoir son propre frère l'auteur de cet impardonnable méfait.

La porte s'ouvrit d'un seul coup. Henri se tenait sur le seuil, en robe de chambre, la face congestionnée de colère. A le voir dans cet état, Gabrielle prit peur.

— Charogne !

Se jetant sur elle, il la prit à la gorge et se mit à la secouer avec une telle violence qu'elle crut sa dernière heure arrivée. Il continuait de hurler des injures tandis qu'elle attrapait un lourd encrier de cristal pour tenter de se défendre.

— Henri !

Le ton épouvanté d'Yvonne le cloua sur place.

Il lâcha Gabrielle qui s'affaissa à demi étourdie, puis il se laissa tomber dans un fauteuil et se mit à pleurer, le visage dans les mains. Gabrielle sentit que sa belle-sœur l'aidait à se relever, la soutenait jusqu'au canapé. Après lui avoir glissé un coussin sous la tête, elle sortit appeler à la rescousse Hélène, dont l'appartement était trop loin pour qu'elle eût entendu le bruit de la lutte.

Quand celle-ci arriva, Gabrielle avait assez repris ses esprits pour se rendre compte qu'elle avait répandu de l'encre partout, dans ses cheveux, sur sa robe de chambre et sur celle de son frère, sur les meubles et les tapis. Yvonne lui versa un dé de cognac.

— Je vais en donner aussi à mon mari, soupira-t-elle. Il en a le plus grand besoin.

D'un air dégoûté, elle le regarda vider son verre puis en demander un autre.

— Que s'est-il passé ? interrogea-t-elle d'une voix tremblante. Se peut-il que vous ayez voulu étrangler votre propre sœur ? Aurait-elle fini par découvrir vos malversations ?

Devant son air abattu, elle poursuivit d'un ton de reproche de plus en plus aigu :

— Voyez l'imbécile qui se croyait à l'abri d'être découvert ! Je le savais, moi, depuis le début, que vous finiriez par vous faire prendre !

— Est-ce vous qui me le reprochez ? rétorqua-t-il, furieux. Vous qui m'avez couvert de dettes au risque de nous mener tous à la ruine !

— Et c'est moi la coupable ! Peut-être devrais-je aussi répondre de vos dettes de jeu ? Vous n'avez même pas le courage d'assumer vos fautes ! Comment s'étonner, ensuite, que votre père ait déshérité un tel fils !

Pour toute réponse, il la fit taire d'un coup de poing puis continua de la battre avec une telle rage que ni Gabrielle ni Hélène ne se sentirent de taille à intervenir.

La malheureuse gisait sans connaissance dans un coin

quand son mari s'immobilisa aussi brusquement qu'il s'était jeté sur elle pour épancher sa fureur :

— Et que je ne vous revoie jamais ! Vos amants devront prendre soin de vous car vous allez quitter cette maison à l'instant.

Cette fois, sa sœur s'interposa devant la porte qu'il allait ouvrir :

— Non, Henri, c'est toi qui vas partir ! J'étais prête à te laisser le temps d'emporter ce qui t'appartenait malgré ton escroquerie. Mais à cause de ta violence, je dois en décider autrement. Tes effets te suivront à l'adresse que tu m'indiqueras. Je t'avais toujours pris pour une brute et pour un lâche, mais je n'aurais jamais cru que tu te laisserais aller à de telles extrémités.

Loin de la bousculer, comme le craignait Hélène, il se tassa sur lui-même.

— Tu ne peux me jeter hors de chez moi, protesta-t-il faiblement.

— Tu étais chez toi jusqu'à cet instant, tu aurais pu y demeurer jusqu'à la fin de tes jours si tu ne t'étais pas comporté comme tu viens de le faire. Désormais, cette demeure n'appartiendra plus qu'à André. Je la garderai pour lui, ainsi que la Maison Roche, et nul ne saura m'empêcher de défendre ses intérêts, pas même mon frère.

Avec une étrange soumission, Henri prit un air contrit, cherchant à apitoyer sa sœur :

— Tu ne peux me faire cela ! Il faut me pardonner ma colère de ce soir, je ne voulais pas te faire de mal ; tu sais bien que je ne t'avais jamais encore menacée, qu'il s'agit là d'une exception. Une colère aveugle m'a pris quand je t'ai vue fouiller dans ce tiroir dont le secret m'avait été confié par Père.

Il tendit les mains dans un geste de réconciliation.

— Allons. Je veux faire amende honorable. Ne sommes-nous pas frère et sœur, les derniers de la famille Roche ? Je mettrai mes ateliers à ta disposition et nous pourrons retravailler ensemble...

— Garde-les, souffla-t-elle, outrée. Je ne veux rien accepter de toi. Maintenant va-t'en, Henri, va-t'en et ne reviens jamais.

Elle s'écarta pour le laisser passer. Comprenant qu'il n'obtiendrait rien par la supplication, il la fusilla du regard :

— Tu le regretteras, petite sœur ! J'ai toujours plaint Emile de t'avoir pour épouse. Il te faisait suivre, savais-tu cela ? Toutes vos rencontres secrètes avec ton cher Nicolas Devaux, il les apprenait le jour même. Et au jour de sa mort, il ne savait toujours pas s'il était ou non le père de ton fils !

Assommée par cette révélation, Gabrielle dut s'adosser au mur pour ne pas tomber.

— Va-t'en, articula-t-elle, blanche comme un linge. Va-t'en.

Avec un soupir de satisfaction pour le mal qu'il venait de lui faire, son frère sortit du bureau, ses pas résonnant pesamment dans le couloir.

Hébétée, Gabrielle tourna vers Hélène un regard agrandi par le double choc qu'elle venait de subir. Pétrifiée par la cruauté des paroles de son beau-frère, Hélène restait elle aussi interdite. Seuls montaient encore les faibles gémissements d'Yvonne qui reprenait peu à peu ses esprits. Gabrielle ouvrit puis referma la bouche sans émettre un son, frémissant d'épouvante à ce qu'elle venait d'apprendre.

12

Gabrielle recevait au grand salon un visiteur important, M. Morard, du Mobilier impérial, un homme élégant aux cheveux gris.

— L'empereur a décidé, annonça-t-il, de restaurer le palais de Versailles qui a subi tant de dommages à la Révolution et nous aimerions confier plusieurs salons à la manufacture Roche.

Intérieurement, la jeune femme en trépigna de joie. Quand M. Morard l'avait contactée, elle s'était dit qu'on lui proposerait d'abord, en guise d'épreuve, une simple chambre ou boudoir.

— Est-ce à la disparition de la filature Devaux que je dois cet honneur ? demanda-t-elle, soudain prise d'un terrible soupçon.

— Assurément non, madame. Versailles est assez vaste pour donner du travail à toutes les grandes maisons de Lyon et nous regrettons la disparition de cette prestigieuse marque. L'empereur tient à ce que l'industrie lyonnaise soit mise à l'honneur et brille de tout son éclat dans le plus beau palais du monde.

— Alors je serai fière de contribuer à cette magnifique entreprise.

— Fort bien. Aussi faites-moi la grâce de me montrer quelques-uns de vos motifs, que nous en réservions l'exclusivité pour le château.

Elle lui avait préparé un carton des plus beaux croquis de

M. Donnet, parmi lesquels il sélectionna plusieurs échantillons qu'il emporta avec lui.

— Je ne crois pas que vous ayez longtemps à attendre, dit-il en partant. L'empereur désire que les travaux commencent sans délai.

Folle de joie, Gabrielle courut dans l'escalier pour annoncer la bonne nouvelle à sa belle-sœur. Depuis le départ d'Henri et d'Yvonne qui avait fini par rejoindre son mari, l'atmosphère de la maison se trouvait changée du tout au tout. Juliette pouvait de nouveau jouer où elle le désirait, le petit André la suivant à quatre pattes chaque fois qu'elle entrait dans la pièce où il se trouvait. Elle se comportait comme une véritable grande sœur avec lui, affectueuse et protectrice, tandis qu'Hélène devenait un peu sa seconde mère, s'occupant de lui en l'absence de Gabrielle. Il faisait de rapides progrès dans ce cocon d'amour et de gaieté, riant aux éclats pour exprimer son bonheur, hurlant de rage quand il n'obtenait pas ce qu'il voulait. Heureusement, sa tante savait se montrer ferme quand il le fallait.

Ce fut elle, également, qui rassura sa belle-sœur après les terribles soupçons qu'Henri s'était ingénié à faire naître en elle :

— Ne le croyez pas, lui avait-elle dit. Je me rappelle, moi, à la naissance d'André, qu'Emile est venu me remercier de vous avoir aidée à le mettre au monde. Je n'avais jamais vu d'homme si heureux. Il n'y avait pas le moindre doute dans son esprit, sachez-le. Combien de fois ne m'a-t-il répété : « C'est mon père que je retrouve en mon fils » ?

Gabrielle serait éternellement reconnaissante à sa belle-sœur de cette mise au point. Néanmoins, elle frissonnait de remords à l'idée de la jalousie qui avait dû empoisonner les jours de son mari.

Elle ouvrit la porte du salon d'Hélène en chantant d'un ton triomphant :

— Tralala ! Nous l'avons emporté !

Après lui avoir raconté en détail la visite du représentant du Mobilier impérial, elle ajouta, songeuse :

— Ceci est une grande date dans ma vie. Que j'aurais aimé pouvoir la partager avec Nicolas !

— Lui avez-vous écrit ?

— Je n'ose.

— Comment cela ?

S'adossant au canapé, la jeune femme regarda sa belle-sœur avant d'expliquer :

— Si j'écris sans recevoir de réponse, je ne saurai si c'est parce qu'il n'a pas reçu ma lettre ou parce qu'il refuse toute forme de réconciliation. Et cela, je ne pourrais le supporter. Lorsque nous nous reverrons, nous oublierons ce malheureux passé pour recommencer une vie meilleure, je n'espère rien d'autre.

Les yeux brillants de rêve, elle poursuivit :

— Je sais qu'il me reviendra, je le sens de tout mon être, je me plais à croire que mon amour saura l'armer contre tous les dangers.

Bouleversée par cette déclaration, Hélène lui prit la main :

— Tous les jours je prie en ce sens, avoua-t-elle.

Cette même semaine, la magnanerie fut vendue à un meilleur prix que Gabrielle ne l'eût espéré, grâce aux efforts de M. Piat. Quand celui-ci revint rue Clémont, Gabrielle lui offrit de diriger la Maison Roche, décision qu'elle avait prise aussitôt après le départ ignominieux d'Henri.

— C'est me faire trop d'honneur, madame, dit-il, mais j'accepte. Après avoir servi l'une des plus grandes manufactures de Lyon, je servirai l'autre.

Il voulut en avertir Hélène la première ; celle-ci donnait une leçon de lecture à Juliette et toutes deux accueillirent la nouvelle avec joie.

— Je pourrai enfin m'établir à Lyon, conclut-il. J'y vois un nouvel avenir pour nous.

— Quel bonheur ! Je suis certaine que le capitaine Devaux comprendra qu'après l'incendie de sa filature vous ne pouviez rester à l'attendre sans rien faire.

Juliette, qui se balançait nonchalamment sur sa chaise, lança soudain d'une voix flûtée :

— Oncle Henri a payé un homme pour avoir mis le feu.

Surprise, elle vit les deux grandes personnes se tourner de concert vers elle et, s'effrayant de leurs mines interdites, éclata en pleurs.

Hélène s'agenouilla devant elle :

— Ne pleure pas, ma chérie ! Es-tu certaine de ce que tu viens de dire ?

Entre deux sanglots, l'enfant articula contre l'épaule de sa mère :

— Je l'ai entendu, dans son bureau. Je n'ai pas fait exprès, maman !

— Non, ma chérie, nous le savons. Sèche tes larmes et ne pense plus à ce terrible incendie. Nous devons tous l'oublier et éviter d'en parler à ta tante pour ne pas lui faire de peine. Tu veux bien ?

Peu à peu, la petite se calma et M. Piat reprit la conversation à mots couverts :

— Ainsi, nous connaissons maintenant le fin mot de l'histoire. Je me doutais que la malveillance était à l'origine de ce drame.

— Mieux vaut n'en rien dire à personne. Gabrielle ne doit pas savoir que son propre frère est un assassin et la cause de son veuvage.

Son compagnon lui déposa un baiser sur le front.

— Nous partagerons ce secret ainsi que tout le reste, si vous le voulez, ma mie. Maintenant que je tiens cet emploi, nous pourrons nous marier dès que nous aurons trouvé une maison à notre goût.

Elle n'hésita qu'un instant avant de lui faire part d'une idée à laquelle elle réfléchissait depuis longtemps :

— Commençons par vivre quelque temps dans cette maison. Gabrielle a tant besoin que je m'occupe d'André pendant qu'elle travaille ! Vous-même serez très pris avec cette commande du Mobilier impérial.

Lui entourant le cou de ses bras, elle ajouta, enjôleuse :

— Je ne veux pas attendre d'avoir trouvé une maison pour me marier. Faisons-le bientôt.

— Demain, si vous le voulez, répliqua-t-il, taquin.

— Après-demain, corrigea-t-elle, sérieuse.

Peu après le mariage, M. Morard envoya confirmation de la commande du Mobilier impérial pour décorer huit pièces à Versailles, dont deux salons dans l'appartement des princes, trois pour les appartements d'honneur, un cabinet de repos pour l'impératrice Marie-Louise, la chambre du roi de Rome qui avait à peu près l'âge d'André et — suprême honneur — le bureau de l'empereur lui-même. Tentures murales, rideaux, tapisserie des sièges, coussins, nappes, baldaquin : tout était à refaire.

La jeune femme allait et venait en relisant la commande, incapable de détacher ses yeux de la merveilleuse liste. L'abeille impériale allait voleter sur les plus beaux dégradés qu'eussent jamais connus les ateliers Roche, et la renommée qu'ils en tireraient leur donnerait assez de commandes pour occuper les meilleurs canuts durant les trois ou quatre années à venir.

Quand elle sentit que Michel Piat prenait de l'assurance dans ses nouvelles fonctions, elle lui abandonna de plus en plus de responsabilités afin de pouvoir consacrer autant de temps qu'elle le pouvait à l'éducation de son fils. A la filature, Mme Hoinville poursuivait ses activités avec une fermeté sans pareille et elle accueillit le remplaçant d'Henri avec un visible soulagement.

Un matin, Michel reçut une lettre qui s'était attardée à son ancienne adresse avant de lui être transmise. Il la lut puis s'en alla trouver sa femme.

— Il me semble que vous seriez plus indiquée pour avertir Mme Valmont, commenta-t-il lorsqu'elle eut pris connaissance de la missive.

Hélène glissa le feuillet dans une poche de sa jupe et descendit rejoindre sa belle-sœur qui travaillait avec M. Donnet dans l'atelier de dessin.

— Pouvez-vous m'accompagner un moment dans le salon bleu ? lui demanda-t-elle.

Gabrielle la rejoignit dans le corridor, la mine défaite.

— Attendez !

La prenant par le bras, l'autre main sur sa joue, au bord des larmes, elle articula d'une voix blanche :

— Ne me dites pas que Nicolas est mort !

— Non, il n'est ni mort ni blessé.

Gabrielle étouffa un cri de soulagement et la suivit, les jambes flageolantes.

— Ce sont tout de même de mauvaises nouvelles que vous m'apportez, n'est-ce pas ? demanda-t-elle en fermant la porte du salon.

— Hélas ! oui.

— Eh bien, parlez vite !

— Après le mot du préfet l'informant de l'incendie, il

paraîtrait que le capitaine Devaux n'ait jamais plus reçu de nos nouvelles, ni ma lettre lui annonçant votre veuvage, ni celle de Michel lui apprenant le nom des trois personnes mortes la nuit du drame.

— Comment le savez-vous ?

— D'abord, Nicolas vient d'écrire à mon mari et le prie, à la fin, de transmettre ses compliments à M. et Mme Valmont.

La physionomie de Gabrielle ne vibra qu'imperceptiblement.

— Ensuite ?

— Il demande à Michel de mettre en vente ses terrains de Lyon, car il aurait l'intention de ne jamais revenir.

Cette fois, la jeune femme s'insurgea violemment :

— Ce n'est pas possible ! Pourquoi agirait-il de la sorte ?

— Franchement, je crois qu'il y songe depuis un moment puisqu'à l'époque du bal célébrant la naissance du roi de Rome, il offrait déjà à Michel de lui vendre sa filature.

— Je ne parviens pas à le croire ! souffla Gabrielle, les yeux exorbités, les doigts sur les tempes.

— C'est pourtant clair. Son refus de rentrer à Lyon prouve qu'il ne se sent pas la force de vous revoir, ne serait-ce que de loin. Pour lui, vous êtes toujours l'épouse d'un autre, vous avez choisi. Sans espoir de jamais vous avoir à lui, il tente de refaire sa vie ailleurs, comme vous-même l'avez fait dans le passé en vous exilant à la campagne.

— Mais le feu est venu tout bouleverser, murmura Gabrielle d'une voix brisée.

— Le plus imprévisible des coups.

Un long moment, toutes deux demeurèrent silencieuses, puis Gabrielle releva lentement la tête :

— D'où a-t-il écrit cette dernière lettre ?

— De Paris où il avait accompagné le maréchal Masséna.

— Ainsi, il se trouvait près de nous et je ne le savais pas...

— Aucun de nous ne le savait. Il est depuis reparti prendre son cantonnement à Ciudad Rodrigo.

— Si la paix revenait demain, articula Gabrielle d'une voix à peine audible, il pourrait partir Dieu sait où sans qu'aucun de nous ne sache plus jamais ce qu'il est devenu.

— Allons ! lança Hélène d'un ton paresseusement enjoué. La campagne est loin d'être terminée, ce qui vous laisse tout le temps. Il nous faut simplement trouver un moyen de parvenir jusqu'à lui. Je me demande si le préfet, à nouveau, ou bien quelqu'un d'autre de haut placé...

Mais, déjà, Gabrielle ne l'écoutait plus, absorbée par le plan qui se dessinait dans son esprit.

— Accepteriez-vous de vous occuper d'André si je vous le demandais ? s'enquit-elle à brûle-pourpoint. Alors, je pourrais partir tranquille.

— Vous savez que je le considère comme mon propre fils. Votre intention est-elle d'aller à Paris pour demander l'aide de l'oncle d'Emile ? J'avoue que l'idée m'en a traversé l'esprit, mais je l'ai écartée bien vite étant donné la façon odieuse dont il vous a traitée le jour de l'enterrement.

— Il m'accusait implicitement de sa mort. Et c'est pourquoi je ne lui demanderai rien.

— En ce cas, où comptez-vous aller ?

— Retrouver Nicolas ! Je lui ai fait la promesse, un jour, de le rejoindre s'il m'arrivait d'être libre.

— Voyons, c'est de la folie ! Les femmes ne traversent pas ainsi les champs de bataille.

— Aussi n'irai-je pas seule. Garcin m'accompagnera.

Sans prêter plus d'attention à l'air scandalisé de sa belle-sœur, elle poursuivit :

— Je devrais arriver à Ciudad Rodrigo pour Noël. Pour avoir consulté une carte, je sais où se trouve cette ville. C'est une forteresse qui garde la route du nord de l'Espagne. Wellington ne la prendra jamais. En outre, il ne peut y avoir de batailles dans ces montagnes en plein hiver. Les soldats attendent la venue du printemps pour se battre. Je pourrai passer au moins une ou deux semaines en compagnie de Nicolas et puis je reviendrai avant que n'ait éclaté le premier coup de feu.

— Que faites-vous de la guérilla ? interrogea Hélène, consternée. Ces gens font subir les pires choses aux femmes.

— Garcin me protégera. Avec lui, je n'aurai rien à craindre. Le plus dur pour moi sera de me séparer d'André.

Un flot de larmes mouilla ses yeux.

— Il me manquera autant que je lui manquerai.

— Alors ne partez pas, l'implora Hélène, renoncez à cette folie.

— Je ne puis. C'est le destin qui m'a ramenée à Lyon, et je

tiens là ma dernière chance de partager la vie de l'homme que j'aime.

Comme Gabrielle s'y attendait, Garcin accepta d'emblée l'expédition, sans poser de questions, promettant aussitôt de s'informer auprès des autorités militaires sur la meilleure route à suivre et sur les précautions à prendre. Il apprit, ainsi, qu'un convoi militaire allait bientôt partir pour Salamanque. En se joignant aux troupes, tous deux voyageraient en sécurité mais, pour cela, il leur fallait partir dans la semaine, ce qui sembla terriblement court à Gabrielle. Elle n'opposa cependant pas d'objection et se hâta de préparer ses vêtements les plus chauds, de retirer le maximum d'argent chez son banquier, de coudre des bijoux dans ses ourlets, tandis que l'ancien sergent se chargeait du paquetage, des armes et des chevaux.

Un matin, avant l'aube, Gabrielle vint embrasser son fils endormi et, en larmes, dit adieu à Hélène.

La veille, Garcin avait posé à cette dernière une étrange question :

— Se pourrait-il que vous ayez gardé l'un ou l'autre des uniformes de votre premier mari ?

— Pourquoi ? demanda-t-elle, étonnée.

— Je vous saurais gré de m'en confier un pour Mme Gabrielle. Son frère était plus grand qu'elle, bien sûr, mais assez mince pour qu'un peu de couture suffise à le mettre à sa taille. J'ai trouvé pour moi-même celui d'un blessé réformé. Je serais rassuré de savoir qu'à l'occasion nous pourrions passer tous deux pour de braves soldats sans histoire...

Effrayée, la jeune femme s'était néanmoins exécutée.

— Vous craignez pour sa sécurité ? s'enquit-elle, anxieuse, en lui tendant l'uniforme demandé.

— Que vous répondre, madame ? Je préfère envisager le pire afin de pouvoir y faire face s'il se présentait, mais rien ne dit que nous devions recourir à de telles extrémités.

Il faisait encore nuit noire quand, silencieusement, Gabrielle et Garcin se joignirent à la troupe en mouvement, pour s'apercevoir que d'autres avaient eu la même idée qu'eux. Les soldats n'étaient aucunement tenus de les protéger mais, en les suivant, ils couraient mille fois moins de risques qu'en traversant seuls les contrées accidentées vers lesquelles ils s'en allaient.

La jeune femme apprit à passer sur le dos d'un cheval les courtes journées d'hiver, à dormir dehors par les nuits glaciales, s'abritant comme elle le pouvait sous les couvertures trop maigres qu'elle avait prises pour elle. Rien ne pourrait la retenir, rien ne pourrait l'empêcher de poursuivre, car, cette fois, elle était partie pour rejoindre Nicolas. Seule cette pensée la portait et l'aiderait à continuer, à vivre dans le froid, à manger mal, à ne pratiquement plus se laver, à oublier la tiédeur de sa maison, de sa ville, des baisers de son fils.

Son large chapeau de feutre noir et sa cape la protégeraient du vent et de la pluie. Avec Garcin, elle pensait passer pour un couple de villageois et lui avait demandé de la présenter à tous comme son épouse, afin de décourager les soldats qui chercheraient à la séduire.

En réalité, elle ne fut pas longue à se sentir plutôt leur amie et cette camaraderie se renforça quand ils franchirent la frontière espagnole.

Ils avançaient baïonnette au canon, sur leurs gardes de jour comme de nuit. Les femmes ne marchaient plus mais s'entassaient dans un des chariots où elles s'accrochaient comme elles le pouvaient de peur de tomber à la suite d'un des violents et nombreux cahots.

Les montagnes éprouvaient les chevaux comme les hommes, gelant sur place ceux qui avaient le malheur de s'assoupir. Après six jours passés à lutter contre une interminable tempête de neige, ils abordèrent une grande plaine au sol dur et glacé. Leur progression en fut facilitée mais ils comprirent que tout le nord de l'Espagne était soumis à un hiver particulièrement rude et qu'ils ne devaient pas espérer de meilleurs jours avant longtemps.

Les femmes n'avaient depuis longtemps plus de nourriture et dépendaient de ce que pouvaient leur donner les soldats. Surprise à voler les rations, l'une d'elles se trouva chassée de la troupe malgré ses supplications. Un soldat l'emmena dans le dernier village qu'ils avaient traversé avec ordre de tirer si elle tentait de s'échapper. Elle reparut la nuit suivante, pieds nus, les vêtements déchirés ; elle avait été violée, battue, dépouillée de ses maigres possessions. Gabrielle la recueillit, l'enveloppa dans une épaisse couverture et Garcin essaya de la réchauffer en lui frottant vigoureusement le corps, mais au matin elle était morte de froid.

Ils ne l'enterrèrent pas mais l'ensevelirent sous des pierres, le sol étant trop gelé pour pouvoir être creusé ; en outre, la guérilla ne leur permettait pas de s'attarder trop longtemps au même endroit.

Gabrielle ne parvenait pas à l'oublier, mais elle voyait aussi la faim qui ravageait les campagnes traversées, les enfants en guenilles qui mendiaient un morceau de pain, les animaux errants qui risquaient d'être tués et dévorés sur place par ceux qui auraient la force de les attraper. Elle n'en détestait que plus de voir la troupe piller les fermes et les villages pour s'emparer de leurs dernières réserves et ni elle ni Garcin ne participaient jamais aux ripailles qui s'ensuivaient.

Les attaques de la guérilla se faisaient de plus en plus fréquentes. Suivant les ordres de Garcin, Gabrielle mettait chaque fois pied à terre et se précipitait, avec sa monture, pour se mettre à l'abri près du dernier chariot du convoi. Les femmes la rejoignaient en criant et l'une d'elles fut un jour à demi assommée par sa voisine qui voulait la faire taire.

Les attaquants étaient vite dispersés par cette troupe trop bien armée pour eux. Néanmoins, de nombreux morts restaient chaque fois sur le terrain, et les blessés commençaient à s'entasser dans les chariots.

Gabrielle finissait par se demander si elle avait jamais connu une autre existence que cette misérable vie à chevaucher et lutter contre le froid, la faim, les assaillants de toutes sortes. Une fois, ils traversèrent un champ de bataille où les corps pourrissaient sur place, encore revêtus de leurs uniformes bleus.

Quand elle voyait de telles horreurs, elle se laissait aller contre l'épaule de Garcin qui la serrait pour la consoler. Jamais elle n'eût tenu sans sa présence rassurante. Sa laideur ne la repoussait plus, elle l'aimait tel qu'il était, rude et puissant, le plus cher, le plus solide de ses amis. Il y avait longtemps qu'elle ne le considérait plus comme un domestique.

Au contraire de ses espérances, ils n'arrivèrent pas à Ciudad Rodrigo pour Noël ; ils n'atteignirent les faubourgs de Salamanca qu'au début de l'année 1812 et Garcin prit deux chambres dans une auberge pour leur permettre de profiter d'une vraie nuit de repos.

Le soir du 12 janvier, ils arrivaient en vue de Ciudad Rodrigo. Gabrielle voulut aussitôt traverser toute la garnison à cheval mais la nuit tombait et Garcin ne voulait pas risquer de mauvaises rencontres.

Au pied d'une redoute en avant-poste, ils trouvèrent un rocher derrière lequel s'abriter pour passer la nuit.

La jeune femme eut toutes les peines du monde à s'endormir tant elle se sentait énervée. Blottie contre Garcin, comme ils le faisaient chaque nuit pour se tenir chaud, elle regardait les étoiles glacées scintiller au-dessus de sa tête, les mêmes, sans doute, que voyait Nicolas.

— Je n'arrive pas à dormir moi non plus, Gabrielle.

Sans remarquer qu'il l'avait appelée par son prénom, elle se redressa.

— Avez-vous entendu ce cliquetis? Comme si quelqu'un approchait?

Aussitôt il fut sur ses gardes, se débarrassant de sa couverture, l'oreille aux aguets. Des armes. Non loin d'eux, des hommes en armes se faufilaient dans la nuit. Sortant un de ses pistolets, il le donna à Gabrielle.

— Je vais voir ce qui se passe. Restez où vous êtes et tirez comme je vous l'ai appris en cas de danger.

A la lueur des étoiles, il était facile de distinguer sa silhouette qui partait se fondre sous les arbres. La jeune femme se blottit en frissonnant contre le rocher qui lui servait d'abri et attendit.

De son poste d'observation, Garcin découvrit une véritable troupe en marche, des hommes en uniforme, des Anglais! Contre toute attente, ils passaient à l'offensive en plein hiver! Il était impossible d'évaluer à combien d'hommes s'élevait cette marée humaine. Il ne pouvait pas non plus alerter quiconque. S'il tirait un coup de feu, il était trop loin pour être entendu par la garde française et risquait seulement de se faire abattre sur place.

Revenant vers Gabrielle, il lui annonça ce qu'il venait de voir mais, comme il s'y attendait, elle refusa de s'enfuir sur Salamanca.

— Je ne suis pas venue si loin pour partir maintenant!

Nicolas se trouve à quelques lieues de moi. Si je le manque aujourd'hui, il me faudra peut-être encore un an avant de le revoir. Je me moque de Wellington et des Anglais ! Je verrai Nicolas quoi qu'il arrive !

— Fort bien, en ce cas nous n'avons rien d'autre à faire qu'à nous rendormir. Ils ne viendront pas par ici et n'attaqueront pas avant l'aube.

Tranquillement, il s'enroula dans sa couverture et se mit à ronfler.

A l'aube, comme il l'avait prédit, les Anglais assaillirent la redoute.

— Espérons que les nôtres tiendront ! souhaita Gabrielle avec ferveur.

Vingt minutes plus tard, le silence retomba sur la vallée. Autour du fortin, des tuniques rouges escaladaient des échelles dressées, enfonçaient des portes. Une épaisse fumée s'élevait dans le ciel.

— C'en est fait, marmonna Garcin. La prochaine cible sera la forteresse de Ciudad Rodrigo. Si vous m'en croyez, nous ferions mieux de fuir au plus vite !

— Jamais de la vie !

Enfourchant son cheval, elle piqua des deux vers la vallée, sa cape volant derrière elle. Garcin la suivit plus lentement, avec le cheval de bât. D'un côté, la sagesse lui dictait de ligoter la jeune femme pour l'empêcher d'aller plus loin. De l'autre, il pensait que la garnison aurait besoin de bras pour résister aux assauts de l'ennemi. L'important était d'atteindre la forteresse avant les Anglais. A son tour, il lança ses deux chevaux au galop.

Parvenus au sommet d'une petite colline, ils découvrirent à leurs pieds une seconde armée prête à l'attaque.

— Ce n'est pas possible ! souffla Gabrielle avec effroi. Jamais nous ne passerons par ici !

Effectuant un large détour, ils tentèrent l'approche d'un autre côté. Garcin jura que la ville était encerclée mais Gabrielle ne voulut pas l'écouter. Suivant le cours d'eau de l'Agueda qui formait une barrière naturelle, ils purent enfin s'approcher par un sentier impraticable pour une armée. De peur de se faire prendre pour un espion, l'ancien sergent tira en l'air pour signaler sa présence, puis agita un mouchoir blanc afin qu'on lui ouvrît la petite porte qui donnait sur cette partie de la muraille.

Ils furent introduits dans la forteresse où l'on attendait l'attaquant de pied ferme. A peine venaient-ils de mettre pied à terre que les Anglais donnèrent l'assaut dans un tonnerre de coups de feu auxquels répondirent les canons français.

Terrorisé, le cheval de Gabrielle rua et s'échappa tandis que Garcin retenait les siens de toutes ses forces.

— Allez vous mettre à l'abri dans cette écurie ! cria-t-il. Je vais y attacher ces bêtes.

Les chevaux s'apaisèrent un peu quand il claqua la porte derrière eux, atténuant ainsi le bruit du dehors.

— J'ai perdu tous mes vêtements avec mon cheval, soupira Gabrielle. Heureusement que je gardais mon argent et mes bijoux sur moi !

— Nous pourrons en acheter d'autres. En ce qui concerne les uniformes, par contre... espérons seulement que nous n'en aurons pas besoin.

En soupirant, la jeune femme se laissa tomber sur la paille. Quand le bruit se fut calmé, tous deux décidèrent de ressortir. C'est alors qu'un martèlement ébranla le chemin au bord duquel ils se trouvaient.

— Attention ! cria Garcin. La cavalerie !

Et devant Gabrielle passa au grand galop un régiment rutilant de chasseurs à cheval, deux cent cinquante hommes qui allaient sortir à l'attaque, sabre au clair, avec leurs bonnets de fourrure à la hussard, des plumes rouges et vertes volant au vent, leur magnifique uniforme de drap vert bordé de fourrure éclatant de couleur dans la cavalcade des chevaux lancés à pleine vitesse.

Les yeux écarquillés, Gabrielle tenta de distinguer Nicolas parmi eux ; quand il lui sembla l'apercevoir, elle hurla son nom de tous ses poumons, mais il était déjà passé sans la voir ni l'entendre. Elle voulut le suivre, mais Garcin la retint par la bride de sa monture.

— Non. Ce n'est pas un endroit pour vous.

— Alors, je l'attendrai ici, murmura-t-elle d'une voix blanche.

— Il reviendra dès ce soir. Entre-temps, vous vous restaurerez et vous reposerez.

— J'ai l'impression qu'il vient de m'échapper à jamais, soupira-t-elle.

Au crépuscule la troupe revint, non pas une armée glorieuse comme ils l'avaient vue à midi, mais en déroute, refluant comme elle le pouvait sous les coups de boutoir de l'Anglais. Aux supplications de Gabrielle, Garcin arrêta un cavalier pour demander des nouvelles de Nicolas, et la réponse tomba comme un couperet :

— Le capitaine Devaux a été fait prisonnier.

Elle poussa un cri, recula, se laissa tomber dans la paille en sanglotant.

Deux jours durant, la forteresse résista dans un déluge d'artillerie aux assauts anglais. La fumée âcre de la poudre planait au-dessus de toute la ville. Garcin avait convaincu Gabrielle de s'installer dans une maison abandonnée loin des remparts. Abattue, la jeune femme avait dormi dans ses bras comme un enfant.

Le lendemain, un épais brouillard enveloppait toute la garnison qu'elle cachait aux yeux des assiégeants. Ce fut une journée de silence étrange que Garcin mit à profit pour glaner des renseignements par toute la ville, tandis que Gabrielle pleurait à chaudes larmes tant sur Nicolas que sur André.

Le soir, Garcin vint lui rapporter ce qu'il avait appris :

— Les chasseurs se sont laissé encercler. Vous aviez raison de croire que le capitaine Devaux survivrait à cette campagne. Pour lui, la guerre est finie. Il va être embarqué pour l'Angleterre où il restera jusqu'à ce que l'empereur et le roi George III aient fait la paix.

— Vous êtes sûr qu'il n'est pas blessé ?

— Quand bien même il le serait, nous savons que les Britanniques traitent bien leurs prisonniers de guerre. Il est vivant. C'est ce qui importe.

Combien d'années allaient s'écouler avant son retour ? songeait-elle avec désespoir. Quel âge aurait-elle quand il reviendrait ? Le retrouverait-elle un jour ? Jamais elle ne supporterait une telle attente. Elle en mourrait ou en perdrait la raison.

Quand le brouillard se dissipa, les assiégés purent constater que les Anglais s'étaient dangereusement approchés des murailles. A l'évidence, ils n'avaient pas l'intention de prolonger indéfiniment le siège.

A sept heures et demie du soir, le cinquième jour, ils donnèrent le dernier assaut. Il leur fallut deux heures pour prendre la ville et le massacre commença, suivi du pillage et de toutes les exactions que pouvaient commettre des hommes de troupe assoiffés de sang et de revanche.

Dans la nuit, Garcin déshabilla deux cadavres français pour prendre leurs uniformes, s'efforçant d'éviter les soldats anglais qui erraient, ivres, par les rues à la recherche d'un dernier amusement.

Gabrielle l'attendait, à l'abri dans sa maison en ruine, terrorisée par les hurlements de femmes qu'elle n'avait cessé d'entendre au milieu des rires, des cris et des coups.

— C'est le moment de passer ces uniformes, ordonna-t-il, ou je ne réponds plus de nous ! La soldatesque ne se laissera pas reprendre en main avant demain. Quand ce genre de carnage commence, il n'y a plus de limites à la bestialité des hommes. Le mieux serait de trouver refuge au milieu de la caserne où les officiers britanniques gardent les prisonniers à l'abri de leurs troupes.

— Comment savez-vous tout cela ?

— Ce qui arrive n'a rien de nouveau. J'ai vu des Français se conduire exactement de la sorte, j'y ai moi-même pris part à l'époque des conquêtes. Je n'en suis pas fier pour autant, mais c'est ainsi. Etes-vous prête ?

— Oui.

Livide, dans son uniforme mal ajusté, elle suivit l'homme qui venait de lui faire les plus terribles révélations qu'elle eût jamais entendues. Jamais elle ne les oublierait, jamais elle ne pourrait dissocier Garcin des horreurs dont elle avait été le témoin.

Ils longèrent des maisons incendiées, des rues défoncées, des corps sur lesquels elle préféra ne pas se pencher. Des rats leur couraient entre les pieds, des cris et des chansons d'ivrognes montaient encore, çà et là.

Devant la caserne, Garcin lui dit de l'attendre et partit en reconnaissance. De longues minutes de solitude s'écoulèrent, puis il revint :

— La caserne est remplie de soldats français. Nous nous

mêlerons à la prochaine cargaison de prisonniers. Ne révélez pas aux Anglais que vous êtes une femme avant que la discipline ne soit restaurée dans toute la ville, alors ils nous laisseront partir ; il me suffira de leur montrer ma jambe abîmée pour prouver que moi non plus je ne suis pas soldat.

A cet instant, elle prit sa décision. Elle resterait parmi les prisonniers de guerre et embarquerait pour l'Angleterre. Ensuite, seulement, elle révélerait son identité et pourrait alors partir à la recherche de Nicolas. Une bouffée d'espoir s'empara d'elle. Une nouvelle page de sa vie allait être tournée.

13

Nicolas ne vit pas la chute de Ciudad Rodrigo mais en entendit parler par la suite. Le lendemain de sa capture, il fut emmené, avec d'autres prisonniers, en colonne à travers le Portugal, jusqu'à l'océan où les attendait le bateau qui allait les emmener vers l'Angleterre.

Officier, il fut traité avec les égards qui lui étaient dûs, recevant un cheval pour le voyage qui s'avéra tout de même exténuant. Sans doute la fatigue venait-elle aussi des durs combats que son régiment avait dû livrer avant d'être défait.

Au long de cette route silencieuse, le souvenir de Gabrielle ne cessa de le hanter, tout comme il s'était imposé à lui au moment précis où il était sorti de la forteresse pour attaquer. Puis la bataille avait demandé toute son attention.

Maintenant l'image de la jeune femme lui revenait, plus nette, plus présente que jamais.

Deux navires les attendaient à Porto, ville mise à sac par les Français trois ans plus tôt et qui portait encore les traces de sa ruine récente. Des milliers de prisonniers encombraient ses quais et Nicolas entendit prédire que Salamanca et Badajoz seraient bientôt prises par les armées de Wellington.

Les officiers furent rassemblés à l'avant du bateau, chacun nanti d'un hamac, tandis que les hommes de troupe devaient s'entasser dans les cales ; quand Nicolas leur rendit visite, il fut horrifié par les conditions dans lesquelles ils allaient faire la traversée, au milieu d'une insupportable puanteur, et s'en plaignit au commandant, prétendant que plus d'un en mourrait.

— Nous ne pouvons faire davantage, répliqua ce dernier. C'est le sort des troupes.

Dans la semaine qui suivit, d'interminables colonnes de prisonniers affluèrent encore, venant de Ciudad Rodrigo, de Badajoz et des villes voisines. Du pont de son navire, Nicolas les regardait avec pitié, sachant quel sort misérable les attendait. Il remarqua un grand gaillard affalé sur l'épaule d'un gamin au chapeau noir qui avait plus l'air d'une frêle jeune fille que d'un tambour et les suivit des yeux quand ils embarquèrent sur le navire voisin du sien.

Le lendemain, les deux bateaux levèrent l'ancre ensemble. Le voyage s'annonçait difficile et une tempête dans le golfe de Gascogne sépara les deux bâtiments. En arrivant à Portsmouth, Nicolas apprit que l'autre navire avait dû continuer sur Londres.

Portsmouth était un grand port de guerre brillant de couleurs sous le pâle soleil de février. Les marins prétendaient qu'il était impossible d'y parcourir dix pas sans passer devant la porte d'une taverne. Trois semaines durant, Nicolas et les autres officiers furent cantonnés dans des baraquements en attendant que leur sort fût décidé. On leur proposa la liberté sur parole, assortie de menaces de mort s'ils venaient à rompre leur promesse de ne pas tenter de s'évader.

Ce fut avec un grand soupir de soulagement que Nicolas franchit la limite du port. Il avait le droit de s'installer où bon lui semblait, à la condition de ne pas changer d'adresse sans autorisation et de passer deux fois par semaine signaler sa présence à un agent du gouvernement qui lui donnerait la solde due à son grade.

Traités avec beaucoup moins d'égards, les hommes de troupe restaient confinés dans des locaux exigus et sordides. Quand leurs uniformes tombaient en loques, ils n'avaient plus droit qu'à une tenue de prisonnier jaune et rouge leur interdisant toute idée de fuite. Ils n'étaient autorisés à travailler que dans les champs et sur les routes, ou à la construction de bâtiments, y compris les prisons qui les rassembleraient bientôt.

Nicolas n'avait pas l'intention de rester à Portsmouth bien que la ville lui plût. Il commença par prendre une chambre chez l'habitant, commanda des vêtements civils à un tailleur, se fit donner des cours d'anglais par une préceptrice à la retraite, à raison de six heures par jour six jours par semaine. Durant la traversée qui l'avait amené en Angleterre, il avait en effet décidé de ne pas perdre son temps. Le bruit courait que l'empereur s'apprêtait à attaquer la Russie. Sans doute le jour de la libération et de la paix n'était-il pas proche.

Après trois mois d'études intensives, il écrivait correctement en anglais et rédigea une lettre qu'il expédia à Josiah Barnett, un négociant en soie de Macclesfield, dont il avait entendu parler à Lyon par son père qui avait reçu autrefois sa visite. Il lui fit part de sa situation et lui demanda, sans trop se bercer d'illusions, s'il existait une possibilité d'embauche dans sa manufacture.

Il reçut une réponse positive quasiment par retour de courrier, annonçant que la porte des Barnett serait toujours ouverte pour un Devaux. Quant à lui trouver un emploi, il serait toujours temps d'en parler le moment venu.

Il reçut l'autorisation de s'installer à Macclesfield et, avant de partir, s'en alla faire ses adieux aux hommes qui avaient servi sous ses ordres. Les malheureux étaient entassés à plus de cinq mille dans une ancienne caserne transformée en prison où l'on mourait d'inaction et d'ennui. La seule distraction provenait des objets que les plus habiles d'entre eux fabriquaient avec tous les matériaux qui leur tombaient sous la main, os restant de leurs repas, morceaux de paille, de fourrure, pierres, feuilles, plumes. Dans chaque prison, un jour de marché leur était réservé pour la vente de ces objets au public.

Nicolas leur donna le tabac qui lui restait et partit pour Macclesfield en diligence. Les gazettes annonçaient que Napoléon venait de traverser le Niémen avec son armée, envahissant le sol russe.

Le voyage dura deux jours au cours desquels il ne cessa d'observer ces paysages du Cheshire si différents de ceux qu'il connaissait de sa bonne France. Sa seule espérance était qu'un bon travail l'attendait à la manufacture Barnett et qu'il allait pouvoir reconstruire sa vie d'une façon ou d'une autre, oublier enfin le vide où il se sentait plongé.

Macclesfield était une petite ville en brique, construite sur une colline, qui semblait à peine émerger du siècle précédent. Nicolas s'arrêta à une taverne, dîna copieusement de bœuf et de légumes curieusement accommodés avec des feuilles de menthe, et apprécia la bière qu'il but.

Le lendemain matin, il partit pour la manufacture Barnett, entendit le long des rues le cliquetis des métiers et sourit. D'après l'architecture des maisons, il s'aperçut qu'au contraire de Lyon, les familles des tisseurs habitaient au rez-de-chaussée et travaillaient à l'étage supérieur. Cette ambiance lui donna chaud au cœur, même si la méthode de Jacquard n'était pas près de révolutionner les soies anglaises.

Barnett Mill était un bâtiment en brique centenaire, ni laid ni beau, si ce n'était son impressionnant porche d'entrée et ses larges baies vitrées qui laissaient pénétrer des flots de lumière dans les ateliers. En entrant dans la manufacture, il se trouva nez à nez avec une jeune fille blonde, fine et mince comme une porcelaine dans sa robe rose et son chapeau de paille noué sous le menton. De surprise, ses hauts sourcils qui soulignaient la pâleur de son teint s'accentuèrent encore.

— Vous devez être le capitaine Devaux ! s'écria-t-elle avec un éclat de rire. Je vous reconnais à la description de mon père. Je suis Jessica Barnett.

La lueur malicieuse qui brillait dans ses prunelles bleu-gris rendait attirant son visage aux traits somme toutes ordinaires.

Nicolas avait oublié que Josiah Barnett avait une fille unique, mais il s'empressa de lui rendre son sourire et de répondre du mieux qu'il put à cet accueil si spontané.

— Je suis charmé, mademoiselle.

— Je vous souhaite la bienvenue à Macclesfield et à Barnett Mill.

— C'est fort aimable à vous.

— Venez que je vous présente à mon père ! Je sais qu'il est encore seul pour le moment. Sans doute venez-vous juste d'arriver ?

Tout en lui posant mille questions, elle le mena à une pièce où travaillait un employé juché sur un haut tabouret, puisque dans le bureau de son père.

— Papa, regardez qui je viens de rencontrer !

Le vieux Mr. Barnett, un petit homme rond et jovial, était assis derrière un bureau à cylindre séparé des ateliers par une simple porte vitrée. Il se leva et accueillit chaleureusement son visiteur :

— Cher monsieur ! Quel plaisir de vous revoir !

— Tout le plaisir est pour moi, monsieur !

— Et dire que c'est la guerre qui nous rassemble !

— J'aurais certes préféré venir dans d'autres circonstances.

— Prenez une chaise. Asseyez-vous donc que nous célébrions dignement votre arrivée.

S'adressant à sa fille, il lui fit signe de la tête :

— Verse-nous donc à tous un doigt de madère, ma chérie.

Revenant à son visiteur, il se pencha vers lui :

— Dites-moi comment se porte monsieur votre père. Bien, je l'espère. Vous-même ne l'avez sans doute pas vu depuis longtemps. Avez-vous des nouvelles de lui ?

— Je suis au regret de vous dire qu'il est mort voici huit ans.

Le vieil homme parut frappé de la nouvelle puis secoua tristement la tête :

— Croyez que j'en suis tout à fait triste. Je le considérais comme un ami. Sachez bien que cette guerre n'a en rien altéré mes sentiments pour lui.

— Tel était mon espoir en vous écrivant.

— Je suis très heureux que vous l'ayez fait. Sincèrement. Je ne ressens aucune animosité contre la France ou les Français à l'exception de cet empereur démoniaque qui vous gouverne.

— Papa, voyons ! gronda gentiment Jessica en lui touchant l'épaule. Nous étions convenus de ne pas parler de la guerre devant le capitaine Devaux de peur de nous montrer désobligeants.

Mr. Barnett la regarda d'un air affectueux en lui tapotant la main.

— Tu as raison, ma chérie. Je me tairai à l'avenir sur ce sujet.

Il leva son verre de madère.

— Fêtons plutôt la réunion des Devaux et des Barnett sous le même toit au lieu de nous chamailler sur les destinées de nos nations. Je vais vous faire visiter la manufacture et vous montrer nos méthodes de travail.

— Nous dînons à six heures et demie, annonça Jessica, un peu plus tard qu'il n'est de mise à Londres, mais mon père ne veut pas partir avant les ouvriers.

— L'on ne change pas les habitudes de toute une vie à mon âge. J'ai toujours fait l'ouverture et la fermeture, à l'exemple de mon père et de mon grand-père.

Jessica remplit leurs verres, servant Nicolas le premier.

— La lutte n'était pas aussi dure de leur temps que du nôtre, papa.

— Ne crois pas cela, ma petite! A l'époque, ils s'étaient spécialisés dans les boutons, de magnifiques boutons de soie qui se vendaient dans tout le pays et même à l'étranger. La première filature à énergie hydraulique de Macclesfield fut construite en 1743 et mon grand-père réalisa la seconde l'année suivante. Nous produisions alors également des rubans et des galons. Les grands métiers nous ont ensuite permis de fabriquer des mouchoirs de soie, des châles puis des coupons de fantaisie pour les robes des dames et les pourpoints des messieurs, et ainsi de suite. Ces vêtements constituent encore aujourd'hui l'essentiel de notre production.

Jessica s'apprêtait à sortir.

— Je vous verrai tout à l'heure, monsieur Devaux.

Il se leva d'un bond.

— Avec plaisir, mademoiselle.

Elle s'arrêta sur le seuil, lui jeta un regard espiègle pardessus son épaule.

— A ce soir, monsieur.

Amusé, Nicolas se rassit pour reprendre sa conversation avec Mr. Barnett. Cette jeune fille paraissait faite pour la joie et le bonheur, et l'atmosphère qu'elle savait créer autour d'elle semblait encore imprégnée de ce pétillement inimitable.

La visite de la manufacture l'intéressa au plus haut point. Les tisseurs étaient installés à l'étage tandis qu'au rez-de-chaussée, des ouvrières doublaient les fils pour en tirer des tissus plus épais, comme cela se faisait aussi en France.

— La soie brute que vous voyez ici nous vient depuis toujours de Turquie et même des Indes et de Chine, par l'intermédiaire de la Compagnie anglaise des Indes.

Après lui avoir montré le cabinet de dessin, Mr. Burnett le ramena vers son bureau où il lui expliqua qu'il cherchait depuis longtemps un bras droit apte à le seconder.

— J'ai un neveu dans l'industrie de la laine qui héritera de cette manufacture quand je me retirerai des affaires. Je l'aime bien, c'est un gentil garçon mais il est encore jeune et manque d'expérience. C'est pourquoi votre lettre m'a paru providentielle. Je connais vos antécédents. J'ai vu les soies produites par votre famille. J'ai entendu parler de vos exploits avec le système Jacquard. Voilà pourquoi je vous propose de travailler ici, quel que soit le temps qu'il vous reste à passer en Angleterre. J'espère que mes manières un peu directes ne vous choquent pas, je sais qu'en France l'on prend plus de gants, mais c'est là ma façon d'être. Eh bien, qu'en dites-vous?

— Que j'accepte avec bonheur.

— Fort bien.

Il lui serra solennellement la main.

— Si cela ne vous dérange pas, nous terminerons la journée dans mon bureau, afin que je vous explique comment marche l'entreprise.

— Certainement.

— Une chose encore. Où avez-vous passé la nuit? Que j'envoie un valet porter vos bagages à la maison. Mon épouse, qui désire vous avoir avec nous, vous a préparé une chambre agréable et je suis persuadé que vous vous y plairez.

Nicolas déclina poliment cette offre.

— Je n'en doute pas, néanmoins je ne puis accepter. Ne me considérez pas comme un ingrat, mais si nous devons entretenir des relations d'affaires qui peuvent nous entraîner dans d'âpres discussions, je m'en voudrais de faire régner la moindre dissonance sous votre toit.

— Allons! j'ai passé de longs moments chez votre père, à Lyon. Nous n'étions pas toujours du même avis, surtout parce que j'étais jeune et croyais tout savoir, mais nous savions nous réconcilier.

— Néanmoins, je me sens tenu de refuser.

Mr. Barnett parut gêné et se passa une main dans les cheveux.

— En ce cas, autant tout vous dire. Je ne voulais pas reparler de cette guerre entre nos deux pays mais c'est pour cette raison que vous vous trouvez là et votre parole d'officier ne pèserait pas bien lourd si les lois venaient à se resserrer. Il n'est pas courant qu'un officier travaille durant sa captivité. Tout au plus êtes-vous une dizaine à le faire. En recevant votre lettre, je me suis tourné vers les autorités gouvernementales afin de les tenir au courant de votre vœu et il m'a été signifié que vous pouviez travailler à une double condition : que vous ayez un emploi digne de votre grade et que vous résidiez dans ma maison. Avant votre arrivée, j'ai signé pour vous prendre sous ma responsabilité. Nous n'avions d'autre possibilité de vous avoir à Barnett Mill.

L'expression de Nicolas s'était assombrie. Il n'aimait pas se sentir ainsi sous tutelle, mais le brave homme n'y pouvait rien, qui avait, au contraire, fait son possible pour lui cacher cet état de faits.

— Admettons que, pour cause de mésentente, nous ne puissions travailler ensemble. Qu'arriverait-il ? demanda-t-il.

— Le contrat serait défait, je suppose. Vous seriez libre de partir et de vous installer où il vous plairait.

Mieux valait accepter de bonne grâce. La guerre ne durerait pas éternellement, ni sa captivité. Il adressa un petit salut à son hôte.

— Soit. J'accepte votre généreuse hospitalité et vous prie d'en remercier votre épouse.

Le soir, ils gagnèrent ensemble la maison qui ne se trouvait pas loin de la filature, dans un quartier résidentiel, parmi les arbres et les fleurs, non loin d'un verger où s'épanouissaient pommiers et cerisiers.

Jessica n'était pas là quand ils arrivèrent. Mrs. Barnett accueillit leur hôte avec empressement.

— Nous avons si souvent parlé des Devaux ! dit-elle gaiement. Je suis ravie de vous recevoir et de rendre ainsi l'hospitalité que votre père a montrée à l'égard de mon mari.

Nicolas trouvait son hôtesse charmante. Mrs. Barnett était une petite femme blonde, replète, enjouée. Tout en bavardant avec vivacité, sans cesser de l'interroger sur ses goûts et ses habitudes, elle le conduisit à sa chambre. Mr. Barnett n'avait pas menti. Tapissée de soie verte, avec un bureau et des étagères où trônaient quelques livres français, la pièce était des plus confortables.

De la fenêtre, on avait une jolie vue sur le jardin, où Jessica était en train de couper quelques roses qu'elle déposait dans un panier. Nicolas faillit l'appeler mais se retint au dernier instant et se contenta de l'observer. La fleur qu'elle cueillit en dernier était blanche et elle en ôta les épines avant de la glisser dans son corsage. Elle avait une poitrine menue, mais une jolie silhouette, bien tournée. En quittant la roseraie, elle emprunta l'allée qui passait juste sous la fenêtre de Nicolas, sans se rendre compte qu'il la regardait.

A l'heure du dîner, il retrouva les Barnett dans le salon. Toute la maison reflétait cette atmosphère tranquille et feutrée des familles anglaises aisées, qui préféraient le confort à la sophistication. Pas de tapisseries de soie, chez eux, ni de brocarts sur les canapés et les fauteuils, ni de tentures délicates. Aux fenêtres des stores mi-clos. Le parfum des fleurs fraîchement coupées embaumait l'air. Mr. Barnett portait une rose rouge à sa boutonnière.

— Venez, Nicolas, dit-il en tendant le bras dans sa direction. Pour votre premier dîner parmi nous, Jessica nous a cueilli une rose à chacun.

Mrs. Barnett en portait un spécimen de couleur pêche en broche et la jeune fille en avait choisi une jaune assortie au ruban de ses cheveux. La fleur blanche dont elle avait garni son décolleté auparavant l'attendait sur la table. Jessica la prit entre deux doigts et, avec un sourire radieux, s'approcha pour en décorer sa boutonnière. Sans rien dire, il la regarda faire. Sa main tremblait légèrement. Quand elle releva les yeux avant de reculer pour juger de l'effet, elle parut, l'espace d'un court instant, se perdre dans quelque rêve qu'elle interrompit de son rire perlé.

— Là ! Vous êtes maintenant aussi beau que nous autres !

Il courba la tête pour humer la douce odeur.

— Voici une rose anglaise qui a fait l'objet de bien des soins avant de me parvenir.

Amusé, il vit la jeune fille se détourner sous un faux prétexte, comme si elle venait de deviner qu'il l'avait surprise dans son jardin.

Après le dîner, ils se promenèrent tous deux dans le jardin, non sans que Mrs. Barnett eût insisté pour que Jessica portât un châle malgré la tiédeur de l'air. La jeune fille lui montra un aspect plus sérieux de son caractère quand il réussit à la faire parler littérature et musique ; elle appréciait les auteurs classiques français qu'elle lisait dans le texte, ainsi que les pièces élisabéthaines. Nicolas la trouvait plus intelligente et cultivée qu'elle ne voulait bien le paraître. Ils achevèrent leur promenade en échangeant des idées plus philosophiques sur l'évolution des sociétés dans leurs deux pays.

— Voyez, monsieur, dit-elle, nous ne sommes séparés que par une petite mer et...

— Appelez-moi Nicolas, dit-il soudain.

Elle le regarda, sourit.

— Dois-je vous répondre de m'appeler Jessica ?

La question le surprit et il se mit à rire.

— C'est à vous de me le dire.

— Comment aimeriez-vous m'appeler ?

— Jessica, je crois...

— Alors je vous y autorise, mais seulement parce que personne d'autre ne le prononce avec cet accent français !

Eclatant de rire, elle partit en courant vers la maison qu'elle atteignit avant lui.

Ce fut le commencement d'un étrange jeu entre eux, à coups de taquineries parfois acérées, d'éclats de rires, de plaisanteries qui les entraînaient dans des conversations pleines de sous-entendus subtils.

Les semaines et les mois passèrent, et il appréciait de plus en plus sa compagnie, car elle représentait exactement ce dont il avait besoin, un rayon de soleil scintillant dans sa vie sombre, une ivresse légère qui l'aidait à mieux oublier le reste. Cependant, il ne se permit jamais avec elle la moindre privauté.

Son emploi à la manufacture le satisfaisait autant qu'il satisfaisait Mr. Barnett. Les croquis lui paraissant trop conventionnels pour son goût, il parvint à former le dessinateur à ses habitudes, tout d'abord sur des châles qui remportèrent un grand succès puis des coupons de robes. Après cette réussite, Mr. Barnett donna carte blanche à Nicolas pour agir à sa façon, appréciant cette touche française qu'il donnait à ses réalisations. En quelques mois, le montant de ses commandes fut pratiquement doublé.

Pendant ce temps, Nicolas lisait les journaux avec le plus grand intérêt, suivant la fuite des Russes devant l'avance française. Puis il apprit que Napoléon avait finalement atteint Moscou, pour trouver une ville en flammes et vide de ses habitants. Il n'y avait plus personne avec qui négocier la paix. La Grande Armée allait être obligée de se replier dans un pays exsangue, sans nourriture ni abris pour se protéger des rigueurs climatiques. Qu'allait-il advenir d'elle?

Jessica entra dans le salon un soir de décembre, alors que Nicolas se trouvait seul devant la cheminée, l'air hagard, un journal gisant à ses pieds.

— Que se passe-t-il? demanda-t-elle, affolée, en se précipitant vers lui.

— L'empereur a abandonné son armée.

Sa voix grave, qu'elle trouvait toujours si belle avec son accent français, lui parut brisée.

— Il est à Paris. Il a laissé derrière lui ses soldats qui vont mourir de froid dans les neiges russes. Tant de vies encore sacrifiées à sa vanité. Déjà, en Espagne, j'ai vu où son amour du pouvoir est capable de le mener. Par sa faute, des milliers d'hommes sont en train de croupir dans des prisons surpeuplées, des cachots puants, loin de leurs familles et de leur pays. Tout cela pour avoir suivi un général fou d'orgueil.

Au dernier mot, il se frappa le genou d'un violent coup de poing.

— Nicolas chéri!

Le voyant réprimer des larmes de fureur, elle se sentit bouleversée d'émotion.

Il tourna son regard vers les flammes qui dansaient dans la cheminée.

— Jamais je ne rentrerai en France, monologua-t-il. Mon pays m'est plus cher que je ne saurais le dire mais cet homme n'est plus mon empereur. Jamais plus je ne me soumettrai à sa loi.

— Lorsque la paix reviendra, vous voudrez retourner chez vous, quoi que vous puissiez penser aujourd'hui.

Et ce temps, elle le redoutait comme sa propre mort.

Nicolas secoua la tête.

— Il n'y a plus de place pour moi, là-bas. Tout ce que j'attendais de la vie était à Lyon. La femme que j'aimais, mon travail et ma famille, ma manufacture et ma maison. Tout a disparu. Désormais, l'Angleterre sera mon pays, malgré mon attachement à la France. Rien n'y pourra plus changer.

La jeune fille lui tendit la main, il la prit, la serra entre ses paumes mais garda ses yeux fixés sur le feu, loin, si loin d'elle.

Cette nuit-là, elle entra dans sa chambre. Etendu sur son lit, il ne dormait pas et se retourna quand il entendit la porte s'ouvrir. La mince silhouette se détachait sur le seuil baigné de clair de lune. Pieds nus, elle traversa la chambre comme dans un rêve, sa chemise diaphane laissant deviner les courbes délicates de son corps, les petits globes de ses seins. Jamais il ne l'avait vue les cheveux défaits. Ils se répandaient sur ses épaules comme un nuage d'argent. Arrivée près du lit, elle détacha le ruban qui lui fermait le cou et le léger vêtement glissa le long de ses bras, de sa taille et de ses jambes jusqu'au parquet. Sans dire un mot, Nicolas rabattit ses couvertures, et elle se jeta dans ses bras comme si elle se libérait soudain de toute contrainte. Quand il l'attira à lui, ce fut elle qui parla, qui laissa échapper un torrent de mots tout en lui caressant les cheveux et en se serrant contre lui.

— J'ai voulu vous appartenir du jour où je vous ai vu. Parfois, je devais me réfugier dans ma chambre tant mon envie était forte de vous crier mon amour. Chaque fois que je passais près de vous, c'était pour respirer l'air que vous exhaliez. Je suis venue maintes fois ici pour caresser les livres que vous lisiez, l'oreiller sur lequel vous dormiez et, quand je me trouvais seule dans la maison, je me déshabillais et je me couchais nue dans votre lit...

Il la fit taire d'un baiser, le premier qu'elle eût jamais reçu, et elle s'abandonna avec extase aux caresses qu'il lui prodigua, faisant preuve de la plus folle, de la plus violente sensualité.

Elle lui aurait tout accordé s'il le lui avait demandé, mais elle lui plaisait telle qu'elle était, chaste et audacieuse, voluptueuse et réservée, plongeant leur chambre dans une tempête de passion. S'il ne l'avait bâillonnée d'un baiser, elle aurait réveillé la maison entière de ses cris de joie.

14

Gabrielle ne voulait pas que Garcin l'accompagne en captivité. Assise contre le mur de la cour de la caserne de Ciudad Rodrigo, elle refusait obstinément de comprendre qu'il ne pouvait laisser une femme seule s'embarquer dans une telle aventure.

— Non, mon bon Garcin! plaidait-elle. Je ne voudrais pas vous voir enfermer à perpétuité à cause de moi.

— Voyons, madame Gabrielle! Je vous ai déjà dit qu'une telle chose ne pouvait m'arriver avec ma jambe abîmée.

A la fin, à bout d'arguments devant tant d'insistance, elle en vint à le supplier :

— Je vous en conjure! Ne venez pas avec moi!

— J'ai promis de vous ramener saine et sauve à Lyon et je m'y tiendrai, quoi qu'il advienne. Je ne suis peut-être pas né gentilhomme, mais j'y ai engagé ma foi de soldat. Maintenant, dormez un peu. Vous en avez besoin.

Bien qu'elle se crût incapable de fermer l'œil, elle s'assoupit presque immédiatement. Au matin, elle fut éveillée par des ordres lancés tout autour d'elle, sous un ciel envahi par une épaisse fumée.

Les officiers britanniques, épuisés eux aussi par le manque de sommeil, avaient repris le commandement, les brutes avinées de la veille se transformant en une troupe disciplinée prête à se mettre en marche. Les blessés furent emportés sur des brancards, des seaux d'eau jetés à la figure de ceux qui ne se levaient pas.

Ils furent évacués de la ville au cours de l'après-midi, triste colonne bleue de captifs résignés, encadrée de tuniques rouges. Garcin avait conseillé à la jeune femme de tenir les yeux baissés autant que faire se pouvait, de ne regarder ni à droite ni à gauche. Mais certaines des atrocités commises la veille étaient impossibles à éviter.

En pleine campagne, enfin, loin du champ de bataille, l'air hivernal reprit ses droits, clair et glacé, nettoyé de tout souvenir de mort.

Le soir, quand ils s'arrêtèrent pour dormir, on les obligea à vider leurs poches, afin d'y prendre tout ce qui pouvait ressembler à de l'argent ou à quelque objet de valeur. Ceux qui refusaient se faisaient fouiller des pieds à la tête. Gabrielle avait pendu sa bourse à son cou, serrée contre sa poitrine, sous ses vêtements. Quand son tour arriva, elle voulut la prendre pour la tendre au garde mais celui-ci crut qu'elle résistait et la frappa d'un coup qui l'envoya rouler au sol.

— Qu'est-ce que tu nous caches, mon garçon ?

Plongeant la main dans une de ses poches intérieures, il poussa un soupir de satisfaction en sortant quelques pièces et un sachet de tabac, puis abandonna sa victime pour passer à la suivante. La jeune femme échangea un coup d'œil avec Garcin qui, lui aussi, avait pu protéger son or en abandonnant un crucifix d'argent ciselé et une vieille montre trouvés dans les poches du soldat mort.

Sa jambe le faisait de nouveau souffrir et, le jour suivant, la douleur devint insupportable. En arrivant à Porto, il pouvait à peine se traîner, lourdement appuyé à l'épaule de Gabrielle qui le soutenait comme elle le pouvait.

Elle ignorait lequel des deux bateaux amarrés au port avait pris Nicolas, s'il n'était pas déjà parti. Mais, maintenant que leurs retrouvailles n'étaient plus qu'une question de temps, elle se sentait armée de toute la patience du monde.

Cette assurance l'aida à surmonter son effroi quand elle vit ce qui l'attendait à bord. Les hommes étaient entassés les uns contre les autres, sans le moindre espace pour s'étendre, à fond de cale, seulement éclairés par de maigres lanternes qui se balançaient au-dessus de leurs têtes. L'épreuve n'en fut que plus cruelle pour Garcin qui souffrait le martyre d'autant qu'il était sans cesse heurté ou déséquilibré par ses voisins malades ou tombant de fatigue.

Gabrielle préférait attendre qu'ils fussent partis depuis au moins vingt-quatre heures avant de révéler son identité, afin que le bateau ne pût rebrousser chemin pour la débarquer. Après une nuit emplie de plaintes, de nausées et de ronflements, des marins apparurent avec des paniers de pain et de fromage, ainsi que des tonneaux d'eau pour nourrir et désaltérer les prisonniers. A onze heures, le médecin du bord, impeccable dans son uniforme bleu à boutons de cuivre et galons d'or, vint vérifier s'il n'y avait aucun malade contagieux ou blessure susceptible de s'infecter. C'était un homme d'une quarantaine d'années, à la mine sévère.

— Voici votre chance, murmura Garcin à Gabrielle. Que Dieu vous protège !

Tous deux se serrèrent discrètement la main et la jeune femme se faufila parmi ses compagnons pour se retrouver sur le chemin du médecin. Alors que celui-ci s'apprêtait à sortir, elle se planta devant lui pour glisser à son oreille :

— Docteur ! En tant que femme, je ne devrais pas me trouver ici.

A ces étranges paroles, il tiqua comme s'il avait mal compris. D'expérience, il savait quelles histoires inattendues pouvaient inventer certains dans l'espoir d'échapper, ne fût-ce que pour quelques minutes, à leur misérable condition. Dans un français parfait, il lui répondit :

— Ouvrez votre chemise.

— Pas ici ! s'exclama-t-elle d'un ton outragé.

Cette réaction suffit pour le convaincre :

— Suivez-moi.

Dans sa cabine, elle déclina son identité tout en se débarrassant du chapeau qu'elle portait depuis des jours et des nuits, pour se peigner avec les doigts. Lorsqu'il lui ordonna à nouveau d'ouvrir sa chemise, elle obéit prudemment, puis il la laissa se reboutonner en l'invitant à s'asseoir et en lui demandant si elle était une cantinière ou une épouse d'officier.

— Ni l'une ni l'autre. Et je ne suis pas non plus une fille à soldats.

— Ce n'était pas là ce que je prétendais, madame. Vous n'en avez pas l'air. Je voudrais plutôt savoir ce que vous faites ici. J'imagine que vous suivez quelque amant.

— Oui, reconnut-elle. Sans doute ne suis-je pas la première.

— Je ne connais aucune femme qui soit partie en captivité avec un homme pour la bonne raison qu'ils auraient été séparés. En revanche, nous avons eu dans nos rangs plusieurs cas d'épouses montées subrepticement à bord pour suivre leur mari. Généralement, on les tolère car leur courage et leur endurance leur permettent de ne peser aucunement sur la vie militaire. Quel est le nom du prisonnier de guerre dont vous avez décidé de partager le sort ?

— Le capitaine Nicolas Devaux, des Chasseurs à cheval. Se pourrait-il qu'il se trouvât sur ce bateau ? Je ne nourris point trop d'espoir là-dessus, car il a été emmené longtemps avant moi.

— Personne de ce régiment n'a été vu ici. J'ai entendu dire qu'un certain nombre de chasseurs avaient été capturés avant la chute de Ciudad Rodrigo et embarqués il y a quelques jours.

A la voir bondir de joie, il comprit qu'il venait de lui annoncer une bonne nouvelle.

— D'où venez-vous ? reprit-il.

— De Lyon.

— Je connais cette ville, murmura-t-il, songeur. J'ai beaucoup voyagé en France.

Encouragée par sa bienveillance, elle lui raconta toute l'histoire de son voyage.

— Votre compagnon, ce Garcin dont vous me parlez, pourquoi n'ai-je pas été informé de l'état de sa jambe ? Je l'aurais envoyé à l'infirmerie dès sa montée à bord.

— Il ne le voulait pas, craignant que son cas ne fît lever des questions sur le mien. Serait-il possible, maintenant, de le tirer de cet affreux endroit ?

— Non, madame, il est trop tard. Votre ami s'est mis volontairement dans une situation des plus délicates. Révéler aujourd'hui qu'il a endossé un uniforme volé et s'est laissé prendre comme prisonnier de guerre pourrait seulement le faire accuser d'espionnage.

— Monsieur, ce serait faux ! Je vous ai raconté toute la vérité !

— Je n'en doute pas. Vous me paraissez une femme de bien, mais on a pu vous tromper.

244

— Mais je viens de vous expliquer ! C'est moi qui ai décidé de me rendre en Angleterre, et il m'a suivie dans le seul but de me protéger.

— Allons donc, madame ! Espérez-vous me faire croire qu'un domestique sacrifierait sa vie et sa liberté pour sa maîtresse, tout dévoué qu'il fût ! Je ne vois que deux explications plausibles : soit il entendait par là servir secrètement sa patrie, soit il vous est plus qu'un simple serviteur.

Elle se détourna sans répondre. Son interlocuteur avait percé à jour une vérité qu'elle n'avait que trop tardé à considérer en face. Depuis leur départ de Lyon, pourtant, elle se doutait que Garcin la suivait plus que par simple loyauté. Sans doute ne se serait-elle aperçue de rien en des circonstances plus ordinaires, mais la proximité où les avait plongés ce terrible voyage, les épreuves traversées à deux n'avaient pas permis plus longtemps au malheureux de cacher ce que trahissaient déjà certaine brillance dans le regard, certaine façon de la regarder plus comme un amant que comme un domestique. Elle avait deviné depuis longtemps le désir intense qui le travaillait quand ils dormaient l'un près de l'autre sous les étoiles. Le pire était qu'elle n'avait plus besoin de lui, qu'elle aurait préféré poursuivre seule sa route et le voir retourner à Lyon.

— Garcin n'est pas un espion, murmura-t-elle, bouleversée. Il est amoureux de moi.

Le médecin poussa un soupir, comme si elle venait de lui donner la plus décevante des réponses. D'un ton sec, il précisa :

— J'examinerai la jambe de cet homme à ma prochaine visite. Si j'en conclus qu'il aurait dû être réformé, je le dénoncerai comme espion.

— Je vous en prie, implora-t-elle, laissez-moi au moins l'en prévenir !

— Madame, vous oubliez un peu vite que vous vous êtes embarquée sur ce navire comme passagère clandestine, qui plus est ressortissante d'une puissance ennemie. Je vais faire en sorte que vous ayez de l'eau chaude pour vous laver ; je demanderai à l'une des deux femmes d'officiers qui nous accompagnent d'avoir la générosité de vous prêter un costume féminin. Dès que vous vous serez débarrassée de vos hardes, nous les jetterons par-dessus bord. Quand vous serez prête, vous vous présenterez au commandant afin qu'il décide de votre sort.

Gabrielle se vit remettre une jolie robe de laine vert olive et un grand châle bien chaud. Tant bien que mal, elle essaya d'arranger ses cheveux sales et emmêlés, mais ses pensées inquiètes allaient surtout à Garcin.

Il n'allait pas finir son existence en prison, ni être fusillé à cause d'elle ! A tout prix, elle devait trouver un moyen de le tirer de ce mauvais pas.

On l'introduisit auprès du commandant, puis on l'emmena dans une petite cabine sans hublot, déjà occupée par les deux épouses d'officier qui luttaient désespérément contre le mal de mer sur d'étroites couchettes. Tandis qu'un marin lui installait un hamac, elle se présenta aux deux femmes et les remercia.

L'une d'elles, sur la couchette du bas, la considéra d'un air méprisant.

— Je ne parle pas français ! lança-t-elle en anglais avant de lui tourner carrément le dos.

L'accueil de l'autre voyageuse fut heureusement différent. C'était une très jeune femme, jolie, pâle, aux cheveux de jais et yeux de velours. D'origine portugaise, elle s'exprimait sans peine dans la langue de Gabrielle.

— Je m'appelle Isabella Harding et notre voisine, Mrs. Moncrieffe. Je vois que le vert vous va bien.

Tendant une main, elle demanda :

— Aidez-moi, s'il vous plaît ! J'ai peur de tomber et... — sa voix baissa d'un cran — cette personne ne ferait pas un geste pour me rendre service. Son mari est colonel, voyez-vous, et le mien seulement lieutenant. Elle estime qu'elle aurait dû avoir une cabine pour elle seule.

Gabrielle lui prêta main-forte pour descendre de l'échelle et s'aperçut que la jeune femme était enceinte, sans doute proche de son terme.

— Vous auriez dû demander la couchette du bas.

— Cette dame n'a pas voulu me la donner, répondit la jeune portugaise avec une grimace.

Elle s'assit sur l'un des deux coffres en bois.

— N'est-il pas dangereux de voyager dans votre état ? interrogea Gabrielle en prenant place à côté d'elle. Votre mari se trouve-t-il à bord ?

— Hélas non ! Mon cher Edward est parti rejoindre le duc de Wellington à Badajoz. Maintenant que les Anglais avancent si vite, je ne pouvais plus le suivre et il désirait que je mette notre enfant au monde dans sa maison du Berkshire. Toute ma famille a été massacrée par les Français quand ils ont envahi le Portugal. Je dois ma survie au fait que je me trouvais à cette époque à Lisbonne, chez des amis qui m'ont ensuite recueillie jusqu'à ce que je rencontre mon mari anglais.

Emue par son histoire, Gabrielle soupira.

— Mes compatriotes vous ont infligé les pires souffrances et c'est pourtant vous qui m'avez prêté ces vêtements.

La jeune femme haussa les épaules.

— Ce sont les hommes qui font la guerre ! Jamais les femmes. Nous sommes innocentes de leurs crimes.

— Où avez-vous appris à parler si bien français ?

— Je parle cinq langues, dont l'anglais. Mon père était négociant en vins et les acheteurs venaient le voir du monde entier, surtout d'Angleterre. Il pensait que la moindre des politesses était de les recevoir dans leur langue. Nous formions une famille heureuse et unie.

D'un seul coup, un sanglot lui secoua la poitrine et de longues larmes lui coulèrent sur les joues. Elle sortit un mouchoir de dentelle pour s'essuyer les yeux.

— Pardonnez-moi. Cette tragédie a eu lieu il y a presque quatre ans et, pourtant, j'en pleure encore. Ma mère me manque plus que jamais, aujourd'hui.

— Je gage que la famille de votre époux vous recevra comme leur propre fille.

— Comment en être sûre ? Si vous saviez combien je crains leur hostilité, au contraire !

Baissant de nouveau la voix, elle indiqua leur compagne de voyage du menton et poursuivit :

— Voyez cette femme, comme elle me traite ! Pourtant je ne suis pas du côté de ses ennemis !

— Il ne faut pas assimiler toutes les Anglaises à celle-ci. Vous êtes l'épouse d'un fils parti en guerre, comment ses parents ne vous accueilleraient-ils pas avec bonheur, d'autant plus que vous portez leur petit-fils !

Sans répondre, Isabella leva sur elle des yeux reconnaissants. Quand elle fut calmée, elle demanda en soupirant :

— Que comptez-vous faire, en Angleterre ?

— Je l'ignore. Je suis partie à l'aveuglette, sans savoir que les civils pouvaient être retenus prisonniers. Je n'ai pas le droit de sortir de cette cabine, et le commandant n'a pu m'assurer que je serais libre de retourner en France quand je le voudrais.

Elle raconta ensuite à sa jeune compagne pourquoi elle avait entrepris ce voyage, combien elle s'était trouvée près d'atteindre son but, sans toutefois y parvenir.

L'Anglaise se dressa soudain sur sa couche, criant de fureur contre Gabrielle qui s'interrompit, interdite.

— Mrs. Moncrieffe dit que vous ne devez pas vous asseoir sur son coffre, traduisit Isabella d'un ton exaspéré. Je vous en prie, venez sur le mien ! Vous devriez connaître quelques mots d'anglais au moins pour pouvoir lui répondre !

— Me les apprendriez-vous ?

— Volontiers !

Cette nuit-là, Gabrielle fut réveillée par un violent orage qui les frappa à l'entrée du golfe de Gascogne. Des heures durant, son hamac se balança du mur aux couchettes qu'elle essayait de ne pas trop heurter en songeant à l'état d'Isabella. Elle pensait aussi à Garcin et aux malheureux hommes entassés dans la cale.

Au matin, quand un marin leur apporta le repas, elle insista pour que la jeune Portugaise se force à manger malgré son mal de mer. Plus tard, le médecin leur rendit visite et pria Gabrielle de le suivre dans la coursive.

La tempête était encore forte et la jeune femme devait se retenir aux cordages pour ne pas perdre l'équilibre. Son interlocuteur commença par lui parler d'Isabella :

— Je lui ai dit qu'elle risquait d'accoucher plus vite qu'elle ne le prévoyait. Sauriez-vous éventuellement l'assister si cela devait se produire à bord ?

— J'ai aidé mes deux belles-sœurs à mettre leurs enfants au monde et j'ai moi-même un fils.

— Fort bien. En ce cas je pourrai compter sur vous le moment venu.

— Assurément. Qu'en est-il de Garcin ? L'avez-vous vu ?

— Hier. Son ancienne blessure s'est rouverte à cause de récents efforts en service. C'est un prisonnier de guerre.

La jeune femme n'en croyait pas ses oreilles : cet homme qu'elle pensait dénué de cœur venait de sauver Garcin du peloton d'exécution en falsifiant son diagnostic. Néanmoins, le malheureux sergent se retrouvait condamné à un terrible avenir. Gabrielle avait juste gagné un peu de temps pour le sauver, mais tout lui restait encore à faire.

La tempête dura plusieurs jours encore, retardant l'arrivée à Londres. Un matin que le vent venait de s'apaiser, Isabella poussa un cri strident. Gabrielle, qui avait reçu la permission de quitter sa cabine sur ordre du médecin, se précipita chez ce dernier pour l'avertir que le travail était commencé. La jeune Portugaise fut transportée par deux marins dans sa cabine où il jugeait qu'il aurait plus de place et, surtout, de la lumière. Il donna un de ses tabliers à Gabrielle, qui le mit avant de retrousser ses manches.

— Nous avons encore plusieurs heures devant nous, indiqua-t-il. Faites ce que vous pouvez pour la réconforter. Elle a terriblement peur et sa nervosité risquerait d'accroître la difficulté de l'accouchement. Je reviendrai de temps à autre voir où elle en est.

La jeune femme s'assit près d'Isabella qui geignait, lui prit la main et entreprit de lui parler avec douceur. De ses propres douleurs, elle gardait un souvenir qui l'épouvantait encore et l'incitait à se faire la plus rassurante possible.

A l'aube, quand, à travers le hublot, la mer prit des teintes roses et dorées, Isabella donna le jour à une fille qu'elle accueillit en riant de bonheur.

— Je l'appellerai Luisa, en souvenir de ma pauvre mère.

Plus tard, dans la matinée, elle fut ramenée dans sa cabine avec le bébé. Cette fois, Mrs. Moncrieffe fut sommée par le médecin de lui laisser la couchette du bas. Par bonheur, le temps le permettant, elle alla passer le plus clair de ses journées sur le pont, laissant les deux jeunes femmes tranquilles. Durant tout le reste du voyage, Isabella put enseigner de nombreuses phrases d'anglais à sa compagne, assez pour qu'elle fût capable de se débrouiller seule s'il le fallait. Par la même occasion, Gabrielle apprit tout le vocabulaire qui se rapportait aux jolis bébés gazouillants car la jeune mère ne savait plus parler d'autre chose. Cette enfant lui rappelait douloureusement son cher petit André qui grandissait loin d'elle.

Un jour, les deux jeunes femmes apprirent à leurs dépens que Mrs. Moncrieffe comprenait fort bien la langue de Molière.

Celle-ci rentra triomphante dans la cabine pour leur annoncer une mauvaise nouvelle qu'elle leur assena dans un français à peu près correct :

— Le navire remontera la Tamise jusqu'à Londres au lieu de mouiller à Portsmouth. Et vous, vous ne descendrez à terre que sous bonne garde.

Les deux amies se regardèrent sans rien dire et attendirent d'être seules pour échanger leurs impressions :

— Je me demande comment je vais retrouver Nicolas, articula Gabrielle d'une voix tremblante.

Le jour de la séparation arriva trop vite et les deux amies s'étreignirent dans la coursive avant que la jeune Portugaise n'aille rejoindre les deux personnes qui l'attendaient sur le quai.

— Il faudra m'écrire ! pria-t-elle. Je vous ai bien laissé mon adresse, n'est-ce pas ?

— Oui sur votre couchette, dans la cabine.

Les larmes aux yeux, Gabrielle embrassa une dernière fois le bébé qui lui souriait puis regarda la jeune maman marcher vers un radieux soleil. Mrs. Moncrieffe sortit à son tour de la cabine, passa devant Gabrielle sans la regarder et, sur le pont, laissa tomber dans l'eau une boule de papier. C'était sa contribution à toute forme de résistance contre Napoléon.

Rentrée dans la cabine, Gabrielle eut beau chercher, elle ne trouva pas l'adresse de son amie et finit par se rappeler que Mrs. Moncrieffe était restée seule un moment dans la petite pièce. Un sanglot de rage lui monta à la gorge, mais rien ni personne ne saurait l'empêcher de poursuivre la mission qu'elle s'était assignée.

Un agent des douanes vint la chercher. Du nom de Woodbury, il l'informa qu'elle résiderait chez lui et son épouse jusqu'à ce qu'elle obtienne sa liberté sur parole. Elle prit son maigre bagage : deux autres robes qu'Isabella avait insisté pour lui laisser et quelques sous-vêtements, le tout enveloppé dans le grand châle de laine. Une cape de gros drap — autre cadeau d'Isabella — sur les épaules, elle suivit l'homme et demeura un instant éblouie par le soleil d'hiver qui baignait le port de Londres. Une forêt de mâts envahissait la Tamise et elle eut beau chercher parmi les files de prisonniers qui étaient débarqués, elle n'aperçut pas Garcin.

Les navires de guerre se succédaient le long des quais, dépouillés de leurs voiles et noirs comme des arbres secs dans l'air de février. Quelques hommes travaillaient à les transformer ; des canons étaient déchargés à même les quais, des grilles et des chaînes hissées à bord. En constatant que l'on y faisait monter d'autres prisonniers, Gabrielle comprit soudain que ces bâtiments servaient maintenant de prisons. Avec horreur, elle vit des mains apparaître entre les planches mal jointes d'une des coques, à peine au-dessus du niveau de la mer. Combien étaient-ils, entassés dans ces cales sombres et glacées ?

Les Woodbury habitaient non loin des locaux des douanes, une petite maison propre et simple. La maîtresse des lieux, une personne vive et rondelette, commença par se montrer embarrassée de recevoir une dame française sous son toit, mais elle se dérida bien vite quand Gabrielle lui eut adressé quelques paroles en anglais. Une pièce d'or en paiement de la pension eut raison de la froide réserve de M. Woodbury, et, bientôt, la jeune femme prenait tous ses repas dans la cuisine en compagnie de ses hôtes.

— Je désire apprendre l'anglais, indiqua-t-elle pour achever de les mettre à l'aise.

Mrs. Woodbury promit de faire son possible pour l'aider à trouver un professeur. Celui-ci, un jeune homme d'une vingtaine d'années qui s'appelait Oliver Burns, commença par lui conseiller en riant de ne pas chercher à imiter l'accent de ses hôtes, d'après lui déplorable.

Pendant la journée, Gabrielle lisait et étudiait. Il lui était interdit d'aller au-delà du petit jardin qui entourait la maison et elle n'apercevait du port qu'un mât, derrière les toits. Elle aurait tant voulu avoir des nouvelles de Garcin. Peut-être Oliver, qui paraissait connaître tout le monde, accepterait-il de se renseigner ?

— Aucun problème, plastronna-t-il. Il suffit de se rendre

au marché le dimanche. Les prisonniers ont le droit d'y vendre les objets qu'ils ont fabriqués.

Les nombreuses lettres qu'elle avait écrites pour demander sa liberté sur parole demeuraient sans réponse. Il lui sembla être oubliée du reste du monde, les militaires se préoccupant sans doute bien peu d'une civile égarée dans un pays hostile. Mars fit place à avril, puis les jonquilles au lilas ; Gabrielle s'en allait lire sous le soleil de printemps et s'exhortait à la patience.

Les gens du voisinage s'habituaient à sa présence, certains venant lui faire la conversation à la barrière. Elle apprit dans quel bateau se trouvait enfermé Garcin et pria Oliver de lui remettre de l'argent ainsi qu'une lettre. Une réponse lui arriva, griffonnée sur un morceau de papier :

Vais bien mais toujours tourmenté par ma jambe. Ne pas m'envoyer de nourriture, merci. Trop de faim ici. Ne me parviendrait jamais. Nous nous verrons au marché quand vous serez libérée sur parole.

Garcin

— Les prisonniers ne mangent donc pas à leur faim ? demanda-t-elle à Oliver.

— Ils reçoivent chacun une solide portion mais leur code d'honneur les oblige à partager avec ceux qui sont au pain et à l'eau, particulièrement les voleurs et les assassins.

— Parce qu'ils cohabitent ? s'insurgea-t-elle, horrifiée.

— Il y en a trop. La ville n'a plus de quoi les loger.

Un après-midi, un agent du gouvernement vint lui annoncer la nouvelle qu'elle attendait depuis longtemps :

— Vous allez être libérée sur parole, madame.

— Enfin ! J'ai bien dû écrire une dizaine de lettres !

— Vraiment ? Elles ne me seront pas parvenues. Votre nom ne m'a été signalé qu'après une demande d'enquête faite par un monsieur.

— Un officier français ? demanda-t-elle, soudain tremblante.

Se pouvait-il que Nicolas eût appris sa présence en Angleterre ?

— Non, un Anglais.

— Comment s'appelle-t-il ? demanda-t-elle, stupéfaite.

— Je ne m'en souviens pas. Cela date de plusieurs semaines.

— A-t-il laissé une adresse ?

L'homme sourit, ému par tant d'ardeur.

— Non, madame, puisque j'ignorais que vous étiez parmi les prisonniers à ma charge. Il sera parti poursuivre ses recherches ailleurs. Maintenant, reprenons cette libération sur parole. Je vais vous en lire les conditions, ainsi que les risques encourus à rompre votre promesse.

Elle écouta, donna son accord et signa. Son interlocuteur lui remit alors une somme d'argent, expliquant que les civils à la charge des Britanniques étaient payés comme des lieutenants de l'armée. La jeune femme prit cet argent inespéré sans se faire prier. Il ne lui restait pratiquement rien de la fortune en pièces et bijoux emportée de Lyon.

— J'aimerais demander mon changement d'adresse, reprit-elle ensuite, afin de me rendre à Portsmouth aussitôt que possible.

— Dans quel but ?

— J'ai de bonnes raisons de croire que quelqu'un de ma connaissance s'y trouve.

— Soit, madame. Je n'y vois pas d'objection. Je vais vous remettre un permis que vous donnerez le jour de votre arrivée à l'agent du gouvernement de cette ville, en lui indiquant l'adresse où vous comptez résider.

S'étant levé, il la salua de la tête :

— Il me reste à vous souhaiter un bon voyage. Ah, je crois me rappeler le nom de l'homme qui vous cherchait. Harding. Oui, c'est cela !

Quand il sortit, Gabrielle souriait intérieurement. Il devait s'agir du beau-père d'Isabella, ou d'un beau-frère. Chère Isabella ! Quelle tristesse de ne pouvoir renouer le contact avec elle ! Néanmoins, il faisait bon savoir que, quelque part, une amie pensait à elle.

Et elle allait se rapprocher de Nicolas ! Se précipitant dans sa petite chambre sous les combles, elle prit un chapeau, puis redescendit comme si des ailes venaient de lui pousser aux talons, ravie de pouvoir enfin ouvrir la petite barrière du jardin.

Le dimanche suivant, elle alla avec Oliver au marché des prisonniers, un bien misérable marché en vérité, au bord de quais nauséabonds, surveillé par des gardes armés.

En revanche, les objets exposés étaient souvent beaux et elle en admira plus d'un avant d'apercevoir Garcin. Appuyé sur une béquille de fortune, il proposait des petits bateaux en papier de couleur disposés sur un tonneau. Elle fut prise de pitié en voyant ce solide gaillard qui ne jurait que par le grand air et les chevaux, dans sa tenue de prisonnier, réduit à vendre ces dérisoires pliages. Il venait d'en tendre un à un enfant quand il aperçut Gabrielle. Un large sourire détendit son visage émacié.

— Madame Gabrielle !

— Comment allez-vous ?

Oliver l'avait avertie que les prisonniers ne devaient recevoir aucune visite de femme, aussi demeura-t-elle discrète, essayant de se faire passer pour une cliente.

— Votre jambe vous fait-elle souffrir ?

— De moins en moins. Que je suis donc heureux de vous voir ! Avez-vous retrouvé la trace du capitaine Devaux ?

— Pas encore. Avez-vous besoin d'argent ?

— Il m'en reste encore du voyage, merci. J'ai pu m'acheter une paillasse et une couverture qui m'ont bien servi cet hiver. Je n'achète plus, maintenant, que du tabac et du savon lorsque j'en trouve. Et je ne fabrique ces objets que pour pouvoir sortir le dimanche. Désormais, je vous attendrai avec impatience.

— Hélas, mon bon Garcin ! Je pars demain pour Ports mouth, là où notre navire aurait dû aborder. J'espère retrouver Nicolas parmi ceux qui auront été libérés sur parole. Mais j'éprouve tant de peine à vous laisser ici, dans cet état !

— Il ne faut pas, madame, je l'ai bien voulu. C'est moi seul qui me suis jeté dans ce piège. Je savais, pourtant, que vous ne vouliez plus de moi. Je vous avais dégoûtée avec la terrible confession que je n'aurais jamais dû vous faire. A propos des carnages auxquels j'avais moi-même participé en tant que soldat.

— Tout cela est oublié, aujourd'hui.

— Non, madame, pardonné, peut-être, mais ces paroles resteront à jamais entre nous. Quand la paix sera revenue et que je vous aurai raccompagnée à Lyon, je partirai loin, m'établir dans le midi où j'élèverai des chevaux.

— Ne parlez pas de partir! J'ai déjà trop de mal à retrouver un homme qui est parti, lui aussi...

— Dieu vous aide, madame, et vous le retrouverez!

— Merci.

Il prit un petit bateau tricolore, qu'il lui tendit.

— Tenez. C'est un cadeau. De moi. Pour André.

Les larmes aux yeux, elle s'éloigna, serrant le précieux pliage contre son cœur, songeant au jour où elle pourrait enfin le remettre à son fils.

Pour prendre la diligence à destination de Portsmouth, il lui fallut d'abord se rendre au cœur de Londres, où elle découvrit, émerveillée, les monuments qui bordaient le fleuve. Elle se promit de revenir bientôt, en compagnie de Nicolas, pour libérer Garcin, elle ne savait encore comment...

A Portsmouth, elle alla trouver l'agent du gouvernement qui nota sa nouvelle adresse. Puis elle lui demanda s'il savait où se trouvait le capitaine Devaux. Le petit homme chauve s'adossa à son siège en fronçant les sourcils.

— Ne me dites pas, madame, que vous êtes la sœur de ce monsieur. Vous seriez surprise du nombre de sœurs que possèdent vos soldats quand ils changent de ville sans laisser leur adresse à toutes les dames qu'ils y ont fréquentées!

La jeune femme rougit sous l'insulte.

— Non, monsieur, je ne suis pas sa sœur.

— Pas plus que sa femme, je suppose, puisque vous ne portez pas le même nom.

— Je connaissais déjà le capitaine Devaux à Lyon, où nous habitions. Je n'ai aucune raison de croire qu'il ait quitté Portsmouth. Pour n'être jamais venu en Angleterre avant d'y être déporté comme prisonnier de guerre, il n'a sans doute aucune préférence pour une région particulière de votre pays. Je ne demande qu'à savoir s'il a bien été libéré sur parole et s'il vous serait possible de m'indiquer où le trouver.

— Vous parlez un excellent anglais, pour une Française, mais vous n'avez pas l'air de comprendre ce que je dis. Je n'ai pas le droit de révéler le moindre détail sur des prisonniers de guerre, excepté à leurs proches parents.

— L'agent du gouvernement de Londres, lui, aurait donné mon adresse, s'il l'avait eue, à un Anglais qui me cherchait.

Il agita un doigt menaçant :

— Vous êtes une civile, et cela change tout.

Ravalant sa fierté, elle insista :

— Ne pourriez-vous au moins me mettre sur la voie ? Il me faut à tout prix rejoindre le capitaine Devaux, c'est une question vitale pour moi.

Il jeta ostensiblement les yeux sur son tour de taille, bien que sa robe de mousseline largement évasée sous sa poitrine ne pût rien révéler.

— Ouais, j'entends souvent cette chanson. Enfin ! Ce sont des choses qui arrivent.

Se redressant sur sa chaise, il rangea brusquement dans un tiroir les papiers qu'elle lui avait remis et prit un air autoritaire :

— N'insistez pas. Revenez me voir dans deux semaines et souvenez-vous que vous êtes en liberté conditionnelle.

Elle se lança donc dans une recherche systématique à travers la ville. Plusieurs semaines s'écoulèrent. Aucun des officiers libérés sur parole ne put l'aider, car ils n'appartenaient pas au même régiment que Nicolas. Toutes les heures passées à faire antichambre se révélèrent vaines. Gabrielle en arrivait à croire que Nicolas avait quitté Portsmouth depuis longtemps quand, par le plus grand des hasards, elle tomba sur un précieux indice. Elle entendit raconter que certains chasseurs, d'abord emprisonnés à Porchester Castle, avaient été déplacés sur Chichester, dans le comté du Sussex. Aussitôt, elle formula une demande auprès de son agent pour s'y rendre.

— Vous n'avez passé que trois mois à Portsmouth, grommela-t-il. Vous deviez choisir un endroit qui vous plaise et vous y installer, pas visiter toute la région.

Pourtant, il signa les papiers nécessaires et la jeune femme quitta son bureau en les serrant comme un trésor, trop heureuse de ne plus jamais avoir affaire à ce butor.

A Chichester, la diligence s'arrêta à la taverne du Dauphin, face à la cathédrale, et Gabrielle y prit une chambre. Sa fenêtre donnait sur le marché, en plein cœur de la ville, et elle apercevait de loin les arbres de l'évêché, rutilants comme des nappes d'autel dans leurs teintes automnales.

En bon informateur, l'aubergiste était au courant de tout ce qui se passait à des lieues à la ronde, et il put la renseigner sur les endroits où travaillaient des prisonniers. Il en avait vu qui construisaient des maisons, avec beaucoup de savoir-faire, précisa-t-il. Cette fois, elle loua un cabriolet pour s'y rendre par ses propres moyens, ce qui était à la fois plus pratique et plus économique. Ainsi fit-elle, peu à peu, le tour des jolis villages de la région, avec leurs chaumières aux poutres centenaires et fenêtres à petits carreaux.

Les fragiles roses d'automne coloraient les tonnelles de leurs teintes pastel. De récentes bâtisses en granit à larges baies vitrées commençaient à remplacer les fermes séculaires et le mica de la pierre scintillait d'ambre et d'indigo sous le soleil.

Elle mit un certain temps à trouver les chasseurs car nombreux étaient les soldats employés sur ces chantiers. Regroupés dans un lieu nommé Trumley, près de Lavant, ils travaillaient à la construction d'une maison et d'une grange. Gabrielle héla un garde et lui glissa un billet pour qu'il la laisse s'approcher puis, dès qu'elle fut à portée de voix, mettant ses mains en cornet autour de sa bouche, elle cria en français, sûre de n'être pas comprise par les autochtones :

— Chasseurs à cheval ! Liberté, égalité, fraternité !

Comme elle s'y attendait, les prisonniers levèrent tous la tête vers cette compatriote qui les interpellait dans leur langue. Malgré les injonctions des gardiens, ils dévalèrent leurs échelles, lâchèrent leurs scies, leurs briques et leurs mortiers pour s'assembler autour d'elle.

— D'où venez-vous, mademoiselle ?

— Que faites-vous ici ?

— Venez-vous pour travailler avec nous ?

Elle rit de leurs gentilles plaisanteries, aussi heureuse de pouvoir enfin leur parler qu'eux de revoir une Française. Elle leur demanda s'ils se souvenaient d'un capitaine Devaux et tous répondirent que oui au moment où les gardes arrivaient pour les disperser.

— Savez-vous où il se trouve ? implora-t-elle encore. J'ai perdu sa trace à Portsmouth.

— Il est venu nous dire adieu peu avant que nous ne soyons transférés dans le Sussex.

— Où est-il allé ?

— Vers le nord, mademoiselle, cria un homme. Nous n'en savons pas plus.

— Où, au juste ?

Bousculés par les Anglais, ils s'éloignèrent avec des haussements d'épaules impuissants. Elle les remercia par un hochement de tête, incapable de parler tant était grande sa déception. La plupart se retournèrent pour la dévorer des yeux et mieux se rappeler toutes les femmes qu'ils ne pouvaient serrer dans leurs bras, fiancées, épouses, villageoises qu'ils auraient sans doute épousées si la guerre n'était venue les séparer.

— Fiche le camp, bâtarde !

L'un des gardiens la menaçait à grands gestes, un autre la visait avec son fusil. Tournant les talons, elle s'en alla, la tête haute. Quand elle s'assit dans son cabriolet, elle lança le plus fort qu'elle put :

— Vive l'empereur ! Vive la France !

Un coup de feu retentit, une balle passa en sifflant au-dessus de sa tête. Gabrielle ne cilla pas, refusant de se laisser intimider. Les vivats et les rires des prisonniers l'accompagnèrent tandis qu'elle rebroussait chemin.

Cette nuit-là, elle ne put s'endormir, les yeux fixés sur le dais de son lit. Elle avait échoué. Après tous ces mois de recherche et d'angoisse, elle revenait à son point de départ, sans plus d'indice pour rejoindre Nicolas que le jour où elle avait débarqué. Elle ne savait plus que faire, comme si elle venait de tomber dans un puits noir et sans fond. Dans sa solitude, elle repensait aussi à son fils, qui lui manquait cruellement.

Par mesure d'économie, elle déménagea pour une chambre plus petite à l'arrière de l'auberge. Si ses recherches n'aboutissaient pas bientôt, elle demanderait à regagner Londres, où elle pourrait au moins voir Garcin chaque dimanche. Elle lui écrivait régulièrement. A Portsmouth, elle avait reçu une lettre de lui, rédigée dans un style maladroit, mais depuis, plus de nouvelles.

Quelques jours avant Noël, en regagnant la taverne du Dauphin après une promenade, elle apprit qu'un visiteur l'attendait, un homme élégant, aux épais cheveux bruns et aux tempes grisonnantes, au regard bleu intelligent et bon. Sa bouche pincée se parait d'un charme surprenant quand il souriait.

— Bonjour, madame. L'aubergiste m'a dit que vous ne tarderiez pas à rentrer et je vous ai tout de suite reconnue d'après la description d'Isabella. Permettez-moi de me présenter : Andrew Harding, pour vous servir.

— Que j'ai de plaisir à vous voir, monsieur ! s'exclama-t-elle sincèrement.

La tristesse qui l'habitait depuis qu'elle ne savait plus où porter ses recherches se leva d'un coup.

— Votre visite me comble ! Comment va Isabella ? Et Luisa ? Comment m'avez-vous découverte ? Oh ! J'ai tant de questions à vous poser !

— Aussi ai-je commandé un dîner dans la salle à manger privée afin que nous puissions y bavarder sans être dérangés.

Pendant le repas, il lui raconta qu'Isabella s'inquiétait terriblement de ne pas recevoir de lettres, craignant d'avoir mal libellé son adresse ou, pis, que quelque malheur ne fût survenu. Chaleureusement accueillie par lui-même et sa femme qui la considéraient déjà comme leur propre fille, elle se désolait autant pour son amie qu'elle souffrait d'avoir quitté son pays.

— J'ai entendu dire que vous me cherchiez. Je suis restée longtemps sans dossier à mon nom.

— C'est ce que j'ai vu. Vous n'étiez enregistrée nulle part. Cependant, j'étais certain que je finirais par entendre parler de vous et quand j'ai repris mes recherches, récemment, j'ai obtenu votre adresse à Londres où il m'a été rapporté que vous étiez partie pour Portsmouth depuis trois mois ; quand je suis arrivé dans cette ville, ce fut pour apprendre qu'il me restait à continuer jusqu'à Chichester.

— Dois-je comprendre que vous avez accès aux registres gouvernementaux ?

— Oui. Je suis membre du parlement du Berkshire et conseiller de la guerre auprès du Premier ministre.

— Je l'ignorais. Tout comme Isabella, j'imagine, avant de

vous rencontrer. Mais il est vrai, ajouta-t-elle avec un petit sourire, qu'à l'époque elle ne parlait que de son bébé.

— Ceci m'amène à la raison précise pour laquelle je désirais tant vous retrouver. Ma femme et moi désirons vous prouver notre reconnaissance pour l'aide précieuse que vous avez apportée lors de la mise au monde de notre petite-fille. Isabella ne cesse de nous chanter vos louanges.

— Je crains qu'elle n'ait quelque peu exagéré l'importance de mon intervention. Le chirurgien du bord s'est montré extrêmement compétent.

— Mais c'est vous qui l'avez réconfortée quand elle se sentait si seule et abandonnée de tous. Je dois vous dire que je connais votre histoire dans ses moindres détails grâce à notre belle-fille et, à vous voir ainsi seule dans cette auberge, j'en conclus que vous restez sans nouvelles du capitaine Devaux.

— C'est hélas la vérité, monsieur ! soupira-t-elle, le cœur serré.

Elle n'osait seulement imaginer que Mr. Harding pût avoir entendu parler de lui.

— Je vous le trouverai, moi, assura-t-il. Le temps que mon secrétaire se mette à l'examen des registres des prisonniers.

Sans voix, les larmes aux yeux, elle se cacha le visage dans les mains pour tâcher de recouvrer un semblant de calme, puis releva la tête.

— Je ne saurai jamais assez vous remercier, monsieur, murmura-t-elle d'une voix brisée.

— N'en parlons plus. C'est moi qui reste votre débiteur et je n'en regrette que plus de vous demander encore patience après tout ce que vous avez traversé, mais la liste des prisonniers est interminable, nous en avons près de cent vingt mille actuellement. Le duc de Wellington a été prié de ne plus en envoyer pour le moment mais ils continuent d'affluer par bateaux entiers. C'est que nos soldats ne peuvent servir à la fois dans les prisons et sur les champs de bataille. Comme nous n'avons plus de place où détenir vos compatriotes et leurs alliés, nous utilisons tout ce qui nous tombe sous la main.

— Y compris les épaves ?

L'Anglais secoua la tête d'un air navré.

— Je me doute dans quelles conditions, parfois, ils doivent subir leur captivité. Mais le moyen de faire autrement par les temps qui courent ?

— Vous dites connaître toute mon histoire. Vous avez donc entendu parler du rôle que mon domestique, Gaston Garcin, y a joué, se constituant prisonnier pour me protéger. Il est aujourd'hui enfermé dans l'un de ces vieux bateaux amarrés sur la Tamise. Pourrait-on le faire transférer dans un endroit plus vivable ? Et, surtout, la libération sur parole est-elle parfois offerte aux hommes de troupe, exceptionnellement ?

— Il ne s'agit pas de libération proprement dite, mais de rapatriement. Oui, certains en ont bénéficié pour avoir par exemple sauvé la vie d'un gardien de prison. Je doute cependant qu'avoir sauvé la vôtre puisse entrer en ligne de compte. Néanmoins, j'examinerai son cas. Mais d'abord, ma femme et moi espérons que vous accepterez d'être notre invitée jusqu'à ce que je puisse vous envoyer, dans l'un de mes équipages, à l'adresse du capitaine Devaux. Isabella serait très heureuse de vous revoir et, comme je vous l'ai déjà dit, nous désirons vous aider. Quant à votre domestique, je puis en tout cas le faire venir pour qu'il travaille chez moi, si vous me donnez votre parole qu'il n'essayera pas de s'échapper.

Folle de joie, elle s'exclama :

— Jamais il ne ferait une telle chose ! Il a juré de me ramener lui-même à Lyon dès que la guerre serait finie.

— Dans ce cas, je m'en occupe. Nous partirons pour Londres dès demain matin et, aussitôt arrivé, je remplirai les formalités nécessaires pour le prendre à ma charge. Et maintenant, portons un toast ! Buvons en l'honneur de vos prochaines retrouvailles !

Radieuse, elle leva son verre.

En ce qui concernait Garcin, sa patience fut mise à rude épreuve. D'abord, il y eut le voyage jusqu'à Londres, puis l'attente au parlement où le secrétaire de Mr. Harding remplissait les formalités nécessaires. Après quoi, l'Anglais, sans doute fatigué par leur longue route, décida qu'ils en avaient assez fait pour la journée, que le reste pouvait attendre au lendemain matin, qu'ils passeraient la nuit dans sa somptueuse maison de Mayfair. Gabrielle se vit attribuer une magnifique chambre, et à son réveil, découvrit qu'il neigeait.

Malgré le délicieux petit déjeuner qui lui fut servi, elle ne put rien avaler tant elle avait hâte de se rendre à la prison flottante. Elle crut mourir en voyant Mr. Harding lire tranquillement d'interminables lettres, avant de revêtir enfin son manteau à pèlerine et un chapeau de castor.

Sur le quai, il la pria de l'attendre dans la voiture pendant qu'il montait à bord. Elle trépignait d'impatience. Bientôt, il y eut du mouvement sur la passerelle, et Garcin apparut, porté sur une civière par deux soldats et suivi de Mr. Harding. Quittant sa place, elle se précipita dans leur direction. La physionomie épuisée de Garcin s'étira en un large sourire quand il l'aperçut, mais elle ne voyait, horrifiée, que les pansements ensanglantés sur ce qui restait de sa jambe boiteuse, amputée au-dessus du genou.

— Que vous ont-ils fait ? cria-t-elle, épouvantée.

— Le chirurgien a dû la couper tant la gangrène montait, madame, ou j'en serais mort.

— Pourquoi ne me l'avez-vous pas dit ? sanglota-t-elle.

— Vous aviez déjà bien assez de soucis en tête. L'avez-vous retrouvé ?

— Non, répondit-elle, jugeant inutile de demander de qui il parlait. Mais nous touchons au but. Mr. Harding a promis de s'en occuper.

— Tant mieux, madame. Il semble que la roue commence à tourner en notre faveur. Je me sentirai beaucoup mieux dès que j'aurai cette jambe de bois que m'a promise ce monsieur.

— Mon bon Garcin ! hoqueta-t-elle entre le rire et les larmes. Rien ne saurait donc vous détruire !

— Pas plus que vous, madame. C'est pourquoi vous allez bientôt gagner la partie.

Il fut porté chez les Woodbury, baigné, pansé et couché dans un bon lit. Mrs. Woodbury promit de s'occuper de lui jusqu'à ce qu'il fût rétabli, et Mr. Harding la dédommagea, paya d'avance tous les frais et laissa une bourse à remettre à Garcin dès qu'il commencerait à marcher. Ses hardes de prisonnier furent jetées au feu et on commanda un nouvel habit pour lui. Sur le point de partir, Gabrielle l'embrassa sur la joue en lui souhaitant un prompt rétablissement.

— Venez vite me rejoindre à Twyford !

Il la retint par le bras :

— Vous venez de m'offrir le plus beau jour de ma vie en me tirant de ce trou à rats. Bientôt, ce sera votre tour.

La maison de campagne des Harding était une bâtisse en brique datant du dix-septième siècle, couverte de lierre, aux jolies fenêtres décorées de parements de pierre blanche. Le visage d'Isabella apparut à l'une d'elles tandis que Mrs. Harding venait sur le perron pour accueillir la visiteuse. Quelques instants plus tard, les deux amies se jetaient dans les bras l'une de l'autre avec un cri de joie.

Gabrielle fut ravie de constater combien Isabella était choyée par ce vieux couple qui avait reporté sur elle et son bébé toute leur affection puisque Edward était fils unique. Luisa devenait un beau poupon prospère de dix mois, dont les cheveux noirs de naissance avaient fait place à des boucles blondes héritées de son père mais qui gardait les grands yeux de velours de sa mère.

Gabrielle connut son plus heureux Noël depuis des années. Pendant le réveillon, des chanteurs vinrent à leur porte, selon la tradition, puis on servit un punch brûlant et la jeune femme goûta, pour la première fois, de ce fameux plum-pudding préparé des mois à l'avance. Elle était en mesure de se détendre et de s'amuser car elle savait que Nicolas lui reviendrait bientôt. Il occupait tellement ses pensées qu'elle avait parfois l'impression qu'il lui suffirait de tourner la tête pour le voir apparaître devant elle.

Deux jours après les fêtes, Mr. Harding décacheta une lettre au petit déjeuner, la parcourut et sourit à son invitée :

— Voilà le renseignement tant attendu. Le capitaine Devaux habite Holly House, Paradis Lane, Macclesfield, où il travaille comme contremaître à la filature de soie Barnett.

L'exclamation de joie fut poussée par Isabella. Gabrielle demeura immobile sur sa chaise, silencieuse, savourant l'aube du plus grand jour de sa vie.

Elle se rendit à Macclesfield dans une confortable voiture prêtée par les Harding. Les mains bien au chaud dans un manchon de fourrure, elle gardait les yeux fixés sur la pendulette de voyage qui lui indiquait les minutes et les heures la séparant encore de Nicolas. La nuit venue, elle s'arrêta dans une auberge et, le lendemain, au début de l'après-midi, les chevaux s'arrêtèrent dans la cour de Holly

House. Voulant s'assurer qu'il ne se trouvait pas dans la maison avant de se rendre à la filature, elle tira la sonnette de cuivre. Une domestique vint lui ouvrir.

— Le capitaine Devaux est-il là ? demanda-t-elle.

— Non, madame. A cette heure, il est à la filature.

— Merci. Je vais y aller.

La bonne ferma la porte et se dirigea vers la cuisine. Sur le palier, Jessica se pencha à la rampe :

— Qui était-ce ?

— Une dame étrangère qui demandait M. Devaux, madame. Je lui ai dit qu'il était à la filature.

La regardant disparaître dans l'office, Jessica demeura sur place, une main sur la poitrine, comme pour retenir le brutal battement de son cœur.

Gabrielle arriva à la filature ivre d'impatience. Sur le seuil, le cliquetis des métiers la fit sourire, comme si elle revenait brusquement en arrière, comme si elle avait quitté Nicolas de la veille. Un employé penché sur la table voulut se lever mais elle lui fit signe de ne pas bouger :

— Le capitaine Devaux est-il seul ?

— Oui, madame.

— Alors il est inutile de m'annoncer.

Elle venait d'apercevoir la pièce où était inscrit son nom, et elle ôta son capuchon, vérifia l'ordonnance de sa coiffure. Puis elle ouvrit vivement la porte, la referma tout aussi rapidement, s'y adossa, presque prise d'un étourdissement tant l'émotion l'étreignait. Assis devant un bureau à cylindre, Nicolas comparait des croquis et ne réagit pas à son entrée, comme s'il attendait quelqu'un d'autre.

— Vous avez fait vite, Briggs, dit-il en effet.

Elle fut heureuse de ce laps de temps qui lui permettait de l'observer de profil, de s'emplir de sa présence, et de ne pas mourir de la joie de le voir enfin. Etonné de ne pas recevoir de réponse, il leva les yeux, puis la tête. Jamais elle n'eût imaginé que l'amour pût aussi instantanément marquer un visage d'homme, emplissant son regard étonné, son sourire qui s'élargissait, son attitude et son être tout entier.

— Gabrielle !

Il avait bondi de sa chaise et la saisissait dans ses bras avant même qu'elle n'eût le temps de reprendre son souffle. Posant sa bouche sur ses lèvres, il l'embrassa avec une fougue, une ardeur qui disait assez combien elle lui avait manqué et elle lui répondit de la même façon, emportée par la plus violente des passions. Enlacés, ils s'étreignirent, tanguant et vibrant comme un bateau dans la tempête.

— Quand êtes-vous arrivée en Angleterre? parvint-il enfin à articuler.

Mais ses baisers interdirent à la jeune femme de répondre tout de suite. Serrés l'un contre l'autre à en étouffer d'exaltation, ils s'embrassaient, se caressaient, s'avouaient tout cet amour interdit depuis trop longtemps.

Ils n'entendirent pas la porte s'ouvrir, pas plus qu'ils ne surent que l'employé avait été envoyé au loin sous un prétexte quelconque. Seulement attachés à se retrouver l'un l'autre, ils ne se rendirent pas compte que quelqu'un les observait, jusqu'à ce qu'un sifflement horrifié cinglât l'air comme un coup de fouet. Le dos à la porte, Gabrielle appuya sa tête sur l'épaule de Nicolas, riant tout bas. Certaine qu'ils avaient surpris et choqué l'intrus, qui que ce fût, elle attendait que Nicolas le renvoyât. Mais rien ne vint. Nicolas lui caressait les cheveux d'un geste protecteur mais se taisait.

— Je dois vous présenter quelqu'un, Gabrielle, dit-il enfin d'une voix triste, rauque.

Elle l'interrogea du regard, mais ses yeux restaient fixés sur la porte. Elle pivota sur ses talons, encore appuyée à lui, sûre de son amour. Face à elle se tenait une pâle jeune femme à la douce chevelure blonde un peu ébouriffée par le vent, adossée au chambranle, sur le point de défaillir, emmitouflée dans un châle qu'elle retenait encore de ses mains crispées, comme si elle venait de courir tout au long de la rue sous la bruine froide de janvier.

— Oui? dit Gabrielle d'une voix incertaine.

Il la serra plus fort contre lui, comme pour la protéger de toute attaque, mais elle ne s'attendait pas le moins du monde à ce qu'il lui annonça :

— Voici Jessica. Ma femme. Nous nous sommes mariés la veille de Noël.

Une éternité, Gabrielle dévisagea la silhouette diaphane tandis que montait en elle le long hurlement silencieux d'une insupportable angoisse. Puis, comme il l'avait craint, elle perdit conscience et bascula en avant; il n'eut que le temps de la retenir. Jessica se raidit contre la porte, s'enroula dans son châle, tremblant de tous ses membres. Il se tenait là, l'époux adoré, serrant dans ses bras cette femme évanouie, ce précieux fardeau qu'il semblait vouloir emmener loin d'elle, à tout jamais.

— Renvoyez-la d'où elle vient, ordonna-t-elle d'une voix qui lui parut étonnamment aiguë.

Incapable de soutenir le regard sombre qu'il lui lança, elle fit volte-face et prit ses jambes à son cou comme pour échapper à cette intrusion du passé qui venait de briser sa félicité de jeune mariée.

Les poumons brûlés par l'effort — cet effort même qui lui était interdit depuis la maladie contractée dans son enfance — elle courut et courut encore, et ce n'est qu'une fois chez elle, à l'abri dans sa chambre, qu'elle donna libre cours aux sanglots qui l'étouffaient.

A la filature, Gabrielle reprenait peu à peu ses esprits. Quand elle ouvrit les yeux, Nicolas était devant elle, en train de lui masser les poignets. Elle se redressa d'un coup, croisa les bras afin de lui interdire de la toucher, encore trop prise de vertige pour se lever.

— Comment vous sentez-vous ?

Elle évita son regard inquiet :

— Donnez-moi une minute et j'irai parfaitement bien.

— Comment êtes-vous parvenue à traverser la Manche ? Avez-vous fait appel à des passeurs ?

— Ceci est une trop longue histoire. Je suis venue parce que je vous avais promis de vous rejoindre s'il m'arrivait un jour d'être libre.

— Dois-je en conclure qu'Emile est mort ?

Fermant les yeux, luttant pour retrouver toutes ses forces, elle poussa un lourd soupir :

— Oui, la nuit où la Maison Devaux a brûlé. Il faisait partie des trois victimes.

— Il y a si longtemps ! Et je l'ignorais !

Leurs regards se croisèrent, embués de détresse.

— Je m'en aperçois.

— Oh, Gabrielle !

Lui prenant la main, il la porta à ses lèvres puis la retint violemment quand elle voulut se libérer :

— Jamais je n'ai cessé de vous aimer.

Au moins ne cherchait-il pas d'excuses pour expliquer son

mariage. L'irrésistible attirance qui les avait toujours unis existait encore. Elle comprit qu'il n'avait épousé Jessica que parce qu'il croyait ne jamais la revoir. Désespérée, elle demeurait clouée sur place de peur de lui caresser encore le visage, les lèvres, de s'abandonner à des étreintes, là, dans ce bureau, comme elle avait été à deux doigts de le faire, autrefois, sous la tente de l'empereur. Exactement comme alors, elle savait que se laisser aller à sa passion ne pourrait qu'achever de la détruire, car elle ne serait dès lors plus capable de vivre sans lui.

— Je dois partir.

— Pour l'amour du ciel, Gabrielle, pas encore !

Il lui barra le chemin.

Elle se sentait d'un calme étonnant. Le chagrin, sans doute, qui agissait comme un anesthésiant.

— Il ne peut plus rien exister entre nous. De tout cœur, je vous souhaite d'être heureux, ainsi que je vous l'ai toujours souhaité. Pour votre bien autant que pour le mien, cette rencontre ne peut se prolonger. Adieu, Nicolas.

Il lui attrapa les poignets pour l'arrêter, mais, constatant qu'elle ne le regardait même pas, il la relâcha lentement, à contrecœur. Ses paroles la poursuivirent comme elle s'éloignait :

— Vous êtes toute ma vie et le serez toujours.

Elle resta dans un état second durant tout le trajet de retour vers Twyford, qu'elle fit d'une traite, sans s'arrêter. Tous ses sens paraissaient engourdis. Si elle se piquait avec une aiguille, sans doute ne s'en rendrait-elle même pas compte, pensa-t-elle. En arrivant chez les Harding, au crépuscule, elle monta directement dans sa chambre. Personne ne l'avait entendue arriver, ce qui lui laissa le temps de se rafraîchir et de changer de vêtements avant de descendre au salon où Mr. et Mrs. Harding prenaient le thé devant la cheminée, avec Isabella. Celle-ci se leva d'un bond en la voyant entrer :

— Nous avez-vous amené Nicolas ?

Son ton fléchit quand elle vit la jeune femme s'avancer comme un automate. A voir son expression, quelque terrible malheur avait dû se produire.

— Je l'ai trouvé, murmura Gabrielle d'une voix blanche.

267

Il s'est marié à Macclesfield. J'ai vu sa femme. Il l'a épousée il y a trois semaines.

Isabella porta une main à sa bouche pour étouffer un cri. Le beau visage de Mrs. Harding s'emplit de compassion. Son mari fit asseoir Gabrielle devant la cheminée, mais aucun feu n'aurait pu la réchauffer. Puis il lui tendit une tasse de thé que Mrs. Harding venait de remplir à son intention.

— Buvez ceci. Vous devez être épuisée.

Elle fut surprise de voir que ses doigts ne tremblaient pas. Pas une seconde, la tasse ne vibra sur sa soucoupe de porcelaine. Docilement, Gabrielle avala le liquide brûlant puis s'adressa à ses hôtes :

— Pourrais-je encore abuser de votre hospitalité quelques jours ?

Ils répondirent ensemble qu'elle pouvait rester tout le temps qu'elle voulait. Dans la nuit, sa torpeur s'estompa. Elle ne sut jamais comment elle parvint à survivre jusqu'au matin.

Dès que Garcin en eut la force, il vint s'installer chez les Harding et accepta avec bonheur de s'occuper des chevaux. Au début, il se déplaça avec deux béquilles, puis il en troqua une contre sa jambe de bois. Chaque pas le faisait atrocement souffrir. Mais il persévéra, le visage grimaçant de douleur, refusant de se laisser aller, obstiné à marcher envers et contre tout pour ne pas devenir un infirme.

A force d'observer Gabrielle, Mrs. Harding en vint à la conclusion que le mieux pour elle serait de rentrer au plus vite en France, où elle retrouverait ses occupations.

A sa demande, Mr. Harding entama des démarches pour lui permettre de partir. L'empire de Napoléon Ier commençait à se désintégrer. Le tsar venait de s'allier avec l'Angleterre, la Prusse, et l'Autriche. De fait, ce qui restait de la Grande Armée se trouvait non seulement chassé de Russie mais de toute l'Europe. A l'ouest, Wellington avançait vers les Pyrénées, l'ultime obstacle avant le sol français. Le jour même où Napoléon était battu à Leipzig, Gabrielle courut aux écuries annoncer de bonnes nouvelles à Garcin :

— Nous rentrons en France ! Nous allons être rapatriés ! Tout est arrangé !

Il la serra sur son large torse et tous deux se mirent à pleurer.

Quelques semaines plus tard, escortés par des gardes armés, avec sept autres civils et quelques officiers grands invalides, ils descendirent à Douvres pour embarquer sur un petit bateau de pêche. Les voiles claquaient dans le vent frais quand Gabrielle regarda les falaises blanches de la côte, disant un dernier adieu à Nicolas et à son amour. Jamais elle n'aimerait un autre homme.

Quand la terre disparut à l'horizon, elle se tourna vers la France, les cheveux mouillés par les embruns. Elle rentrait chez elle. A Lyon, où l'attendaient son fils, la Maison Roche, le cliquetis des métiers à tisser. Alors il lui sembla que son sang se remettait à couler dans ses veines.

15

Gabrielle décrocha du mur de son bureau de la rue Clémont le portrait en soie de l'empereur, le tint devant elle et le regarda, perplexe. Sans doute aurait-elle dû l'ôter depuis avril de l'année précédente. Quand Napoléon Ier avait abdiqué, ou lors de son départ pour l'île d'Elbe, ou même après le défilé triomphal à Paris du tsar et du roi de Prusse. Du jour où Wellington et ses « Tuniques rouges » avaient passé les Pyrénées pour s'emparer de Toulouse, elle avait su que la reddition n'était qu'une question de temps, et pourtant elle n'avait cessé d'espérer que l'empereur finirait par vaincre.

Plus ou moins directement, tous les grands événements de sa vie avaient été liés aux actions de cet homme extraordinaire qu'elle n'avait aperçu que de loin, mêlée à une foule joyeuse. Au cours de la campagne d'Autriche, elle avait perdu un frère et Garcin était venu à Lyon pour lui servir en quelque sorte d'ange gardien. L'invasion du Portugal et de l'Espagne lui avait ôté Nicolas à tout jamais.

Néanmoins, elle n'éprouvait pas la moindre animosité envers le souverain déchu. Il avait agi pour ce qu'il croyait être le bien de la France, lui donnant une législation et des réformes que nul Bourbon ne pourrait plus lui enlever. Par-dessus tout, il avait aidé Lyon à redevenir la plus grande capitale de la soie que le monde eût jamais connue, et Gabrielle n'avait qu'un regret : les merveilleuses réalisations de la Maison Roche, commandées pour Versailles, mais reléguées dans quelque coin sombre avec des centaines d'autres étoffes parmi les plus prestigieuses de Lyon, n'iraient sans doute jamais parer le palais pour lequel elles avaient été conçues. L'ère impériale était terminée et, avec elle s'en allaient la splendeur et l'apparat.

Tristement, elle ouvrit le tableau pour en ôter le portrait qu'elle roula et rangea dans un tiroir avec quelques autres rares objets qui appartenaient à l'histoire de la Maison Roche. Sa décision suivait la nouvelle annonçant, cinq jours plus tôt, que l'empereur s'était échappé de l'île d'Elbe pour débarquer à Golfe-Juan et y lever une nouvelle armée qui monterait sur Paris afin de destituer le roi Louis XVIII.

Elle ne voulait pas voir à nouveau verser le sang de ses compatriotes. Or, si Napoléon parvenait à reprendre le pouvoir, il ne chercherait qu'à reconquérir les territoires perdus, avec un acharnement au moins aussi fort qu'auparavant.

Pour rien au monde, elle ne voulait voir ressurgir les horreurs dont elle avait été témoin en Espagne.

La paix régnait, de bonnes relations avaient été rétablies avec l'Angleterre et le reste de l'Europe, les Lyonnais avaient été parmi les premiers à se rallier aux Bourbon. Même si l'arrivée de ce roi qui avait juré d'abolir toutes les lois de l'Empire et de la Révolution, lui semblait un véritable recul dans le temps, elle ne pouvait désapprouver l'aspiration de chacun à reprendre une vie paisible. En soupirant, elle ferma son tiroir.

— Maman !

Elle se tourna pour voir André surgir dans son bureau en laissant la porte claquer derrière lui. L'exubérant petit garçon de cinq ans rentrait d'une promenade avec sa gouvernante et, comme toujours, se précipitait immédiatement à sa recherche. Le soulevant dans ses bras, elle éclata de rire, embrassa ses joues rosies par le vent frais de mars.

— T'es-tu bien amusé ? As-tu rencontré tante Hélène comme prévu ? T'a-t-elle acheté un sucre d'orge ? Eh bien j'espère ! Tu en as de la chance !

— Et j'y retourne demain. Oncle Michel va m'apprendre l'équitation sur le poney de Juliette, le petit qu'elle ne monte plus.

Déjà, il se débattait pour qu'elle le repose à terre. Elle avait souvent du mal à ne pas trop le gâter et appréciait, pou cela, de l'envoyer chez Hélène et Michel, dans la maison voisine qu'ils avaient achetée quelques mois auparavant, avant que leur bonheur ne fût béni par la naissance de jumeaux, garçon et fille.

Gabrielle savait combien un enfant sans père pouvait avoir besoin d'une présence masculine. A son retour d'Angleterre, André n'avait pas voulu de cette maman qu'il ne connaissait pas. Heureusement, Hélène n'avait cessé de lui parler d'elle, lui montrant souvent la miniature qu'Emile avait fait peindre de sa femme. De fait, très vite, des relations normales s'étaient établies entre mère et fils et il ne pouvait plus se passer d'elle quand elle était à la maison.

Il lui arrivait souvent de partir pour affaires. Le petit André allait alors loger chez les Piat où il se sentait aussi bien que chez lui. Bien que Juliette, maintenant âgée de dix ans, préférât s'amuser avec des amies de son âge ou s'occuper de son petit frère et de sa petite sœur, elle gardait mille attentions pour lui, lui offrant des gâteries et lui lisant des histoires dans son lit.

— La semaine prochaine, annonça Gabrielle en se penchant vers l'enfant, je dois partir pour l'Auvergne et le Limousin. Tu sais que la Maison Roche est devenue l'une des meilleures références pour les propriétaires qui désirent redécorer leurs demeures et que je tiens à veiller moi-même au résultat de notre travail...

Sans trop prêter attention à ces détails, il comprenait. Ses meilleurs moments n'étaient-ils pas ceux qu'il passait avec sa mère à la filature ? Là, il s'enivrait des couleurs de ces somptueuses étoffes aux motifs savants, de l'odeur si caractéristique qui le rassurait parce qu'il la connaissait depuis toujours.

— Quand m'emmèneras-tu avec toi ? demandait-il régulièrement.

— Quand tu seras plus grand, promettait-elle. Un jour, c'est toi qui seras le maître de cette manufacture.

Elle se grisait de travail pour faire taire les souvenirs qui lui déchiraient encore le cœur. Plus d'un homme, pourtant, lui faisait la cour. Hélène elle-même lui avait délicatement suggéré qu'un remariage aurait des effets positifs sur André.

— Jamais ! répliqua un jour Gabrielle avec une telle

véhémence que sa belle-sœur n'osa jamais revenir sur ce sujet.

Les quelques chevaliers servants qui accompagnaient cette riche et jolie veuve aux diverses réceptions où elle était sans arrêt invitée, se rendaient vite compte qu'elle dressait entre elle et eux une barrière infranchissable, se montrant si lointaine qu'ils l'en trouvaient encore plus séduisante.

Sept jours après son débarquement, Napoléon avait fait une entrée triomphale à Grenoble. Tout au long de sa route, les vétérans de la Grande Armée se joignaient à lui dans leurs anciens uniformes. Le miracle opérait à nouveau, la France était sur le point de se rendre tout entière. Les bannières blanches des Bourbon étaient foulées aux pieds et remplacées par les cocardes tricolores interdites.

La veille de son départ, Gabrielle conduisit André chez les Piat. En chemin, leur berline fut arrêtée par une foule déchaînée. Napoléon entrait à Lyon et le frère du roi, envoyé pour défendre la ville contre l'usurpateur, avait dû s'enfuir sans avoir pu rallier un seul soldat.

Enthousiasmé par les cris et les acclamations, André se leva sur son siège pour voir ce qui se passait. Songeant qu'il n'oublierait sans doute jamais un tel moment, sa mère ouvrit la fenêtre et le tint sur ses genoux jusqu'à ce qu'il vît passer l'empereur fièrement campé sur son cheval, vêtu de sa vareuse grise de campagne et de son bicorne noir. Gabrielle se sentit de nouveau prise par le magnétisme de cet être hors du commun. Elle le suivit des yeux jusqu'à ce qu'il eût disparu au loin.

— Voilà, tu as vu l'empereur, dit-elle en rasseyant l'enfant sur la banquette. Quoi que tu entendes, à l'avenir, quoi qu'il arrive, souviens-toi qu'il a fait plus pour Lyon et pour la France qu'aucun autre Français vivant ou mort.

Les fêtes continuaient quand elle quitta la ville, le lendemain. La présence de Garcin lui manquait chaque fois qu'elle avait ainsi à se déplacer. Tenant sa parole, ce dernier était parti s'installer dans le Midi, non sans qu'elle lui eût offert un bon cheval, de nouveaux habits et une petite rente qui lui permettrait de finir tranquillement ses jours. Il resta long-temps sans donner de nouvelles puis il lui fit savoir qu'il s'était installé dans le paisible petit village de Cannes, où il s'occupait des chevaux d'un colonel en retraite qui, bien qu'ayant perdu un bras et une jambe à Arcole, montait encore tout à fait bien. Elle lui avait écrit plusieurs fois, mais sans recevoir de réponse. Peut-être était-il enfin parvenu à oublier son passé. Elle n'insista pas, espérant qu'il avait trouvé ce bien-être auquel il devait aspirer. Mais maintenant, qui sait s'il ne s'était pas laissé entraîner par son vieux colonel et n'avait pas rallié les soldats de l'empereur ?

Elle prit plaisir à traverser le vert Limousin, heureuse d'oublier la tourmente politique. Elle était accompagnée de sa femme de chambre qui avait le bon goût de ne jamais trop parler.

Le grand manoir où elle devait vérifier l'installation de ses tentures ne se trouvait qu'à quelques lieues de Limoges, et elle en profita pour acheter un ravissant service en porcelaine. Tranquillisée sur le sort de la Maison Roche grâce à la précieuse collaboration de Michel Piat, elle aimait ainsi à flâner et prendre son temps pour conseiller ses meilleurs clients.

— Une collation, madame ? demanda sa domestique.

— Volontiers. Que me proposez-vous ?

Marie lui présenta un pâté en croûte, du vin et des fruits que toutes deux mangèrent avec appétit avant d'en offrir au cocher.

Le soir, elle dîna d'un repas plus substantiel avec les propriétaires du manoir, dans la magnifique salle à manger tapissée de damas rose à bouquets stylisés qu'ils inauguraient ainsi. Les vingt chaises étaient recouvertes de la même soie qui ornait aussi les fenêtres.

Elle demeura plus de quatre semaines chez ses clients, discutant de tous les détails avec le contremaître, s'assurant après livraison des derniers coupons que les tentures avaient été taillées au millimètre près. Entre-temps, elle apprit que l'empereur avait reçu un accueil délirant à Paris après le départ hâtif de Louis XVIII pour la Belgique. Des amis récemment arrivés de la capitale annoncèrent que les panneaux à fleurs de lys des Tuileries avaient été enlevés pour céder la place à l'abeille impériale. Finalement, les soies de Versailles allaient sans doute sortir de leur remise, mais le plaisir qu'en éprouvait Gabrielle était gâché par de sombres pensées : quel serait le prix à payer cette fois ? Combien de vies allaient être immolées à la gloire de l'empereur dont les journaux proclamaient qu'il avait déjà levé une armée de trois cent mille hommes ?

La jeune femme gagna ensuite le château en Auvergne où les travaux étaient moins avancés. En l'absence des propriétaires, elle put cependant s'installer à son aise et accomplir un travail minutieux.

Lorsque tout fut en place, elle arpenta la demeure, pièce après pièce, la chambre bleu et argent. L'autre, blanc et or. Une autre encore pêche et ivoire. Un boudoir lilas orné de petits buissons vert pomme... Tout était merveilleusement paisible et frais. Dans le salon de musique, un satin broché blanc présentait un motif de lyres et de couronnes de roses. Dans le grand salon, des oiseaux de paradis étincelaient comme des joyaux sur les murs et les sièges. Le salon ouvrait sur des antichambres où les mêmes dessins offraient d'infinies variations de couleurs. Son travail était achevé. Elle pouvait rentrer à Lyon. Comme chaque fois, son cœur se serra.

De mauvaises nouvelles l'y attendaient. La ville était envahie de troupes mobilisées. Les Anglais et les Prussiens se massaient en Belgique où un affrontement devenait inévitable. A l'est, les armées du tsar se joignaient aux Autrichiens. De nouveau, la France se retrouvait encerclée d'ennemis.

Gabrielle arrivait trop tard pour aller chercher André le soir même. Comme chaque fois, une pile de lettres l'attendait. Elle décida d'en remettre la lecture jusqu'au lendemain, mais la femme de chambre lui en apporta une dans le salon bleu où elle dînait légèrement après avoir pris un bain et s'être changée.

— Je pense que vous devriez lire celle-ci, madame. L'on m'a dit qu'un monsieur s'était présenté six ou sept fois ces derniers jours dans l'espoir de vous voir. Hier il a laissé cette missive en recommandant bien de vous la remettre dès votre arrivée.

Elle prit distraitement le pli, s'attendant à l'un de ces courtiers qui ne savaient quoi inventer pour vendre leur marchandise. C'est alors qu'elle reconnut l'écriture et crut que son cœur allait s'arrêter de battre. Nicolas ! Inspirant une longue bouffée d'air, elle attendit d'être seule pour l'ouvrir d'une main tremblante :

Jessica est morte de consomption il y a six semaines, après avoir longtemps lutté contre la maladie. J'ai appris depuis qu'elle en avait souffert dans son enfance, mais chacun espérait une rémission l'âge adulte venant. Sans crier gare, une nouvelle attaque l'a terrassée. Son courage, autant que son attachement pour moi me resteront à jamais en mémoire. J'espère avoir fait tout ce qui était en mon pouvoir pour adoucir ses derniers jours et j'étais auprès d'elle quand elle est morte. J'ai toujours éprouvé une profonde affection autant que du respect pour elle, et j'ose espérer qu'elle a ressenti combien elle m'était plus chère que les circonstances n'auraient pu le lui laisser supposer. A la fin, ses pensées n'allaient qu'à mon bonheur. Elle ne possédait pas le moindre égoïsme. Sachez que je suis revenu en France afin de vous y retrouver, en espérant qu'il nous restera un peu de temps à vivre ensemble après la tâche qu'il me reste à accomplir.

Gabrielle interrompit un instant sa lecture, devinant de quelle tâche il s'agissait.

— Oh, mon amour ! murmura-t-elle d'une voix tourmentée, avant de reprendre :

Jamais je n'aurais pensé pouvoir revenir dans mon pays natal. Je m'étais résigné à vivre en exil, convaincu d'avoir agi pour le mieux, sans me douter que la situation allait ainsi évoluer. Le départ de l'empereur me libérant de ma parole envers les Anglais, je suis revenu en France en citoyen libre pour y rejoindre aussitôt mon régiment de chasseurs. Ne croyez pas que je sois redevenu soldat pour une autre raison que la conviction d'accomplir mon seul devoir. Je suis prêt à mourir pour la France plutôt que de la voir défaite comme le souhaite le monde entier. S'il vous reste quelque amour pour moi, permettez que je vous voie une dernière fois avant mon départ de Lyon. Si cette lettre vous parvient trop tard, laissez-moi espérer vous retrouver à mon retour.

Elle se rua hors de la pièce, en criant :
— Marie, ma cape, vite !
Déjà, elle était à la porte d'entrée quand on lui apporta le vêtement. Toujours courant, elle traversa la place. Elle connaissait l'adresse indiquée sur la lettre, ce n'était pas loin.

Sans doute Nicolas était-il descendu aussi près que possible de chez elle dans l'espoir de la voir dès son retour. Son ombre dansait au rythme de chaque réverbère. Quelques minutes plus tard, elle arrivait, le souffle court, devant la porte dont elle souleva le heurtoir. Une ordonnance vint lui ouvrir.

— Le capitaine Devaux est-il là ? Je suis Mme Valmont ! s'écria-t-elle aussitôt.

— Il est sorti, madame, mais je sais où il se trouve. J'avais l'ordre d'aller le chercher immédiatement si vous veniez.

Après l'avoir fait monter dans les appartements de Nicolas, au premier étage, il partit. La jeune femme se posta devant la fenêtre pour voir, peu après, l'ordonnance sortir en boutonnant sa vareuse. Reprenant sa respiration, elle ôta sa cape qu'elle abandonna sur une chaise puis se remit devant la fenêtre, prête à attendre la nuit entière s'il le fallait. Après un temps qu'elle eût été incapable de déterminer, elle vit venir un fiacre au galop, reconnut Nicolas en uniforme qui sautait à terre et se ruait dans la maison. Sa course résonna dans l'escalier, la porte s'ouvrit toute grande, et de nouveau il fut là, présent, vivant. Les yeux dans les yeux, ils se regardaient comme au premier jour, quand le carrosse nuptial avait heurté le convoi funéraire. Cette fois, ils étaient seuls. Cette fois, le présent leur appartenait. Enfin.

— Nicolas, souffla-t-elle. Dites-moi que je ne rêve pas !
— Ma Gabrielle !

Ils se jetèrent dans les bras l'un de l'autre, s'embrassèrent avec une soif inextinguible. Des larmes de bonheur mouillaient les cils de la jeune femme et elle passait et repassait les doigts dans l'épaisse chevelure de son compagnon pour le garder tout à elle, comme si elle risquait de mourir s'il s'avisait de relever la tête, d'ôter sa bouche de la sienne.

La soulevant dans ses bras, il la fit passer dans la chambre contiguë. Un grand lit les attendait. Elle se laissa déshabiller avec une joie presque insoutenable, car il ne cessait, en même temps, de l'embrasser, de la caresser partout où il la dénudait, comme pour mieux apprendre à connaître son corps.

A son tour, elle le découvrit, éblouie par sa beauté d'homme, par la force et la puissance qui émanaient de cette musculature impressionnante, et elle poussa un cri de bonheur quand il vint s'allonger auprès d'elle, quand leurs corps s'unirent dans un embrassement passionné. Du bout des doigts, elle traçait chaque trait de son visage baigné d'amour, puis ses épaules dures et chaudes, la longue et frémissante courbe de son dos, le creux de ses reins, en même temps qu'elle ondulait de plaisir sous le doux assaut de cette chair tant désirée.

La bougie éclairait de sa lueur vacillante les draps froissés par la tourmente. Jamais Gabrielle n'avait vécu de tels moments, tanguant sur la mer agitée de leur passion, culminant sur les crêtes de vagues écumantes, se laissant porter par le déferlement d'un amour qui la submergeait, l'emportait dans une tempête comme elle n'en avait jamais connu.

Lorsqu'ils s'apaisèrent enfin, grisés mais non pas rassasiés, elle continua de le caresser et de l'embrasser dans le cou et dans le dos. Ouvrant les yeux, il lui sourit, lui passa une main dans les cheveux, se dressa sur un coude. Minuit avait sonné depuis longtemps.

— Je t'aime, murmura-t-il comme s'il ne lui avait encore jamais dit ces mots. Marions-nous aujourd'hui. Ce matin, avant midi.

L'entourant de ses bras, elle déposa d'innombrables baisers sur son visage.

— Quelle impatience ! rétorqua-t-elle malicieusement. Oui, oui, oui !

Brusquement, elle pressa la joue contre la sienne pour lui cacher la peur soudaine qui assombrissait son regard.

— T'en vas-tu donc si vite ? Dès demain peut-être ?

— Aujourd'hui, avant la nuit.

La nouvelle lui déchira le cœur.

— Où vas-tu ? Le sais-tu ?

— Oui. Mais n'en parlons pas maintenant.

Il voulut la distraire de ces noires pensées, mais elle lui prit le visage entre les mains :

— Je t'en prie ! Dis-le-moi !

Se redressant, il comprit qu'elle ne le lâcherait pas avant de savoir la vérité.

— L'empereur est déjà parti pour la Belgique. Les Prussiens sont massés à Ligny et il paraît que Wellington amène des troupes vers un endroit appelé Quatre-Bras.

Lorsque ces armées seront défaites, nous marcherons sur Bruxelles.

Il sourit :

— Et si nous nous retrouvions là-bas, mon amour ?

— Je ferai mieux que cela, répondit-elle avec ferveur. Je pars avec toi. Cette fois, je serai parmi les épouses et tous ceux qui suivent les troupes. Je ne veux plus te perdre de vue comme à Ciudad Rodrigo.

S'étant trahie, elle voulut l'empêcher de la questionner en l'embrassant, et la fougue de leur amour les reprit avec une ardeur insoupçonnée. Plus tard, beaucoup plus tard, alors que l'aube filtrait à travers les rideaux, ils s'éveillèrent, encore enlacés. La tête sur le même oreiller qu'elle, il lui chuchota dans l'oreille :

— Qu'as-tu voulu dire à propos de Ciudad Rodrigo ? C'est là que j'ai été fait prisonnier.

Alors elle lui raconta toute son histoire et il sut ce qu'elle avait accompli par amour pour lui. La tête renversée en arrière, il soupirait violemment à l'évocation des souffrances qu'elle avait endurées à cause de lui, mais elle le calma avec les mots les plus tendres.

Après un rapide déjeuner, ils se rendirent dans une chapelle voisine et demandèrent à un prêtre de les marier. Nicolas avait pris les papiers nécessaires en arrivant à Lyon, sachant qu'il n'y resterait pas longtemps. Il fut convenu que le mariage aurait lieu à onze heures et demie, avec l'ordonnance de Nicolas comme témoin.

Ensuite, Gabrielle passa chez elle pour prendre quelques effets, choisit son cheval le plus résistant et écrivit une longue lettre à Hélène, pleine d'explications enflammées. De peur de troubler son fils en arrivant pour repartir aussitôt, elle préférait en effet s'en aller sans passer chez les Piat. Elle descendait l'escalier quand elle reconnut le claquement caractéristique d'une jambe de bois sur le parquet du corridor menant à la cuisine. Bien qu'elle ne pût l'apercevoir d'où elle était, elle s'écria :

— Garcin ! Ce n'est pas possible !

Le sergent avait fière allure dans sa redingote verte. Une simple canne remplaçait sa béquille, ses cheveux broussailleux étaient soigneusement coiffés et il portait une épingle d'or à sa cravate.

— Madame Gabrielle ! Je désespérais de vous trouver enfin !

— Je me marie, mon bon Garcin ! J'ai retrouvé Nicolas. Nous voici enfin réunis. Souhaitez-moi bonne chance. Et puis venez donc ! ajouta-t-elle sans lui laisser placer un mot. Il me faut un témoin, à moi aussi. Personne ne le mérite mieux que vous.

Arrivée à sa hauteur, elle l'embrassa sur les joues. Dans son regard, le désir avait laissé place à une infinie bonté.

— J'espère que vous en avez le temps, ajouta-t-elle, et que vous n'avez pas oublié ce que nous avons traversé ensemble.

— Comment le·pourrais-je jamais, madame ? Cependant je suis marié, moi aussi. Ma Jeanne est une bien belle femme, pleine d'esprit, ma foi, et notre premier petit nous viendra bientôt.

— Que j'ai de plaisir à vous l'entendre dire ! Où est-elle ? L'avez-vous amenée avec vous ?

— Non. Je l'ai laissée en sécurité à Cannes. Elle sert comme lingère chez le colonel et nous posséderons dès l'an prochain notre propre maison.

— Quelles merveilleuses nouvelles vous m'apportez là, elles ne pouvaient tomber mieux qu'en ce moment. Mais quelles affaires vous amènent donc ici ?

Elle retint son souffle avant d'ajouter :

— Ne me dites pas que vous avez suivi l'empereur depuis Cannes ?

— Si fait. Et jusqu'à Paris.

Une fois la capitale atteinte, raconta-t-il, il s'était retrouvé sans occupation tandis que le souverain s'installait aux Tuileries pour reprendre ses dossiers où il les avait laissés. Alors Garcin était redescendu et avait décidé de passer par la rue Clémont avant de continuer sur Cannes.

— Allons, l'invita-t-elle, venez avec moi à l'Hôtel de Ville, puis à l'église. Je vais me mettre en retard à bavarder ainsi ! Nicolas part pour la Belgique dès ce soir et, cette fois, je serai du voyage.

— Fort bien, à quelle heure partons-nous !

La jeune femme lui lança un regard surpris :

— Vous ne songez tout de même pas à m'accompagner !

— Bien sûr que si, madame. Premièrement, ce sera

comme au bon vieux temps. Deuxièmement, je tiens à voir l'empereur remporter une nouvelle victoire. Alors, qu'en dites-vous ?

— Que j'accepte avec joie, mon bon Garcin.

Devant l'autel, il n'y avait que les deux mariés et leurs témoins. La bénédiction donnée, Nicolas et Gabrielle durent se séparer sur les marches de l'église après un dernier baiser. Puis le capitaine donna une grande bourrade à Garcin :

— Veillez sur ma femme, mon ami, comme vous l'avez toujours si bien fait.

— Oui, mon capitaine ! Vous pouvez compter sur moi.

Entre Lyon et la frontière belge, l'escadron bivouaqua à l'entrée des villages. Chaque soir, Gabrielle put prendre une chambre d'auberge où Nicolas venait la rejoindre. Ils passaient ainsi quelques heures, entrecoupées de courts temps de sommeil, insatiables d'amour ; le passé pesant encore trop sur leurs épaules, l'avenir demeurant incertain, ils préféraient ne plus penser qu'au présent qu'ils pouvaient enfin partager.

Le dix-sept juin, en Belgique, Gabrielle vit l'escadron de Nicolas rejoindre les forces de l'empereur qui venait de mettre les Prussiens en déroute à Ligny. Un orage torrentiel s'était abattu sur l'armée dans la journée mais rien ne pouvait faire reculer ces troupes exaltées par leur invincibilité retrouvée. L'aube se lèverait sur la grande plaine détrempée où les attendaient les Anglais, près du village de Waterloo.

Cette nuit-là, Gabrielle prit une chambre chez un paysan et, douillettement couchés dans le grand lit de plumes, ils écoutèrent la pluie qui ne cessait de tomber.

— Depuis que nous nous sommes retrouvés, j'ai vécu les plus belles heures de ma vie, dit tendrement Nicolas la tête sur son épaule. Sache, si je ne revenais pas...

— Tais-toi !

Frémissant de peur, elle se redressa et posa les doigts sur sa bouche pour le faire taire. Elle ne se souvenait que trop bien des paroles de Julien avant son dernier départ...

Doucement, il lui prit les mains.

— Allons, mon amour ! Je voulais seulement te dire combien je veux maintenant un enfant pour parachever ces heures uniques. Ainsi, je continuerai à vivre en toi, quoi qu'il puisse m'arriver.

Le griffant cruellement pour l'empêcher de poursuivre, elle s'écria :

— Je n'accepterai qu'une issue à cette journée : que tu me reviennes ! M'entends-tu ? *Je veux que tu reviennes !*

Bouleversé d'amour, il la serra à l'étouffer.

Au petit matin, il quitta le lit sans la réveiller.

En s'éveillant, Gabrielle se sentit terriblement lasse, enfila une robe de chambre et ouvrit sa fenêtre. Les paysans s'en allaient, emportant ce qu'ils pouvaient dans une charrette tirée par un âne. Garcin les avait aidés à charger et faisait maintenant asseoir un enfant qui portait un petit chat dans les bras.

Incapable de chasser sa tristesse, Gabrielle se rafraîchit le visage à l'eau froide. Puis elle passa une robe de coton bleu et descendit après avoir tiré ses cheveux en chignon. Le sergent lui lança un regard furtif et se détourna brusquement pour surveiller le café qu'il chauffait sur la cuisinière abandonnée par les paysans.

— J'entends la Marseillaise, dit-elle en s'asseyant.

— L'empereur doit passer ses troupes en revue.

Elle mangea sans appétit du pain et de la viande séchée, se forçant à avaler autant de nourriture qu'elle le pouvait car elle ne savait pas quand aurait lieu son prochain repas.

— Quand commenceront les combats ? demanda-t-elle.

— Dans une heure, peut-être deux.

— Alors j'ai le temps de me présenter à l'hôpital pour y offrir mes services.

Garcin tiqua mais se contenta d'observer :

— Il vous faudra du courage.

— Après ce que j'ai vu à Ciudad Rodrigo, je me sens le cœur à tout supporter.

Ils gagnèrent à pied ce qui allait servir d'hôpital de campagne, le traditionnel drapeau noir indiquant qu'il était ouvert à tous, amis ou ennemis. Il avait été dressé dans un bois, à l'abri de l'artillerie, mais pas trop loin du champ de bataille. Comme il fallait de quatre à six hommes pour porter un blessé, la plupart des officiers avaient ordonné, si eux-mêmes venaient à être touchés, qu'on les laissât sur place jusqu'à la fin des combats. Garcin se doutait que Nicolas Devaux était du nombre, mais il n'en dit rien.

Pour le moment, les chirurgiens se contentaient de bavarder en fumant la pipe. Des lits sommaires attendaient, ainsi que des couvertures roulées en guise de civières. Il y avait aussi d'innombrables tonneaux d'alcool, qui servirait à enivrer les plus grièvement atteints pendant leur opération autant qu'à désinfecter les plaies. Quelques femmes continuaient de ranger ou bien s'asseyaient en attendant les premières salves. Après le déclenchement de la bataille, elles ne pourraient plus prendre une seconde de repos, jusqu'à tomber sur place de fatigue.

A huit heures et demie, les canons français ouvrirent le feu à une cadence inouïe. Gabrielle se demanda comment les Anglais pouvaient supporter un tel bombardement. D'épais nuages de fumée s'élevaient par-dessus les arbres, couvrant jusqu'au drapeau noir salvateur. Les premiers blessés ne tardèrent pas à arriver, sept hommes de troupe fauchés par un seul boulet qui leur avait broyé les jambes.

— Mme Devaux, des bandages !

Elle se précipita et, des heures durant, elle s'activa, assourdie à en perdre la tête par les explosions qui roulaient comme un tonnerre n'en finissant pas de cracher sa foudre, aveuglée par le sang qui l'inondait et giclait de tant d'affreuses blessures, ivre de pitié pour ces jeunes hommes tordus de douleur autant que de désespoir. Elle ne pensait plus à rien, obéissant aux ordres comme un automate, prenant machinalement les initiatives qu'elle pouvait quand elle le pouvait. Elle n'entendait plus ni les cris des patients, ni les charges à la trompette, ni les galopades, ni les hurlements de mort... Seulement le canon, l'incessant canon qui lui martelait la tête comme s'il devait résonner pour le restant de ses jours.

Pourtant, quand il lui arrivait de voir un chasseur, elle demandait des nouvelles de Nicolas. L'un d'eux lui apprit, vers midi, qu'il avait déjà eu trois chevaux tués sous lui, pour en reprendre chaque fois un autre abandonné par son cavalier mort. Il se frayait un chemin sabre au clair parmi les ennemis, paraissant invincible.

Rappelée à l'ordre par le médecin-chef qui lui reprocha de perdre son temps en bavardages, elle reprit son poste auprès de lui pour panser les blessés au fur et à mesure qu'il les opérait. Les autres femmes travaillaient sans relâche elles aussi, absorbées par cette marée d'hommes ensanglantés qui ne cessaient d'affluer. Certains mouraient sur la table d'opération, aussitôt remplacés par d'autres qui attendaient.

Bouleversée par tant d'horreurs, Gabrielle ne pouvait parfois retenir ses larmes, d'autant qu'elle se demandait si le prochain ne serait pas Nicolas. Qui sait s'il ne gisait pas déjà sur la terre inondée de son sang ?

A la fin de l'après-midi, une femme qui apportait de nouveaux bandages annonça que le maréchal Ney venait d'attaquer, donnant un superbe avantage aux troupes françaises. Un peu plus tard, ils apprirent que la résistance anglaise ne cessait de faiblir, qu'un bataillon entier d'Allemands avait été décimé. L'empereur était en train de remporter une nouvelle victoire, nul ne pouvait plus en douter et tous attendaient désormais qu'il ordonnât le dernier assaut.

Gabrielle se remit au travail. Le soleil allait se coucher quand un infirmier apparut pour leur annoncer d'une voix vibrante :

— L'empereur a fait donner la Garde !

L'élite ! La fleur de la Grande Armée ! Ces hommes tenus en réserve jusqu'à maintenant allaient finir de mettre l'ennemi en déroute. Soupirant de soulagement, Gabrielle échangea un sourire avec l'homme étendu sur la table.

Le médecin venait d'extraire une balle de sa cuisse.

— Ainsi nous avons gagné, lui dit-elle.

— Nul n'en a jamais douté, madame.

Les premières lanternes furent allumées pour suppléer à la lumière du jour qui tombait. A l'extérieur, des blessés attendant d'être soignés, certains depuis plusieurs heures, s'entassaient à perte de vue et la jeune femme se demandait où ils seraient installés.

Dans la plaine, d'autres encore se traînaient, cherchant parfois à se dégager des corps tombés sur eux, noyés de sang et de boue, piétinés par la cavalerie. Nicolas faisait partie de ceux qui ne pouvaient plus bouger.

Il ne se souvenait pas d'avoir été blessé. De vagues images lui revenaient au milieu des éblouissements qui le faisaient sombrer dans l'inconscience. Accroché à l'étendard qu'il avait arraché à un mourant, il savait seulement qu'il ne devait pas se le laisser enlever, ignorant si les cris qu'il poussait malgré lui sortaient ou non de sa gorge. Tout demeurait si confus, si embrouillé.

Parfois il revoyait le sabre brandi au-dessus de sa tête, puis il sentait le sang qui s'écoulait de son cou, emportant peu à peu des bribes de sa vie. A d'autres moments, son esprit se détachait étrangement de son corps, et il se voyait gisant au milieu d'un véritable carnage de chevaux et d'hommes emmêlés, comme si c'était le seul moyen pour échapper à la trop grande souffrance qui l'habitait.

Sous lui, la terre se remit à trembler et, dans un éclair de lucidité, il comprit que la cavalerie allait de nouveau charger. Combien de fois déjà étaient-ils passés par-dessus lui, un sabot lui broyant incidemment la main droite, un autre tordant son bras jusqu'à le désarticuler? Près de lui, un cheval éventré finissait de se vider de son sang.

Ils revenaient, ses propres compatriotes, ils allaient achever de l'enterrer vivant sous la boue rougeoyante.

Dans un effort, il rouvrit les yeux pour découvrir, dans la lumière orange du coucher de soleil, la charge sauvage des cavaliers, suivis de milliers de fantassins. La Garde impériale, envoyée pour achever la résistance anglaise, pour l'achever, lui...

Ils passèrent tous, sans qu'il se rendît compte s'ils l'avaient de nouveau touché. Il ne sut pas non plus si c'était lui qui criait, ou l'un d'eux, à côté, tout près. Peut-être était-ce lui. Cette fois, il se laissa glisser dans le sanctuaire gris de l'oubli.

Quand il rouvrit les yeux, ce fut pour revoir les mêmes hommes. Cette fois, cependant, ils ne chargeaient pas. Ils venaient du sud, des lignes britanniques. La retraite, l'ignominieuse déroute! Comme pour le confirmer dans cette découverte, d'autres soldats arrivèrent, qui s'interpellaient en anglais.

Un grand cri de rage lui échappa, lui donnant soudain la force surhumaine de se redresser dans une pathétique et dérisoire tentative de les arrêter. Puis il retomba en avant, la tête sur un tambour abandonné. Comme dans un cauchemar, il vit passer devant lui un cheval efflanqué et blanc d'écume, qui avait dû perdre son cavalier et qui errait maintenant sans plus savoir où aller.

La nuit tombait, piquée des premières étoiles. Il rouvrit les yeux et vit des guirlandes de fleurs rouges et bleues brillant dans le pâle clair de lune. De la soie, tout autour de lui, comme la plus belle des parures, souillée par le sang de ses blessures et la boue. Il la reconnaissait, elle avait été tissée dans ses ateliers, pour la tente de l'empereur, où Gabrielle et lui avaient failli s'abandonner l'un à l'autre pour la première fois...

Il ferma lentement les paupières, sentant ses forces l'abandonner. Il crut entendre une voix, une voix qui l'appelait. *Gabrielle,* murmura-t-il en retour.

La lumière des lanternes attirait les papillons de nuit et faisait danser d'étranges ombres à l'intérieur des tentes. Gabrielle se tourna vers un nouveau blessé et vit le visage exténué du Dr Arnoul à côté d'elle.

— Vous en avez assez fait, dit-il d'un ton paisible. Allez vous reposer.

Quelque chose dans son expression l'empêcha de protester.

— Que se passe-t-il ? demanda-t-elle, effrayée.

— Je crois qu'il vaut mieux que vous l'appreniez de la bouche de quelqu'un que vous connaissez.

D'un signe de tête, il indiqua, la mine défaite, Garcin, qui se tenait à l'entrée de la tente. Remplie d'épouvante, elle alla vers lui.

L'entraînant au-dehors, son compagnon lui posa un bras sur l'épaule tandis que, comme dans un cauchemar, elle n'arrivait pas à articuler la question qui lui brûlait la gorge.

— J'en ai reçu la confirmation de cinq sources différentes, lui annonça-t-il d'une voix à peine audible. Je n'ai pas voulu vous inquiéter au début, mais maintenant je le sais sans erreur possible. Le capitaine Devaux est mort. Tombé au milieu des charges de cavalerie, il protégeait encore un drapeau quand les Anglais sont arrivés. Il a voulu leur faire face une dernière fois et s'est laissé faucher presque aussitôt par une salve.

D'un hochement de tête, elle lui fit comprendre qu'elle avait saisi. Tous deux marchèrent en silence parmi les blessés et les agonisants qui attendaient encore des secours. La ferme où elle avait dormi était toujours debout, vide. Garcin la fit asseoir dans la cuisine et lui apporta de l'eau, tant pour la faire boire que pour lui laver le visage et en ôter le sang séché.

— Maintenant, dit-il en l'aidant à se relever, montez vous changer pendant que j'allumerai un feu. La nuit sera froide.

Au pied de l'escalier, elle s'arrêta, le regarda par-dessus son épaule :

— J'irai chercher son corps pour le ramener à Lyon. Il ne sera pas inhumé en terre étrangère.

D'expérience, il savait qu'il était inutile de vouloir l'en empêcher, aussi alla-t-il vérifier l'état de ses pistolets et prit-il beaucoup de munitions. Il se souvenait de ce que devenaient les champs de bataille à la nuit tombée, entre la faim des animaux sauvages, et celle, tout aussi féroce, des pilleurs et des déserteurs.

Quand elle redescendit, elle avait revêtu des habits simples et chauds, les épaules couvertes d'un châle. Le sergent avait trouvé deux lanternes qu'il alluma et tous deux s'enfoncèrent dans la nuit. Le premier cheval errant qu'ils rencontrèrent, ils l'attelèrent à une carriole abandonnée et reprirent leurs recherches, Garcin fouettant parfois la pauvre bête effrayée par ces odeurs de mort. Enfin, il l'attacha à l'orée du petit bois, aussi près que possible du champ de bataille.

D'autres lanternes allaient et venaient dans la nuit, à la recherche d'autres blessés, par la plaine bruissante des cris et des gémissements de ceux qui pouvaient encore appeler. Parfois, un coup de feu indiquait que quelque sauveteur avait eu pitié d'un cheval agonisant.

La mort était partout. Des hommes immobiles semblaient intacts, comme s'ils dormaient les yeux grands ouverts sur les étoiles, jusqu'à ce que l'on aperçût le bas de leur corps, broyé par un canon. La lumière éclairait souvent des scènes insoutenables. Gabrielle ne pouvait s'empêcher de s'arrêter chaque fois qu'un blessé lui demandait de l'eau. Prévoyant, Garcin s'était muni de plusieurs gourdes qu'il tendait aux Français comme aux Anglais. Certains s'accrochaient à la jupe de la jeune femme, la suppliant de ne pas les laisser là, à la merci des rôdeurs. Elle les abandonnait, pourtant, essayant d'oublier leurs sanglots derrière elle, Garcin leur remettant parfois l'arme d'un mort pour qu'ils puissent se défendre.

Quand ils tombaient sur l'un de ces détrousseurs de cadavres, le sergent ne se gênait pas pour les tirer comme des rats qu'ils étaient. Quelques-uns détalaient, les poches déjà pleines, d'autres restaient sur place, aucun ne répliqua.

Il leur fallut chercher des heures avant de trouver Nicolas. Leurs gourdes étaient vides et il ne leur restait rien à donner à ceux qu'ils rencontraient maintenant. L'aube venait de se lever quand ils le virent. Poussant un cri, Gabrielle se précipita vers la silhouette en vert, sautant tous les obstacles, Garcin la suivant comme il le pouvait. Elle se laissa tomber à genoux devant son mari, éclatant en sanglots.

— Mon amour, mon âme !

Sous sa main caressante, le corps encore tiède parut palpiter d'un reste de vie.

— Seigneur miséricordieux ! s'écria-t-elle, affolée de bonheur.

Elle se releva pour appeler Garcin d'une voix tellement hystérique qu'il crut un instant qu'elle venait de perdre la raison :

— Venez ! Il est vivant !

Il se mit à courir, manquant trébucher avec sa jambe de bois, et se pencha sur Nicolas avant d'ouvrir son uniforme pour tâter son cœur.

— A peine, murmura-t-il pour ne pas donner de faux espoirs à Gabrielle.

Elle lui lança un regard farouche :

— Je saurai bien le ramener à la vie !

Convaincu qu'elle se nourrissait d'illusions, il préféra cependant réprimer son pessimisme.

— Enveloppons-le dans cet étendard. Il nous servira à l'emmener jusqu'à la carriole.

Il tailla dans la soie la surface nécessaire puis, avec l'aide de la jeune femme, plaça Nicolas au centre du carré obtenu, avant de faire un nœud aux deux extrémités. Après quoi, Gabrielle devant, ils s'engagèrent dans le plus difficile de leur voyage, vite exténués mais n'en continuant pas moins d'avancer, les dents serrées, attentifs à ne pas trop secouer le blessé. Pour le hisser sur la carriole, Garcin héla deux pilleurs qu'il menaça de ses pistolets, et qu'il obligea ensuite à courir devant l'attelage jusqu'à la ferme où ils durent monter à l'étage.

Dès qu'il les eut jetés dehors, le sergent regagna la chambre où Nicolas gisait, les yeux clos, comme mort, tandis que Gabrielle s'appliquait à couper ses vêtements. Après vérification, il put constater que son pouls battait toujours.

— Je vais chercher l'un des chirurgiens de l'hôpital.

— Non !

Le visage toujours aussi résolu, elle expliqua :

— Ils ne pourront rien de plus pour lui que vous et moi. J'en ai assez vu, sous cette tente, pour savoir qu'ils lui couperaient sa pauvre main écrasée et ne pourraient mieux lui nettoyer ses plaies que je ne le ferais moi-même. Sans compter qu'ils sont très occupés. Donnez-moi plutôt de l'eau chaude et du vin et apportez-moi mes sacs de selle, il me reste des bandages propres. Ensuite, vous préparerez du feu, pour qu'il ait bien chaud.

Garcin obéit sans poser de question, l'aida de son mieux. Ensemble, ils construisirent des attelles pour les membres brisés. Elle extirpa la mitraille tandis que Gaston recousait la plaie provoquée par un sabre. Quand ils eurent terminé, elle versa du vin chaud sur chacune des blessures, sachant qu'il lui faudrait recommencer jour après jour. En proie à une soif inextinguible, Nicolas tremblait de fièvre, et son délire était souvent entrecoupé de cris de douleur. Gabrielle restait impassible, comme si rien d'autre ne l'intéressait que sa détermination à le garder en vie. Pâle, les yeux cernés, elle paraissait parfois aussi cadavérique que l'homme allongé dans le lit. Cependant, elle ne céda jamais, ne montra jamais le moindre signe de fatigue, ne dormant que lorsque le sergent lui tapotait l'épaule pour lui rappeler qu'elle aussi était un être vivant et qu'elle allait pouvoir se reposer tandis qu'il veillerait.

Au rez-de-chaussée, les paysans s'étaient réinstallés chez eux et commencèrent par se montrer réticents à l'idée qu'un Français restât encore sous leur toit. Gabrielle pria Garcin de leur remettre une bourse afin de les faire changer d'avis et, bientôt, l'épouse et la grand-mère lui préparèrent tous les bouillons qu'elle demanda. Au début, Nicolas n'avala péniblement qu'une cuillerée, puis deux, puis trois. Petit à petit, la fièvre régressa, puis, un jour, il parut reconnaître le visage de la femme qui se tenait près de son lit.

— Je savais que tu étais là, murmura-t-il.

Il ne s'était pas rendu compte du temps passé, pensant seulement qu'elle avait répondu à son appel depuis le champ de bataille...

— Oui, mon chéri.

Elle se pencha pour l'embrasser sur le front, étranglée par l'émotion.

— Bientôt, nous pourrons rentrer chez nous.

Il fallut encore plusieurs semaines à Nicolas pour achever de se remettre. Dès qu'il put se déplacer, ils se rendirent dans le plus proche village de l'autre côté de la frontière, où Garcin avait loué d'avance de confortables chambres. Il était encore trop tôt pour envisager le long voyage jusqu'à Lyon. Après une convalescence qui permit à Nicolas de reprendre du poids et de remarcher sans l'aide de quiconque, ils se décidèrent enfin à partir. Ce fut là que Garcin les quitta.

— Le capitaine Devaux vous est revenu, dit-il à Gabrielle en guise d'adieu. Je ne pense pas que vous ayez encore besoin de moi pour vous escorter mais souvenez-vous que je viendrai au premier appel de votre part !

Les yeux pleins de larmes, elle le serra dans ses bras :

— Personne n'a jamais eu un ami comme celui que j'ai trouvé en vous.

— C'est moi qui en ai le plus bénéficié.

Tentant brusquement sa chance, il l'embrassa soudain sur la bouche, d'un baiser aussi inattendu que vigoureux. Elle ne fit rien pour se dégager. Lentement, il se détacha d'elle.

— Adieu, Gabrielle. Ne m'oubliez pas.

Elle lui adressa un long regard qu'il chérirait sa vie durant.

— Je ne vous oublierai pas, mon ami. Dieu vous protège.

Enfourchant son cheval, il lui adressa un signe de la main et partit en souriant.

Peu après, Nicolas et Gabrielle rentraient à Lyon en bifurquant par la colline de Fourvière. Elle voulait contempler la ville de son point de vue préféré. Malgré son impatience de revoir son petit garçon, elle arrêta l'attelage, sauta à terre et courut au pied de son arbre.

— Regarde, s'écria-t-elle, comme l'air est limpide,

aujourd'hui ! Regarde ces vagues derrière ce bateau sur la Saône.

Il l'avait suivie d'un pas plus lent. Ses blessures le feraient encore souffrir longtemps et sa main droite ne remuerait jamais plus. Mais tout cela demeurait sans importance. Il avait survécu à l'une des plus grandes batailles jamais livrées et pouvait regarder l'avenir avec confiance en compagnie de la femme qu'il aimait. Elle allait continuer à diriger la Maison Roche jusqu'à ce que son fils fût en âge de prendre sa suite, tandis que lui-même relèverait la Maison Devaux de ses cendres. Ils redeviendraient concurrents en affaires, amoureux et partenaires. L'existence s'annonçait tumultueuse et passionnée. Jamais ils n'auraient le temps de se poser de questions sur leur couple et, si les signes observés ces dernières semaines s'avéraient fondés, leur famille ne tarderait pas à s'étendre.

— C'est magnifique, acquiesça-t-il en lui passant un bras autour des épaules.

Comme toujours, elle réagit dans l'instant, l'attirant plus près d'elle. Pointant sa canne vers le fleuve, il lui montra un vaste terrain dénudé sur l'autre rive.

— Voilà qui ferait un excellent site pour la Maison Devaux, le long du quai.

— En effet. Il nous reste à trouver un endroit pour notre future demeure.

D'un commun accord, ils avaient décidé que la rue Clémont serait fermée et conservée pour André. Ils préféraient quant à eux se bâtir une nouvelle résidence.

Nicolas sourit, la fit pivoter sur ses talons :

— Je croyais cette question réglée depuis longtemps, très exactement depuis le jour où tu as marqué cet endroit des fragments d'une poterie romaine.

— Ainsi tu ne l'avais pas oublié ! murmura-t-elle, émue.

Comme elle lui caressait la joue, il se pencha pour l'embrasser.

Puis tous deux regardèrent ensemble cette vue harmonieuse sur les toits et les flèches brillantes, les cimes vertes des arbres et l'eau scintillante, qui allait être la leur pour le restant de leur vie. Elle la portait en elle, aussi essentielle que l'air qu'elle respirait. Lyon. Sa ville bien-aimée.

*Achevé d'imprimer en avril 1988
sur presse CAMERON,
dans les ateliers de la S.E.P.C.
à Saint-Amand-Montrond (Cher)*

Aux Presses de la Cité

ROSALIND LAKER

Les Neiges de Norvège

Norvège, 1940. A la stupeur de tout un peuple, les Allemands déferlent sur ce pays pacifique qui n'a pas connu la guerre depuis un demi-siècle.

Éprise de liberté, Johanna Ryen va découvrir un autre visage de la vie et prendre la mesure de son propre courage, ainsi que de l'amour qu'elle rencontre enfin.

A travers les exploits de Johanna et des siens — du premier passage de la frontière suédoise avec des amis juifs menacés à la destruction du convoi qui emporte l'eau lourde vers l'Allemagne —, à travers la lutte quotidienne des habitants de ce pays rude et chaleureux, Rosalind Laker a écrit ici une véritable chronique des années noires en Norvège.

Outre un inoubliable portrait de femme, les Neiges de Norvège sont un hymne à une nation lointaine et méconnue, habituée à se battre contre les éléments, toujours prête à se dresser contre la folie des hommes.

BARBARA WOOD

Séléné

Qui est Séléné? Que cherche-t-elle d'Antioche à Babylone, de Palmyre à Persépolis, d'Alexandrie à Rome? Qui est donc cette jeune femme qui, dans la splendeur et la misère du premier siècle après Jésus-Christ, se penche sur les malades, prépare des potions, découvre les bienfaits de médecines inconnues et rassemble un immense savoir en parcourant le monde?

Qui est Séléné? Née au cours d'une nuit étrange, elle ne l'apprendra qu'au lendemain de ses seize ans de la bouche de Méra, la femme qui l'a élevée, l'extraordinaire guérisseuse dont elle a tant appris.

Elle devra quitter sa ville. Elle devra retrouver Andréas, l'homme qu'elle aime et qui, sans le savoir, détient les réponses à ses questions. Alors commencera pour elle l'incroyable aventure où sa destinée rejoindra l'Histoire.

Dans le cadre somptueux des plus grandes villes de l'Antiquité, riche en connaissances historiques et médicales, *Séléné* est un roman d'aventures éblouissant. La dernière en date des œuvres de Barbara Wood, auteur de *Et l'aube vient après la nuit* et de *Battements de cœur*. Une femme à l'immense talent, qui sait de quoi elle parle : elle a été pendant dix ans assistante en chirurgie cardiaque et en neurochirurgie avant de se consacrer entièrement à l'écriture.

— N° d'édit. 5642. — N° d'imp. 4038-626. —
Dépôt légal : 2e trimestre 1988.

Imprimé en France